講談社文庫

高山右近

加賀乙彦

講談社

目次

高山右近

1　さい果ての島国より

✝主の平安
　わが最愛の妹よ。
　　一六一三年十二月二十日金曜日、
　　　金沢にて。

　悲報、父上のあとを追い母上も帰天されたと知り、私はとめどもなく涙を流し、長いあいだ両親の霊のために主のお恵みを祈り、ようやく心落ちついて、この返書を書く気になった。
　お前が一六〇九年の春にウベダから発送した手紙は一週間前に落掌、南スペインのアンダルシアから、この極東の日本まで四年半もの遅々とした長旅を要したことになり、この国はそれほど遠くの、世界のさい果てにある。荒波、岩礁、嵐、逆風、海賊、原住民の襲撃、たび重なる船の乗換え、まことに困難に満ちた長旅のため、半数以上の手紙は届かないのが実情で、教会関係の公的な書簡にはかならず二通の写しを取って発送するのが慣わしだから、お前の手紙が私の手に届いたのは奇蹟に近く、主の御加護の大きさを思わずにはおれず、私のこの返書も、お前の手にどうか無事届きますように、主よ、われらをお守りたまえ。

故国では日本という国がこの世に存在していることすら知られておらず、試みにウベダの町の人々に尋ねてみても誰一人国名も所在も知らなかったというお前の告白が私には痛いようによく分かる。なにしろインカ帝国、アステカ帝国を征服し、メキシコ、フィリピン諸島を領有し、さらにフェリペ二世陛下がポルトガルを併合してからは、全世界に広大な領土と根拠地を所有する「陽の沈むことのない帝国」の国民の感覚では、大洋の果ての果ての、ちっぽけな島国の存在など、ましてその国の歴史や文化や政治状況など、どうでもいい些事だと見なされるのは当然のことだろうけれども、お前の懐かしい筆跡を見ているうちに、私がなぜこの国に来たかという経緯《いきさつ》を、せめてお前だけには理解してほしいという切実な思いが起こってき、お前の口を通じていくらかでも日本についての興味と知識が故国の人々にもつたえられればという望みも芽生えてきた。

忘れもしない一五八四年十月のマドリッドにおいてすべてが始まったので、当時二十六歳の若者で、イエズス会士となってまだ五年の新参の司祭であった私は、エヴォラのドン・テオトニオ・デ・ブラガンサ大司教の命令で、日本という国から来た少年使節団の接待係となり、ディオゴ・デ・メスキータ神父に引率された、背の低い、一見幼児かと見紛うばかりの四人の少年たちとその従者たちをイエズス会のコレジヨで出迎えた。彼らは風変わりだが優雅な民族衣装を着て、大司教差し回しの最高級の馬車に一人一人乗って、家来や召使を従えており、その外観が身分のある異国の使節という印象で迫ってき、馬車を降りて四人が並ぶと、小柄だがもう幼くはなく、報告で聞いていたように年は十六歳から十七歳で、細身ながら大人に脱皮しようとしている健気《けなげ》な体に彼らの国の衣装がよく似合ったのと、礼儀正しい物腰、そして、すぐさま判明した利発さには感心させられた。当時は、新大陸や東洋や南洋など全世界の征服地や根拠地からキリスト教徒になった野蛮人たちが首都に引き連れられてきて、コレジヨに宿泊し、国王陛下に謁見させられて、陛下に、その御威光によるキリスト教布教の成果をお見せして、イエズス会への関心と称賛と、その結果としての財政的援助をお願いするのが行事となっていて、私も雑多な野蛮人の世話を司祭の義務として遂行してきたのだが、彼らの多くは言葉が通じなかったり、食事や日常生活の作法に無知であったりし、なかには自分がなぜ世界の中心地マドリッドに連れてこられたのか理解せずに人身御供《ひとみごくう》になるかのように恐怖をあらわにする者もいたのだが、日本の少年使節団は、まるで違った。

彼らがヴァリニャーノ巡察師に従って長崎の港を出たのが一五八二年の二月だから、すでに三年近くの年月が経っていて、そのあいだに、メスキータ神父の薫陶を受け、ラテン語やポルトガル語のほか、神学、音楽、自然学について、かなりの研鑽《けんさん》を積んでいて、とくに語学の進歩の著しいのが原マルチノで、こちらの質問にも正確な性数格の変化で答え、むこうからも私を始め周囲の誰彼にラテン語で話しかけてきた。顔立ちが立派で、使節団の団長として遇されているのが伊東マンショで、日本の南西の島、九州の勢力のある王、フランシスコ大友義鎮《おおともよししげ》の名代として、ほかの少年より一目置かれていたのに、語学力はいまだしで、とくにポルトガル語の会話は不器用であったが、人に好かれるにこやかな態度と率直な話しぶりで会う人を愉快にし、すぐ親しくなる社交性を備え、立派に代表の役目を果していた。中浦ジュリアンという少年は、原マルチノのように利発でもなく、伊東マンショのような社交家でもなく、無口で孤独な感じで、ちょっと取っつきは悪かったが、付き合って見ると、嘘をつけない真っ正直な性格で、しかも学問や神学については、大の勉強家で、努力家であった。もう一人の少年、千々石《ちぢわ》ミゲルは、九州有馬《ありま》の王、プロタシオ有馬晴信《はるのぶ》と大村《おおむら》の王、バルトロメオ大村純忠《すみただ》の名代、伊東マンショに次ぐ立派な家柄の出身で、いかにも貴公子という可愛い顔立ちのうえ、おとなしい性格で、人に可愛がられたが、あまり学問に熱心ではなく、それに体が虚弱で、ふとしたことで熱発して寝込んでしまい、となるとかわいそうで、こちらが熱心に看病してやりたくなるような、いたいけな魅力を備えていた。要するに、四人の少年は、年少にもかかわらず個性明らかな人間性を持っており、(遠国の野蛮人ではなく）私たちと同等の人間として私に親しみを覚えさせた。

　フェリペ二世陛下は少年使節団を迎えるために二台の馬車を差し回したので、裁断された布切れを縫い合わせただぶだぶの民族衣装を着て、真っ直ぐな剣とは違って反りのある日本刀の長短二本を腰にさした、黄色い肌色の少年たちは、豪華な馬車の上で好奇の的となり、物見高い群衆たちが殺到して警備隊を押し退けるので馬車はしばしば立往生した。宮殿に着くと、王の私室に通るように命じられ、数多くの豪華な部屋を通り抜けて奥に案内されたあいだ、すでにリスボン、エヴォラ、トレドで大聖堂や司教邸や公爵邸などの贅を尽くした結構に驚かされていた少年たちも、王の宮殿の金銀の彫刻、色彩豊かな天井画や壁画、宝石をちりばめた緞帳《どんちょう》などには、度肝を抜かれたらしく、上気した顔に一様に汗を滲じませていた。

　外国使節謁見用の大広間で王と、その左右に皇太子と姫君たちが並んで待ち、王は少年たちを抱擁で迎え、これに応じて団長である伊東マンショが日本語で挨拶し、メスキータ神父がポルトガル語で通訳したのは、最初ポルトガル語で挨拶させるつもりだったのが、伊東マンショの方で自信がなかったためである。少年たちの家来、イルマン・ジョルジが日本の王の手紙（それは日本全土を支配している秀吉大王のではなく、九州の大友王や有馬王の手紙であった）の一通を読むと、日本語の発音と抑揚がおかしいと皇太子と姫たちが大笑いし、とくに王は手紙を覗き込み、縦書きの墨文字の行列に目を丸くし、どこから読み始めるのかと質問したが、内容を知ろうとはせず、おそらく世界各地から来る沢山の王宛ての手紙と内容は大同小異だと思ったに違いない。この王を始め王家の方々の盛んな好奇心と親しげな応接を目の当たりにした政治家や有力者の参列者は、王に対する恭順の念から使節たちに慇懃《いんぎん》な態度を取り、謁見を終えて退出する少年たちを外国使節に対するうやうやしい礼で送った。しかし、使節一行が部屋に入ったとたんに彼らが発した軽い失笑に私は気づいていて、それは理解できない珍奇な物に対する冷笑と取れたので、東洋人を見たことのない人にとっては、サフランのような黄色い肌をした鼻の低い少年たちが珍妙な衣服で現れたのが、道化師のように滑稽に見えたのに違いないと推測していた。

そのあと、少年使節だけでなく私たち付添いの者たちも招待され、王の聖堂で聖歌隊の合唱をオルガンとトランペットの伴奏で聴かされたうえ、宝物殿、武器庫、厩舎などの観覧を許されたが、これらは外国の使節に対しては破格の好意と名誉を意味していた。こういう場合に私が驚かされたのは、少年たちが旺盛な知識欲でもって、彼らに理解できない音楽や物品や武器に出会うと、案内の侍従にいちいち質問したことだった。こういった場合に発言し、適切な補完質問をするのは、語学の才に秀でた原マルチノで、回答のあった事柄を綿密に記録するのが、無口の努力家、中浦ジュリアン、そして千々石ミゲルは幼児のような無邪気さで対象に触ったり眺めたりし、最後に団長格の伊東マンショは礼儀正しく回答に対して謝意を表するのだった。

街を見物したいと言いだしたのは原マルチノ、すぐ賛同したのは中浦ジュリアン、そのような行動がイエズス会に迷惑をかけはしないかと心配したのが伊東マンショ、ほかの者の顔色を見て自分の意見を決めたのが千々石ミゲルであった。国王の賓客なので、警護の必要から望みをかなえるのは正式には無理であったのだが、私の一存で、目立たぬようスペイン風の服装をさせて街に連れだしたところ、原マルチノは、好奇心をあらわにして盛んに質問してき、店の看板とか広場の立像とか、修道会の服装とかが関心の的で、単に珍しい光景を見ただけでは満足せず、諸対象の意味内容を知ろうとし、もっとも関心を寄せたのが本屋で、ラテン語、ポルトガル語、スペイン語以外の多くのヨーロッパの言語の書物を手にしては、これほど多くの言語があっては、おたがいの意思の疎通に支障を来しはしないかと心配していた。その心配ももっともで、彼らが常用している象形文字は、中国人の発明で、発音などまちまちでも意味はよく通じ、アジアの諸国で共通に理解されうる便宜を備えていて、彼らは中国の言葉は話せなくとも、中国の書物を自由に読めて文章さえ自由に書けたのに、ヨーロッパでわれわれが用いる音標文字は、音が違えば意味も違ってしまう不都合を持っていた。反面、これらの本が、グーテンベルク印刷機によって容易に印刷できるという点に、原マルチノはいたく感心したので、私は、とある印刷所に入って所長に遠来の異国人が興味を持っているから印刷の実際を見せてほしいと頼み込んだところ、幸い、教会の注文で儲けていた彼は、その印刷の仕組みを懇切丁寧に説明してくれた。

ところで、移り気な首都の人々は、日本の使節のことなどすぐ忘れてしまい、また新たな異国の使節団のほうに気を引かれていたので、私も、もしも枢機卿の命令で、引き続き少年使節たちの接待係を命じられなければ、人々と同じであったろう。

お前もよく知っているように、スペイン人は、そしてポルトガル人も同様だが、全世界の野蛮な異教徒を教化する使命感を持っている人が多く、これが極端になった軍人や貿易商人や船員が、そして強引な布教法をよしとする聖職者が「片手に剣を、もう一つの手に十字架をかかげて」、全世界に爆発的に散っていき、さかんに野蛮人の国々を征服して領土を拡張するとともに、彼らに教えを広めてきた。ペルーやメキシコで布教をおこなったホセ・デ・アコスタは、異教徒を三種に分類している。まず正しい理性と人間らしい習慣の異教徒があり、政府という組織を作り、法律や都市や役人を持ち書物や文学を重んじ、学校や公共建築を整備している人々で、この水準にあるのが中国人、日本人、インド東部の人々である。第二の異教徒は、文字を持たず、哲学も公徳心もないが、役人、政治組織、堅固な都市を持ち、軍隊に守られある種の宗教を信じていて、この水準がペルー人やメキシコ人であり、その高度の知性にもかかわらず、習俗は醜悪であり権力者は残虐である。そして第三の最低の異教徒が、野獣のように森に住み、法も王も政治組織もなく、残酷で人肉を食し衣類をほとんど身につけていない者たちで、アリストテレスのいう、彼らを捕らえて飼い馴らせばいい野蛮人である。この第三水準の異教徒には、征服により強制的に布教するのがいいし、第二水準の者には武力による威嚇によって権力者を従わせ上から布教し、第一水準の人々に対しては、かつて使徒たちがギリシャ人やローマ人を福音によって救済したような地道な伝道がなさるべきであるという、今、手元に原著がないので、記憶で書いているのだが、大略そのような意見であったと思う。

私自身は、マドリッドで日本人に会い、その後インドからマカオ、日本に来た経験からだろうか、異教徒を武力で征服してから布教するような強引な方法には当初から反対だったが、残念ながらイエズス会士のなかにも、日本に対して第二水準、第三水準への武力鎮圧方式をとろうと考えた人たちのいたことを知っている。今ではその人たちのほとんどが自分の非を悟り、地道な伝道に励んでいるが、ごく一部には、なおも武力行使を目論む宣教師もいて、敏感で猜疑心《さいぎしん》の強い日本の権力者の防衛、つまり迫害を誘発している。

一五八六年、私は、インドのゴア、ポルトガルの東洋進出の基地、二つの河に挟まれた要塞都市、フランシスコ・ザビエルの遺体が埋葬された聖信学院のあるイエズス会の布教中心地に赴任し、初めて東洋に触れたのだが、この都市でインド管区長のヴァリニャーノ神父に初めて会ったことが、私を日本を宣教の地として好ましく思わせる切っ掛けになったのだ。このイタリア人のイエズス会士、最初に日本に渡ったフランシスコ・ザビエルに次ぐ偉大な指導者について、私はいくらかの予備知識を与えられていて、彼が四人の少年遣欧使節を発案して日本から連れだし、九州や都において緻密で実効のある布教を行ったすえ時の権力者、織田信長大王と親しく交わった人物であることを知っていた。彼は一五三九年生れだから、一五五八年生れの私よりほぼ二十歳年上の大先輩であったし、骨格は優れて頑丈、頭抜けた長身、眼光鋭く、発音は滑らかで明快、会った瞬間から私は彼に畏敬の念を覚えて、その命令には喜んで従う気持ちにさせられた。

私は、彼から日本の歴史、風土、日本人の風習と性格特徴などを教えられるとともに、四季おりおりに変る美しい自然、信長大王の安土城の壮麗な様子、セミナリヨの金色の瓦などを聞かされ、日本を夢見るようになってきた。彼は、おのれがヨーロッパに送った少年遣欧使節がゴアに帰還してくるのを待ちわびており、ヨーロッパを見聞し、高い教養を身につけた少年たちを日本人に示すことで、教えの栄えと普遍的な価値を伝えることができるのだと語り、彼の希望と熱情に胸を熱くした私は、彼と少年使節団とともに日本行きをしたいと希望して許された。大聖堂で事務員として働いている日本人から日本語の手ほどきを受けることにしたが、すでに中国語を学んでいて、漢字を多少覚えていたために、読解力の進歩は速かった。その当時の私の気持ちはイザヤの預言、異邦人に道を示し、傷める葦を折らず、吹き消されんとする灯火を消さずに真理を教え、数多《あまた》の島々が私を待ち望むという預言そのままで、きわめて高揚したものだった。

一五八七年五月二十九日、メスキータ神父に引率された十七名のイエズス会士と日本の少年使節団が、リスボンからゴアに到着した。使節たちは、この二年間にもう十八歳ぐらいになっていて、背丈も伸び、大人びてきた彼らは私を覚えていてくれて、のっけから親しみを込めた会話を交わすことができた。

　それにも増して私の大きな喜びは、新たに来たイエズス会司祭のなかにバルタサール・トルレスがいたことなので、このアンダルシアはグラナダ出身の陽気で話し好きの男を、私は何度かウベダの自宅に招待したから、お前も彼に会っているし、おそらく今でも覚えているだろうと思うが、アラビア人の血が混じっているらしい浅黒い肌で小柄、しなやかな体とバネの効く運動神経の持ち主、命を主のために投げ出す情熱に燃えていた。彼は私とはずいぶん違う人間で、私は粘液質で、一ヵ所に定着してこつこつと伝道するのを好み、病気の治療という実効のある医師に向いていたが、彼は典型的な多血質で、まるで遍歴の騎士のように旅と冒険を望む夢想家の伝道師、メスキータ神父の供として、少年使節団に付き添って、前の年の春にリスボンを出航して、約一年の航海のすえにようやくゴアに到着したのだった。

　イエズス会士にはポルトガル人とイタリア人が多くスペイン人は少数派、それにフェリペ二世陛下がポルトガルを併合してからは、ポルトガル人のあいだにスペイン人への敵意が芽生えて、何かと居心地が悪かったので、スペイン人のトルレスに会えたのが格別に嬉しかったのだ。彼の紹介でもう一人のスペイン人、ペドロ・モレホン修道士、メディナ・デル・カンポの生れで、トルレスと同じくリスボンからずっと使節たちに付き添ってきた男とも知り合いになれた。彼は、語学の才があり、修道士だがラテン語の読み書きが自由であったし、使節たちの世話をしているうちに日本語の会話にも通じ、日本語で説教ができるようになっていたが、胆汁質で気難しく人当たりが悪い反面、ひとたび親密になると相手の全面的な信頼を得る誠実さを備えていて、この複合性格がヴァリニャーノによって天賦の聴罪師と評価され、司祭に叙階されたうえ、いずれ日本に渡るときの有力な随員に選ばれた。

秋になってヴァリニャーノは、東洋布教のスタッフの交代を実現させ、ゴアの院長であったペドロ・マルティンス神父をインド管区長に指名し、自分は全インド巡察師になったのだが、この人事異動は日本準管区長ガスパル・コエリョ神父の要請でインド副王の使節を兼ねることを意味していた。織田信長大王のつぎに最高権力者となった豊臣秀吉大王への贈り物を準備して、翌一五八八年四月二十二日ゴアを出発して七月二十八日にマカオに着いたところ、秀吉大王が宣教師追放令を出したという驚くべき報知が伝えられたので、私たちは日本渡航の方策を練り直さねばならなかった。ゴアに似て、マカオは城壁と砲台に守られた中に、総督邸、教会、修道院、民家がある要塞都市だが、砦の上から海を見渡し、また修道院の奥まった会議室に籠もり、私たちはヴァリニャーノを中心に情勢分析と日本における布教の方法について討議を重ねた。秀吉という専制君主は、熱しやすく冷めやすい性格（それをヴァリニャーノ神父は日本人に一般に多い性格だと言ったが）であり、一旦は追放令を出したものの、その後は布教については寛大な態度を取っている模様なので、こちらが友好的態度で臨み、かつ彼の希望である貿易継続について約束すれば、追放令の撤回と布教の推進も充分可能であるというのが、私たちの到達した結論であった。

　インド副王の豪華に飾られた書状を持ち、ヨーロッパから運搬してきた沢山の贈り物となによりの土産として日本人の遣欧使節団を伴い、二隻の船に分乗した私たちヴァリニャーノの一行がマカオを出発したのは、一五九〇年六月二十三日で、長崎に到達したのが七月二十一日であった。従うイエズス会士のなかにはバルタサール・トルレスと私が入っていたけれども、モレホンはゴアでなお勉学にいそしみ私たちには遅れて日本入りすることになった。

　大小いくつもの美しい島々がわれわれを出迎えてくれた。昨日までの雨に洗われた緑は夏の日差しに輝いてエメラルドさながら、島々の奥に深い入江があり、そのどん詰まりが長崎で、整った家並みの、瓦屋根の家々を中心にすり鉢状の斜面に広がった、これも美しい（美しい――この国の最初の印象が、この形容詞だ）港町だった。ゴアとかマカオでは、ポルトガル人の支配欲まるだしの城壁が城壁外に追い出した原住民の貧相な集落を汚く見せ、緑があまりにも濃厚で、どこか調和を欠く気味があったのに、この日本の港町は、原住民の様式ある家々と教会や鐘楼とが渾然と調和していて、私の審美的感覚にそれが美しいと応えたのであった。

　埠頭に出迎えた人々のなかに、有馬の王、プロタシオ有馬晴信がきらびやかな衣装と大勢の兵士を従えているのが目立ち、さらにイエズス会士の面々が目につき、なかでも赤ら顔の、派手な絹の司祭服を着たのっぽの神父に目を引かれていると、ヴァリニャーノが彼に向かって手を振り、彼も応え、この人物こそニェッキイ・ソルド・オルガンティーノという有名なイタリア人司祭で、この国の都における布教活動で成果をあげ、おびただしい人々に洗礼をほどこし、先の信長大王や今の秀吉大王とも親しかったのが、秀吉大王の追放令のあとは長崎に避難していた訳で、上陸した同国人のヴァリニャーノと、たちまちイタリア語の豊富で派手な母音を響かせつつ言葉の海を泳ぎまわっていた。

すでに私は、ゴアやマカオで東洋というものを知っていると自負していたけれども、初めて見た日本の印象はそれとはまったく違う異国で、おのれの短見を修正する必要を認めた。島国だという先入主から、どこへ行っても海の望まれる狭い土地を思い浮かべていたのだが違って、山あり谷あり平野ありで、奥深いし、東洋によくある、粗末な小屋程度の家々の並ぶ貧相な町ではなく、複雑で精巧な木造建築の並ぶ文明国の町であり、裸同然の身なりをして裸足の人々ではなく、着物という衣服を着ていて、身分のある人々の服装は入念で優美であるし草履や下駄という履物をちゃんと履いている。ことにも、この長崎は、水深が深くて大型船が接岸できる港を備え、堀と城壁に守られた城のような奉行所を中心に、上級武士や富裕商人の邸宅が並び、商店街にはマニラやマカオの船乗りや黒衣の宣教師、そして民衆が、まるで西洋と東洋の人間の見本市のように歩いていたし、驚いたことに、木造ではあるが教会やコレジヨや病院があって、書店には日本語の教義書や信者心得などが売られていて、秀吉大王の禁教令も、ここ長崎までは浸透していないと見えた。この港町に五万人もいるという信者の数にも感銘を受けたので、私たちはイエズス会本部のあるトドス・オス・サントスという丘の上の教会に宿泊していたが、教会には平日でも祈りのために人々が参集していたし、日曜日ともなるとミサは満員の盛況だった。

ところで、遣欧使節たちの立場は、彼らが八年半に亘って日本を留守にしているうちに大分変ってしまった。もっとも激変を受けたのは団長だった伊東マンショで、彼の後見人の九州の有力な王、フランシスコ大友義鎮宗麟《そうりん》はすでに帰天し、その子、コンスタンティノ義統《よしむね》は、キリスト教嫌いの母親の影響を受けて棄教してしまい、教徒の殺害などを行っていた。

数日後、ヴァリニャーノは有馬の教会へ行き、千々石ミゲルの従兄である有馬の王、プロタシオ有馬晴信に教皇の贈り物を渡すための荘厳なミサを行ったが、この晴信が私が見た最初の日本の王で、華美な服装をして大勢の臣下を従え、領民は土下座をして迎えるという威勢を誇っていた。有馬の王に教皇の贈り物を進呈した以上は、大村の王にも進呈する必要があったけれども、晴信と並んで千々石ミゲルの後見人であったバルトロメオ大村純忠王は三年前に死んでしまい、その子サンチョ喜前《よしあき》王は、秀吉大王の追放令のとき棄教していたので、ヴァリニャーノが対応を決めかねていると、喜前王のほうから大村においてインド副王使節と遣欧使の歓迎をしたいと招待状を送ってきたので、大村の教会において有馬と同じく盛大な贈り物伝達ミサを開いた。

使節たちのうち、有馬王と大村王という有力者二人の縁戚である千々石ミゲルは、特別に上座に導かれて歓待されたが、身分の威信のみならず、物語の才により注目されもしたので、聞き手の耳をそばだたせるような物語り上手は、嵐の海の航海の辛苦や、海賊の跋扈《ばっこ》する洋上の恐怖を身の毛もよだつ臨場感をもって語り、さらに、ヨーロッパの都市の景観や教会の巨大な建造ぶりや教皇の謁見について、耳傾ける人々にこの世ならぬ黄金郷《エル・ドラード》の話でうっとりとさせたので、この語り口の見事さにおいては他の使節たちを抜きんでていて、それというのも、伊東マンショの話は威厳があったが型通り、原マルチノのは雄弁だが理屈張ってむずかしく、中浦ジュリアンはまるで口下手で、いずれも聞き手を退屈させたからである。もっとも彼らがこもごも出して見せた、観象儀、地球儀、時計、書物などは、誰でも興味を示したし、四人がヨーロッパの楽器で演奏する音楽は、驚きと称賛とを確実に呼び起こしたので、ヴァリニャーノは秀吉大王の前で四人の合奏をさせることを思いつき、練習を毎日の日課にしてその日のために備えさせた。

インド副王使節と日本人遣欧使節の一行が到着したことが都の秀吉大王の元に通報され、大王が非常な興味を示したという情報がもたらされたので、大王の拝謁を得るように、オルガンティーノが都に使いに出され、ついで帰ってきた彼は幸先のよい知らせを告げたので私たち、インド副王使節に引率された使節団とイエズス会士は、都に上り秀吉大王を訪問することに決定したが、大王は追放令を出していることだから、あまりに大勢の司祭を同伴することは得策ではなく、私やトルレスを含めて十二人の司祭が同行することになり、遣欧使節とその従者を含めて、総勢二十二名の一行となって出発したのは十一月末、船で都の近くの室津《むろのつ》という港に着いたのが十二月半ばであった。が、秀吉大王よりの謁見の許可が下りないので、二ヵ月ほどそこで待つあいだ、この港が都から西に通じる街道筋に位置していたため、ヴァリニャーノは思いがけず、以前から付き合いのあった教徒の王や信者に会うことができた。オルガンティーノが都に上り工作したにもかかわらず秀吉大王の謁見の許可がなかなか下りないので、われわれは大坂まで移動して、そこで、ヴァリニャーノに会うために、追放された雪深い北国の金沢からわざわざ出向いてきた、日本の代表的教徒、ジュスト右近とその父ダリオ飛驒守《ひだのかみ》に出会った。私は彼らと初対面であったが、かねがねわれら宣教師たちが、ジュスト・ウコンドノと呼んで、年報や書簡でその名前を聞いていた人物とその父に出会えたのを大変に光栄なことと思ったし、ヴァリニャーノは、イエズス会総長クラウディオ・アクアヴィヴァから託された聖母マリア像の油絵を右近に贈ったところ、この贈物は、ことのほか、この日本の高名な教徒を喜ばせた。

その後、私と深い関係を持つようになるジュスト右近は、当時四十がらみ、中背のほっそりとした体ながら、筋骨秀でた立派な体格、にこやかな微笑と人をそらせぬ温かい人触りが印象深く、とくにヴァリニャーノと交わす流暢なポルトガル語や中国の古典文学や日本の詩歌、天文学や建築技術、さらには料理にまで及ぶ該博な知識が私を感心させたが、使節たちも感銘を受けたようで、原マルチノなどはヨーロッパに行ったことのない人の語学力と自分の及びもつかない教養の深さに驚嘆して、偉い方ですなと私にささやいた。ダリオ飛騨守は、日本人としては長身の、息子によく似た顔付きの人物であったが年老いて精彩を欠き、それにポルトガル語が片言で沈黙しがち、ジュスト右近の影のように息子に付き添っているだけで、この五年後に亡くなったことを思うと、すでに老衰に加えて病に蝕まれていたのかも知れない。

　私たちの一行が都に上り、広大で豪華な宮殿で秀吉大王の謁見を受けたのは翌、一五九一年の三月初旬で、このとき私は初めて、日本という島国の大王が、いかに豪奢な生活をし、九州の王など吹けば飛んでしまう最高権力者の威勢を誇っているかを逐一目撃し、はしなくも昔マドリッドにおけるフェリペ二世陛下の謁見が連想され、今度好奇の眼差しで見られているのは私たちヨーロッパという地の果ての国から来た異人（われらを彼らは南蛮人という、つまり南の野蛮な人という意味だ）であり、そのヨーロッパを実見し、その地の生活を体験し、異国の言葉を習得して神学や学芸を修めた青年たちであった。

　大坂から船で淀川を遡り、都のすぐそばの鳥羽に上陸したインド副王使節の一行は、副王使節を先頭に私たち司祭は屋根つきの輿《こし》に乗り、青年使節たちは馬に乗って行列を組み、都に入り、副王使節と司祭たちは広壮な邸宅に案内され、青年使節と従者は別な家々に泊められ、一週間後に、いよいよ、大王の謁見を受ける日が来た。この大王が華美と贅沢を好むことを知っていたわれわれは、先頭に絹の長衣を着てターバンをした二人のインド人に見事なアラビア馬を曳かせ、二人のポルトガル人に騎馬で付き添わせ、四人の使節は、金モールの縁飾りの黒いビロード服を着、その後ろにインド副王使節とメスキータ神父と私の三人が黒の修道服を着て歩き、後続にはさらに三十人の随員が列を作った。

大王の居城は大坂にあるが、その大邸宅は都にあって聚楽第《じゅらくてい》（不老長生の楽しみを集める宮殿という意味）と呼ばれており、われわれヨーロッパ人の宮殿のように石造りの閉じられた巨大な建物ではなく、沢山の建物が廊下や庭によって接続されたり断ち切られたりして横に迷路のように広がっている構造で、従って警備のために夥《おびただ》しい兵士を必要としていた。

大王は、大広間の正面、黒手摺付きの階段がある、高い壇上に一人で坐り、まわりには大名たちが司祭服さながらの裾長の礼服を着、各自の身分を示すのだろうさまざまな飾りのついた帽子を被って威儀を正して大王を恐れ敬っている様子が、その真剣な表情と筋肉の硬直とによって感知された。

大王は、そもそもわれわれヨーロッパの人間には日本人の年齢は判じがたいのだが、見たところ五十代半ばの小男、もっともこの小男の感じは彼に近づいて敬礼をしたヴァリニャーノ神父がヨーロッパ人としても長身であったせいで、そう見えたのかも知れない。人の顔の美醜などどうでもいいことだが、使節たちが家柄のいい武士の血筋で、それぞれに整った顔付きをしているのに比べると、王の顔は、田圃で泥まみれになっている農民の顔で、その絢《けん》爛豪華《らんごうか》な絹服や居並ぶ諸王の畏《かしこ》まり様、金をちりばめた天井などがなかったら、その人が人々の生殺与奪の権をにぎっている最高の権力者であるとは到底思えないであろうと想像された。

秀吉大王は、この国、小国であるからこそ可能な徹底した権力の浸透度、すなわち国内のいかなる人間、たとえ都にいる皇帝（大王を任命した皇帝は都に存在してはいるが名目だけで政治支配はしていない）であろうと、僻地の王であろうと、完全に支配していたから、彼が教徒を殺戮せよと命じれば、ちょうどネロがローマで行ったようなしらみ潰しの迫害がこの島国の津々浦々で起こるはず、言っておくが妹よ、今や秀吉大王の死後、最高権力者となった家康大王においても、その命令は小国全体で即座に完全に実行されるのがこの国の仕組みなのだ。

ヴァリニャーノはインド副王の親書、縁を赤緑紫で繊細に彩色された大型の羊皮紙に黒と赤のインクで書かれ、日本語の翻訳も添えられてあった親書と沢山の贈り物を大王に差し出し、大王は、親書にも贈り物にも満足の様子で、酒宴となると副王使節に杯をあたえようとし、ヴァリニャーノは階段をうやうやしく登って大王の近くに行き、手ずからの酒を杯に受けた。彼の合図で、四人の遣欧使節は楽器を取り出し、人々の注目のなかで、スペインでは最もポピュラーな「皇帝の歌」を演奏したが、おそらくこの聚楽第という日本的宮殿に西洋の音楽が鳴り響いたのは最初の出来事であったのだろう、並み居る諸王たちの間で感嘆の声があがり、何事に対しても鷹揚な態度、しばしば無関心を思わせる態度を取っていた大王も、杯を止めて目を丸くして聞き入る風、楽器はクラヴォ（チェンバロ）、アルパ（ハープ）、ラウデ（リュート）、ラヴェキーニャ（原始ヴァイオリン）で、使節の誰がどの楽器を弾いたかは忘れてしまったけれども、ともかく、それは見事な演奏で、わがスペインで演奏させても立派に通用するほどの熟練に達してい、演奏が終ると大王は上機嫌で、「見事なものじゃのう」と側近に言い、側近は同意のしるしに頭を深々と下げた。

われわれにとっての最大の問題は、大王が四年前に出した宣教師追放令を撤回してくれるかどうかであったのに、大王からインド副王宛てのポルトガル語の返書が届いたのはようやくその年の九月末で、そこには命令を撤回しないけれども貿易の継続を望むとあり、中国攻略の志を伝え、インド副王との平和友好を望むと書かれてあったので、ヴァリニャーノを始めわれわれの目的は公には達せられない結果になった訳、にもかかわらず秀吉大王が副王使節や遣欧使節たちに親愛の情を示したことが、矛盾した不可解な態度と私には映った。翌年十月上旬、ヴァリニャーノは長崎を出帆、マカオに帰った。

ヴァリニャーノに示した親愛の情のためもあろうか、その後、大王の教徒取締りは実際には厳しくなく、各地で司祭や修道士が伝道に従事するのを黙認してくれるようであり、私もメスキータ神父と協力して長崎とその周辺での伝道を続け、メスキータは長崎の東の天草にコレジヨを作って日本人修道士の教育を始めて、この施設は数年後に長崎に移された。

ヴァリニャーノが日本を立った前年、すなわち一五九一年、秀吉大王は中国征服という途方もない大戦争を始め、十六万の兵を乗せた艦隊で、中国の従属国であった朝鮮を攻め、この戦争のさなか、一五九七年二月五日、突如として、都と大坂で逮捕した二十六名の教徒の処刑を長崎で執行したので、おもに長崎の在郷で何も知らず布教に従事していた私のような田舎司祭にとっては、それは全く不意打ちの出来事であった。

私は折から港に停泊していたポルトガル船の上から港近くの丘の上で行われた教徒たちの処刑を見た。角材で作られた十字架に彼らは両手両足を開く形で縄や鉄輪で固定され、十字架が立てられると、槍が右側の胸から、時には左右両側の胸から突き刺さって心臓が貫かれ、血潮がどっと吹き出して殺されたのだが、中には一度では殺されずに、さらに首を貫かれねばならなかった者もい、槍の死刑執行係と鉄砲の警備兵は、丘を遠巻きにしていた見物人、その多くが教徒で殉教者を賛美しその血をおのれの着物に塗り、その衣服を記念に切り取ろうと近づいてくる人々を制止しようとして揉み合ったが、ついに制止できず刑場は混乱し、私の耳には、日本人修道士の最期の声、主に倣って秀吉大王と処刑者のすべてを許すと言った落ちついた大声が、はっきりと聞こえてきた。

この大量処刑が、なぜ突然に、長崎という伝道の中心地で行われたか、についてはいろいろ込み入った事情があり、とくにイエズス会と、続いて新たに来日してきたフランシスコ会との対立が一因を成していたけれども、日本という島国の最高権力者秀吉大王が、その頭に浮かんだことを、すぐさま実行できる絶対君主であり、その権力を民衆に見せつけたかったというのが最大の理由かも知れない。

神の怒りに触れたに違いなく、翌年秀吉大王は病死して地獄に堕ち、主を失った日本軍は朝鮮より撤退し、中国征服を目指した戦争は日本の敗北に終った。秀吉大王のあとを継いだ、その子の秀頼《ひでより》大王はまだ幼少で力がなく、諸王のなかで東国の王、徳川家康がにわかに勢力を持つ王として浮上してきて、一六〇〇年の大坂戦争の結果勝利して、ついに大王にのしあがってしまい、この家康大王の権力も秀吉のに劣らず大変に強力なものだとは、胆《きも》に銘じておいてほしい。

さて、ずっと長崎を中心に伝道を続けていた私が金沢に来たのは、数年前、正確に言えば一六〇七年のことで、この年、聖堂が建てられ常駐宣教師として私とエルナンデス修道士が招聘されたのだ……。

おお、急速に寒くなってきて、手がかじかんで書けなくなったというのも、私が天井の低く狭い、箱のような部屋にいて、寒気のためインクが凍るので時々火鉢で温めねばならぬのに、そもそもこの火鉢というのが陶器の鉢に炭火をいけて、わずかに手のみが温まる、何とも心もとない暖房、スペインにおけるように、石造りの家のなかに暖炉をもうけて、薪を燃やすという習慣がこの国にはなく、というのも家は木と紙で造られているため暖炉を設置する場所がないからで、ともかく、この火鉢でわずかに手を温め、あとは凍る寒気で体を包まれて、私は刃を研ぐような風音、荒れ狂う吹雪の叫びを聞いている。この金沢は都よりずっと北の海岸にあるため北国と呼ばれる雪の多い地方、私のいる司祭部屋は、木造三階建ての教会堂の二階にあり、周囲にひろがる木造平屋の民家よりは念入りな建築技術によって造られてはあるが、ヨーロッパの石の家のように密閉された空間を形成せず、絶えずどこからか隙間風が、ついには雪さえ舞い込んでくる。ただこれは主のあたえたもうた恩恵であろうが、手紙を書いているうちに、目を天国に向けて一心に祈るときに、両親が優しく私を見守ってくれていると頼もしく思えるようになったよ、ありがたいことに天国は、すぐ真上の近さに存在するのだからね。

妹よ、ここまで書いたところで同宿《どうじゅく》（教会に住む日本人の信徒）が来て、能登《のと》という北東の半島のジュスト右近の領地の農民が急病で、当地では医者の役目も果している私の診察を願っていると吹雪のなかを早馬で訪れてきたので、これから出掛けねばならないので、ひとまずここで筆を擱《お》くが、中断した手紙をいつ続けられるか、見当もつかない。

大急ぎで挨拶を送っておく。

✝主の平安。

わが最愛の妹よ。

ファン・バウティスタ・クレメンテ

2　降誕祭

一六一三年十二月二十五日主の降誕祭、
　金沢にて。

わが最愛の妹よ。
✝主の平安！

　けさ、前便を年報用の司牧報告書といっしょにして、都に旅立つ信者の行商人に託し、バルタサールに渡すように頼んだので、わが友がそれを長崎に転送してくれれば、わが音信は予想される困難を乗り越え、無事、お前の手に渡るはずで、私は主に手紙の安全を祈りながら、この手紙を認《したた》めている。
　司牧生活は忙しく、日々、ミサの時刻、洗礼式と結婚式と葬式の記録、出納録、それに診察結果について簡単なメモを取るしか暇がなく、わずかに洗礼者名簿のみを義務として正確に記録してきて、その数はもうすぐ六千人になろうとしていたのだが、以前この地にいた宣教師、ジェロニモ・ロドリゲスやバルタサール・トルレスの残した日録や信者名簿を含め、すべての書類を最近焼却してしまったのは、この国で家康大王のキリスト教徒への迫害が始まっているからで、こうして過去を抹殺しながら、自分の回想をお前に伝えるのは矛盾しているが、お前に一通の手紙を書いてから、自分の生きた証しを、せめて肉親のお前にだけは伝えておきたい、お前の心に兄の痕跡を少しでも刻んでおきたいと願う衝動が起こってきたからだ。さすればこれは私の遺書で、と言うのも私ももう五十五歳の老骨となり、とくにこの厳寒期に馬車馬のように働いたために疲労が累積し、ときおり手足の関節の激痛発作を起こす体たらくだからだ。この場合、私の字が、お前も知っているように、私の字に馴れているはずのバルタサールさえ、わが報告書が読めず、写しを取るのに苦労すると何度も苦情を言って寄越しているような天下の悪筆、おそらく家康大王方の役人の手に落ちても判読はむつかしいという事実は私に勇気をあたえる。

もっとも日本各地で荒れ狂っている迫害の猛威もこの金沢には到達せず、今のところきわめて平穏な様子、それというのも、金沢は前田王が領有する加賀と能登と越中三国の首都で、農作物や漁獲物の集散地として、また商業や加工業の中心として繁栄した町ではあるが、日本における布教の中心地ではないからで、そもそもわれらの根拠地マカオとの地理的関係から、かのザビエルも私も九州に上陸し、さらに東に旅して都に来たから、長崎と都は、その周辺を含めて布教の要地として注目され、宣教師たちの動静は念入りに取材されて刻々の報告書が長崎の本部に集められて編集され、イエズス会の年報やかのルイス・フロイスのHistoria de Iapam（日本史）においても中心的役割を果しているのだが、ここ北陸地方の記述はわずかしか見いだされないし、ときどき要約された年次報告程度のものが載るのみである。私の言いたいことは、お前に書いているこの手紙が、もしも主の御加護によってお前のもとに届くならば、故郷に伝わる私個人の最初の詳しい生活記録であることで、ああ主よ、自分の生の証を残そうとする、私のささやかな傲慢の罪を許したまえ。

数日前、前便が能登からの往診依頼で中断したあと、猛烈な吹雪のさなかを馬の背に揺られて深夜の能登、朝鮮や中国から来る北風がもろに吹きつけてくる半島に到達したときは、凍え死ぬかと思ったほど冷え込んでしまい、おかげで風邪をひいて二日ほど熱と咳で寝込んでしまった。そのあと雪は途絶えたが、わずかな晴れ間が亀裂のようにときどき見えるだけで、毎日どんよりと曇り、雪を蔵した巨大な革袋のような雲が頭上を覆い尽くし、ちょっと風に揺さぶられると遠慮なしにどか雪を落してくる。

窓の板戸を開いてみると、まだ昼日中なのに、分厚い密雲のもと、夜のような闇が地上を浸していて、百間堀《ひゃっけんぼり》と呼ばれる幅広の堀の向うに背高い城壁が視野全体に立ちふさがり、石川門と呼ばれている隅櫓《すみやぐら》にはもう灯が点り、照らし出された石垣の雪がちらちらと炎のように揺れ、矢狭間《やざま》より警士たちのうごめきが動乱の兆しのように窺える。わが聖堂の前の道は紺屋坂と称される急坂で、根雪の表面が露出してつるつるとなっているため今も駕籠舁きが足を滑らせ、駕籠を投げ出したものだから大騒ぎ、この前など、馬借の馬がどうと転び胴体を硬い氷にぶつけて、けたたましくいななき、その痛ましさに胸を突かれたものだ。

低い甍《いらか》の連なりを越えて吹きつける風、海の塩けを含む凍った北風、頬にねっとりまつわり付く大気は、イザヤ書の曲がりうねる蛇レビヤタンさながらで、くねる腹には毒々しい鱗を光らせている雲の大群を押し出してくる。と、額を打つ冷たいものはまた降り出した雪で、まずは目前の町が煙り、ついで櫓も城壁も堀も薄鼠色にぼけていき、この寒さでは、今夜も夜通し雪が降り続きそうだ。

一六〇七年、前田利長《としなが》先王は金沢に里帰りした妹のマリア豪姫、現在は備前殿と呼ばれる教徒の傷心を慰めるために、この聖堂を建て、私はそれ以前からこの地で布教に努めたわが友、バルタサールの推薦とジュスト右近の懇請によって、この聖堂の常駐司祭として赴任した。最初のミサには、マリア備前殿、ジュスト右近と妻ジュスタ、ジュスト右近の弟のペトロ高山太郎右衛門、娘ルチアと夫の横山康玄《やすはる》、ジュスト右近の友人であるドン・ジョアン内《ない》藤忠俊如安《とうただとしじよあん》、その子のトマス内藤好次、トマス宇喜《うき》多久閑《たきゆうかん》、前田王の料理番ディエゴ片岡休嘉ら、金沢の主だった信者、それに大勢の一般信者が参列し、聖堂内満席の盛況であった。

利長先王がキリスト教に寛容でこの聖堂をみずから建立したと知っている人々は、こぞって聖堂に集まり、ミサに喜んで参加しているという、のびやかな態度が見られた。新聖堂は、都の四条坊門姥柳町《しじょうぼうもんうばやなぎちょう》に一五七六年に竣工した聖堂を模した木造三階建てで、ほとんどべたっとした平屋がひろがる金沢の街並みにおいては抜きんでて高いため、南蛮寺と呼ばれて人々の注目の的となったけれども、さえぎるものもなく建つ故に、寒風をもろに受ける羽目にもなった。

今夜は降誕祭の前々日で、深夜ミサ前にする芝居の稽古のため、この町に沢山ある仏教寺院の晩鐘の音とともに、雪のなかを子供たちが、ジュスト右近の孫たちとトマス宇喜多久閑の息子たちが、集まってきた。クリスマスに聖書物語を子供たちが演じるのは、この地の教徒たちが大切に守ってきた習慣で、演目は毎年変えられたが、今まで上演したのは、アダムとエバの楽園追放、ロトの妻の塩の柱、ソロモン王の裁判などで、とくに印象深かったのは、私が来沢した翌年の盛大な芝居、備前殿を始め武士や庶民の信者たちが集まり、主の御降誕の模様を詳細に再現してみせ、無一物の生れである人が尊いお方になられた話が、貧しい下級武士や百姓たちに大きな感銘をあたえたようであった。

ところで、今年も芝居をするかどうかが問題で信者たちの話し合いが何度も持たれたのは、昨年、すなわち一六一二年四月に家康大王の発した禁教令により江戸の大王政庁のテンリョウ（直轄地）、駿府《すんぷ》、江戸、都、長崎において聖堂の取壊し布教禁止が実行されてから日本各地においても反キリスト教の動きがある実情を踏んまえて、大王政庁を刺激しないように派手な催しものは遠慮したほうがいいという意見が信者の多数から出たからであった。たしかに事態は年々悪くなっていた。江戸では家康大王の子秀忠《ひでただ》大王によりスペイン系の宣教師が侵略の手先と見なされ、浅草教会が保護していた癩病者二十数人が斬首され、武士のみならず一般庶民の信仰も禁止されたし、都では京都所司代（都の警視総監）板倉勝重《いたくらかつしげ》によってフランシスコ会士の追放と上京のイエズス会士の教会破却が実行され、家康大王のお膝もと駿府では旗本以下の教徒の逮捕と追放が断行された。キリスト教は神道を誹謗《ひぼう》し仏教の教えに反し、日本の風俗を乱す「異国の邪法」とされて、九月には幕府の禁令五箇条が出されて、「伴天連《バテレン》門徒御禁制」を天領以外にも適用するように諸国に通達が出されたため家康大王の鼻息をうかがって、領内の教徒の禁圧に走る王たちが増え、かつて領主が教えに帰依して領民にも信徒が多かった有馬や大村でも、領主が信仰を捨て領民の教徒に対しては弾圧を行っていた。すなわち、遣欧使節を送り、その帰国を熱烈に迎えたプロタシオ有馬晴信王は、ある事件の結果家康大王の怒りを買って斬首され、その子、ミゲル直純《なおずみ》王は家康大王の養女と結婚しただけあって舅《しゅうと》の顔色をうかがい、かつての信仰を捨てて教徒への残酷な迫害を行っていたし、サンチョ大村喜前《よしあき》王は、天正使節帰国のときは愛想よく教皇の贈り物を受け取ったくせに、背教者となって宣教師を追放し、信徒を圧迫していた。金沢でも諸国での禁制と弾圧の報知に気押され、教会信徒の芝居自粛の意見も強くなってきたところ、信徒の中心人物、ジュスト右近が、「教会の中で小さな芝居をやらぬと言って、幕府の姿勢が変るものでもありますまい。それよりも降誕祭を祝い、主に喜んでいただくほうが、お恵みは多いでしょう」ときっぱり発言したため、反対意見は引っ込められ、演目も彼の提案で「ノアの方舟」と決まったので、あの物語の結末のように、信徒を呑み込もうとしている大洪水が終息して平安が訪れることを祈るという趣旨にみなが賛同したのだった。

あしたの本番のために通しの練習を行なった聖堂内は、荏胡麻《えごま》の油をともした大型行灯《あんどん》で照らされ、そこだけ日溜まりのように明るい祭壇に方舟をかたどった藁船が置かれ、デウスのお告げを聞く老人も三人の息子もジュスト右近の孫たちが扮し、方舟に動物たちを積み込む人々の役はトマス久閑の三人の息子たちである。藁船に乗ったノアの一家が洪水の海を漂流し、やがてノアが一羽の鳩を放つとオリーブの葉をくわえて帰ってきたので洪水の終結を悟るのだが、このオリーブという聖書に記され、南ヨーロッパではごくありふれた樹木が日本には見当たらず、この地方の冬でも得られる楠の葉を用い、葉を運ぶ幸福の鳩をジュスト右近の末の孫、八つになる童女が演じた。子供たちは、物語の人物に成りきり、演技は迫真の出来ばえ、あしたの芝居は成功疑いなしだろう。

妹よ、これからあとはクリスマス前日の早朝に書いている。

昨夜は、深夜まで机に向かい、お前の手紙にも故国における最近の評判作と書かれてあった、『ドン・キホーテ』を読んだ。この本は長崎にいたときに、マニラから来た貿易商から贈られたものだが、何だかふざけた不道徳な書物に思われて、ずっと手に触れず書架で埃を被っていたのが、読みだしたらラ・マンチャは古里ウベダのすぐそばで、なんとウベダの名前も出てくるし、ここに描かれた地方の田園や山や街道宿《ベンタ》の様子など、私がよく知っているため作品はことに興が深い。主人公のドン・キホーテは完全に頭の狂った男だが、優しい心根と正義感をいだき、鎖につながれた犯罪者を解放したり、こんどはおのれの助けた犯罪者どもに襲撃されたり、失敗につぐ失敗で読者を笑わせるが、私の感銘を受けたのは、彼の無垢な人格とまっすぐな勇気だ。彼の勇気にくらべれば、世間体を気にし金儲けに明け暮れする人々や、万巻の書を読みながら何一つ実行せぬ司祭など、主の教えに反する罪人である。そこで、私はこう反省した——打ち続く戦乱のちまたで真理を見失い、領地や富のみを求めている侍や諸王、既得財産を守るに汲々たる仏教の僧侶に対して、この日本ではキリスト者がドン・キホーテであり、ただ私に彼ほどの勇気と実行力があるかどうかが問題なのだと。本を閉じて、われに勇気をおあたえくださいと主に祈ったところ、主の応答のように朗らかな鶏鳴があり、すでに夜明けの光が青々と空に満ちていてこの地方の冬には珍しい晴天、今夜はクリスマス・イブで、この晴天は幸先がいい。

奇想驚くべき郷士ドン・キホーテ・デ・ラ・マンチャの冒険で活性化された脳髄を鎮めようとして、ほんの少しまどろむつもりが、すっかり日の高い時刻まで、数時間は寝込んでしまったため、私には充分な睡眠が恵まれた。天球は紺碧の氷のカテドラル、明るさを支えている目に見えぬ巨大な柱や迫《せ》り持《も》ちが力強く感じられて、わが魂を鼓舞してくれ、それかあらぬか私の風邪はどこかに飛び去ってしまい、久しぶりの晴天に同宿の男たちは朝から洗濯に精出して庭を濡れた衣類で祝祭の旗のように飾ってしまった。

ここ金沢ではごく変哲もない冬の一日がわれわれにとってはクリスマス前夜の特別な祝日である。故国スペインにおいては町をあげてのお祭り騒ぎになるところだが、ここ異教徒《ゼンチヨ》の町においてクリスマスを祝うのは、ほんの一にぎりの教徒たち（と言っても数千人はいるのだが）に過ぎず、町ではいつも通りの生活、武士たちの登城、商人たちの商い、職人たちの手仕事、百姓たちの冬場の草鞋《わらじ》作りなどが行われていた。昼間は地に吸い込まれた雨水のように身を潜めていた信徒たちが、たそがれどき、湧き出してくる清水のように姿を現し、幾条もの小川となって聖堂めがけて流れ込んでき、畳敷きの大広間には、長押《なげし》にさげた燭台の明かりに人々が大小さまざまな影となって壁に揺らめき、人々を縫って同宿が人々に茶を配っていて、彼らの動きを追っていくと信徒の主だった人々が見分けられた。と、正面の引戸を開いて、ジュスト右近、信徒たちの長老が家来のサンチョ岡本惣兵衛とミカエル生駒弥次郎、弟のペトロ太郎右衛門を従えて入ってき、とたんに彼の出現が信徒たちに絶大な効果を発揮し、聖堂全体のざわめきが強風一過の蠟燭《ろうそく》の群れのように消されてしまい、人々は居住まいを正して長老に丁寧に頭をさげ、人々の礼に一々丁寧に応じていきながら、彼は舞台となっている祭壇の袖に来て私に挨拶したが六十がらみ、鬢《びん》は半白のひょろりとした老人で、地味な衣服は目立たず、一見、ごく普通のサムライにもかかわらず、人を気持ちよく寛《くつろ》げるような眼差しや、おそらく茶道の所作から来るのであろうか、つい見ほれてしまうような優雅な摺り足には、いつもながら感心してしまう。ついでに言えば、彼の後ろに影のように忠実に従っているサンチョ岡本怨兵衛なる家来は日本人には珍しくでっぷり太った小男で、これも日本人には例外的なことだが喜怒哀楽をすぐさま顔に表出し、礼儀格式を重んじるサムライの供でありながら着物の着方もどこか締まりがなく、主人の優雅とは逆の刻み足で転がるように歩くのを見ていると、現在の読書の影響であろうが、ドン・キホーテの従者、偶然彼と同じ名前のサンチョ・パンサを見る気がしてしまう。サンチョ怨兵衛は洗礼を受けて信者になっているが、そうしたのも主人が教徒であるからという以外の理由はなさそうで、というのも、説教のとき、彼は居眠りしていることが多く、教理問答など読んだためしがなく、主の事績についてもよく知らず、この前も〝ゼス・キリシト〟が菩提樹《ぼだいじゅ》の下で瞑想したとき悪魔に会ったなどと妙なことを言ったので、菩提樹の下で瞑想したは仏教の始祖、釈迦ではないかと私が言い返すと、へえ、そうでしたかと、かえって驚いている始末なのだ。もう一人の従者、ミカエル生駒弥次郎は二十を過ぎたばかりの血の気の多い若者で、剣術の達人だそうだが、教会では勉学欲旺盛、日本で出版された「キリシタン文書」を熟読し、主や使徒の言動にも通じていて、エルナンデスについてラテン語を習得、聖ヒエロニムス訳のラテン語聖書をかなりの速度で読みこなすし、私の所にも頻繁に質問に来、ヨーロッパという文明社会に強い関心を示し、金沢という田舎にいたため、有馬のセミナリヨにも、長崎のコレジヨも行けなかったと残念がり、天正の遺欧使節たちを羨ましがり、自分も神学と学問を修めるために渡欧したい、パードレの推薦と助力を願うと言っている。

ジュスト右近は、「クリスマス、おめでとうございます。孫たちの話では芝居はうまくできそうだとか」と私の心をぱっと照らすような明るい視線を向けた。「はい。子供たちが一所懸命練習しましたから、大丈夫です」と答えてから大事な用件を思い出した。「今夜の芝居のお誘いをマリア備前の方様にいたしましたところ、芝居はご覧になりたいが、利光《としみつ》公が、この節の御禁制の風向きでは、自粛なさるがよいとお達しで諦めたとのこと、お返しに、ジュスト右近殿に是非とも近々にお会いしたいとの御意向を伝えてこられました。何やら信仰についてお確かめおきたい儀がおありの御様子」「さすれば、マリア様の所に参りましょう、明日にでも」と彼は打てば響く返事をし、それから、そっとポルトガル語で付け加えた。「あとで、左様、芝居のあとで、ちとパードレにお話があります」「分かりました。どうぞ」と私もポルトガル語で応えた。

芝居は大成功だった。信徒たちはさかんに拍手したが、このヨーロッパ風の拍手の習慣は、宣教師たちが伝えたもので、今では教徒から一般の人々にも伝わっている模様である。

芝居のあとはミサが始まるまで休憩だから、私はジュスト右近に目配せして先に二階の司祭室に行かせ、芝居の後片付けを同宿や子供たちに指示してから二階に上がった。司祭室に入ると彼は壁に貼った私が作ったカレンダー、日本で常用の太陰暦とわれらのグレゴリオ暦との対照表を、熱心に見、本日、グレゴリオ暦一六一三年十二月二十四日は、慶長十八年十一月三日であると確かめると深く頷いた。

私たちはポルトガル語で話したので、それは同宿や一般の信者に知られては困る極秘の話を意味していた。

「都の司祭トルレスからの通信では」と私は言った。「京都所司代が宣教師および信徒、さらに同調者の名簿の作成を準備していて、ひそかに聞き込みを開始したようです。トルレスは、所司代のこの動きを家康大王が近く三つ目の宣教師追放令を出す前触れと見なしていて、用心をするように、とくに日本における教徒代表であるあなたには、慎重で賢明な行動を取るようにと忠告しています」「わたしのことはどうでもいいが、この加賀と能登と越中における布教に禁令が敷かれるのは残念ですね」「そうです。トルレスは有馬や大村でも残忍な迫害が行われていると報じています。残念ながら、早晩、この金沢においても、これらに同調する動きが見られることは充分に予測できます。もっとも、私は金沢に来てから繁忙を極め、政治には目を向ける暇がなく、時々あなたに解説してもらってもすぐ忘れてしまう始末で、城中の動向など皆目分かりませんが」「それなら、私にはかなり摑《つか》めています。家康大王の意志に従って城中でも反キリスト教の気運が最近急速に強まっています。前田家には幕府をはばかる事情が多々あるのです。前にパードレにお話したように、関ヶ原の戦のあと、二代の利長王が加賀、能登、越中の百二十万石を安堵できたのは家康大王のおかげであったし、翌年には、利長王の弟、利光王が家康の継嗣、秀忠大王の娘珠姫《たまひめ》と結婚して徳川家と姻戚関係となり、これを機に、利長王は家督を異母弟の利光王にゆずり、富山城に退き、さらには富山城の炎上によって魚津城から高岡城に移ったのでした。初代利家王、第二代利長王は、ともに教徒には温かい理解と親近感をいだいておられましたが、その利長先王すら最近は徳川方の禁教政策に、何かにつけて同調せざるをえなくなってきておられます」「あなたに棄教をお勧めになった、あの一件ですな」「はい」と彼はうなずいた。

私の聞いたところでは、利長王は何とかジュスト右近に棄教させようとしていたくせに、気の弱いため、それを直接彼に言うことができず、ジュスト右近の娘ルチアの岳父横山長知《ながちか》に書状を書くように命じたのだった。ところが、彼の人物と信仰の深さをよく知る長知は、そのような勧告は無益のことと応えたので、利長は思い止まったという。「家康大王の場合、秀吉大王とはどう違いましょうかな」と私は言った。「九七年の殉教のとき、私はちょうど長崎にいまして、ポルトガル船上より、丘の上で十字架に縛られた人々が槍で突かれて、血を流し、つぎつぎに絶命していくのを見たのです」「ああ、あのとき……」と彼は当時のことをまざまざと思い出したらしく輝かしい目を見開き、炎でも燃やすような目付きになった。これは当時、都の司祭をしていたオルガンティーノから聞いたことだが、秀吉大王の迫害が始まったというニュースを都にいたジュスト右近に伝えると、彼はすぐに自分も殉教者に加わる決心をして、都の近くの前田王の屋敷へ馬を飛ばして利家王に会い、別れの品として、彼の茶の湯の師匠、千利休《せんのりきゅう》（日本では大変有名な茶人）より拝領した茶壺を二口持って行った。「私の死後、この壺を納められますように。私はオルガンティーノとともに死の宣告を受ける覚悟でございます故に」と言うと利家王は驚いて、「いやいや、秀吉大王はルソンよりのフランシスコ会の布教に御怒りなのであって、イエズス会の友人であるあなたには大事はない」と言った。「秀吉大王がイエズス会とフランシスコ会との区別がおできになるかどうか。実は、私はこの度捕縛されましたイエズス会とフランシスコ会の方々にも教えをお聞きしましたが、同じ主の教えと解しました」「いやいや、あなたには大事はない」と利家公は重ねて請け合い、茶壺も受け取らず、彼はすっかり慰められて、そこを退出したのだという。「あのときあなたは殉教を決意なさったと聞きましたが」と私は言った。「はい。私はすでに追放された身であり、いつ仕置きされてもおかしくない身でした。秀吉大王がいよいよ迫害の実行を決意したと知り、ほかの信者たちのため、私自身が生贄《いけにえ》になるべきだと信じたのでした」「それは立派な心掛けですが、あなたは教徒にとって大事な方で、身を隠しても生き延びてほしいと思い、オルガンティーノは、いの一番にあなたに使いを出したそうではありませんか」「そのことは、あとでうかがいました。あの時、わたしとしては殉教をせよとのお知らせと思い込んだのです」「あの二十六人の帰天の様子は今でも、まざまざと思い出します」と私は言った。「みなさん立派な最後でしたが、なかでも三木パウロ修道士は、最後まで朗々と説教してやみませんでした。主の十字架上の言葉に倣い、彼は迫害者を許すとまで言ったのです」「三木パウロが安土のセミナリヨに入学してきたときを思い出します。まだ子供子供した少年でしたが、ラテン語の朗読など見事にする利発な人でした。そうですか、彼がそんなに見事な死を迎えたのですか。私も彼と同時に十字架につけられたかも知れないのです。しかし、自分にそのような立派な死ができたかどうか……」彼は頭を垂れた。「いや、あなたならおできになる。私のほうこそ、そのような殉教ができるかどうか、怪しいものです」と、私は彼を真似て頭を垂れた。

「最前の話題にもどりますが、迫害の残酷さにおいては秀吉大王と家康大王とのあいだに相違はありますまい。ただ、秀吉大王は宣教師追放令を出し、ただちに私の明石の所領を没収して追放しましたが、ほかの信徒王には何もしませんでしたし、各地のコレジヨやセミナリヨは放置し教会の存続も許しました。九七年の迫害は、突然の発作のように行われました。彼は、せっかちで熱くなる人ですが、その熱はすぐ冷める、気まぐれな性格でした。しかし家康大王は違います。一度、こうと定めたことを、満遍なく粘り強く実行する人です。もし、彼が三度目の禁教令を出せば、それは徹底的で持続的なものになるでしょう」「恐ろしいのは家康大王だ」と私は、熱いスープを冷ますような、大きな吐息をついた。「そうです」とジュスト右近はきっぱりと言った。「しかも、秀吉大王のときには、各地に信徒王が健在でした。有力な王、アゴスティニョ小西行長《こにしゆきなが》は朝鮮派遣軍の総大将でしたし、派遣軍には信徒王が大勢参加していて、枢要な役割をはたしていたので、秀吉大王も禁教令を徹底させることができませんでした。しかし、家康大王は違う。いまや信徒王は一掃されてしまい、彼は思う存分に禁令を施行できるのです」

私たち二人の会話は、諸国の教徒の状況分析から、この金沢藩での教会の将来の予測まで、尽きることがなかった。

「利光王は、どのような処置を加えてくるでしょう」と私は尋ねた。「わかりませぬが、江戸や有馬でのような過酷な刑罰で迫ってくることは、ここ金沢ではありますまい。おそらくは所払いか幽閉か……それも士分の者に限られ町人百姓には及ばぬと予想します。もっとも私のような古くからの教徒に対する処罰は別でしょうが」ジュスト右近は、彼にしては珍しく憂い顔になって沈黙したが、その沈黙は外の風音の単調な繰り返しを何度も聞いたほど長いあいだ続いた。

ミサの支度ができたと同宿が告げにきたので二人が下に降りたとき、信者たちは、エルナンデス修道士のオルガン演奏で、聖歌の練習中、私は祭壇にのぼってラテン語ミサを始め、降誕祭のため特別に練習した少年聖歌隊が歌えば主の降誕の喜びが木造の聖堂いっぱいに満ち、この至福の平和がいつまでも続き、迫害の接近はありえぬことのように思われたほどだった。

ミサが終ったのは日本の時制で八つ（午前二時）過ぎ、ミサの最中に風が起こり、外はまた雪となっていて、玄関先に出てみれば、外は荒れ模様、横殴りの風が濃密な雪の幕を幾重にもはためかしていたので、女、子供は聖堂で一夜を過ごさせると決め、男たちは吹雪をものともせず去っていき、ジョアン忠俊とトマス好次は馬で、トマス久閑は駕籠で出たが、ジュスト右近は三人の供とともに、提灯を押さえながら徒《かち》で闇に消えた。

私は眠ってしまい、現在二十五日の午後にこの手紙を認めている。妹よ、私は命のあるかぎりお前に書き続け、あらゆる機会をとらえてお前に送ることにしよう、日記をつけない私の、この世での唯一の記録を、故郷において残すために。

✝主の平安

わが最愛の妹よ。アディオス！

ファン・バウティスタ・クレメンテ

3 豪姫

金沢城の西側、御宮御門を出た所から下るのが甚右衛門坂である。右側に続く御宮と藤右衛門丸の長い塀の尽きた辺りには、右近の屋敷を始め、キリシタン藩士の第宅《ていたく》が集まっていた。高山長房《ながふさ》、通称右近二万五千石、内藤飛驒守忠俊、通称如安四千石、内藤好次、通称休甫千七百石、宇喜多久閑千五百石、品川右兵衛千石、芝山権兵衛五百石、と比較的高禄の藩士が多かったので屋敷町の様相を呈し、このあたり一帯を人は「伴天連屋敷」と総称していた。

金沢の前田家では、侍屋敷の広さについて禄高による定めがあった。一万石は四十間四方、四千石は三十間四方という具合である。また、右近がその掘削に従事した城の西の出丸を起点として浅野川にまで至る内惣構堀《うちそうがまえぼり》の内側にある侍屋敷として、防衛上の見地から、惣屋敷奉行の許可なく改築したり、通用口を作ってはならぬ決まりであった。とくに惣屋敷奉行の浅野将監は、お役目大事の杓子定規な人、それにキリシタンに対しては何か含むところがあるらしく、見張りを厳しくし、些細な茶室の普請や内怨構堀の竹藪を花瓶用に伐取したことまでいちゃもんを付けてくる始末で、右近もうかうかとできない。孫たちが雨で崩れた土塀の穴を大きくしてくぐり抜けたところ不用心だと見とがめられて、修復を命じられたこともある。

右近は自宅より供も連れず出て歩いていた。伴天連屋敷の北の端に宇喜多久閑の屋敷があり、その隣は西町の備前の方の屋敷であった。このあたりは御算用場や町会所などの公立の大建築が並び、備前の方の屋敷は、恐れ入って身を縮めているように小体《こてい》に見えた。前田家より与えられた化粧田は千五百石に過ぎず、かつて備前美作《みまさか》五十万石の大名の奥方であった方の住まいとしては、禄高に応じただけの質素な構えである。ただし唐門《からもん》には金箔張りの美々しい飾りがあるし、築地塀《ついじべい》は朱鷺色《ときいろ》壁の肌を伸ばして、高貴な女性のものらしい優雅な趣は備えていた。唐門で案内を請うとすぐ門番の足軽が通用門を開けてくれた。誰もおとなわぬらしく、玄関までの除雪もされておらず、左右の植え込みは重い雪に頭をさげて、悲嘆に暮れる人の心を示しているかのようであった。夜来の雪も夜明け前にはおさまり、雲が切れて蒼穹《そうきゆう》は深く、軒端の雪に朝日が映えて、さかんに細流を降らすのが何やら目覚ましい涙に見えた。案内の侍女を追いながら右近は庭の池に横たわる雪折れの大枝に目を止めた。

「人手が足りませんで」と言い訳し、侍女は恥じて顔を赤らめた。

「いや、わが家もご同様、この大雪続きには応じきれぬ」と右近は頭を下げ、「それにしても、御方様のお屋敷まで手が足りぬとは申し訳なきことにて」と、まるで自分の責任のように恐縮した。

人声が雪の深みに吸い込まれたような静寂があたりを閉ざしていた。おのれの宅とは何という違いであろう。孫の甲高い声が跳ね、若侍の撃剣稽古の気合が響いている喧騒から抜けて来た身には、ここの静寂がことさらに耳底にしんと迫る。

備前の方は文をしたためていた文机から顔をあげて、右近に相対した。

「しばらく無音《ぶいん》に打ち過ぎ失礼つかまつりました。昨日、パードレ様より御伝言承り、急ぎ参上いたしました」

「御足労をかけました」と彼女は頬笑んだ。もう不惑に届く年頃であるが、まるで豪姫時代のようにほっそりとした体は若く見えて、笑みも目尻に深い刻みはつけない。ただ幼いときに罹《かか》った疱瘡のあとが頰や額に凹凸を作り、それを隠すように障子の半分を板戸で閉めて室内を暗くしてある。彼女が明るい外光を嫌い、南蛮寺へのお出ましのときも紗の面覆いをしているのもそのせいである。

「じつは、高山殿にお目文字のうえ、お頼みしたき仕儀がございまして」と言うと、備前の方は侍女に目配せて去らせた。閉め切った障子には池の反映が揺らぎ、密室には品のよい香が漂った。木所《きどころ》は伽羅《きやら》と判じられた。

「高岡の兄上の御具合がはかばかしくなく、それに種々の心遣いを仰せ出されてきました」と、緊急秘密のことらしく、ひそひそ声で切り出した。

前領主、前田利長公が腫れ物の病になり、臥しがちになったのは三年ほど前のことで、大御所家康公からも将軍秀忠公からも御見舞いの文が来たこと、それを恐縮して深謝の返書とともに、献上品を数多、駿府と江戸に返礼したことは城内周知の事実であった。その後も病は進み、今春よりは床に臥しがちで、公式の席に顔を出せぬようになった。右近が見舞ったのはこの夏のことで、風の通る簾《すだれ》の奥で脇息《きょうそく》で身を支えてやっと対面できるほどに衰弱していた。気だるげな様子で四方山話に応じてはいたが、しかし、闊達な口吻《こうふん》は相変らずで、会話は滑らかに進み、キリシタンをめぐる状況についても、その筋からの報告もある上に、各国に素っ破を送って得た独自の情報を集めており、パードレや行商人からの、おりおりの伝聞に頼っている右近などよりは、余程各地の動向に通じていた。

「葉月にお伺いしたおりには、常にも増して御機嫌がうるわしく、いろいろお話しいたしましたが」

「わたくしは兄上が今年の正月、城内年賀に見えられた時以来、ずっとお会いできないでいるのです。気遣いに焦るばかり、ままならぬは女の身、それに、私が金沢に来てから、兄上や貴方さまの上につぎつぎに変事出来《しゅったい》、災いを呼ぶ星回りが身に備わっているかと案じられます」

「いや、滅相もございませぬ……」と右近は打ち消しにかかったが、こういう場合に上辺だけの慰めを言う術策は右近にはなく、真面目な表情のまま口ごもり、それが相手の言葉を肯定する結果になった。

実際、備前の方が金沢の前田家に引き取られてから、変事が打ち続いた。まず利長公が居城としていた富山城が炎上、仕方なく魚津の古城に仮住まいしたが手狭にすぎ、越中関野の地に新城を造営することになり右近が選地と縄張りと築城の総指揮を担当した。築城のために家を空けるようになった矢先に、右近の老母マリアが中風で、続いて長男ジョアンとその妻が流行りの風邪にかかって急死した。そして城ができ上がり、高岡城と命名されて城下町が形成されたころ、利長は腫れ物の病に臥すようになってしまった。と、時を同じくするようにしてキリシタンへの吟味取り調べが始まったのだ。まるで彼女の来沢は不吉の前触れのようでもあったのだ。

「今、兄上に返書をしたためておりました。お見舞いにも行けぬお詫びとともに、兄上のお言いつけ通りにする旨の手紙です」と彼女は文机の上の文をちらっと振り向いた。「それについて高山殿にお願いがございます」と改まって三つ指をついて頭を下げた。右近は相手の丁寧な礼に弾かれたように後じさりすると、ははあと平伏した。

「兄上が、ロザリオやクルスや教えの文書を処分するようにと、お命じになりましたの。いずれ御禁制となり厳しい詮索《せんさく》が始まるであろうから近辺に置くのは危険であると仰せられるのです。私も信者として見苦しき振舞いはいたしたくありませんし秀林院玉子の方（細川ガラシヤ）のなされたように身を処するのが道かとも存じますけれども、兄上の御心配もわかるのです。前田一門に御禁教の信者がいたとなると、兄上を始め、現城主利光様にも迷惑がおよぶのは目に見えておりますので、玉子の方の如きいさぎよき最期は望めませぬ。ところで処分と言っても焼き棄てれば簡単でございますが、永年親しんだものばかりですし、もしやまだ信徒の方々のお役に立つやも知れず、とすれば高山殿にお渡しして置くのが何よりと考えました。これでございます」女は文机の上に細い手を伸ばすと、金襴の袱紗包みを取り、高価な宝物でもあるように、そっと右近の前に置いた。

「かしこまりました」と右近は言下に言い、包みを押しいただいた。「それがしは大御所にも聞こえた札付きの信者にございますれば、これらの品々を所持していても不審は招きますまい。御方様のお志をお立てするように大事に扱いましょう」

「かたじけのう存じます」と女は言い、溜息とともにうっすらと涙を浮かべた。「私は養い親であらせられる北政所《きたのまんどころ》様にも秘密で洗礼を受けたものですから、このことは駿府にも江戸にも知れてはいないと思います。ですから主人が八丈島に流されたおりに剃髪して仏門に入ることもできず、また自裁もせずに、北政所さま始め、方々の不審をまねいたものでございました。私の苦衷を察していただけたのは、都のベアタス会の比丘尼《びくに》方、とくに内藤ジュリア様だけでございました。この金沢に参ってからも家中でとやかく後ろ指を指す者が絶えませぬ。その間に唯一の支えは、パードレ様を始め、あなた様や久閑殿にお会いして、主のお恵み、天国の楽しみを思い、日夜お祈りに励むことでございました。ロザリオのお祈りも今後は数を限った数珠を造らせていたそうと思います」備前の方の話は、いつも無言《しじま》を強いられていた薄命の貴婦人が、親しい聞き手を得て思いのたけを漏らそうとするため、口早で能弁であった。

初代前田利家公が子のない秀吉に四女の豪を養女として送ったころを右近は知っている。幼名於語と呼ばれて明るく屈託のない幼女であった。しかし、よく風邪で臥せったり腹下りで蒼い顔をしたり蒲柳の質でもあった。秀吉が関白になり、その室、寧々《ねね》が北政所と呼ばれて、豪姫が備前の藩主宇喜多秀家《ひでいえ》の正室として岡山に行ったあとは、むろん会う機会がなかったが、関ヶ原で西軍が敗れ、秀家が薩摩に逃れ、さらに二人の息子とともに八丈島に流されたあと、娘二人を連れて廃残の身を金沢に寄託してからは親しい付き合いが保たれるようになった。備前殿が信者だと知ったのはこの時で、都で内藤如安の妹ジュリアの導きを受けて受洗しマリアという霊名を受けたと如安より告げられたのだ。利長公の肝入りで、以前から計画されていた紺屋坂の南蛮寺の普請が、にわかに急がれたのは一に失意の内室マリアを励ますためであった。けれども母、芳春院は江戸に人質となって不在だったし、実兄の利長公はすでに当主の座を引き、異母弟の利光公の代となっていて、心細い境遇に加えて、孤島に流された夫の秀家は、衣食にも事欠く貧窮の生活で、備前殿の嘆願を入れて、藩では、年々、白米七十俵、金子三十五両、衣類、薬品などを送ることにしたが、それでもなお彼女の心労は解けぬと察しられる。

「八丈島より便りが参りました」と女は言った。「南海の小島にて、魚介は豊かなれども、荒れ地にて米は生《な》らず、食の楽しみは乏しく、鄙《ひな》びたる僻村には猿楽も白拍子《しらびょうし》もなく、風流を伴にする人もなく、何の気晴らしもない、屈託至極の毎日のようです。秀家様の御心情察するに余りがあります。そうして、秀高は今年二十六、秀継は十六にて、人生の酷薄と孤愁に気付く年頃です」備前の方は涙声になり、しきりと袖を濡らした。「数日前より、こちら金沢の近況など知らせ申させようと筆をとったのですが、兄上の御悩《ごのう》の重きことを書くうちに、気が滅入り、まだ終えられませぬ」

「まこと、秀家様と御子息さまの御困窮、利長様の御悩、深く重きは御心痛でございましょう。御兄上様、それがしがお目通りの折もキリシタンの未来についてもあれこれ御心痛、身に滲みる思いでした。ことにも御方様のことを御気遣いで……。今日、お目にかかった旨、さっそくに言上いたしましょう」と右近は沈んだ口調で言った。

「はい、よしなに」と女は、また袖で瞼を拭った。「江戸の母上からも御便りがありまして、兄上の御患いにつき御心痛の御様子、お労《いたわ》しゅう存じます」

備前の方はひたすらに、夫、息子たち、母、兄のことを気遣っていて、近親者の安否を想うのが唯一の孤独の慰めであるらしい。反面、おのれの今の不如意な暮らし向きについてはかけらも不満を表さぬ所に憐れが深かった。

その人は泣き止み、静かに呼吸をととのえた。右近も息をひそめて、しんとした静もりを耳に覚えていたその瞬間、おどろおどろしい轟音が襲った。女が身をのけ反らし、右近は身構えて障子を窺った。何ごともない様子だ。おそらく屋根よりずり落ちた大量の雪が庭先に雪崩落ちた地響きであろう。侍女たちが急いで駆けつけてきた。

「大事はない。雪であろうが。片付けるがよい」と女主人は言った。

右近が障子を開けると、沓脱《くつぬ》ぎ石《いし》のあたりに雪の堆積が見え、侍女二人が廊下を拭っていた。庭先に小者たちも駆けつけてきた。

「御屋根の雪下ろしを致さねばなりませぬな。うちの若い者を参らせましょう」と右近が言った。

頃合いと見て彼が辞し去ろうとすると備前の方はあわてたように問うた。

「御禁制は間近だと考えてよろしいでしょうか」

「しかとは判じ得ませぬが、諸般の情勢を考え合わせますと、金沢でも遠からず御仕置きの向きがありましょう」

「高山殿、そうなった場合の覚悟をお教え下さいまし」

「利長様の仰せの通りなされるのがよろしゅうございましょう。それがしは、隠れもない信者でありますれば、受難と殉教は覚悟せねばなりませぬ」

「あなた様とお別れするとなったら心細うございます」と女は目頭を袖でそっと拭った。それから、細い溜息を漏らして、聞こえるか聞こえぬかの声で言った。「そうして、兄上にもしものことでもありましたら……」

薄幸の佳人の涙に、つと貰い泣きして、右近は退出した。

帰宅して袱紗包みを開いてみると、水晶を連ねたロザリオ、金のクルス、銀のそれに慶長十五年（一六一〇年）都版の『こんてむすむん地』と慶長十二年（一六〇七年）長崎コレジヨ版の『スピリツアル修行』が出てきた。右近が驚いたのは後書である。これは、イエズス会の創始者イグナチオ・デ・ロヨラの主著を解説した、〝霊操〟という厳しい瞑想の業を実践するためのこよなき手引き書で、そのような書物を高貴な人が読み込んでいたという事実に驚いたのである。右近はパードレ・トルレスよりイグナチオのラテン語訳 Exercitia spiritualia を借りて読んでみたことがあるが、聖書と教義について余程の素養がないと理解できない難解な本でよく理解できたとは言えず、それに霊操を行うには、手元に本を置いてゆっくり少しずつ読む必要があって、長崎コレジヨ版の解説本をと望んだが、それが稀覯《きこう》本《ぼん》の故に金沢の田舎では入手できず、まだ望みを果していなかったのだ。書物は何度も読み返したものらしく、紙は指に馴染み、貴人常用の伽羅、真南蛮などの香が染みていた。表紙裏に受洗祝いにこれを贈るとあり、内藤ジュリアの署名があった。この本、薄幸の佳人が愛読されたと思うと尊く、殉教の旅に出るとなったらかならず携帯せんものと、それを押し頂いた。それから足軽を呼び、数人の小者を引き連れて、即刻、備前様屋敷の雪下ろしをするように命じた。

すぐさま、高岡城で臥せっている前田利長公の見舞いに行き、妹君に会った顛末を知らせるべしという義務感に駆られた。思い立ったらすぐさま行動に移すのが右近の身上である。妻のジュスタに命じて昼餉《ひるげ》の支度をさせ、冷や飯をかっこんだ。岡本惣兵衛と生駒弥次郎の二騎を供として家を出たのが九つ（正午）過ぎ、金沢から高岡までは十一里、馬を飛ばせば日の高いうちに着くはずを、平野部は走り抜けたものの砺波山《となみやま》の登り道にかかって雪で難渋した。登るにつれて雪は深く馬の足は取られて、ついには降りて、みずから深雪を掻き分けつつ馬を引く羽目になった。が、幸いなことに倶利伽羅《くりから》の里で雪道に慣れた強力《ごうりき》を数人雇うことができ、先行する彼らが道を踏み固めてくれて無事峠に着いた。それから先は富山の行商人の一行が道をつけながら登ってきたので難なく下ることができた。平らな道に来て馬を急がせた。ようやく高岡の城を望める場所まで到達したときには、すでに黄昏、赤々とした光が雪原に満ちていた。

たたなわる珊瑚色の壁が高岡城である。それは荒涼とした夕景色のなかで一つだけ派手やかな姿で映えていた。右近は馬を停めてしばし眺めた。一面の雪原に黒々とした斑《はだら》が見えるのは、この辺りが沼地で雪を融かしていることを示している。そこは真冬でも軍勢の渡れぬ泥濘で、この北と西の沼沢地の果てに城を築きあげたのが、この城の縄張りをした右近の創意であった。北と西を沼地で自然の防備を成さしめ、南と東に堅固な大手口や搦手口《からめて》を配し、内外の水は庄川の伏流を利用することとした。右近は戦国の武将として築城の技術を父飛騨守より学んだ。とくに旧主和田惟長《わだこれなが》を討って高槻城の城主になってからは、近江の坂本から石工《いしく》を呼び集め、彼の地の穴太衆積《あのうしゆうづみ》の技術に南蛮の建築書より得た知識を加え、さらに自身の工夫によって両者を組み合わせ、淀川の氾濫によっても流されぬような堅牢で、しかも表面は滑らかで敵兵の登攀《とうはん》を拒む、守るに固い石垣を築きあげた。こういう築城術の蘊蓄《うんちく》が金沢藩の人々を驚かしたのは、慶長五年（一六〇〇年）、金沢城の北側に新丸を拡げ、大手門（尾坂門）を築いたときであったが、この実績が利長公をして高岡城を右近に任せる信任となった。

右近の総指揮のもとに利長の直臣、神尾図書《ずしよ》、松平伯耆《ほうき》、稲垣与右衛門らが、前田領の三ヵ国より人を呼び寄せて、突貫工事をしたため、三月に着工して八月には早くもほぼ竣工という速さで利長公も大変な満足で、右近を始め普請関係者には非常なお褒めの言葉をいただいたものだった。結果、越後への備えとして、金沢城の前衛ともなるような堅城が完成した。本丸の甍の膨らみは桃山調の豪快な風趣で目立つ。それは、茶の道に造詣が深い利長公の趣味に合わせて、秀吉公より拝領した伏見城の良材をもって優美な殿閣を設計したからである。

「城というものは、いつかは滅びるもの。そのはかなさが美しいのう」と右近は怱兵衛を振り向いた。

岡本忽兵衛は右近が金沢に来た当初、足軽として仕え、その後二十数年、もっとも忠実な家来となった。元は能登の小寺の寺男をしていて、そこが右近の知行《ちぎょう》地になったときに見回りに来た右近に見事な茶を立ててくれたのが縁であった。金沢の屋敷に呼んで小者として使っているうち、手先が器用でちょっとした家財の修補などは巧みにこなすし、料理に才覚あって茶料理などのこつも覚え、茶の湯の準備なども気配りができて、雑用係として調法した。足軽からさらに徒《かち》に取り立てたところ、剣と弓はからっきし駄目だが、本人の希望で教えた馬術だけは上達した。馬に乗れば歩かなくてすむからという理由で熱心に練習したせいであった。家臣の間を巧みに仕切ってくれ、理財にも才能があってジュスタも家の経営をまかせるようになり、次第に家内で無くてはならぬ人物になった。妻をめとるように勧めても、自分のような醜男に来る女がかわいそうという理由で応ぜず独身を通した。あるとき、洗礼を受けたいと申し出たので、金沢にいたパードレ・トルレスに頼んで授洗のうえサンチョという霊名を与えてもらった。しかし、教義には興味を示さず、関係文書も読まず、阿弥陀と天守、浄土と天国の差もよくは究めずにいるし、信徒の心構えもあやふやであった。ただ、右近の供をして教会には熱心に出席するし、信者の集まりでも話の面白い人気者であった。欠点は大食漢で酒好きなことで、ころころに太り、食い過ぎ飲み過ぎで失敗することもままあるが、根が善人だし、右近の命令を絶対のものとして従うし、気の置けない家来として、どこへでも供に連れていくことにしている。

「まことに……」と忽兵衛は主人の言葉に相槌を打つように合点してみせたが、彼の常として、おそらく主人の言葉の深い意味は解しなかったに違いなく、「寒うございますな」と見当違いの返事をした。

「城も人も同じじゃ」と右近は今度は独りごち、大手門の石が一つ二つ欠けているのを目敏く見つけて眉をひそめた。いざ合戦の場合にあの部分は弱点になるは必定、それを補修もしないでおくのは家臣の怠慢、城主の気の緩みの証左である。人と同じように城にも寿命や運命がある。信長公の安土城の無残に焼失したさまは、まるで昨日のように思い出される。柴《しば》田《た》勝《かつ》家《いえ》の北《きたの》庄《しょう》、明《あけ》智《ち》光《みつ》秀《ひで》の坂本城、秀吉公の旧城長浜城、家康公の伏見城。今、危ういのは大坂城であろう。秀吉公が豊臣家の永遠の支配を誇示するために造りあげた城も、昨今の情勢では風前の灯であろう。

「キリシトは三日にして神殿は滅びると申されました。城も同じでございますな」と、弥次郎が忽兵衛の後ろから賢《さか》しげに言った。「おお、そうよのう」と右近は若い侍に頬笑んだ。生駒弥次郎は、右近が高槻の城主だったころからの臣下の子である。その譜代の臣は、明石追放後の右近にもずっと付き添ってきて、ついに金沢にまで従ってきた人であったが金沢で病に倒れ、一子弥次郎を右近に託したのであった。つまり弥次郎は高槻以来の譜代の臣の二代目で、幼時洗礼を受けた霊名ミカエルという生粋の信徒であった。弓術剣術にも長《た》け、学問にも熱心で、家内では模範的な若侍だが、一本気で鼻っ柱が強く、それに自分の学問知識を鼻にかけるところがあって家臣たちの中では嫌われている向きもある。が、何か調べ物をしている際に、文献を素早く用意したり、文章を清書したりする右筆《ゆうひつ》の役目も果してくれて、右近は重宝しており、生真面目で忠実な近習《きんじゅ》として連れ歩くことにしている。

高岡の町に入った。城の南に商家や職人の工房が並ぶかたわら、前田家の菩提寺である広壮な瑞龍寺を始め、いくつかの寺や神社が城を守る形で並んでいる。小金沢とも言うべき風雅な景観である。

大手口の番所の衛士は、右近の顔を見知っていてすぐ通用門を開けてくれた。供の者らと別れ、右近は独り茶坊主に導かれて本丸に入った。いくらも待たされぬうちに利長公の居間に通された。公は敷かれた床の前に出てきて脇息に凭《もた》れていた。一層やつれた面を隠すように紫の山岡頭巾を被っている。右近はかしこまって、ひれ伏した。

「何か急用でもあったのか」と心配げな面持ちである。

「今日備前の御方様にお会いしましたところ、兄上様の御病気を案じておられ、一度、御見舞い申して、殿様の御様子をお知らせせばやと思い立ち、急に罷り越しました」

「今日豪に会って今日の見舞いか、そちはせっかちじゃな」

「この歳になりますと物事を先に延ばすことはゆるされませぬ」

「それは余も同じじゃ。もう余命いくばくもあるまいよ。わが死期の迫るを、今日日《きょうび》ひしひ

し と覚えるわ」利長公は深い絶望の溜息を漏らし、右近はただ黙って頭を下げた。「体の芯から死が染みだしてくるのが分る。年は何とか越せるかも知れぬが、来年の桜が見られるかどうか。せめて死ぬ前に母上にお会いしたいが、それもかなわぬ望みかな」

「備前の御方様も芳春院様にお会いしたきものと仰せられておりました」

利長公は、突然人払いを命じると、右近に近う寄れと命じ、声をひそめた。

「それよ。余は豪のことを心配している。大御所が伴天連追放令を出すという動きがあり、金沢でもいずれは吟味の沙汰が出よう」

「そういう風聞を耳にいたしますが……」

「事実じゃ。近時、幕閣では邪教禁制の評定《ひょうじょう》が何度も行われている。大御所は本多正信《ほんだまさのぶ》を駿府より江戸に遣わし、秀忠将軍の輔弼《ほひつ》としたが、この正信とその子正純《まさずみ》と長崎奉行長谷川左兵衛とが最も厳格な仕置きを進言している。近く、何らかの布達があろうという情勢じゃ」利長公はふと言葉を切って、苦しげに息を継いだ。右近は、幕閣の重鎮、本多正信が、前田家の筆頭家老本多政重《まさしげ》の父であることを思っていた。おそらく利長公の得た情報は政重の筋からもたらされたものであろう。「幕閣にはのう」と利長公は続けた。「輔弼役の本多正信と年寄筆頭の大久保忠隣《ただちか》との間に溝があって、その修復に手間取り、矛先をキリシタンに向けて事を収めようとする向きもあるのじゃ」

「はあ?」と右近は軽く首を傾げた。そういう雲の上の政争については全く不案内で理解できなかったのである。ところが、利長公はさすが、そういう幕府内部の事情に詳しく、しかも大の興味を持って案内を探る人であった。

「忠隣は幕閣内で強大な力を持ち過ぎた。それが問題なのじゃ」と利長は解説したが、右近の怪訝《けげん》な顔付きを見て、急に言い方を変えた。「大御所はのう、いずれ日本全国より邪教を一掃し、南蛮宣教師を国外追放してしまう覚悟であらせられる。ところで、右近、豪の信心は本物か。あれはキリシトを神だと、まともに信じているのかのう」

「信心の深さについては、心の玄妙なる奥底のことゆえ存じませぬ。しかし御方様が熱心な信徒であらせられることは殿も御存知の通りです」

「それよ」と利長公は消え入るような溜息をついた。「もし、御禁制が本決まりとなると、豪も吟味の対象になろうのう」

「用心のため信者名簿を焼却するようにパードレに注意いたしましたから、おそらくそちらからの詮議は無用になりましょう。それに御方様の御信心について私どもから漏れることはありませぬ。それに今日、御方様のお手元にあった関係の品物や書物一切を私がおあずかりしました。証拠となるものは、もうございませぬ」

「それは重畳」利長公の蒼白い顔にようやく笑みが染み、ついで言い訳のような付け足しがあった。「余もキリシタンの教えが尊く優れたものだとは認め、それ故にこれまで種々肩入れはしてきた。が、立場上、深入りはできなかった」

「殿には今まで数えきれぬ御恩顧をこうむっております。心底より御礼申しあげます。実は本日急ぎ伺いましたのは、御方様の御頼みもありましたが、私としては殿にお別れを申しあげるためでもありました」

「それはどういうことだ」

「御禁制が近い以上、なんどき急に出立せねばならぬかも知れませぬ故に」

「まだ余裕があろう。それに余の目の黒いうちには信徒に過酷な吟味はせぬように計らうつもりだ」

右近は黙って平伏した。その勢いのいい形で自分の覚悟を示したつもりである。利長公は、親しげに言った。

「右近、今夜は泊まっていくがよい。久しぶりに、そちの茶を服したい」

利長公は手を打って近習を呼び、茶室の支度を命じた。

4 悲しみのサンタ・マリア

グレゴリオ暦一六一四年元旦、すなわち慶長十八年十一月二十一日、右近は金沢に来てから用いている茶人南坊《みなみのぼう》として恒例の初釜を自宅で開いた。

この茶会は、例年、金沢の主だった信者たちを右近が招待して旧交を温めるとともに、新年度の布教計画を練り、信徒間の情報を交換する場であった。が、今年は、諸般の情勢が急迫しているため、とくに親しい人々、ジョアン内藤忠俊、その子息トマス内藤好次、トマス宇喜多久閑の三人だけを招客とした。三人ともに右近が前田家の家臣に推挽《すいばん》した人たちで、いずれも人持《ひともち》の身分である。

茶会には常に周到な準備をする南坊であったが、今夜の茶会は特別、おそらく金沢での最後の集まりとなる予感が強くしたため、その支度にはことさらに気を使った。数日前から浅野川の早朝の採り水を沸かして釜の錆《さび》臭を抜いた。前日、小者に命じて集雲庵と名付けた茶室とその周辺を清めさせたのだが気に入らず、今朝早くから自分で露地の庭木の裏や縁の下の奥まで丹念に掃き出したところ、手水《ちょうず》の石の割れ目の埃、水屋の鴨居の端の黴《かび》、障子紙のわずかな黄ばみが目について、小者を叱咤して改めさせているうち、さらにあちらこちらの手抜きが目につき出し、清掃は際限もなくなった。結局、忽兵衛に「殿、清めれば清めるほど塵は目につくもの。それこそ清の病ですぞ」と言われてやっとやめた。かつて茶友織田有《う》楽《らく》が右近の茶を揶揄《やゆ》して、「高山の茶の湯には大病あり、清の病ありて、真に清きことを知らず」と言ったため右近が恥じたという来歴あり、「清の病」とは右近にとって殺し文句なのであった。つぎには、掛け物でもひどく迷った。普通の茶席では仏教関係の床飾りが習いであったのに、右近はおのれの信仰を通すため、あえて無軸、人呼んで〝床無《とこなし》〟に固執していた。が、今夜はいつになく床の間が寂しく見え、何か掛けようかと、書画幅を選ぶうちに、牧谿《もっけい》の墨跡を掛けてみたが今のおのれの気持ちにそぐわず、ふと取り出した『悲しみのサンタ・マリア』という南蛮画を掲げてみたら所を得、今度はその絵に見入って時を忘れた。これは大坂でパードレ・ヴァリニャーノから手渡されたイエズス会総長クラウディオ・アクアヴィヴァからの贈物で、イタリアはシエナの絵師の作であるという。聖母マリアが十字架より降ろされたキリシトにかがみこんで嘆き悲しんでいる姿だが、十字架もキリシトも画面には現れず、渦巻く黒雲のみが背景に描かれてあった。「サンタ・マリアの悲しみはいっときなのだ」と、この絵を見たパードレ・クレメンテが解説した。「このあとに復活の喜びが訪れる。マリアの目に注目しなさい。それは涙に被われていながら、磨き抜かれた宝石のように光輝く喜びを隠している。嘆きの聖母の像にこの光を描き込むのが画家の信仰であり、才能なのだ」とも言った。右近は座禅を組むときの結跏趺坐《けっかふざ》の姿勢で画と向き合い、そのまま身じろぎもせず見つめた。息子を亡くした母の悲しみと、十次郎を亡くしたときのおのれの悲しみとを重ね合わせて祈る。祈っているうち、黒く渦巻く雲が薄れて太陽が射し込んでくるような気がして、悲しみが幾分晴れてくる。と、小者が顔を出し、「越前屋が参りました」と告げた。越前屋とは片岡孫兵衛休嘉のことで、家柄町人としてお城に出入りして御茶料理などを請け負っている人物であった。今夜の茶会の茶を頼んでおいたのを直々に持参したのであろう。

「使いの者でよかったのに」とさっき碾《ひ》いたばかりの茶を受け取ると、右近は礼を言いつつ恐縮してみせた。

「いやいや、南坊様の新年の賀とあらば、おろそかにはできませぬ。宇治の玉露でございます」

「それは極上、香り高かろう」

「なお、宮腰《みやのこし》で今朝水揚げされた寒鰤《かんぶり》一匹、わが畑の葱、索麺《そうめん》南瓜、自家製の焼き豆腐など御台所にお届けいたしました」

「かたじけない」

越前屋は一礼し、にわかに真剣な面持ちで面を寄せてきた。遠慮深げなしかし物問いたげな顔つきに右近は禁制についての質問であろうと推測したが、口を開いた越前屋は、逆にこちらに情報を漏らしてくれたのだ。

「つい先程、京より帰参したわが手の者が、これまで内々に準備していたわれら門徒名簿の作成が、伏見と京でおおっぴらに開始された、所司代の探索は厳しく徹底しておるとのことです」

「いよいよ始まりしか」

「京都所司代の動きもあわただしいとのことです。江戸表より邪宗取締り総奉行として重臣の一人が派遣されるという噂もあります。江戸、駿府についで、いよいよ天領である京にも吟味の火の手が上がったと存じます」

越前屋は買付け人を各地に派遣している商人らしく、諸国の事情にも通じ、信者として必要な報知を右近にいち早くもたらしてくれる人であった。ただし、不必要なことは一切話さずにおるのが常で、今日も、さっと引き上げて行った。

右近は厨《くりや》に顔を出し、妻と怨兵衛が取り仕切っている茶懐石の準備を検分した。越前屋の寒鰤は脂の乗った見事なもので、これを用いてジブ煮を作らせることにした。これは食通のパードレ・トルレスが教えてくれた南蛮料理で、冬鴨肉か寒鰤に小麦粉をはたきつけて煮込み、山葵の辛味と柚子の酸味をそえて出すもの、北国の冬に合う美味で招客の好評を得ている。あれこれ細かい指示をしてから右近は白の十徳《じっとく》に着替えて客人を待った。

内藤父子が馬で乗り入れてきた。

ジョアンという霊名を如安と表記して雅名にしている内藤飛騨守忠俊は、丹波亀山城に生れ後八木城の城主、関白の伴天連追放令で改宗をこばんだため領地を没収され、その後、小西行長、加藤清正《かとうきよまさ》に仕えていたが、熱烈な法華経《ほけきよう》信者である清正が南蛮の邪宗門への禁圧を開始したあと、右近の推挽で嫡男のトマス好次休甫とともに、前田家に仕えるようになった。知行として如安は四千石、好次は千七百石を食《は》んでいる。

すこし遅れてトマス宇喜多久閑が駕籠で訪れてきた。久閑は、旧備前領主宇喜多秀家の縁戚で重臣であったが、秀家が配流《はいる》となったあと浪々の身となっていたのを、備前の方を慕って来沢し、右近の口添えもあって、千五百石を与えられていた。

如安、好次、久閑が、それぞれ招客の位置に座り、南坊が亭主である。

まずは南蛮画が一同の目を引いた。〝床無〟を標榜する南坊が床の間に絵を飾ったのは初めてのことで、如安は絵の由来と意味をいろいろと問い、近頃茶人仲間が珍重する牧谿などと違って、すこしの余白もなく一面に塗り込めてしまう技法を珍しがった。「南蛮人は、何もかも隙間なしに表現してしまい、余裕というものが表現に欠けている」というのが彼の評であった。「わが国には大勢の伴天連が参っているが、いまだ南蛮人の女性《によしよう》は見たことがない。美しきかんばせですな。憂いに沈む表情はことに情をそそる」と久閑は磊落に言った。

それよりお点前《てまえ》となった。すると亭主と客人の間に戦陣において敵の来襲を待ち受けるような緊迫感が張りめぐらされ、三人の客は身じろぎもせず、炭が弾けば鏑矢《かぶらや》の予告と感じ、釜の湯のたぎりに干戈の熱を覚えた。主客ともに、この茶会を最後として別れ行く運命をひしひしと覚えていて、主人の茶筅《ちゃせん》の震えに生命のひらめきを見、濃茶《こいちゃ》の味と香りにまたと来ぬ春のなごりを味わい、茶碗の貫乳の妙に道端の花を愛でた。このように研ぎ澄まされた茶会は邪道なりと師の宗易《そうえき》にとがめられる気がしたが、目下、われらが置かれた状況においては、かえって自然であり、忘れ得ぬ一期一会となるようにも思った。戦陣において明日は決戦のときの野点《のだて》を右近も経験しているが、いざとなれば全員が討ち死にの悲壮な切迫感は今夜のほうが強い。席を終えたとき、右近は無上の点前をした、清風が朧雲《おぼろぐも》を払ったという爽快さとともに、何もかも終わった、全身の骨を抜き取られたという虚脱感をも覚えた。

御道具拝見の場となり、茶入れは侘助肩衝《わびすけかたつき》、羽箒《はぼうき》は宗易様よりの拝領品、茶碗は漢造《からづく》りでコンスタンチヌス十字のある青磁、それぞれが客人にとってはお初の逸品で、掌に乗せ、天より見下ろし、底を覗き、驚きと称賛の声があがった。

久閑が、侘助肩衝の来歴を右近に問うた。利長公よりの拝領品で、堺の納屋《なや》衆、住吉屋笠原侘助が秘蔵していたものでその名前がついたと右近は答えた。この名器は、茶人仲間ではつとにその名が聞こえていたが右近の所蔵であることは不確かな噂であったから、好次は初見の茶器にことのほかの関心を示し、同じく加賀では名だたる宗半《そうはん》肩衝との優劣を論じた。

なお佗助肩衝の替袋《かえぶくろ》もみなの所望によって披露され、紹鴎緞子《じょうおうどんす》、漢東織留のものが見事と認められた。高麗茶碗については小西行長公が高麗より持ち来たった物と右近が説明すると、如安ははたと膝を打ち、彼の国にはこの種の名器が数おおくある類まれな国だと言い、釉薬掛けの至妙なおもむきを愛で、逆切りの底に目を細めた。問わず語りに彼は自身が小西行長公の命により明《みん》国の首都北京にまで使節となって行った折の思い出話をひとくさりし、朝鮮も明も開けた人文優れた文物にて一歩先んじており、草昧《そうまい》の国より軍を興した秀吉公の愚を率直に話した。

振舞いの段となり、ジュスタの指揮で女たちが膳を運び込んだ。それまでの張りつめた空気が一転、暢達《ちょうたつ》な祝いの雰囲気に変わった。口開けの談義は如安で、近頃、この金沢でも流行してきた古田《ふるた》織部《おりべ》流の茶について、そのあまりに豪放闊達なるが利休居士伝来の茶道に反すると戒めた。関ヶ原のあと、織部は将軍秀忠の御茶頭《おさどう》になり、今や天下の数寄《すき》の宗匠として聞こえていて、茶人はこぞってその真似をするのが当世風とされていた。

「もはや利休居士草庵の侘び寂は古いと申すものが町内にも多い様子」と如安は、いかにも心外という面持ちで言った。

「休門にはさまざまなる個性ありて、それぞれ独自の茶風を立てているのが現状です」と南坊が言った。「茶は人が立てるもの、人はさまざまなれば、茶もさまざまであるべし、これが宗易様の教えと存じます。たとえば拙者と織田有楽とは正反対の立場で、拙者は清を目指し、有楽は濁を目途する。拙者は露地を掃き清めて土や苔の庭樹に鮮やかに対応する美を好むが、有楽は落葉散乱して路も枝葉も覆う茫漠たる風情をよしとする。どちらが優れたるかは即断はできませぬ」

「南坊殿と有楽斎とは、ともに侘び茶の正統を行くものと思う」と如安は言った。「しかし織部は華美人為の極みにして、白露地たるべき露地に鶏頭花を植えたり、山鳩を放ち琴の音を聞かせ、われらが常用している簡素な紫竹《しちく》の茶筅の代わりに油竹を用い、さらには席入りに鉦を打つ始末。自然《じねん》に即して、侘びを旨とする居士の精神とは、いたく相違するのではないか」

「そもそも宗易様の茶を侘び寂のひとつ道と見なすは狭き見方ではなかろうか」と南坊は言った。「御自身、侘び茶をなされ、われらにもその道を説かれたが、他方自在無碍《じざいむげ》な茶をも嗜まれた。拙者は、かつて大坂城にて関白秀吉公にお会いした折り、黄金の茶室を拝見したが、その結構は宗易様の創意であった。関白においては、そのような茶も認めるというのが、その意であろう」

「しかし、それは関白に媚びたことになりませんかな」と久閑が口を挟んだ。

「かならずしも、そうは思いませぬ」と右近は言った。「堺の納屋衆としてのお暮らし向きには潑剌《はつらつ》奔放な活気があり、黄金の茶室といえども、受け入れる豪華の気も備えておられたと拙者は思うのです。さすれば織部の茶も宗易様より派生したとも言えましょう」

「その黄金の茶室を御覧になったは、いつのことでしょうか」と好次が尋ねた。

「さて年号は不確かじゃが、パードレ・コエリョが一緒であったのを覚えています」

「イエズス会準管区長コエリョですね。それなら天正十四年（一五八六年）です」と好次は自信ありげに言った。

如安は今度は、前田家初代利家公の茶について南坊に尋ねた。

「拙者は利家公には拝謁したことがない。が、聞くところによると利長公の茶とは趣をことにしたそうだが」

利家公が右近を金沢に呼んだ理由はともに宗易の弟子であり茶の朋友であったからだとは周知の事実であったから、利家公の茶についてよく尋ねられ、右近は主筋の人についての私見なぞ漏らしたことはなかったのに、今夜はなにがなし見解を述べる気になった。

「利家公のは婆娑羅《ばさら》、利長公のは風雅、そして拙者のは神妙、それも神妙すぎた病であろう」右近はおのれを病とおとしめることで主筋を立てたつもりであった。すると如安が、なおも問うた。

「利光公はいかがかな」

右近はしばし考えたすえ、「大名茶」と一言答えた。如安は大きく頷いた。そして、「やはり織部の影響を大きく受けておられると拝察いたす。絢爛豪奢な茶風じゃ。茶器などに多額の黄金を積まれ、一客一亭の茶会よりも花見と紅葉狩りの折りの数寄振舞いを好まれる」

と、好次が心持ち膝を進め、改まった口調で尋ねた。

「南坊様が金沢に来られたのは天正十六年（一五八八年）だとお聞きしますが、確かでしょうか」

「小西行長領の肥後にいた拙者に利家公よりの使者が参り、御内示に従って上洛したところ関白様にお取り成し下さり、金沢移住の御許可を得た。そして、その翌々年には、たしか小田原攻めじゃ」

「小田原攻めは天正十八年。さすれば来沢は天正十六年となりますな。つまり二十六年前となります」

「そうなりますかな」と右近は時間の厚みを感じ取るように目を閉じて計算してみた。が、好次のように円転滑脱《かつだつ》には頭が作動しない。ともかく、あのときおのれはまだ三十代後半の壮齢であった。

「小田原攻めでの御奮戦は家中の者たちの語り種《ぐさ》ですが、一度じきじきに御物語していただきたい」

「いや、さしたる軍功もなき既往にて、お話し申すほどのことはありませぬ」と、相手が小うるさくなった右近はわざと謙《へりくだ》った。

好次がなおも何か問おうとしたのを抑えて、如安が話を引き取った。

「愚息は、最近、高山殿の伝を書いて後世に残したいなどという志を抱いておりますのじや。失礼の段、お許しあれ」

「父上、その件、高山様のお許しを得、何度かお邪魔してお話をお聞き取りしております。すでに山崎、賤《しず》ヶ岳《たけ》、長久手《ながくて》の諸戦などにつき詳しく伺い、いまだ残りたるが小田原攻めなのです。記録の整理に暇取りて、この所、中断しておりましたが、諸般の事情急迫の昨今ゆえ、今夜の機にぜひと、お伺い申したのです」

その通りであった。父親の資質を受け継いで漢籍に詳しく、わけても『史記』を熱愛する好次は、一昨年あたりから右近の小伝をまとめたいと言い、摂津高山での誕生、高槻城主として信長に仕え、本能寺の変の折、秀吉に与《くみ》して光秀と戦って功ありて明石城主となり、秀吉の伴天連追放令によって領地を失い浪々の身を金沢に寄せるまでの事績を事こまかに聞き書きして行ったのだ。好次の求めに応じたのは、彼が以前にまとめた父内藤忠俊小伝がなかなかの手際で、子孫に残すための由緒書きにもかかわらず、単調な箇条書きに終わらず、内藤飛驒守忠俊なる学者肌の人物が躍如として描かれていたからである。

「小田原攻めでは拙者の手勢は少なく、利家公の御下知のままに動いたに過ぎぬ。目覚ましきは、横山山城守長知《ながちか》にて、上野《こうずけ》松井田城攻めのおりには銃丸雨注のさなか先鋒を切り、竹垣を組み立てて味方を先導、また八王子の城攻めでは、城壁をよじ登り、槍で左膝を突かれても屈せず、先陣をはたして、家中の首功と定められた」

「それは世に聞こえたることなれど、松井田城、鉢形城、八王子城における高山様の御武勇も家中で隠れもありませぬ。しかも、御手勢は、そろいのクルスの指物をかざして美々しく奮戦されたと聞き申す」

「クルスの旗指物については、利家公の御指示に従ったまでのこと」と右近は、あくまで正確を期するように言った。「伴天連追放令を出した関白に、キリシタンの働き振りを見せて省察していただくべしとの御諚《ごじよう》がありました。しかし関白もさるもの、われらを見て見ぬ振りをなされ、無論、なんの恩賞の沙汰もなかったのじゃ」と右近は苦笑した。

一同、右近の表情に誘われて、何となく顔をほころばせたが、好次一人が真顔に残り、不満げに頬を膨らませた。頃合いを見計らったように宇喜多久閑が、「それでは一つ仕舞いを御披露しよう」と立った。痩身白眉の翁が長寿の喜びを寂声で謡い舞う。曲目は『老松』で、新年を慶するにふさわしい。

「さす枝の、さす枝の、梢は若木の、花の袖、これは老木《おいき》の、神松の、千代に八千代に、細《さざれ》石《いし》の、巌《いわお》となりて、苔のむすまで。苔のむすまで松竹、鶴亀の……」

舞が終ると、一同は右近に挨拶してひとりひとり退出した。しかし、好次は玄関口で、右近に、「内々の話があり申す」と告げ、また茶室にもどってきた。二人が座して向き合うと好次は急に険しい目付きになった。

「最近、豊臣方では浪人どもを召し抱え、とくに関ヶ原の合戦で小西行長公が断罪されて以後、浪人となりて全国に散りしキリシタン武士を城内に集めている模様。幕府は、数年前の江戸城大普請のおり、諸大名、むろん前田家からも莫大な寄進をかすめ取りました。大坂、江戸双方が軍備を整えるなかで、高山様と親しくわれらに理解のある古田織部殿は大坂方に気脈を通じているとの風説もありますし、秀頼公もキリシタンを頼みにした城固めの方策と見えます。こういう情勢で、高山様の如き声名とどろく武将が大坂方にお付きになれば、当世、有馬大村、肥前肥後、豊後あたりで逼塞《ひっそく》している信徒侍が一時に馳せ集まり、一大勢力になるは必定。いかが」

「はっきり申そう」と右近は居住まいを正した。「教えは武力によってひろめるべきではないと拙者は信じております。主も、『剣を鞘におさめよ。剣を取る者はみな、剣で滅びん』と諭しておられるでしょう」

「されど、現下、われらは剣によって滅ぼされんとしています。かかる場合、いたずらに滅ぼされんよりは、剣を取って立つのが道ではなかろうか。ヨーロッパでも、異教徒征伐に十字軍が何度も出兵したという。現に、スペイン人もレコンキスタと称する武力抗争によって南のアル・アンダルスを攻めて、異教徒を追い払い、めでたくキリシタンの国にしたと聞きます。スペインの繁栄は一に剣をもって立ちし結果と思います」

「マケドニアのアレクサンドロス大王、ローマのカエサル、みんな滅びました。スペインの繁栄も長続きはせぬであろう。しかし、無一物で十字架にて弑《しい》されたまいしあの方は復活して永遠に生きておられる。拙者はあの方の道を歩みたいのです」

「しかし、御禁制となりこの日の本に信仰の火が消えようとしているときに、剣を取ることは当然と存じますが」

「拙者は武将として多くの人を殺《あや》めてきた。これ以上の殺生は望まぬ。御禁制となれば殉教こそ望むところじゃ」

好次は頭を下げた。

「そのお気持ちは尊く思います。しかし、こうは考えられませぬか。豊臣家はまだ滅びたわけではなく、秀頼公は御健勝で徳川家の横暴を怒っておられます。もともと、関白様との御約束を破り、関ヶ原において豊臣方を攻めたるは徳川方の横暴、わが旧主加藤清正までが豊臣を裏切るとは、道にはずれた所業と言わざるをえぬ。それに引替え、豊臣の恩義に応えた小西行長公や宇喜多秀家公の信ある行いは武士の道に叶ったもの。とくにキリシタン武将としても行長公の取られた道は正しく、天晴れと感銘いたします。信仰の上からも武士道の上からも豊臣方に同心して、戦うのは当然だと思いますが」

「拙者は秀吉公に恩義を覚える者ではありませぬ。小田原攻めに加わったは一途に利家公の恩義に報いるためじゃ。利家公亡きあと、利長公に数々の恩義を受けました。そうして、利光公は徳川と姻戚のよしみを通じておられます。どうしていまさら、前田家に不利になる行為ができようか。それこそ武士道にもとるものじゃ」

ついに好次は力なく頭を垂れた。

「わかりました。高山様の御気持を確かめたくて、御無礼をいたした。拙者の愚問をお許しあれ」

「いや、率直にお尋ねありし故、おのれの内心の始末もつき、内藤殿には感謝いたします」

右近はにこやかに言った。好次は深く低頭したあと帰って行った。

そのあと右近は、茶室に一人いて長い間沈思した。身に寸鉄をも帯びず、もっとも弱い裸の人間として、しかも世にさげすまれる罪人として処刑されたあの人は、もっとも輝かしい栄光の道を歩んだ人であった。サンタ・マリアの瞳は、息子の死を悲しみながら、栄光を夢見る喜びに輝いている。目前の南蛮画の女性の祈りは、今、おのれの心を、清冽な水のように洗っている。

好次の志と心情を理解しないではない。が、自分は好次の若さの時に秀吉に禁教を迫られ、棄教して明石六万石を安堵されるか、信仰を守り領国を捨てるかの二者択一を迫られた。あの折り、はっきりと後者の道を、剣を捨て裸の人間として信仰に生きる道を、取る決心をした。すっと記憶の引出しが開かれ、その折の情景と経過が隅々まで明らかに思い出されてきた。

天正十五年（一五八七年）三月、関白秀吉は大坂を発って九州動座を起こした。右近は、領国、明石より百騎の侍に六百の徒足軽《かち》を引き連れて従った。手勢には信者が多く、出陣の朝にはパードレ・プレネスティーノより争って秘蹟を受けていた。この秘蹟によって武運の栄えが保証されると彼らは信じていたのだ。明石軍は旗指物にクルスを描いていたが、おのがじし兜や大鎧の弦走《つるばし》りに白の十文字を付けるものやロザリオを首に掛ける者もあった。家臣領民において信徒となる者が多く、信徒であることを誇らしげに示す風潮があったにしろ、人に信仰を誇ることを偽善と厭う右近は、おのれにおいては、南蛮兜の鉢に家紋の七曜星をひっそりと付けたのみであった。

クルス隊は行く先々で注目を浴び、沿道の信徒たちが十字を切って祝福を送る様をしばしば目撃したし、陣屋に信者と自称する百姓町人が訪れてきたり武士が合力してきて、一隊の人数は次第に増えてきた。関白が明石勢の士気さかんなるを見たのか、前衛を命じてきた。山口や豊後では、多くのパードレ、イルマン、同宿、信者たちが会いに来た。自分の名前がこのあたりまで聞こえているのを晴れがましく思うとともに、またこれらの人々のためにも武功をあげねばと、右近は心積りした。

関白はイエズス会日本準管区長ガスパル・コエリョに会いたがっていて、その仲介をするように右近に命じた。長崎にいたコエリョに使いを送り、ぜひ関白の御機嫌伺いをするようにと伝えたが、軍が絶えず移動していたために、なかなか両者の対面が成らず、ようやくにして事が成就したのは、五月初旬、肥後の八代《やつしろ》においてであった。その場に居合わせなかった右近は、両者間の内談を関知しない。しかし大筋の予想はつくので、関白はコエリョが管轄していたイエズス会の九州における勢力のほどを、関白常用の態度をとり、すなわち上機嫌をよそおい、キリシタンに好意を示す振りをしつつ探ったのであろう。というのは前年、コエリョ、フロイス、オルガンティーノの三パードレとともに大坂城に呼ばれ、関白の謁見を受けたときに、コエリョは、関白の上機嫌に乗って、ついうかうかと、九州のキリシタン大名を秀吉公の味方につけてみせようとか、将来の明国征伐においては、ポルトガルの軍船で援助しようとか言ってしまったのである。「ほほう」と喜びと満足の笑顔を示しながら、関白は、イエズス会が信徒の大名を動かす力があるのは素晴らしいとか、ポルトガルの軍船とは、それほど強力なものなのかと、しきりに感心してみせた。が、右近は、秀吉公の表情に不快が隠されていて、額の皺が不機嫌の走りで深く波立ったのを見て取った。九州の平定、ついでは外征を、おのれ一個の実力で成就して見せるという自負と名誉に酔っていた独裁者にとって、外国の宗教団体が日本の大名を自由に動かしたり、軍船で加勢したりすること、増してやそれを自慢げに吹聴するということが、どんなに自尊心を逆撫でする不快であるかを、コエリョは、そして彼に口添えしたフロイスも気づいていなかった。その点に気づいていたのは、長く都で布教して秀吉なる人物を熟知していたオルガンティーノで、彼は謁見のあとで右近に、コエリョとフロイスの発言が、きわめて不穏当だったとささやいた。

右近は、こういう際に黙視できぬ質で、コエリョを面と向かって諫《いさ》めた。準管区長は不快をあらわにし、ポルトガル国王の庇護を受けているイエズス会の責任者を批判する越権をとがめた。右近は、「あなたが今拙者に対して持たれたのと同質の感情を関白もあなたに持たれたはずです。関白が、都の皇帝をもしのぐ専制君主であることを忘れるべきではない」と言った。これは、コエリョとたびたび意見が対立していたオルガンティーノからの伝聞だから、どこまで信憑性があるか知らないが、コエリョはマニラにイエズス会以外の修道会の宣教師派遣だけでなく、軍事援助をも要請したそうだ。また在日の宣教師をポルトガルに送り、本国からの軍事援助までも要請したそうだ。さらに長崎を要塞にするために、銃や火薬を集めたともいう。大坂におけるコエリョの言動から、九州平定を目指す関白は、この地方でのイエズス会の軍事力を探る意図を持っていたに違いなく、長崎にも密偵を潜入させて情勢をつかんでいたであろう。そこで、このたびの八代の謁見でも、関白はコエリョに長崎のイエズス会の現状について、いろいろ鎌をかけたに違いなく、関白が握っている情報と相違した返事をコエリョがした場合には、イエズス会への不信の念を倍加するに決まっていたのだ。この点を不用意に返答しないように、コエリョに忠告しようと右近は待ち構えていたのだが、先年の直言を不快に思う準管区長は右近を避けて、さっさと関白と会ってしまった。

八代におけるコエリョのさらなる失敗は、関白のもとに出頭する道すがら、関白の御仕置きを恐れていた敗残の雑兵《ぞうひょう》や民が、関白に影響力のある南蛮人としてコエリョに取りなしを頼んだのに対して、御身たちは大船に乗った気で安堵されよ、我輩が関白によく頼んで寛大な処置を勝ち取ってやると約束したことだ。間違いなく彼はこの約束を果たそうとして関白のさらなる不興を買ったに違いないのだ。

準管区長は右近に、権力者との会見が友好的雰囲気でおこなわれ、博多にまた会いに来るようにと親しげに招待してくれたと得意げであった。が、博多という海のほとりで再会を約した、むしろ命令したことに、関白の真意を読み取るべきであった。長崎から博多へ行くのは陸路よりも海路の便宜がよく、コエリョがポルトガル船で来航するのを関白は見越していたのだ。それは関白にとって、かねてより警戒していた南蛮人の武力を、おのれの目で確かめるよい機会であった。

九州の南端を領していた島津義久《しまづよしひさ》が降伏し、九州全域が支配下になったので、関白は六月初旬、九州北端の博多に凱旋し、海辺の筥崎《はこざき》八幡宮に参詣の後、境内に御殿を建てて滞在した。諸将も付近に邸宅を急造して住むことになった。そこは湾を見渡す恰好の場所であり、志賀島《しかのしま》と能古島《のこのしま》の向うに玄界灘の白波が見えた。湾内に一隻の異国船が停泊していた。武装したフスタ船で、大洋航海用の帆船よりも小型ではあるが、二基の帆柱のほかに一段櫂《かい》を備えた駿足船で、船首には遠目にも明らかな大筒を一門装備していた。岸辺にたむろしていた軍勢も漁民も、この異様な異国船に驚き、興味を持っていたが、むろん関白も注目していたのだ。コエリョ準管区長は、銃と剣で武装した兵士たちに守られたパードレやイルマンを引き連れ、ものものしい行列を組んで関白を訪問した。

関白は愛想よく準管区長の来訪を受け、船を見たいと言い出し、コエリョはいつでも歓迎すると応じた。そして、その機会は唐突に来た。ある日、関白は多くの船を従えて舟遊びしていたときに、フスタ船に向かって、急ぎ船を漕がせて、武将たちとともにずかずかと乗り込んできたのだ。船上では、不意のことゝて準備もできておらず、関白たちを一室に招じ入れ、レモン漬けや生姜菓子やポルトガル酒を供した。それからコエリョの案内で船内を隈《くま》なく見物した関白は、鉄板張りの船体や精巧な大筒に目を見張り、いろいろと質問し、武装の完璧なことを上機嫌で称賛したが、とくに長いあいだ足を停めたのは、船底の漕手のなかに日本人の姿を発見したときだった。漕手は普通ポルトガルの徒刑囚によって構成されていて鎖で繋がれている。関白は、あの日本人はどうして鎖に繋がれているのかと質問し、長崎での罪人であるという答えを聞くと、納得したという風に、満足げに大きく頷いたが、実はこの大仰な動作こそ彼の隠された癇癪《かんしゃく》を示していたのだ。関白の不意の視察を聞いた右近は心配し、小西行長公の仮屋敷を訪れて相談した。二人の意見は、南蛮の武装船を見せたことが災いを呼ぶであろうという危惧で一致した。で、二人で連れ立ってフスタ船のコエリョに会いに行った。

右近たちの来訪を迎えた準管区長は、パードレ・フロイスを同席させて面談した。右近たちがこもごも直言すると、コエリョは、心外だという顔付きになり、それはまったく余計な心配だと抗弁した。「関白殿下は、われわれの船を立派な軍船だと評価し、将来の遠征には強力な味方になるだろうと喜んでおられた」「いや、それは浅い見方でしょう。関白はイエズス会が、この船のような武力を持っていることに疑惑と警戒の念を持ったに相違ありませぬ」と行長公が反論した。かつて右近が忠告したときには不快をあらわにした彼も、キリシタン大名の筆頭である行長公に対しては、慇懃な挙措を保ち、「しかし、関白殿下はイエズス会こそはもっとも強力な援軍であると誉め、われわれが供した葡萄酒を飲み菓子をつまんで満足げに談笑し、上機嫌で下船なさったのですぞ」「その上機嫌が曲者なのです。いかがであろう」と行長公は右近に目配せして下相談してあった提案を切り出した。「このフスタ船を関白に献上するのです。この船は関白のために、わざわざ建造し輸入したと思わせるのです」と、コエリョは、たちまち立腹した。「何を言う。この軍船は技術の粋を尽くした、ポルトガルの誇りですぞ。それを、この島国の王にただでくれてやることなど不可能である」「ただで関白に差し上げるのが、この際、最良の道です」と、右近も口添えした。「イエズス会は、武力によって他国を支配する団体ではないこと、ポルトガル人の技術と智慧が、関白の天下取りに全面的に協力するのだという心意気を示すことが、この際、もっとも肝要。さもないと、関白は何を言いだすか分りませぬ。不気味ですぞ……」しかし、二人の懸命な説得を、もはやコエリョは聞いておらず、そっぽを向いてしまった。これから三日目の夜、突然、関白の使者が右近の陣屋に現れて棄教を迫ったのである。

キリシタンの掟は悪魔のものであり、日本国内の有力な大名やその領民に広まった。余は、その理由の一つが汝の声名と感化によることを心得ている。この事実は余の好まぬところである。お前たちのあいだには兄弟よりも強い絆と団結があるから、いずれ天下を乱すであろうと余は虞れている。また汝は先に高槻の、今また明石の領民を邪教に改宗せしめ、仏寺や神社を破却した。これは日本の優れた伝統と宗教に対する侮辱である。汝が余に忠勤をもって仕える者ならば、邪宗門を捨てよ。

右近は、使者の言上を畏まって聞いたすえに、申し開きをした。

それがし、これまで関白殿下に忠勤を励んできて、いかなる行為においても無礼を働いたことはありませぬ。キリシタンの教えは優れたもの、真理なるが故にそれがしは、高槻でも明石でも領民に帰依を勧めたのであって、その行為はそれがし一個の手柄とさえ自分褒めしております。それがしは全世界に換えてもおのれ一個の守る宗門を捨てぬ覚悟であるからには、仰せの通り明石の所領六万石は即刻殿下に返上し奉る。

関白の使者へのとっさの返答は右近にとって自明のことであり、それでよしと思っていたのだが、家臣どもには主人の考えが、そのまま素直に受け取られた訳ではなく、使者が帰ると、それまで静まり返っていた者どもが、不穏にざわめきだした。

「殿、明石の御方様や御子様、臣下の者ども、領民どもを想い御再考願えませぬか。御方様や御子様の今後の御暮らし、家臣たちの出処進退、せっかく帰依した領民たちの落胆をいかがなさるお積もりか」

「それは余も心痛するところじゃ。明石には急使を立て、多くの者に暇を取らせたうえで、家人には落ち行く先を指示しよう。家臣たちには、次の領主に御取り立てを願う。少数の者は今後も余と行をともにしよう。領民については、今のところ良策は思い浮かばぬ。気の毒なことをしたと思うが、もしあのものどもの信仰が本当であれば、領主が替わったとて子細はあるまい」

「殿、うわべのみ棄教を誓い、関白の命に服する姿勢を見せ、取り敢えずこの場を切り抜けたらいかがでしょう」

「秀吉という御人はそのような甘い方ではない。虚偽の返答であったことはすぐ漏れようし、漏れた場合には、関白は激怒なされ、その方たち家臣にも災いが及ぶであろう」

家臣たちは二派に別れて言い争っていた。多数派は、主人が領土を広げ、出世していくことを望み、そのために役立つとみて受洗していた者で、主人が領土を失うとなると、失望のため信仰にも揺らぎを生じた者たちである。彼らは主人が、家臣領地領民を捨てる、つまり戦国大名が共通して求めている財産を捨てることに納得がいかなかったのである。もう一つの少数派は、信仰に厚く、主人が信仰を守るために領地を手放すのを肯定し、今後の忍従の生活に甘んじようとする者たちで、このなかには高槻以来の譜代の臣たちが目立った。

家臣たちが論議をしているうちに、関白から二度目の使者が来た。何と使者は師の千宗易様であった。使者のおもむきは、幾分仕置きをゆるめ、信仰を守ったままで、肥後の佐々陸奥守成政《さっさむつのかみなりまさ》の与力《よりき》となそう、もしこの仕置きに従わぬ場合には、宣教師とともにマカオか明に追放する、というのだった。

右近は師に言上した。

それがし、キリシタン宗門の教えが、関白殿下の御命令より上かどうかは存じませぬ。しかし侍の所存はひとたびそれを志したからには不変なるをもって丈夫となすのであり、師君の命といえども軽々しく改めることは武士の不本意であります、と述べた。

師は右近の言をよしと聞かれたのか、一道に志深きはさすがじゃと微笑し頷かれた。右近はさらに、陸奥守の陪臣になるのを御断りし、追放も覚悟していますと付け加えた。師はそれ以上に右近を説得する様子もなく雑談に移った。

つい近日の茶会でもお会いした宗易様は、使者としての立場が、御自身でも何か身にそぐわず、幾分面映ゆげに話された。あの時、御年は六十の半ばで、すでに現在の右近よりも上であらせられたが、関白の御茶頭としての威厳のほかに、政治家としての威風も備えておられ、和やかながら、右近も気押される心持ちではあった。

「関白様の御言いつけを聞いたとき余は、右近殿はそれがしごときが何を言ったとて決して決心を変える人ではないとお諌めしたのじゃ。しかし関白様が、たって利休よ行けと仰せられるので、やむなくかくは恥ずかしき使者となった」

「御造作をおかけし申し訳なく存じます」

「関白の本音は、貴殿を失いたくないのじゃ。信頼のおける有能な武将であり、茶道の先達として尊敬も覚えておられる。ただ、御立場上、貴殿に棄教を迫り、その点においてのみ従われるのをお望みと拝察す。それはほかのキリシタン大名たちにも大きな影響を与え、関白の威光を浸透させるために必要な処置と考えておられる。また貴殿だけでなくて、コエリョにも今夜、呼び出しのうえ御吟味があった。

汝ら邪宗門徒は仏教の坊主のように寺のなかだけで教えを説くのではなく、各地を巡り、人々を煽動している。もはや我慢がならぬ。京、大坂、堺の教会や修道院は余が接収し、家財は汝らに送付する。即刻、マカオに退去せよ。汝らは何故に馬や牛を食べるのか。馬は人間の労苦を和らげ荷物を運び、戦場では役立つものであるし、牛は百姓の労働を助けるものである。そういう大切な動物を食べるのは道理に反する。汝らは多数の日本人を購入した奴隷としてこき使っている。それは許しがたき蛮行であると。

これについてコエリョは一つ一つ例を述べて反論し申し開きしたが、関白は許さず、伴天連全員の国外退去をお命じになった」

「それがしとて、その気配を察知はいたし、準管区長をお諫めしてはおりましたが、それが今夜と決まりしは、なぜでございましょうか」

「余の見しところ、前から関白殿下が抱いておられた疑惑がここにきて深まって、決定的な憎悪になったと言えようの。今朝、カピタン・モンテイロが、平戸のポルトガル船の博多回航は、博多の海が浅すぎるため不可能だと回答したことは、関白殿下の御機嫌をいたく損じた。コエリョは大坂においてポルトガル船が殿下の外征を助ける用意があると言ったそうだが、今、そのポルトガル船が、殿下の要請を拒絶したことは伴天連の二枚舌と怒られたのじゃ。海が浅すぎるならば、沖まで来て、殿下が小舟でおもむけばいいのに、それもしないということは、ポルトガル船が、殿下に知られては困る強力な武装をしている証拠と見なされた。

それに関白殿下は、あの沖のフスタ船が大筒を積んでいることがお気に召されぬのじゃ。宗門の僧が武装すれば、かつての一向宗の如き存在になると危惧しておられる。貴殿の領国でも起きたことだが、仏教徒は他宗の隆盛に反対で、殿下のまわりにも、キリシタンを悪魔の教えとする者がいる。施薬院全宗《せやくいんぜんそう》などが、差詰めその筆頭であろう」

侍医の施薬院全宗は元僧侶でキリシタンを憎んでおり、右近が寺や神社を破壊したと関白に告げ口したことがあるとは承知していた。それがコエリョのフスタ船を機に策動しはじめたことは十分予想される。

「わかりました。いろいろの御教えありがとうございます」

「関白はコエリョと貴殿、つまりイエズス会の長とキリシタンの大檀越《おおだんおつ》に、まず迫った」

「大檀越は恐れいります。そのような力量はそれがしにはありませんものを」

「いや貴殿にはそれがある。なによりもこの利休がよく存じておる」

右近は師の断定に頭をさげた。宗易様の御弟子には信徒が多く、そうなったのは右近の働き掛けにもよったことは事実で、それは宗易様御自身が何よりもよく御存知であったからだ。

宗易様が帰ってから、しばらくして関白よりの使者が、右近の明石改易を告げた。理由とする罪状については、すでに糾問されていた事柄が並べられたに過ぎなかった。

あの深夜、右近は今夜のように物思いに耽った。それは、侍としての出世を目指して兵火の中でひたすら励んできた人生行路をここで大転換しなくてはならぬということに掛かっていた。たびたびの戦によって功を立てて、六万石の主になった。換言すれば、多くの殺傷を行って伸し上がってきたのだが、それによって得た喜びはわずかで、後悔と慚愧のほうが多かった。敵というのは同じ日本人であり、相手を殺す理由は、わが主君に相手が敵対していることだけだ。剣花血臭は勇ましくはあるが罪深い。もとより自分は天下人の器ではなく、信長公、秀吉公を主君として仕えてきたのだが、日本における天下平定の事業と言っても、全世界から見たら、ほんの片隅の小国の些事に過ぎない。

さっき師の御顔を拝しているうちに、兵馬倥偬《へいばこうそう》の代わりに和敬静寂、出世富裕の代わりに不犯清貧を旨とする侘茶の世界が慕わしくなった。茶の道に入って久しいが、まだ利休居士の境地には遠い。存分に時を用いて侘茶三昧に浸るのも後半生の楽しみであろうし、やり甲斐のある営みであろう。前半生の事業をここで中止し、後半生に移ることを関白の沙汰によって定められたことにデウスの意志が、恩寵が感じられる。

その深夜、右近は祈った。アニマ・クリスティ（キリシトの魂）に必死で祈った。祈るうちに夜は明け放たれていた。

真夏の暑い朝であった。鳴きしきる蟬の声が迫る広間に家臣を集めて関白の改易命を伝えた。一同頭を垂れて沈鬱の気配であった。右近は、すでに定まった心で落ちついて一同に話した。話すことができた。

余はわが身の苦難を少しも残念に思わない。ただ方々が主君を失い禄を得られなくなることのみを気遣う。方々は余の心友であり、勇敢な武士である。余は方々の武勇に報いることを期していたが、それも現世ではできぬ夢となった……。

家臣たちは嗚咽し慟哭した。右近が五人の供のみ選んで連れていくというと、大勢がもとどりを切り、右近に従うと言った。右近はあまりに多人数では謀叛をおこすと疑われると説いたので彼らはようやく身を引いた。明石には使いを出し、家族に一時淡路島に移るように指示し、暗夜、五人の供を連れて漁船に乗って博多湾の小島に逃れた……。

今、右近は、茶室で独り昔を回想しながら、悲しみのサンタ・マリアに祈った。

「ガラサ（聖寵）満ち満ちたもうマリアに御礼をなし奉る。御主は御身とともにございます。女人のなかにおいてベネヂイタにてわたらせ（祝せられ）たもうまた御胎内の御実にてございますゼスはベネヂイタにてございます。デウスの御母サンタ・マリア今もわれらが最期にもわれら悪人のために頼みたまえ。アメン」そう、博多で追放された時の初心が、今こそよみがえってほしいのだ。アニマ・クリスティ、救いたまえ。御身の傷のうちに迷える小羊をかくまいたまえ。

5　金沢城

慶長十九年正月十二日（一六一四年二月二十日）は前田家家臣の年賀伺候の日であった。本来ならば正月二日の行事であったが、高岡城の利長公の御不例をはばかって取り止めとなっていた。それがきのうの午後、急遽、明朝出賀すべしと触れが回ったのである。この朝改暮変の理由は不明だが、松の内に祝賀しておく方が不吉ならずと誰かが言いだしたためかと推測された。金沢城の出仕作法では、人持と物頭《ものがしら》は馬上で、徒《かち》と足軽は徒歩で登城するが、門内に入れば、侍分といえども徒で進み、刀持ち一人、草履取り一人の供を従えて登城するよう定められていた。右近は、自宅より徒で行くのを常としていて、今年は刀持ちを生駒弥次郎、草履取りを足軽に命じ、自分はジュスタの介添えで五つ紋に着替えた。さて、出掛けようと腰を挙げたところに、弥次郎が入ってきた。

「殿」と弥次郎は剣術の手合わせの際、相手を睨むような真剣な表情で言った。「噂によれば幕府の刺客が御町内に潜入しておるとのことです」

「何を申す」

「もっぱらの噂です。南蛮寺の同宿も申しておりました。殿のお命を狙っているとか、邪宗門の棟梁を亡き者にせんとの意図だとか……」

「そちは時々、そういう心配を致すが、根も葉もない」若い弥次郎は、生真面目だけあって、人の言動に敏感に反応し、ときとして疑心暗鬼を生じる。

「いえ、今回は根拠がございます。本日、早朝から何やら慌ただしい空気が御町内にあります。普通ではございません」

「そちの杞憂ではないのか」

「思い過ごしではありませぬ」と弥次郎は向きになった。「ひしひしと殺気を感じるのでございます。殿を邪法の元凶と目すは幕府積年の政号でございます。くれぐれも御用心遊ばしますよう」

「余は刺客など恐れぬが、弥次郎がそこまで申すならば、用心は致すことにしよう」

「はっ」と弥次郎は低頭し、きっと頭だけを上げて言った。「それがしも身命を賭してお守り申します」

三人は門を出た。先導する足軽の後ろを右近が行く。その背後を歩く弥次郎が、常にも増して、左右に警戒の目を放っているのが感じられ、少々鬱陶しい。が、この若者が、彼なりに主人を思ってくれている気持ちには感謝する気もあって、右近は文句を言わなかった。それに、幕府が隠密を金沢に入れて、邪宗徒の動静を探っていることは、ほぼ察しがつくし、その者らの中に、先走って命を狙う者がいるとしても、不思議はない。

付近の家々からも、正装した士分の者たちが出てきて右近に会釈した。年賀伺候の日の礼儀として家々の前の雪は除かれ道端に積み上げられてあったが、道の窪みに残った凍てついた根雪に、右近はつい足を滑らせて弥次郎に支えられた。

「失礼つかまつりました」と弥次郎は手を離して一礼した。

「いや、ありがとう」と右近は言い、自嘲の笑いを漏らした。「余も老いたのう。用心をしていてこのざまじゃ」

備前の方屋敷のある西町の御算用場や町会所のそばを通り抜け、城の北側の堀を渡り、尾坂と呼ばれる急坂を登り詰めると大手門である。あちらこちらの横道や辻から現れた侍、徒、足軽が合流して、升形櫓を備えた大手門へ向かっていく。この辺り、かつて利長公の命で右近が築造した新丸で、結構は海鼠壁《なまこかべ》に隠された狭間《さま》の配置、切込み打込みの石積みの細部、堀の底の開削具合まで知悉《ちしつ》している。

ここに来ると思い出すのが、篠原出羽守一孝《かずたか》との争いである。城内で築城術に詳しい者として右近と一孝は、ともに重用され、ともに張り合ってもいた。かつて一孝が城の石川門の石垣を築いたとき段差をつけていたのを、右近が防衛のうえからよろしからずと手直ししたので、一孝が不快に思ったのが発端である。その後、一孝は右近が築いた大手門の石垣の石が小にすぎる、城の正面の石は大をもって壮観となすと言い、越前の山中から運ばせた大石で築き直した。今、右近は一孝が大石を並べた城壁を、調和を欠く野暮と見て顔をしかめた。

大手門の番所を過ぎると視界が開け、一の門に至る広い砂利道に家臣たちが墨を流したようなせせらぎとなっていた。ここも様変わりで、利長公の御世に威容を誇っていた五層の天守閣は、慶長七年（一六〇二年）十月晦日の夜に落雷にて焼け落ちてしまい、今は無い。天守閣の火は寒風に煽られ、本丸全体に広がる大火となった。右近が風雨のさなかに駆けつけた時には、利長公、近侍、女中などは本丸より外に避難していて、風にあおられた猛火は手がつけられぬ有様、そのうち鉄砲の薬倉に火が入り大爆発となった。鉄砲、刀、瓦、木片が宙に飛び、これに当たって死ぬ者ども数多く、騒ぎは一層ひどくなった。このあと、神木を天守の虹梁に用いたため天火が来て城を焼いたとか、邪教徒が造営にかかわった祟りだとか、種々の取沙汰があって、本丸には天守閣を備えぬ三階矢倉のみを建てることにしたのだ。

別に先を急がぬ右近は、じっくりと周辺を見回した。利光公の世に移ってから、いくらか建物の数が増えたが、雪に飾られた二の丸の形には変わりはない。除雪し掃き清められた路の左手は、掘割と唐門を備えた越後屋敷で、門前には注連縄《しめなわ》を張った門松がきちんと立てられ、右手は板塀の向うに木挽《こびき》小屋、物置、大工小屋、作事所や細工所などの並ぶ普請係の居所である。その先の柵御門の先が広場で、家臣たちが供の者と別れて単独となり、豪壮な河北御門をくぐって奥へ行く。徒と足軽は御番所で記帳を済ませて帰るのだが、右近はさらに奥の二の丸へと向かった。人持、物頭、馬廻《うままわり》などの侍たちが、薄日が庭の雪に映える長廊下を粛々として歩む。やがて、大広間中央の城主利光公の御前に出た。

家紋の剣梅鉢を金襴で光らせた晴れ着の利光公は二十歳を少し過ぎただけの若い当主、将軍秀忠の息女である御方様はさらに若く、雛人形のような美々しさであるが、それだけに、先代利長公の示した主君としての威光と慈父のような親近感には欠ける。殿様の左右には政務をつかさどる年寄衆が控えていて、中には右近がよく知る人物が何人もいる。

まずは筆頭家老の本多安房守政重《まさしげ》五万石で、他の家老たちを差し置き、殿の側近に控えている。政重は幕府の重臣本多佐渡守正信の次男で、以前宇喜多秀家公のもとで二万石の家老をしていたが関ヶ原の敗戦で秀家公が八丈島に配流されたあと福島正則《ふくしままさのり》に仕えて三万石を食んでいたのを利長公がとくに引き抜いて筆頭家老にしたという〝新座者〟である。前田家にとっては幕府のお目付役の気味もあって、とくに利光公に徳川家の珠姫が御輿入れしてからは発言力が増し、利家公以来の〝本座者〟や利長公の直臣にとっては煙たい存在となったが、さらに邪教禁制の方針が幕府の本流になってからは、キリシタンにとっても不気味な人物になった。

本多政重と拮抗しているのが横山山城守長知《ながちか》一万五千石である。利長公の直臣で、重きを成して来た。右近にとっては、娘ルチアを嫁がせた康玄《やすはる》の岳父である。が、このごろ、城内のキリシタン処遇について政重と長知の意見の衝突がしばしばあると聞いている。右近が藩主に平伏して目をあげたときに、長知はこちらに意味深げな鋭い一瞥を送ってきた。この人、勇猛な武将として聞こえ、かつて戦場で膝を負傷したため、胡座《あぐら》をかくのに体を不自然にねじらねばならない。秀吉公の小田原攻めに際し利家公のもと、八王子城で奮戦した傷痕であった。城壁を攀じのぼるうち、城兵に槍で突かれて落ちたのだ。この戦いでほかの者が先陣の功を吹聴したので長知は怒り、口争いになった。しかし目撃者の証言で長知が首功となった。ことにも利家公が亡くなった年の出来事を右近は、いま長知が送ってきた鋭い一瞥に照らし出されたように思い出した。慶長四年（一五九九年）閏三月三日に前田利家公が大坂で逝去してから、徳川家康公の態度が急に前田家に対して強圧的となり、八月、家康公は、家督を継いだ利長公に大坂より金沢に引き上げるようにと強要した。やむなく公が御国帰りをすると、今度は異心の疑いありとして、加賀攻めを準備し始めた。冬十一月、長知以下、右近を含めた臣下を大坂に派遣して家康公への申し開きをしたのである。還暦に近く恰幅のよい家康公の左右を譜代の老臣たちが厳めしく固めて、こちら前田の使節を威圧する風であったが――それは、今の利光公の御前とは何と違った老獪で陰気な様子であったろう――長知は少しも臆せず、かえって相手を畏怖させるような面構えをぐっと押し出して礼をすると、利長公の書状を捧げて差し出した。家康公は書状を見向きもせず、いきなり鋭い口調で言った。「黄門（中納言利長の唐名）異心のこと、大坂には筒抜けに聞こえておる。いまさら、お前は何を言いに来たのか」「まず、主人の書状をお読み下されば、臣がここに参りし理由をお判りいただけると存じます」家康公は書状を取り上げて、さっと目を通して顔をしかめ、鼻であしらうように言った。「もしこの書の如くであれば、黄門、盟書を差し出すのが当然の態度であろう。お前はそれを持参したのか」「盟書は昔差し上げたはず。臣は、今さらそれが必要だとは思いませぬ。なんとなれば、もし昔の盟書が反故《ほご》だと仰せられるならば、今日それを差し上げても他日反故になるばかりでござろう。わが君は、ひとたび誓いたることを違《たが》えるような人物ではありませぬ」ここで家康公はぐっと言葉に詰まった様子で、急に語調を和らげた。「それほどまでに、黄門が誠を示すとあらば、母を人質として江戸に住まわせるか」「これはわが君において重大ですから、臣のただちにお答えすることはできません」と長知は平伏した。長知や右近は相談のうえ、早馬を金沢に飛ばして家康公の要求を告げ、結局翌年春に芳春院を江戸の人質とするということで、家康公と合意し、加賀攻めは回避された。長知の機知と豪胆によって前田家は救われたので、この功績によって経綸における自分の立場を固めるのが普通の生き方であるのに、長知は城東の八坂《はっさか》に禅刹松山寺を建て、風塵の境を辞してひとり座禅に精進したというのだから変っている。

参禅という孤独と瞑想に耽るかと思えば、痛飲して賑やかに騒ぐのを好むのも、長知の変わった側面であった。斗酒を傾ける概がある人物なのだ。かつて大坂城修復の帰途、小松城代の前田長種《ながたね》と尽日痛飲したり、越中境で利家公を酒席で楽しませてお誉めにあずかった話は家中に聞こえている。

戦における猛将、交渉における当意即妙の知恵者、宴席での酒豪が、こと為政においては綿密、慎重、周到であることは、さすがの本多政重も及ばぬところで、例の天守閣炎上の際に右近はあわてて登城した組であったが、あとで聞けば長知は戦でもないのに夜間みだりに登城すべきでないと自宅にて寝ていたという。この場合政重は、長知が登城しないのを確めてから自分は自宅にて待機していたというから、この二人の役者は右近よりも上なのだ。

この二人は性格が似て非なる所があり、政重が戦国武将風の豪放磊落と幕臣に血縁ある者の用心深さを備えているとすれば、長知は直臣らしい執務熱心と酒席での野放図な傍若無人があった。この二人が重用されているのも、この相異なる特質がたがいに反発しながら協同できる時、大きな力を発揮するからであった。

政重と長知のほか右近がよく知っているのが、篠原出羽守一孝一万二千石である。この一孝とは築城についての確執があって、二人の間に何となく気まずい空気がある。もっとも、右近は一孝の直情径行を、自分に似たところがあると好いてもいる。ただ、会えば気まずい沈黙となるので、おたがいに避けているのだ。

かつて利長公の御代には、戦奉行《いくさ》として加判していた右近も利光公が襲封《しゅうほう》してからは、実権のある職を離れて、もっぱら茶道頭のような立場で城に出入りしていた。事実、横山長知を始め、家臣で彼の茶の弟子は多く、右近の顔と名前はよく知られていた。

右近が新年を賀す口上を言上し、殿様は若々しい声で「大儀じゃ」と簡単に応え、それで挨拶は終了した。帰る廊下でも多くの人々から右近は挨拶された。

城を出た右近は、ふたたび弥次郎と足軽を供に歩いた。大手門前の高みから眼前に金沢の町が一望できた。陽光が家々の屋根の雪に映えて、白銀の板を連ねた形は見事な造形で、北国の都に相応しい美を備えている。人々は雪を掻き分けて門まで道をつけ、そこに思い思いに門松や注連縄を飾っている。正月の気分が町中に漂い、神社には初詣の家族連れが群がっている。関ヶ原の合戦以後は戦いもなく、十数年にわたって平穏な日々が継続している。が、彼はそれが上辺だけの平穏に過ぎないと知っていた。徳川幕府は大坂攻めの準備をおこたりなく、それに連動して豊臣方に加担している大名の策動もあるし、諸国の浪人どもが続々と秀頼公に召しかかえられている。北陸の冬の晴れ間は短く、すでにして北から灰色の雲が流れてきて日を陰らせているようにふたたび戦乱の時が近づいていて、この金沢でも戦費の捻出のために年貢の取り立てがきびしくなっているのだ。時代は一刻も止まらずに、確実に移ろいいく。「汝ら、空模様を見分けうるのに、時代の徴《しるし》は見ることをえないのか」というゼス・キリシトの言葉が思い出された。右近は聖ヒエロニムス訳のラテン語聖書を持っていて、それを精読していた。むろん四福音書は繰り返し読んでいて、何かにつけて、主の言葉が脳裏にくっきりと浮かびあがってくる。

「城内は平穏無事であったぞ」と右近は弥次郎に言った。すると若侍は急に真剣そのものの目付きとなって押し殺した声で言った。

「お城でお待ち申しあげております間、付き人の間での奇妙な噂を耳にいたしました。京よりの早馬にて江戸表から御禁制令が伝えられたとか……」

「ありうることじゃのう。しかし、余は聞いておらぬが」

「御用心遊ばせ」弥次郎は、例によって油断なく左右に目配りしつつ歩いた。

自分の屋敷に帰り着いた。以前、城の南側にあった屋敷は手狭であったので、慶長七年、利長公の勧めもあって、今の甚右衛門坂下に二万五千石の身分相応に大きい屋敷を構えた。が、常の武家屋敷と違って、高麗門の扉は開け放しで番人はおらず、誰でもとがめられることなく入ることができる。玄関で声を掛ければ、小者がすぐ出てきて、主人に会いたいと言えば、簡単に客間に通される。このようにしたのは、相談事を持ちかけてくる信者が増えたからである。禁制の風潮が各地に起こってからは、こういう開放的態度を不用心と見なす者もいて、弥次郎などは、せめて門番を置くべきだと直諫してきたが、右近は取り合わなかった。余には人に隠す秘密はないし、討たれるに値するほどの老骨ならばむしろ名誉じゃと答えた。それは本心でもあったが、実のある対策でもあったのである。城内にも市井にも、南蛮宗を撲滅すべきと信じる異教徒《ゼンチョ》や伴天連の秘法を奉じる悪魔の輩《ともがら》として毛嫌いする者があとを絶たない。とくに信徒の庇護に熱心だった利長公が引退して利光公の治世となってからは、邪宗排撃の幕府の気風になびき、首魁と喧伝されている右近を胡乱者《うろんもの》と見なす人が増え、彼はかえってキリシタンには秘密も不審もないという態度を示す必要に迫られていた。

殿のお帰りとあって玄関まで妻のジュスタが出てきて迎えた。右近は痩身の老体であったが、ジュスタも痩せた老婆である。右近は、城中年賀の首尾を伝え、「殿様をはじめ、城中平穏無事な御様子、祝着至極じゃな」と言った。

「大分大勢の方々が御挨拶に見えています」と妻は言い、能登の知行地と聖堂を管理させている弟太郎右衛門、越前屋片岡休嘉を始め十人ほどの人名をあげた。加賀、能登、越中の茶人と信徒の有力者たちが集まっている。

右近は、十徳に着替えると、居間としている書院に腰を落ちつけ、伸びをしながら妻に言った。

「肩が凝った。誰かに揉ませたい」

「わたくしが致しましょうか」

「いや、尋常の凝りようではないから男手で頼みたい。怨兵衛がいい」

「怨兵衛殿はお茶会の準備とお客様の応対で忙しいですけれど」とジュスタは難色を示した。と、間髪を入れずの呼吸で、「怨兵衛、参りました」と敷居際で声がして当の男が顔を覗かせ、許しも得ずにずかずか入ってきた。登城するとかならず肩が凝るのを存じております、肩を揉みほぐすのは、それがしの特技でございますよと言うような態度で、さっさと右近の肩を揉みだした。近年、士分の身分を鼻にかけて、家事雑用を嫌う家臣の多い中にあって、怨兵衛の気さくな行為は破天荒なのだ。右近は目を閉じて、怨兵衛の指先が巧みに凝りをほぐして行くのを快く感じていた。

「大分大勢が見えているようじゃな」と右近は呟くように言った。

「はい、今年はみなさま御禁制について心痛の様子で、殿のお説をお聞きしたい意向と推察します。ところで、お城の風向きはいかがでした」

「別に変りはなかったがのう」

「何やら雲行きが怪しうございます。今暁、高岡より城中に早馬が入ったのを目撃した者がおります」

「弥次郎は京より早馬来るの噂を聞いたと申していたが」

「京の方角ではございません。高岡からです。これは確かな実見者があります。利長様に何かあったのかと存じますが」

「はて、城中では、そのような兆しはまるでなかったが」と右近は不審に思った。

「けさ夢を見ました」と怨兵衛は話題を変えた。「われらが信者が火責め水責めに遭っているのです。みんな磔《はりつけ》にされて火で焼かれ水に漬けられ殺される。で、必死で逃げますと、キリシト様が、こっちじゃ、こっちじゃ、と招いてくださって、白き道を通って極楽宝国に参りましたところ、キリシト様が、蓮華座に坐しておられ、それがしも蓮華化生《けしよう》できまして、美姫の天女が肌もあらわに楽を奏していました。で勇躍、慶喜《きようき》でオラショをとなえました。ナムアミダブ、アメンととなえているうちに目が覚めました」

「ウーム」と右近は答えようがなく、うなった。忽兵衛は涼しい顔でいた。

右近は庭のほうからあがっている子供たちの歓声を小鳥の快いさえずりとして目を細めて聞いた。亡くなった長男ジョアン十次郎夫妻が残した孤児たちである。十六歳の十太郎を頭に、末っ子の女の子まで男四人女一人の孫たちである。右近を「じじさま」ジュスタを「ばばさま」と呼んで慕っている。

息子夫妻が風邪で倒れあえなく先立った直後に、右近の母マリアも看病疲れと気落ちが重なって急逝した。亡き母を想うとすぐ亡き父ダリオ飛騨守を想う。右近が利長公に仕えてから父も公に仕え六千俵を与えられる身分になったが、帰天して今は長崎のキリシタン墓地に埋葬されている。育った孫たちの声で耳を撫ぜられながら、空に消えた歳月を思い、おのれの年を右近は実感した。

肩の凝りが少しほぐされたところで、右近は客間に出向き、一人一人の新年の挨拶を受けた。ひとわたりの口上が終ると、話題は御禁制のことに向かった。

「実際にどのような決定がなされるかは、拙者も存じませぬ。しかし、幕府が何らかの仕置きをこの加賀の国にも命じてくることは十分予想されます」と右近はつとめて明るい口調で言った。「ただ、信仰さえ強くあれば、なにごとも恐れることはないと、おのれ一個の経験から申し上げる」

「高山様のように厚い信仰を持っていないわしらの場合……」と一人が正直に危惧を示した。釜造りの職人で、一応洗礼は受けたものの、教会から足が遠のいている男である。

高山太郎右衛門が口をはさんだ。彼は兄右近の能登の知行地の管理をまかされ、能登にある二つの聖堂を根拠地にして熱心に布教しているうち独り身で過ごし、ここ十年ほどは士分を捨てて町人となり、半ば宣教師のようにして日を送っていた。

「身共はかつて、兄上の明石追放後の流離《さすらい》を実見した者ですから、いささかの意見があります。これは経験で申すので、決して気休めで申すのではありません。近年、駿府や江戸で行われている仕置きは、領民全体に対するものではなく、駿府では旗本、江戸では組頭を見せしめとして仕置きをしています。かつての関白の伴天連追放令においても追放されたのは兄上一族と身共だけで、百姓町人には御咎《おとが》めがありませんでした。おそらく、今回も御咎めが皆様には及ぶことはないと見ていいでしょう」

それで釜職人は納得した様子であった。しばしの当り障りのない雑談のあと、一同が帰って行くと、右近は太郎右衛門と、能登の知行地の経営についてあれこれ打合せをした。領民の信徒名簿を焼却したこと、聖堂に転用した仏寺から、十字印やマリア像を片づけて、元の仏教寺院の姿にもどして、いわば偽装教会とすること、昨年暮れからの豪雪により斜面の建物が多く被害をこうむったのを修理することなど、こまごまとした用談が続き、いつの間にか夕刻となってしまった。今夜は、こちらに泊まっていくようにと弟に勧め、久しぶりに一献傾けようと誘っていると、玄関口が騒がしくなり、馬の鋭いいななきとともに、忽兵衛が丸い塊となって駆け込んでき、「山城守様のお出ましでございます」と叫んだ。

「はて、けさ城中でお見かけしたばかりだが。じきじきの御越しとは」と右近は首を傾げた。急ぎ衣服を改めようとしていると、忽兵衛は、「火急の用事の故、一刻も早くお目にかかりたいとのことです」とそわそわと付け加えた。

横山山城守長知は、右近の姿を見るや、躍りあがるように立て膝になり、挨拶抜きで切り出した。乱れ髪が額に散り、汗が光っている。「昨年暮れに幕府の出した伴天連追放令が、今日早暁、高岡の大殿からの早馬で金沢の殿のもとに届けられたのじゃ。朝の貴殿の出仕の際、伝えんとしたが城中の評定が定まらぬ故に口止めされておった。やっと評定が終ったので、かくは急ぎ参上した次第。これが幕府令の写しじゃ。右筆に速写させたものじゃが、追放令は将軍秀忠公の朱印がある正式文書ぞ」

右近は書を開いて見た。

「乾《けん》を父となし坤《こん》を母となし、人その中間に生じ、三才これに定まる。それ日本はもとこれ神国なり」で始まる長い文章である。キリシタンを邪法と断じ、ついにはつぎの文章が綴られてあった。「かの伴天連の徒党、みな件《くだん》の政令に反し、神道を嫌疑し、正法《しょうぼう》を誹謗し、義を残《そこ》なひ、善を損《そこ》なふ。刑人あるを見れば、すなはち欣《よろこ》び、すなはち奔《はし》り、自ら拝し自ら礼す。これを以て宗の本懐となす。邪法にあらずして何ぞや。実に神敵仏敵なり。急ぎ禁ぜずんば後世必ず国家の憂ひあらん。ことに号令を司《つかさど》る。これを制せずんば、かへつて天譴《てんけん》を蒙らん。日本国のうち寸土尺地、手足を措《お》くところなく、速かにこれを掃攘せん。強ひて命に違ふ者あれば、これを刑罰すべし……」とあり、「慶長十八龍集癸丑《りょうしゅうきちゅう》臘月」の年月と将軍の名前があった。二度、丁寧に読んだ右近は書を置いて、考え深げに言った。

「激しい文面ですな。かつての秀吉公との差異は、伴天連のみならず、宗門そのものを邪法としているところですな。パードレ方だけでなく信徒にも信仰を捨てよと迫る、きつい御達しです」

「別に、パードレとイルマンとを都に即刻護送する命令も出ている。即刻、すなわち今明日中に出立すべきとあるわ」

「それは火急な御処置。ただちにパードレたちに知らせてやらねば……」

「拙者の手の者をすでに使いに走らせた。ただ不審は、信徒への御処置がまだ伝えられていないことじゃ。追っ付け何か言ってくると思うが」

「隠れもない拙者のお仕置きは免れえまいと考えます。当然、当地にも委曲をつくした令書が到着いたしましょう」と言い、来るべきものが来たと思った。予想していた強風が吹き出したため、かえって暗雲が払われて見通しが利き、覚悟も定まってくる。

「ところで」と長知は身を乗り出し、ちょっと言いにくそうに切り出した。「ルチアをどうするかじゃが」

右近ははっとした。それが長知の相談したい重要事であり、本人じきじきの来訪理由であったと気づいたのだ。

もし自分が追放となれば、明石の場合のように妻ジュスタは自分に従うと明言していて、その点は定まっている。もし十分でない太郎右衛門が追放をまぬがれたとすれば、孤児である孫たちを託すればよかろう。しかし、祖父母を慕っている彼らを捨てて旅に出られるかどうか、もしも全員処刑の仕置きとなったときに彼らを巻き添えにしていいものかで迷っていた。しかし嫁いだ娘のルチアは考慮の外にあった。

年寄衆の嫡男の嫁が邪宗門徒であることは、金沢藩では周知の事実であり、到底隠しおおせるものではない。夫に迷惑をかけないため、ガラシヤ秀林院玉子の方のように自裁する道もあるが、右近は信者の自裁については反対の意見である。武士の妻としてはガラシヤの死を天晴れと認めても、キリシタンとしては自裁は主にそむく道だと心得ている。ガラシヤの死をキリシタンまでが褒めそやしているのが不審でならない。

考え込んでいる右近をいたわるように、長知は力強く言った。

「ルチアがキリシタンであることを秘すが最上の策と思う。備前の方様についても秘すようにと利長公の仰せじゃ。まさか幕府も、この金沢藩内の臣下の内情までは詮索できまいよ」

「幕府は存外に金沢藩の内情に通じておりますぞ。伊勢や近江の旅商人を装った隠密が多数国内にも潜入しているは周知の事実。前田家切っての武将、山城守殿の嫁とならば、調べはついているはず」

「利長公のご意向では、備前の方様と同じく、康玄の室も秘すればよいとのことじゃ」

「備前の方様とは立場が違いましょう。幕府といえども徳川の姻戚の方に手出しはできませぬが、ルチアは吟味の座に引き出され、横山家に大きな迷惑を掛けることになる」

「いざとなったら棄教したと言えばよい」

「いや、姑息な嘘など、あの子には言えませぬ」

「嘘も方便と申す」

右近は言葉に詰まった。言葉にしろ信仰を否定するような行為が信仰者には不可能であるのを、どのようにして長知に説明し納得させたらよいか。備前の方には幕府も詮議の手を出せぬが、ルチアは詮議の座に引き出されるであろう。そういう場で嘘をつくのが信仰を否定することになると、ルチアはよく知っている子であるし、生来、真っ直ぐで純真で、嘘などまるでつけない性格でもある。

「いかが計らうか、本人ともよく相談のうえで決め申そう」

「実は康玄も拙者と同じ意見じゃ」と長知は言った。「一度契りを結んだ以上、御禁制くらいで引き離されはせぬ、あくまで同体を貫くと申しておる」

「その御気持ちはありがたいが、事は重大なれば、ルチアとよく相談のうえ、御答えしたい」と右近は重ねて言った。

長知はあっさり頷くと、慌ただしく帰って行った。まるで戦陣に駆け付けるような荒々しい騎馬の武者振りであった。

すぐさま、ジュスタに伴天連追放令の出たことを伝えた。

「今のところパードレ様方の京都への追放を命じるのみで、われわれへの御処置は分からぬ。しかし、余に何の御咎めもないとは予想できない。おそらく金沢を退去するか、ここで処断されるかであろう。いずれにしても、身辺の整理をして、いつでも旅立ちができるように準備をしておけ」

「それはお前様が以前から申されておること、すでに準備はできております。お前様の御出になる所でしたら、どこへでも参ります」と妻はきっぱりと言った。「どこへでも」とはむろん天国であろうともという意味と右近は取り、「これは、言わずもがなのことであったな」と改めて妻の晴々とした顔を見た。戦乱の世をともに潜《くぐ》ってきたジュスタは男勝りの、勝気で思い切りのよい女であった。彼女は摂津余野《よの》（現在の大阪府豊能《とよの》郡）の黒田氏の娘で、十八歳の右近に嫁いできたとき十四歳、すでにジュスタという霊名を持つ熱心な信者であった。

天正十五年（一五八七年）の伴天連追放令によって右近は明石の所領を失い、流浪の旅に出た。まずは博多湾の小島、ついで信徒大名小西行長領だった小豆島、行長公が肥後に移封になると肥後と、ジュスタとともに転々とした末に、前田利家公に拾われて金沢に来たのである。高槻や明石での城主生活から、追放、迫害、流浪の旅を、夫婦はともに過ごしてきたのだ。このたびの幕府の伴天連追放令も、二人にとっては、もう慣れっこになっている事態とも言えた。

右近は思う。無一物となって金沢に来た。いまさら無一物になっても平気である。度重なる合戦では、その都度死を覚悟して、思うかぎり戦ってきた。今、禁教令で死罪となったとしても、命をデウスにお返しするだけで、別に何の恐怖もない。

一刻後、単身右近は紺屋坂まで馬を飛ばした。

南蛮寺はいつもの静寂を失ってざわめいていた。同宿どもは常にはそれぞれの仕事――掃除、洗濯、賄い――などに分業で従事していたのに、今や無秩序に散って当てもなく廊下や庭をうろつき、異変を伝えられて集まってきた信者たちが聖堂で暗い顔を突き合わせていた。が、右近の姿を認めると人々は、その場に絵のように静止した。たくさんの目が一様にこちらに向けて光っていたが、一人一人の表情はさまざまで、真剣勝負のような険しい形相、胸先に刃を突きつけられたような怯えた気色、途方にくれた面持ちとある。二階のパードレの部屋にあがって行くと、クレメンテはエルナンデスと二人で南蛮櫃に衣類を詰めていた。南蛮櫃とは木製の頑丈な製品で日本の船簞笥に似て鉄の枠がついている。二人は右近に軽く会釈したが手は休めなかった。

「パードレ。追放令の内容ですが……」

「聞きました。都に早速旅立たねばなりません。でも、右近殿の忠告で前から用意してあったのであわてません。ただ、信者たちに事情を説明してあげねばなりません。それが、まだ済んでいません。お別れ前に告解《コンヒサン》や聖餐の秘蹟《サカラメント》を受けたいと人々が集まってきています。忙しいです」

右近は軽く頭をさげて、これだけは言っておきたいことを言った。

「パードレ。教会にある信徒名簿はもう焼きましたか」

「ああそれ、大丈夫。抜かりない」とクレメンテは自信ありげに拍手した。

「京都所司代の命により、伏見と京で信徒名簿の作成が開始されました。キリシタン取締りの総奉行が幕閣より派遣される情勢です。門徒一党を根絶やしにするのが幕府の狙いです。金沢でも、早晩、いや明日にでも、探索が始まるでしょう」

「そうなるだろうね。だから、名簿を焼いたのだ」とクレメンテはちょっと得意気に言った。

「都までは雪の山越えをせねばなりませぬ。荷扱いに拙者の手の者を二人お供させましょう。なお、道中南蛮人に悪意を持つ民もいるゆえ、御用心が肝要」

「それはありがたい。重荷ゆえ困惑しておりました」

右近は二人を手伝いながら、室内の整理に掛かった。信徒名簿は焼いてしまったということだが、よく調べると、信者からの手紙や記名のある贈り物などが残っている。降誕祭《ナタル》の寄せ書きなども見つかった。こうした未整理の書類がうずたかく、ついにクレメンテは音をあげた。「これでは際限もない」

「書類は全部燃やしてしまうのです」と右近は言った。「同宿の者たちの手控えや持ち物も私が調べてみます。全部焼いてしまいましょう」と右近は言った。

右近が教会中をめぐり、書類一切を処分させようと躍起になっていると、忽兵衛が馬で駆けつけてきた。殿、お一人で外出はつれのうござりますぞ、という顔付きで、すぐ主人の意図を察して、同宿や信者を督促、庭に書類を山積みにして火をつけた。趣旨を理解した同宿どもが箱膳や書物まで運び出してきたので、火炎は三間の余も立ち、煙は屋根を抜きんでて高く噴き上がった。しかし不審火と見た町奉行の町付足軽が走り込んできたときには、すべては燃え尽きていた。

いくばくもなく、今度は寺社奉行配下の与力が足軽雑色を引き連れて物々しく乗り込んできた。聖堂にたむろしていた人々を追い出し、平伏しているパードレ・クレメンテとイルマン・エルナンデスに、上意と言って申し渡しを行った。異人の伴天連一味は明日中に金沢を退去すること、護衛つきで京にのぼることという厳命であった。そして、証拠湮滅と逃亡を防ぐために与力の配下が今より南蛮寺に泊まる旨も申し渡された。罪人の扱いである。

与力は以前から右近が懇意にしていた人でキリシタンにも一応の理解と同情を持っていて、右近が、信徒たちのためにパードレが最後のミサを立てる許可を求めると、簡単に許してくれた。そこで日暮れとともにミサを立てる旨心当たりの信徒に同宿を走らせた。

それだけの指図を終えると、右近は忽兵衛を供に、急ぎ帰宅した。自分自身でも為《な》すべきことが沢山あると心急《せ》く思いである。

横山康玄夫婦が赤ん坊の胤長《たねなが》を抱いて待っていた。若夫婦は右近に新年の挨拶をした。康玄は二十五、ルチア二十四、慶長八年（一六〇三年）に連れ添ってより十年の余を経たが、赤ん坊はまだ生後まもない。

挨拶を返した右近は、何事かを言いだそうとして躊躇している体の康玄に、単刀直入に切り出した。

「先程、父上より幕府の禁教令到着をお聞きした。そこでそこもとたちがこれにどう対処するか。存念を聞きたい」

「父にも申しましたが」と康玄は、一瞬のためらいを吹っ切るようにはっきりと言った。「妻と拙者は同体でございますれば、妻が信徒であることを隠し、すなわち御禁制を無視しても、今まで通りの暮らしを続けたい存念にてございます」

「それは父上より伺った。それについてルチアの存念を聞きたい」

そう言われてルチアは顔を赤らめた。父と夫の前で自分の重大な存念を述べるということに緊張し汗ばんでいる。母の緊張が伝わったのであろう、赤ん坊がむずかるのを康玄が抱いた。ルチアは幾分震える声で答えた。

「御主人様とは離別し、他人となり、父上とともに殉教の道を歩みとうございます」

「それは余の存念とまるで違うではないか」と康玄は驚いてのけぞった。その様子から察すると、まだ二人の間でこの問題について合意が成立していなかったようである。

「御禁制のこと」とルチアは夫を上目遣いに見た。「つい先程伺って、こちらに参る道々思慮いたし、わたくしは決心いたしました。貴方様の妻がキリシタンであることは、御詮議ですぐに明らかになりましょう。家中の者も御近所もみな知っておりますし、南蛮寺に出入りしておりましたことは多くの人々が目撃しておりましょう。わたくしがキリシタンであるとなれば、貴方様も御疑いを掛けられ、横山の御家にとって大事となります。ここは離別して、何もなかったことにするのが最良の解決でございます」

「しかし、それでは其処許《そこもと》と別れねばならぬ。辛いのう」

「その辛さはわたしとて同様でございます。お名残惜しゅうございます」とルチアは袖で涙を拭った。

「それでよいのか」と右近は康玄とルチアとを交互に見て尋ねた。ルチアは、はっきりと「それでよいのでございます」と答えたが、康玄は、苦悩を顔一杯ににじませ、脂汗を光らせて、「妻とよく相談したうえでお答え申しますから、しばしの御猶予を」と打ち倒されたように一礼した。

別室に退いた若夫婦は密談に入った。低い声で言い合っている。ときどき赤ん坊が泣くのをあやすときだけ、ルチアの声は高くなった。半時ほどして二人は、また右近の前に坐った。康玄が離別の結論を報告し、一子胤長は男親の手で育てることにすると言った。右近は、黙って聞き、考え込んだ。

ルチアが憐れであった。同時にその信仰の形を美しいと思った。ゼス・キリシトに忠実であろうとすれば、「我が来るは人をその父より、娘をその母より、嫁をその姑より分かたんためである。おのが十字架を背負いて我に従わん者は、私に相応しからず」が道ではある。娘のこちらに送ってくる明るい視線、晴れ晴れとした気色が、父の心を決めた。

「相分かった。そちたちの思い通りにするがよかろう」と右近は言った。若い男女は、右近の同意を得て、二人ながら上気した顔を見合せ、二人そろって丁寧に頭を下げると横山家に戻っていった。

右近は妻に娘の離別を伝えた。さすが母は、「不憫《ふびん》な子でございます」と目頭を押さえた。

「不憫じゃのう」と右近も言った。「しかし見事な決心だとは思わぬか。われらの育て方は間違いではなかったのじゃ」

「ほんに……」と妻は涙を拭った。

右近は妻を励ますように言った。「紺屋坂で、パードレ様最後のミサが開かれるので、そちとともに出席したい。方々には使いでその旨を伝える」

入相《いりあい》の鐘が鳴るころ南蛮寺で最後のミサが行われた。右近夫妻と孫たち、太郎右衛門、久閑、如安、好次、越前屋や近隣の主だった信徒が集まった。受難を前にした主の最後の晩餐が、受難の旅立ちをする神父によって再現されると、迫真の雰囲気となり、いつにない真剣なミサとなった。人々の祈る姿に寺社奉行所の役人たちもなにがしかの感銘を受けたのであろうか、彼らのなかには合掌して頭をさげる者もいた。

右近を始め人々はその夜、南蛮寺に泊まり、教会の整理と神父の旅の準備に熱意をもって当たった。書籍は一括して右近が預かった。そのなかにはラテン語の典礼書、ポルトガル語やスペイン語の書物、長崎や天草出版の書物が多数含まれていた。同宿や下働きの者たちはそれぞれの里に帰らせることにした。南蛮渡来の十字架、マリア像、洗礼盤、聖杯などには高価なものが多かったが、あまりにも数が多かったので、そのまま放置することにした。没収されるか破壊されるか、どちらにしても、物そのものにパードレも信徒もあまり執着はなかった。

深夜になって一応の整理がついた。聖堂で右近はみんなのために薄茶を立てた。花入れには庭先で切った白梅の一輪と蕾が春の予兆を示していたが、一同にはこれから始まる受難のための別れの茶であり、一服一服を右近は末期《まつご》の杯の真情を込めて立てた。

「どうなるであろうか」と宇喜多久閑がつぶやいた。「これでわれらキリシタンも離散し根

「押し込められるか追放されるか殺されるか、幕府の方針はまだ見極められませんが」と右近が言った。「どのような結果になろうとも、われらがこの地に蒔いた種は生き残るでしょう。すぐの将来でなくとも、たとえば何百年あとであろうとも、種はやがて芽を吹き豊かな実りをもたらすでしょう」

「何百年あと……」と好次が気がそがれたような溜息をついた。

「われらを襲った災いを耐えることで実りは大きくなるのです」と右近は好次を励ますように頷いた。

「そうです」とパードレ・クレメンテが言った。「一粒の麦が死ねば多くの実をむすぶ。ただし実をむすぶのは、いつか知らない、ずっとあとなのです」

「その通りです」と右近は微笑した。自分は死を予感している。自分は死をすでに明石を追放された時から覚悟している。内藤好次が考えているように武力で反抗する気はさらさらない。殉教の道、キリシトの歩みたまいし、十字架の道を自分も歩みたい。

翌日の午後、役人数人と右近の部下二人に付き添われたパードレとイルマンは出立した。右近は彼らが町を出るまで送って行こうと心づもりしていたのだが、自分がそうすれば信徒たちが寄り集まり、叛徒の集結と勘違いされると思い返し、聖堂前でそっと一行を見送るだけにした。

6　雪の北陸路

パードレたちが発った直後、ジュスタを呼び、かくなるうえは近々、われらに追放か処刑かの幕命が下るは必定、うろたえぬよう身辺の整理をすべしと言い付けた。妻は何も問い返さず、はい、と返事をしただけであった。彼女は、孫たちを集めて何やら申し渡したうえ、侍女たちを動員して部屋の片付け、旅装束の準備、文書の焼却などを始めた。

右近自身はおのれの周辺を見回し、すべての手筈が整いあるを改めて確認した。早手回しの癖がある彼は不断から武具、書物、書き物、衣類、茶器などをきちんと仕分けして仕舞っていた。戦乱の日々、流浪の年月、いかなる不測の事態に遭遇しても即応できる準備を整えておくことが、おのれの心構えであり流儀であった。今も、旅の持ち物を選び出すのに手間は掛からず、武具に心配りを要しないだけ出陣のときよりもよほど身軽であった。幕府筋から自分に何らかの仕置きがあれば、妻は従うと言っている。問題は孫たちで、嫡男の十太郎は世の習いとして連れていかねばならぬが、その余の幼い者たちは弟の太郎右衛門に預けたいと思っている。

しかし右近は、自分の思いを家臣たちには漏らさず、なに食わぬ顔で過ごしていた。朝の祈禱、昼の書見と客の応接、夕方の弓引き、と毛筋ほどの変りもなかった。

二日ほど経った朝、横山山城守長知《ながちか》が、このたびは前田利光公の正使として駕籠で行列を組み、乗り込んできた。書院の上座に坐った長知は、家臣を従えて平伏する右近に上意として幕命を伝えた。邪法を弘め正宗を惑わす高山長房を妻子眷属《けんぞく》ともども一両日中に金沢より京に護送し、京都所司代板倉勝重に、身柄を委ねよとの厳命であった。右近は、「かしこまりました。明日中にしかと出立致します」と答えた。使者の役目を果たすと、長知はにわかに打ち解けた態度となり、右近と二人だけで対座すると、「役目がらとはいえ、このように厳しい幕命を伝えねばならぬのは心苦しいのう」と言い訳した。

「一つうかがいたいが」と右近も親しげな口調で尋ねた。「〝妻子眷属〟とあるからには孫たちもまぬがれえぬと解すべきか」

「その点は城内に議論もあったが、血を分けし一族全員という意味であろうから御孫たちも含まれるであろう」と長知は顔に苦渋をまじえて答え、「むごいことよのう」と長く吐息を伸ばし、暫時あって慰めるように言った。「弟御の太郎右衛門殿は妻子眷属に属さぬべしと、これは本多安房守の意見じゃ」

「本多殿が?」と右近は首をかしげた。これまで、キリシタンに厳しい態度を取ってきた筆頭家老としては穏便な処置である。

「このたびの追放令は身分ある士分のみに限られるからと言うのじゃ」

「なるほど」安房守らしい筋の通し方だと右近は納得した。弟の無事を喜ぶと同時に幼気《いたいけ》な孫たちを連れていくことに憐れみの情が動く。

「なお貴殿と一緒に京送りの命が出たのは内藤飛騨守忠俊殿と内藤好次殿の妻子眷属じゃ。宇喜多久閑殿は敦賀《つるが》送りの別命が出た。幕府は当地のキリシタン旦那衆についてよく調べているわ」

「備前の方様と康玄《やすはる》殿には音沙汰はなかりしと……」

「そうじゃ」長知はちょっと入り組んだ表情を作った。主筋の女性の安泰を喜びながらも自分の子の安泰を恥じるようでもあった。

「手始めにわれら侍一族のみに放逐の命あるは自然なる仕置きと存ずるが、将来、百姓、町人については、いかがな仕様が下るとお考えか」

「実は、安房守は京に倣って名簿を作成し棄教を迫るべしと進言、拙者は触れを出すのみで穏便にすべしという意見じゃ。ただし、これも、身内に邪宗門徒がおる者の身びいきじゃと申す者あり、難儀致す」

「拙者と一族については、かねがねの覚悟がありましたが、あとに残る者どもは案じられてなりませぬ」と右近は顔を曇らせた。高槻移封、明石放逐において、領主を信頼して受洗した領民どもを捨て置いた慙愧があった。この金沢では家の子郎党と六千人の信者に対して同じ思いがある。

「高山殿」と長知は急に身を乗り出し、笑顔を作った。「拙者のわずかな志として、貴殿の家臣の者どもを召し抱えさせてもらえないかのう」

「それはかたじけない。こちらよりお願い出るのは心苦しく、思案しておりました。家臣のうち一人、二人は旅の供とするが、あとの家臣は置いていかざるをえぬと観念しておった」

「率直にうかがいたいが、貴殿の家臣にはキリシタンがかなりおろうか」長知は笑顔を真顔に変えて尋ねた。

長知ほどの人物でも、キリシタンの家臣を厄介視すると知って右近は内心微笑み、慰めるように言った。

「信仰厚き者が数人おるが、いずれも志清き者どもにて、いざ詮議となれば潔く身を処して御迷惑はかけぬと思います。キリシタンと称しおれどまだ洗礼も受けぬ者数人、あとはすべて普通の者にて御心配は無用と心得る。ところで横山殿」とこんどは右近が膝を乗り出した。「急ぎ高岡の大殿にお目通りしてお暇請いをしたいと思うが、お橋渡しを願えまいか」

「それは大殿がお許しにならぬ。これは申しにくいが、貴殿が幕府の咎人《とがにん》となられたうえは、高岡の大殿も金沢の殿も今後、目通りかなわぬとの仰せじゃ」

「承知つかまつった。それならば、この茶器を大殿に御礼の印としてお渡しくださらぬか。侘助肩衝じゃ」

「おお」と長知は桐箱を押しいただき、「世に聞こえた名器。大殿もお喜びになろう。たしかにお届けいたそう。ところでルチアのことじゃが」と長知は苦しげな顔つきになった。

「本人は離別を望んでいる。拙者と康玄とでこもごも翻意をうながしたが、志固く一歩も引かぬ。いかがいたすか」

「一度心に決めたことを曲げぬ子なれば……」右近は目をつぶって考えた。つい二日前に見た、母親似の色白な娘の顔が浮かぶ。柔和な質なのに、思い詰めたら自分の意志を変えようとしないのは幼いときからである。現在、おのれの信仰を貫こうとしたら、離別しか道がないことも理解できる。

「いかがいたすか」と右近の思案姿を見守っていた長知が催促するように言った。

「本人がそう申すなら、そのようにお取りはからい願いたい」と右近はきっぱりと言い、念を押した。「ただし康玄殿の同意を得られればの話じゃが」

「康玄は同意した。いや、妻女に同意させられたのじゃ」と長知はまた苦しげな表情になった。

「それならばなにも申さぬ。ルチアは拙者が引き取ることにいたそう」

「いたしかたなきことかのう」と長知は彼には似合わぬ弱々しい溜め息を漏らした。「ところで胤長《たねなが》だが、これはまだ赤子にて城中に届け出もしておらぬ故、われらの孫として責任をもって養育いたす」

「これからの京への長旅、赤子には到底無理な道行と思います。よろしゅう頼み申す」

横山山城守が帰った直後、右近はジュスタに京送りの幕命を伝え、ルチアの離縁について山城守からも通告があった旨を話した。母親はちょっと顔を曇らせたが、すぐ誇らしげに目を輝かした。「一昨日は不憫なりと思いましたが、今は主に従うというあの子の決心を見事と存じます。わたくしもあの子とともに歩む所存でございます」

右近が旅支度にかかっていると、孫の十太郎が入ってきて手をついた。十六歳の少年だが、最近分別もつき、礼儀正しく、剣術や馬術にも励み、大人びた長身になった。

「おばば様から、明朝、京に出立と聞きました」

「そこもとだけは、十次郎の嫡男ゆえに連れていかねばならぬと考えていたが、そなたたち兄弟全員を同伴せねばならぬ。火急の旅とて敦賀よりの船路は許されず、北陸路の雪深い山越えとなろうから、幼い者にはきつい旅となろうぞ」

「弟妹を背負ってでも連れてまいります」十太郎はけなげにも胸を張った。そういう具合に胸を張ると、肉の薄い少年の体が肩や衿のあたりに浮きでて哀れをそそった。

右近は書院と廊下に全家臣を集め、高山一家の追放を正式に伝え、岡本惣兵衛、生駒弥次郎の二名を供として指名し、他の者は横山山城守様が召し抱えて下さるむねを告げた。宣教師追放後、主にも仕置きが下ることを予言しておいたので、一同に多少の心づもりはできていたであろうが、一人残らず横山家の家臣になれると聞かされると、正直に安堵の吐息が流れた。

高山右近追放の知らせは逸早く市中に伝わったと見え、茶友、信徒、知人が陸続と来訪してきた。茶友では尾坂下の越前屋片岡休嘉が一番に来て、今も、おのれの父で右近の親しい茶友であった休應愛用の茶箱を餞別として贈ってくれた。これは旅先での野点などに役立ちそうで、ありがたく頂戴することにした。しかし、ほかの人々の餞別は、物であれ金であれ、すべて断った。

右近は本年分の俸禄、黄金六十枚を取り出して隅丸手箱に容れ、これを利光公に返却すべく単身徒《かち》で登城した。しかし、すでに達しが回っていたと見え、大手門の番所で遮られた。罪人となった人物故、入城は御法度という役人の言い条であった。右近は、無理強いせず立ち去り、その足で横山長知邸を訪ねた。出てきたのは康玄で、煩悶のためやつれた気色、「離別の件、申し訳なく存じます」と頭を下げた。「父上よりうかがった。この際、是非もないことよな」と右近は慰め顔で言った。

奥の間で長知が待っていた。ルチアが脇にひかえ、下座に侍女二人がかしこまっていた。右近は持参した黄金いりの手箱を長知に押し出して、「これは殿より拝領した知行、充分な御奉公もせず旅立つ身、殿にお返しいたしたい。さきほど城中におとどけしようとしたところ、罪人の登城はまかりならぬと禁じられたゆえに、ご足労じゃが、仲介をお願いします」

「罪人のう」と長知は不快を面にあらわにした。「右近殿にはなんの罪もないのにのう。その黄金たしかにお預かりしました。即刻、殿にお届け致す。ところで、丁度、康玄とルチアの別れの杯をすませたところじゃ」とルチアを顧みた。

長知の計らいで右近は孫の胤長を抱くことができた。赤子の特徴で、火のように火照った小さな体から切ない肉親の情が掌に伝わってきた。赤子はなにも知らぬげにすやすや眠っていた。

右近が先回りして帰宅すると、しばらくして侍女二人を供に、ルチアが駕籠で家に帰ってきた。横山家の郎党が長持ちや箪笥や諸道具を運んできた。出戻ったルチアは改めて父母に挨拶した。

右近は軽く頭をさげたのみだが、ジュスタのほうは、娘を見た瞬間から心の動揺を隠せず片袖で涙を拭って、「おお、せんないことであった。これからもなにかと気苦労であろうが、気を強く持ちなさい」と言った。

「ルチア」と右近が言った。「主に従うという、そなたの志を尊く思うぞ。父も母も年を取ったので、孫たちの世話の助けを頼みたい。今後、いかなる雲行きか分からぬが、心を引き締めてともに向かおうぞ」

「はい。いかなる苦難が襲いかかりましょうとも、覚悟はできているつもりでございます。

子らの世話、心していたします。お父上もそしてお母上も、お助けくださいまし」

右近は娘をじっと見た。男の子たち三人がいずれも早世してしまい、とくに長男のジョアン十次郎が数年前に死んでからは右近のただ一人の子であった。ルチアは十次郎より二十近くも年下のため、孫でもあるように大切に育てたものだ。幼いころから物事をはきはき言うので、この子が男であったらと嘆じたこともあった。

娘が部屋を去ってから、右近は妻に言った。「天晴れな覚悟じゃが、胸が痛むのう」

「あの子らしく、夫との別れについて嘆きはしませんが、それは大変に切ない思いでございましょう」

「そうよのう。とくにわが赤子との別れは辛かろう」と右近はうなずいた。

横山長知の、たっての希望で、長知の嫡男康玄にルチアが嫁いだのは、十年ほど前のことで、康玄は十四歳で元服した直後、ルチアはまだ十三、夫婦としては形のみの関係であったろう。それが去《す》ぐる秋、一子胤長をもうけ、妻として母として一人前になったと祝ってやったのも束の間、もう夫とも子とも別れねばならなかったのだ。

今回の離別がルチアの意志により行われたとしても、その裏には、岳父長知の暗黙の意向があり、おそらくルチアはそれを察して決心したのであろうと右近は推測した。そしてルチアの申し出を夫の康玄が受け入れたのも、嫡男として横山家の安泰を思う父の意向に従ったふしが認められる。このところの排キリシタンの風潮にさらされた前田家筆頭家老は苦しい立場に追い込められていた。

　前田家の家臣のなかには、初代利家公よりの譜代の臣、二代利長公の直臣、三代利光公の直臣、さらに幕府より推挙されて来た臣という具合に、出自も立場も違う人々が混じっていて、おたがいに閥を作り勢力争いをしていた。利長公の時代には公の直臣である横山長知と譜代の臣である篠原一孝や村井長次らとのあいだに軋《きし》みがあり、さらに三河以来の徳川家譜代の臣の子、本多政重が来沢してより、家臣団の勢力分布はますます複雑になってきた。そういう家臣たちの中心にいて集団の舵取りをしてきたのが長知であった。とくに近年の排キリシタンの風潮をめぐっての長知と本多政重の確執は誰知らぬ者もない。豪放で磊落な長知の気苦労が絶えず、そういう義父を持つキリシタンの嫁としてのルチアの苦しい立場も、右近には忖度《そんたく》できるのだった。三日前のパードレ追放令の際に、おそらくキリシタンの息子と嫁を持つ長知が前田家家中でどんなに追い詰められた立場に立たされたかは察するに余りがある。そういう父の苦渋を知るゆえに嫡男として康玄は父に従う決意をしたのであろうし、ルチアもそれを認め、信仰を守るためにあえて離別を望んだのであろう。右近には、婿の康玄を責める気はなく、ただ夫よりも信仰をえらんだ娘の決意を見事だと思った。

　夕方になって、横山長知より使いの者が見え、利長公にお渡しした茶器、佗助肩衝を持参した。大殿がどうしてもお受取にならぬというのだ。右近は長知宛の書簡を認めると、使いの者を呼んで直々に言った。

「これは天下の名器である。旅に持ち出して不慮の破損でもあっては本邦の損失、ぜひ山城守様にお守り下さるように進呈させていただく。この書とともに返却いたす」

その夜、右近は家臣の主だった者たちと別れの宴を開いた。高槻、明石、金沢と彼に付き従ってきた者が十数人はいて、すでに限られた人数のみしか供は許されぬと心得てはいたものの、酔うにつれて是非のお供をと泣きだす者もいて、惜別の情は人々に強く、宴は重苦しい沈黙に閉ざされて行った。しかし酔いがまわるにつれて、舞を舞う者、詩吟を披露する者などいて、座は華やいだ。

この宴のさなか能登より太郎右衛門が到着した。雪にはばまれて馬が進まず遅くなったという。右近は弟と別れの言葉を交わし、例の『悲しみのサンタ・マリア』を渡した。

「これは拙者がもっとも大事にしてきた絵じゃ。イエズス会総長のアクアヴィヴァとやらという偉い人から贈られたもの。家宝にしたく思ったが、詮議が激しくなれば、所持するのも危険であろうから焼却してほしい」

「いや、焼くのは惜しい。大壺に密閉して、どこぞに埋めておきましょうか。ずっと遠い将来に子孫が掘り出してくれるかも知れませんからな」と太郎右衛門は言った。

右近は宴席にもどったが、弟はジュスタやルチアと長いこと話し込んでいた。

翌朝、横山長知より急使あり、高山長房謀叛の兆しありという噂が城中にひろまり、本多政重を中心に臨時の評定あり、武装兵を招集して変に備えていると知らせがあった。昨夜遅くまでの宴のことが、一同切り死の門出の宴と誤解されたと見た右近は、ただちに忽兵衛を使者に立て、二心ないことを誓わせた。追って、城中より使者あり、高山長房とその眷属は従者ともども白装束にて巳の刻（午前十時）までに西丁口門前の広場に集合すべしという命令が伝えられた。

定刻前、右近、妻のジュスタ、娘のルチア、十太郎を始め五人の孫たちは、岡本忽兵衛と生駒弥次郎、侍女二人を従えて、城門前の広場に出向いた。大手門堀は黒々とした水を湛え、本丸の三階矢倉が寒風に曝《さら》されて冷え冷えとした側面を見せていた。陣羽織の与力たち、鉢巻きに襷掛《たすきが》けで槍を持った足軽たちに、取り囲まれてものものしい有り様であった。こういう役人たちを遠巻きにして見物していた群衆は、右近の一行を見て軽くどよめき、道を開いた。

都への護送隊の総指揮は篠原出羽守一孝であった。前田家家臣の名門で、父、篠原長重は、利家公夫人、芳春院の従弟であった。もっとも一孝は養子であって父との血のつながりはないが、名門の当主として家中の重鎮として聞こえていた。特に顕《あらわ》れた事績は、家康公権勢の大坂より、利家公の柩を金沢まで無事護り帰ったことであり、その統率力がこの度の護送指揮官として適任と見なされたのであろう。右近とは小田原攻めのときともに戦い、よく気心が知れている男ではあるが、築城術については右近と意見が合わず、石川門の段差や大手門の石組などで対立してから、おたがいに相手を避ける仲となっていた。右近の護送指揮にこの人を選んだのは、二人の対立を知る者の思惑が働いているであろうと右近は推察した。今、二万五千石だった六十二歳の右近の丁寧な礼に対して、一万二千石五十三歳の出羽守は、罪人に対する固い表情で応じたのみであった。

下奉行として、浅野将監が、御法度の宗門を奉じている罪人である右近たちを監視していた。彼は忽屋敷奉行として、内忽構堀《うちそうがまえぼり》に植えた竹林の伐採を取り締まる役職にある小役人で、右近も茶室の花瓶を作るために人を竹藪に入れて阻止されたり、孫の遊びの土塀の穴まで見とがめられたことがある。こういう具合に熱心な杓子定規の人こそ、護送隊長としては打ってつけである。将監は、右近たちを迎えると、大小はもちろん、懐刀も取り上げ、さらに丸腰の者たちの衣服まで検《あらた》めた。

やがて内藤如安と妻とその子三人、内藤好次とその子四人、宇喜多久閑とその子三人がつぎつぎに到着して将監の吟味を受けてから一箇所に集められた。出発の刻限となり、将監が用意した罪人護送用の唐丸駕籠に右近を乗せようとしたときに、出羽守がさっと手をあげて将監を制した。

「高山殿は加賀の偉人である。このような辱めをあたえることは余の忍びがたきことである。網代《あじろ》駕籠を用意せい」

「はっ」と将監は頭を下げたが、首を左右に振り、「しかし主命にござりますれば……」と上目遣いににらみつけた。

「よい。かほどの御方を唐丸に押し込めるとは御家の名折れじゃ。もし旅の途次、不測の事態が起こったとあらば、一孝一人が腹を切ればすむことである」と出羽守は、家来に命じてあらかじめ用意してあったらしい網代駕籠を右近の前に進ませて、右近に深々と礼をして、「どうぞ、御腰の物を持たれてお乗りあれ」と言った。総指揮官としての端厳を保ってきた眉宇に謙譲の微笑が漂った。

「いや、それはなりませぬ」と右近は言った。「それがしは幕命にて囚われの身、大小は障りがあります。が、せっかくの御好意。駕籠は拝借つかまつりましょう」

馬上の篠原一孝を先頭に、右近の駕籠、女子供を乗せた馬、徒歩の男たちの行列が動き始めた。行列の左右を警護の足軽どもが固め、浅野将監は殿《しんがりぞな》備えとなった。

右近は網代をあげて沿道に群がる人々を見た。見物人に混じって多くの知人の姿があった。何よりも右近の家臣ども、太郎右衛門や能登の信徒たち、紺屋坂の同宿の面々、備前の方の侍女たち、茶道を教えた弟子の武士町人の群れ、越前屋片岡休嘉は家の番頭使用人を総動員して並び、右近の会釈に深々とした礼で応じた。多くの人々の目に涙が光っていた。この金沢で過ごした二十六年の歳月、親しく付き合った人々の顔を逐一確かめるようにして右近は別れの思いを眼差しに込めた。気がつくと出羽守はわざと行列の歩度を緩めて留別の時をあたえてくれていた。

金沢の西は寺町で、街道の両側を築地塀の森閑と閉ざす地域、さすがこのあたりに来ると見物人の数も減ってきた。右近が願って駕籠を下りて振り返ると、ずっとついてきた家臣の者どもや信者の群れが一斉に頭を下げた。右近は右手をあげて彼らの挨拶に応じると、将監に頼んで彼らを去らせた。

寺町が切れて、一面の雪原が広がった。右近は今度は出羽守に頼んで、駕籠から下ろしてもらい、どうか駕籠を返し、これからは徒歩にて進みたいと言った。二度、三度の押し問答のすえ、右近はきっぱりと言った。

「それがしはわが宗祖がなされたように徒《かち》にて進みたいのです。これは信仰に基づく切なる願いです」

篠原出羽守は折れた。右近が歩き始めると女子供も馬を降りて従った。それまで灰色に重く垂れていた空から雪が舞い降り、身を切る朔風が吹き寄せてきた。

押送の一団は、北国街道を南西へ、都の方角へと向かった。一陣の風が野面の積雪を巻き上げ、氷の滝を浴びせかけた。右近は雪まみれのジュスタを頷きで励まし、ルチアと子供たちを振り返って声を掛けようとしたが、一同、黙々と元気よく歩くさまに安堵した。ほどなく松任《まっとう》の町に出た。さらに小松、大聖寺《だいしょうじ》と雪景色の街道をたどった。ものものしく武装した警備隊に取り囲まれた白装束の罪人たちは人目を引くはずであった。が、厳冬の街道には旅人の数は少なかったし、一行は矢のように飛来する風に顔を下げて目を細めていたため、さして人の視線を気にせずにすんだ。

前田家の領国、加賀から松平家の領国、越前に入った。この越前に転封《てんぽう》された先代の結城《ゆうき》秀康《ひでやす》は家康公の次男であったし、石高も七十五万で、この大きな親藩の存在は外様の前田家にとって煙たく、なにかとはばかられる存在であった。事実、国境の関所では、他国の警護兵や罪人の一行についての吟味がきびしく、あまりに手間取るので、短気な出羽守が役人に怒りをぶつける一幕もあった。

松平家の居城、北庄《きたのしょう》は、かつて柴田勝家の居城であった場所に建てられ、さすがは親藩の城だけあって、本丸を中心に、二重、三重の堀をめぐらした結構はかつての勝家の田舎城とは画然と違う豪壮と気品を備えていて、金沢城をもしのぐと思われた。城を遠望しただけで、大体の構造を把握できる右近は、「なかなかのものよ、のう」と忽兵衛に言った。そう言いながら、彼は、かつて勝家にお預けになった父、飛騨守を思い出していた。信長公によって北庄に追放された飛騨守は、本能寺の変の翌年、秀吉軍によって勝家の北庄城が攻め落とされたとき、この先の府中（現在の武生《たけふ》）に居を構えた前田利家公に引き取られたが、その後、右近自身が秀吉公の伴天連追放令によって浪々の身となったため、父との再会を果たすのは、ようやく右近が利家公によって金沢に招かれてからであった。三年後ヴァリニャーノ巡察師が都の秀吉公に謁見するために大坂に来たときに右近は父とともに金沢から出て師を訪問した。師と旧知の仲の右近は話を弾ませたが、初対面の飛騨守は息子のそばで黙していたのを、ヴァリニャーノ師は、あなたこそ日本布教史における先覚者で、御子息を始め多くの信徒を育成なさった最大の功労者と誉め、一緒にいた遺欧使節たちにも紹介し、父は大いに面目を施したのだった。その五年後に父は帰天し、右近は遺体を金沢で荼毘《だび》に付し、遺骨を長崎に送ってキリシタン墓地に葬ってもらった。

越前平野を横切り、かつて利家公の居城のあった府中に差し掛り、町内の、とある茶屋で休息となった。縁台に一人腰を下ろしている右近に、土瓶を持った怨兵衛が近寄って、熱い茶を召されませと言った。それから急に声を落として、殿に打ち割りてお話したき秘事がございますと言った。

「なにごとぞ」と右近は離れた所で自分たちを監視している警護士たちを一瞥した。怨兵衛は一段と声を低め、しかし陰に籠もる迫力で言った。「それがしの父は、ここ府中の百姓にて一向衆でございましたが、車割きの刑にて果てました」

「そうであったか」と右近はうなった。怨兵衛の祖先が越前の出であるとは聞いていたが、一向衆徒であったとは初耳である。二十数年前、府中の領主であった利家公が一向一揆の残党に対しておこなった酸鼻を極める刑罰は今でも庶民の間でひそやかな語りぐさになっている。斬首焚殺《ふんさつ》はもちろんのこと、車割きや釜茹でなどの極刑がつぎつぎに執行されて、千人ばかりを惨殺したという。初代領主の蛮行であるから士分の者の間でこの話は御法度であったが、百姓町人のあいだでは公然の秘密であり、それは彼らの領主に対する畏怖の念となって現在も尾を引いていた。怨兵衛が一向衆徒の子であったとすれば、彼の心の底には前田家への怨念が潜んでいるはず、むろん、そんなことを口にしたことはないにしろ、彼が受洗した動機に、前田家家臣に多い臨済曹洞や天台真言への反発があったことは推測できた。それで思い当たるのは、あるとき、キリシト様の言う天国と阿弥陀様の浄土との関係を右近に問うたことである。右近がはかばかしい答を提示できなかったために、忽兵衛は不満げであったが、それ以上、問い詰めてくることはなかった。

府中を過ぎると白皚々《はくがいがい》の山々が迫り、めっきり雪が深くなった。草鞋がずぶずぶと沈み、足には寒気が滲みて歩むのに難渋、荷物を振分けで積んでいた馬は脚を取られ、掘り出さねばならなかった。幼い子を男たちが背負い、女たちは裾をからげて、からくも進む。凍った川のむこうにそそり立つ真っ白な形のよい山は越前富士と呼ばれる日野山であるが、今はその形を愛でるよりも、一同は深雪と戦うのに精一杯の努力を傾けて、心の余裕はなかった。

今庄《いまじょう》の関所に来た。ここは鹿蒜川《かひるがわ》の谷間にあり、近江へ向かう栃ノ木峠、敦賀へ向かう木ノ芽峠の出発点となっており、越前の国境警備の要所で、松平家の役人多数が詰めていた。

今庄から先は、まるで道を塞ぐように一間余の積雪で、もはや馬も使えず、これまでにも増した難行が予想された。一同、関所の宿で着の身着のままで一泊、室内の梁から氷柱《つらら》が下がり、しんしんと身に滲みる寒さであったが、疲労のため熟睡できた。ただルチアや幼い子は凍傷に苦しみ、とくにルチアの手足は腫れ上がってしまい、歩行もままならぬと案じられたが、本人は大丈夫と気丈に繰り返した。早朝、敦賀に護送される宇喜多久閑と別れよと命令され、別れを惜しむ余裕もない、あわただしい出立であった。この宿で入手した黒文字の輪かんじきを草鞋につけて身支度をした。馬の荷を山橇《やまぞり》に移し男どもが曳く。まず杣人《そまびと》がスカリと呼ばれる大型の輪かんじきで通行路を固める。そのあとを浅野将監の一隊が踏み固めていく。右近たちの一行、警護兵、殿《しんがり》は出羽守であった。さいわい晴れた朝で、陽光のまぶしい雪道であったが、道幅はますます狭く、ますます急になり、杉の高枝から大きな雪塊が落ちて子供を埋めてしまったり、足元の雪が崩れてあわてて後ずさりすると穴の底に渓流が刃のように光っていたりして前進はままならなかった。平素歩きなれない女たちは、急坂を登るのさえ難儀なのに、深い雪に足を取られ、よろめき喘ぎながらの道行であった。当初案じられたルチアが意外に元気で、十太郎と二人で子供たちに声を掛け下の女の子の手を引き、ついには抱き上げて雪を掻き分けて登った。ジュスタは力尽きて遅れていき、ついに弥次郎におぶさって進んだ。右近は、このような日があると予期し、日ごろから努めて足腰を鍛えていたし、わが身のほどを試そうという気もあって進んで一同の先頭に立ったが、やはり老いの衰えは、じわじわと体の芯から筋肉ににじんできて、ある所より足がどうしても持ち上げられない体たらくとなり、かえって惣兵衛に助けられる羽目になった。しかし、しばしの休息ののちは、ふたたび渾身の力を振りしぼって先頭に出て人々を驚かせた。

杉林の奥や山の頂などで、ときおり狼の遠吠えがあった。長く尾を引く暗い咆哮《ほうこう》は、人々の胸に万物の無情を染み入らせるようであった。鬱金《うこん》の冬毛をきらめかせて兎や貂《てん》が氷雪を縫う。懸崖の斑雪《はだれゆき》を蹴立てて氈鹿《かもしか》が飛ぶ。厳冬の深山にけなげな生を営む獣たちに右近は、野の鳥を見よという主の励ましと恵みを見た。

青空の下に巨大な手が雲の幕を閉じ、灰色一色の底に黒いものが渦巻くと見るや、雪が降りだした。警護士たちは丸合羽、虜囚たちは蓑笠に身固めした。まだ昼と思われるのに闇は濃くなり視界が定まらぬ。出羽守は現在地で露営と定めた。斜面に雪洞を掘るのに警護士も虜囚も協力して働いた。そのさなか、蓑に笠の旅人二人が突然姿を現した。今庄の関所から敦賀に向かおうとしたところ、鉄砲を担いで鎧を着た武士数十人が、これから邪宗の輩を天に代って誅戮《ちゆうりく》するのだと気勢をあげて屯《たむろ》していた、おそらくは越前の暴徒であろう、われらは越中の薬商人にて御宗に同情する者なれば、先回りしてお知らせに来た、と叫ぶや、二人は闇に融けた。

物騒がしくなった。金沢の警護隊は狩猟用に二張りほどの弓を携帯しているのみで、むろん鉄砲も鎧の用意もなく、飛び道具に武装した数十人もの敵に対してはまったく無力である。浅野将監は路をそれた山中にて待ち伏せして襲撃すべきだと言い、内藤好次と生駒弥次郎は、相手の目指すはわれら一同のみにて、前田家の御家臣に迷惑は掛けたくない、ここはわれら全員にて相手と戦い、切り死に致すのみと熱《いき》り立った。右近は、出羽守に申し出た。

「われらは殉教を覚悟してお国をいでし者、いかなる武装のやからが襲って来ようとも、それは主の御意志とみなして、いさぎよく果てる所存でござる。彼らはわれらのみを誅殺すれば足るので、諸子には手出しはすまじ。襲撃の際は身を引きて見守り、われらの骸《むくろ》を雪に埋めてくだされ」

右近は一同を大きな雪洞に集め、ひざまずかせて祈り始めた。天の高みでは風が笛のように鳴ったが、洞内は温かく、主の手の上に乗ったような安らぎがあった。気がつくと警護士たちが枯れ枝を集めて焚き火を起こしてくれていた。今庄の旅籠で作った握り飯を火で焼いて食べ、湯を呑むと人心地がついた。すでに夜は更けていた。出羽守が右近を呼んで、「もう一同眠るように、寝ずの番を立てる故、心配ない」と言った。彼はさらに付け加えた。「あの商人の言は、真っ赤な偽りであろう。来た路を引き返して行ったが、途中で襲撃の武士どもに会ったらどう申し開きをするつもりであろう。これは、貴殿たちを脅して信仰を捨てさせようとする者の企みであろうと思う。そもそも、松平家としては幕命により上京する貴殿たちをはばんで公儀に楯突くような行為は致すはずもないから、関所の役人が数十人もの武装した不穏な徒党を見逃すはずはない」

「なるほどのう」と右近は感心した。「出羽守殿の御明察であろう。落ち着いて考えれば拙者もそのように思います」すでに不寝番の者を除いて一同は眠りこけていた。右近も、体に鉛のように重く詰まった疲労に、引きずり込まれるように眠りに落ちた。

何事もなくその夜は過ぎた。やはり、あの商人どもの狂言であったと思いながら、右近は目覚めた。ジュスタとルチアが笑顔で挨拶した。そこへ忽兵衛が注進に来た。弥次郎が倒れたというのだ。駆けつけてみると出羽守の指揮で警護士たちが青白い顔で気を失っている弥次郎の全身をこすっていた。

「凍えたのじゃ」と出羽守が言った。「この者、敵が襲い来たらば一番に応戦に及ばんと言い張り、歩哨に立ち、穴の縁に身を乗り出し夜中風雪を浴びておった」

「弥次郎」と頰を叩きながら呼ぶと、やがて我に返り存外にしっかりとした物言いで「はい」と答えた。すぐ身を起こし、人々に「大丈夫でございます。御造作をお掛け申した」と礼を言った。湯を飲み、温かい粥を食すると、若い侍は回復し、凍傷で鼻や耳が赤く脹れ上がったほかは大事なかった。

「余の申しつけに反して勝手な振る舞いを致すな」と右近は叱責した。

「申し訳ありませぬ。狼藉者、殿を狙う幕府の刺客が襲い来たらば一番に切り死にをと念じて、かえって御迷惑をかけました」と弥次郎は肩をすぼめた。

深雪の山路は続き、来る日も来る日も同じ苦難の繰り返しであった。当初、疲労にめげていた体も、疲労に馴れるということがあるのか、雪を搔き分け雪に沈み雪を泳ぐうちに、どうにか動くようになった。右近や如安のような老人がそうであったから、およそ歩く稽古などしたことのないルチアや幼い子たちも若さの力を、いずこよりか湧きださせて、健気に進むのだった。それにつけても思い到るのは、極寒期における重装備の軍勢の山越えの不可能事である。この季節に、秀吉軍に攻められている近江の出城《でじろ》に援軍を出せず、北庄に逼塞《ひっそく》していたことが柴田勝家の敗因であり、それを予見して近江の出城に攻撃を仕掛けたところに羽柴秀吉の炯眼《けいがん》があった。

同じ困難に立ち向かうおもむきから、警護士とキリシタン一同とのあいだに次第に友情に似た親密な感情が通いだし、たがいに励まし合う光景も目にするようになった。峠を登り尽くす場所に来た。傾斜が緩くなり、やがて栃ノ木峠の関所が見えてきて一同の足は勇んだ。

7　英雄たちの夢

栃ノ木峠の関所に着いたのは今庄を去ってから四日目の夕方であった。数えてみて四日目と判明したので、もう十日ほども経った感じであった。ここは越前と近江の国境とあって柵の両側に両国の関所が設けられて粗末な旅籠もあったが、冬場は閉められて無人であった。あらかじめ諒解を得てあった越前側の旅籠を開けて止宿となった。土間と出居《でい》を誰かが最近用いた形跡があり、おそらくは右近たちの前に山越えしたパードレたちの跡だと推測された。しかし、釜屋も台所も凍りつき、広敷《ひろしき》はじめ各部屋には氷柱が下がっている有様で、氷を溶かし氷柱を折る作業で手間取った。釜と囲炉裏に火が入り暖気が流れてくると人心地が付いてきた。深雪を泳ぎ登る辛苦のあと、たとえ粗末ではあっても屋根の下で固い物の上に足を踏みしめるのは無上の安気である。

雪深き奥山とて逃亡は不可能と見たのか、これまでの艱難をともにしてきた共通の情のためか、出羽守は虜囚たちに囲炉裏を備えた広敷をあたえて、雪を溶かした水で沸かした湯の行水を使わしてくれた。運んできた野菜や干物、それに浅野将監の手の者が射止めた雷鳥や兎をさばいて料理を作るのに、御茶料理に詳しい忽兵衛やジュスタの板前が大いに役立ち、山中では到底望めぬような馳走を並べることができた。出羽守は尽瘁のすえ辛くも運び上げた酒樽を開けて警護士たちに無礼講を許し、右近たちにも相応の酒を回してくれた。で、右近はこの酒を使って、われらが宗祖にミサなる儀式を捧げたいと出羽守に願い出た。

出羽守は「一同宗門の儀式とはいかようなものか拙者も一見したい。思いのままになされるがよい」と磊落に許可して、部下の者どもにも後学のために見学するように命じた。祭壇に見立てた卓袱台《ちゃぶだい》に、枯れ枝で作った即製の十字架を立て、陶皿に波牟《ハム》に擬した握り飯を置き、徳利に珍陀《チンダ》酒に擬した酒を入れて、一同その前に集まった。右近が司祭役を務め、まず一同、三位一体の十字を切ってデウス、天地の創造主、全能の神なる主とキリシトと聖霊に祈った。

ついで右近はゼス・キリシトの言葉を読んだ。

「おのが十字架をとりてわれに従わぬ者は、われに相応しからず。いのちを得る者は、これを失い、わがために命を失う者は、これを得べし」

「とこしえのいのちは、唯一のまことの神にましまし汝と汝のつかわしたまえしゼス・キリシトを知るにあり」

右近は祈った。

「キリシト、あわれみたまえ」

一同は復唱した。

「キリシト、あわれみたまえ」

右近は握り飯と徳利に手をかざして言った。

「われらの主ゼス・キリシトがいよいよその身を捨て御パション（受難）に向かわれる前に、波牟《ハム》を取り上げ、文《もん》を称え、割りたまい、み弟子たちにたまわり、これはわが身肉《しんにく》なり、服されよとのたまい、またカリスを取り上げ、これを飲め、これは汝らと数多の人の科《とが》を送るべきために流す新しきテスタメンテ（契約）のわが身の血なり……と言われた。今われらも主キリシトの最後の晩餐をかたどった儀式をおこない、主とのテスタメンテを思い出したい。われらも主にならって進んでパションにおもむこうではないか」

右近は、キリシタンが、日頃よく唱えるパアテルノステル（主禱文）を唱和した。

「天にまします我等が御親《おんおや》、御名《おんな》をとうとまれたまえ。御代《みよ》きたりたまえ。天において御《ご》オンタアデ（ポルトガル語のVontade, 意志）のままなるごとく、地においてもあらせたまえ。我等が日々の御養《おんやしな》いを今日《こんにち》あたえたびたまえ。我等より負いたる人に赦し申すごとく、我等を負い奉ることを赦したまえ。我等をテンタサン（誘惑）に放したもうことなかれ。我等を凶悪よりのがしたまえ。アメン」

右近は聖別した握り飯を割って一人一人にくばって食べさせ、ついで徳利を回し飲みさせた。残った酒を彼は一気に飲み干すと、出羽守が下げていた酒壺を掲げてしゃしゃり出た。

「もそっと、酒を進ぜよう」

「いや、これで十分」と右近は答えた。「この酒は祈りにより聖なる糧となっており、本来は南蛮渡来の珍陀酒を用い、われらが主、ゼス・キリシトの血として、われらキリシタンが飲むもの故、これで十分なのです」

「キリシトとやらは、その血によって何を示そうとしたのか」

「ゼス・キリシトはいよいよ、群賊により磔にて惨殺されると定まった、死出の旅に出る前に、おのれの死によって人を救うことを示すために、おのれの血を酒に、おのれの体を飯になぞらえて弟子に与えたのです。この最後の宴を再現するを、聖体拝領と言い、われらキリシタンがもっとも大事にしている儀式なのです」

「酒と飯が教祖の体か。いや、どうも合点がいかぬ」と出羽守は正直に顔をしかめた。

「南蛮の珍陀酒は赤き葡萄の酒にて血によう似ており、また波牟と申す南蛮煎餅は柔らかにて肉によう似ており、教祖の体になぞらえるのです」

「チンダもハムも、とんと存ぜぬ」と出羽守は首を振った。「ところで、キリシタンが死して行くという天国とは浄土のようなものかのう」

「似ております」右近は惣兵衛が聞き耳を立てたのを見て、半分この家臣に聞かせるつもりで言った。「ただし西方浄土が凡夫の住むこの穢土《えど》から離れて極楽に遊ぶのとは違い、天国にいる人間はいつもこの世にいる人を心にかけて、この世の人に働きかけて、その幸福を願うのです」

「それならば、西方浄土におる諸仏と同じではないか」

「同じと考えてもよろしいが、往生すれば浄土に行ける教えと違い、キリシタン信仰では、おのれを殺して他を救おうとしたキリシトに倣うところが違うかと思います」

なおも出羽守は熱心に質問し右近もそれに倍する熱心さで答えた。双方の家臣たちは二人のやり取りに耳を傾けていた。

「一つ尋ねたい」と出羽守はすこし調子を変えて鋭く尋ねた。「キリシタンは天国行きを目指すために信仰するのか」

「いいえ、信仰の結果としてパライソなる天国行きが与えられるのです」

「それはよきことなのであろうな」

「はい」

「では聞く。御禁制を犯してまでキリシタンの教えを信じて、成敗されたらば天国に行けるのか」

「御禁制はあくまでこの世でのお仕置き、信仰はこの世も天国も含めた永遠のできごとなれば、信仰を守るためにこの世で御成敗を受けても天国に行け申そう」

「そこで御身たちは進んで御成敗を受けようとするのか」

「進んで死のうというのではございませぬ。信仰のかどで御成敗を受けてもやむなしという存念なのです。そして、信仰を守るかぎり天国行きは保証されます」

「さすれば、キリシタンを成敗すればするほど、御身たちには天国行きという、よきことが訪れることになる」

「その通りじゃ。御成敗はわれらにとって神の恵みとなる」

「まこと、御政道は厄介なる者どもを相手にしておるのう。高山殿、貴殿は御成敗による死を恐れぬか」

「これは異な御質問じゃ。出羽守殿は主君のために死ぬのを恐れるや」

「いや、とんでもないこと」と彼は言下に激しく否定した。

右近は静かに力強く言った。

「拙者もまったく同じでござる。主なる神、デウスは、わが主君なれば、そのために死ぬのはすこしも恐れませぬ」

出羽守は隘路《あいろ》に追い詰められて右近をにらみ、そのまま黙り込み、振り返ると警護士たちに酒宴を開くように命じた。虜囚たちは、酒抜きで食事を取り、そのあと一団となって右近の指示で祈りはじめた。警護士たちは、やがて酔った無礼講で騒ぎ立て、虜囚たちは祭壇の前に集まってひっそりと何時までも祈りを捧げて動かなかった。

翌朝から下りの行程となった。峠の先は南向きの勾配のため雪も少なめ、それに山道の尽きる宿望も一同の励みになって、足は勇んだ。それでも栃ノ木峠から近江の木ノ本まで、さらに三日を要した。このあたりに来ると頰を撫ぜる風に温みがあり、足元の雪の下に固い大地の支えが感じられて、南国の気配に心楽しむことができた。馬を雇い出羽守と将監がまたがり、女子供も馬に乗せて進み、旅はにわかにはかどった。琵琶湖の北端にある木ノ本の宿に着いたのが夜遅くであった。ここで行水を使い、髪を結い直し、蒲団に寝ることができた。

翌日、鶏鳴の出発である。人通りのある街道を行くので人目につかぬようにという出羽守の配慮で、右近たちはそれまでの白装束に替えて、普通の着物で歩くことを許された。浅野将監も、すでにキリシタンたちが逃亡の挙には出ぬことが分ったとして、兵士たちに物々しい警戒振りをいましめた。女と幼い子は馬、男どもは徒であった。右近は、馬か駕籠を勧められたが、双方を断り、男どもの先頭を歩くことにした。

木ノ本の宿の前には余呉湖《よご》がひっそりと、大きな琵琶湖にくらべると小さな池という趣で水をたたえており、湖畔の低い丘の連なりに右近は見覚えがあり、おのれの戦った古戦場、手前が岩崎山むこうが大岩山、そして左手に連なる丘陵が賤ヶ岳であると認めた。余呉湖の北、北国街道に沿って連なる山々には柴田勝家の二万の軍勢が陣取り、この木ノ本には、羽《は》柴秀長《しばひでなが》の陣があったのだ。右近がしきりと辺りを見回していると、背後から好次が声を掛けてきた。

「ここは賤ヶ岳ですな。こちら側の丘が岩崎山と大岩山。高山様は岩崎山に、中川清秀《なかがわきよひで》は大岩山に陣を取られたと聞き申す」

「先刻御存知じゃのう。その通り」

「勝家側の大軍が攻め寄せたときに高山様が岩崎山を下りてこの木ノ本まで引かれた件について、くさぐさの説があれど、真相はいかがであったのか」

「あれはさんざんの敗け戦であった」と右近は朝日に血をなすり付けられた山々の起伏から合戦の記憶を呼び起こした。

夜明け前の奇襲であった。柴田勝家の武将佐久間盛政《さくまもりまさ》は一万五千を率いて賤ヶ岳からこちらの丘に陣取った三千の中川清秀勢と二千の高山勢に攻め寄せてきた。鉄砲と槍で応戦して一度は撃退したものの衆寡敵せず、ここは陣地にこもって援軍を待つのが得策だと右近は考え大岩山の中川勢に馳せ参じたが、短気一方の中川清秀が強引に出撃を出張したので同意し、丘を下って優勢な敵に立ち向かった。乱戦となり、槍を突き出して群がり寄る雑兵を蹴散らし、何人かの馬上の武将を突き落とし切り倒し、右近は血糊を掻き分け奮戦、気づけば味方はわずかに三騎、ぐるりに敵兵が迫っていた。とっさに脱出を決意、薄手の槍衾《やりぶすま》に向けて突進、あとは無我夢中で駆け、木ノ本の羽柴秀長の陣に逃げ延びたとき、ついて来たのは家臣三騎のみであった。

このときの行動についてはさまざまな憶測がなされており、高山右近は「敵が来襲するまえに逃げだした」とか、「一戦にも及ばず卑怯にも脱走した」とか言われていることを右近も知っている。今、内藤好次もそれらの憶測に対する右近自身の弁明を聞きたがっているのだ。

「大岩山で戦死した中川清秀殿の武勇には及び申さなかったが、拙者も敵と戦い、多くの家臣を失った。ジュスタの兄弟二人も討ち死にした。酷い負け戦であった」と言うと右近は山々から目をそらせた。戦いとは要するに人殺しである。英雄とは大量の人殺しにより覇権を得た人のことである。もっとも血まみれの人殺しは信長、秀吉、家康の三英雄であろう。彼らは多くの人々の命を奪うことによって天下を取ったので、天下取りの美名の裏には殺された人々の怨霊が貼り付いている。天下取りの下働きをしたおのれは、怨霊から逃れることはできない。洗っても洗っても血の臭いは消えはしない。信仰とはこの血の臭いを消したまえと神に祈ることでしかない。神の恵みを望むとは、おのれの罪をとことん自覚する苦痛に耐えることである。無邪気な幼子の信仰には、もはやおのれは戻れない。苦しみの表情で俯く右近を、好次は明るい声で励ました。

「家康公も三方《みかた》ヶ原《はら》では信玄公に敗れ、秀吉公も長久手では家康公に敗れたではありませんか。勝敗は時の運」

「さよう……」右近は、相手の言葉に反論はしなかったものの、好次とはいつも思いがずれ

ているのは、冷たい透明な風が景色を洗っているからであった。

やがて、紅白の梅の咲き競う向こうに、青い波面をきらめかす海のような湖が見えてきた。左手に伊吹山が白い山肌で青空を切り取り、右手には比良《ひら》の山々の黒白斑《はだら》な峰が連なり、一目でそれと知れる比叡山で終わっている。比叡山の向こうは京で、いよいよ旅の終わりは近いと知れる。近くの竹生島《ちくぶしま》はむろん、遥か彼方の沖島《おきのしま》まで鮮明な映像を提供しているのは、冷たい透明な風が景色を洗っているからであった。

「琵琶湖じゃ」と右近は十太郎に言った。「はい」と孫は頷いて初めて目にする高名な湖に長い睫毛をしばたたいた。京が近いという励みで、一同の足はにわかに軽やかに動き出した。しばらくして、ひときわ大きな城が湖畔にそそり建つのが目立った。

「あれは金亀山《こんき》の彦根城、井伊直勝《いいなおかつ》の居城ですな」と好次が言った。

北国街道は琵琶湖の東岸を南下して行く。この街道沿いには、古来数々の戦いがあり、幾多の英雄たちが覇を競い、城を築き、天下を夢見た場所であった。こういう故事来歴に詳しい内藤好次は、しきりに右近に話しかけては、自分の知識を漏らすのであった。

四、五里ほど岸沿いに行き、姉川を渡った辺りから、枯れた葦辺に不規則な土盛りが広がり、城郭の跡らしかった。周縁からは城下町らしい町並みが延びていたが、半ばは無人で家には略奪の痕跡がある。長浜城址であろうと好次が言った。右近は廃墟の結構から想像によって城を再構築してみて、そうだと納得した。信長によって大名に取り立てられた秀吉が最初に築いた城で、彼が大坂に移ってからは柴田勝家の養子、柴田勝豊《かつとよ》の居城になった城で、これを秀吉が攻め落としたため、怒った柴田勝家が攻め上り賤ヶ岳の合戦となったのである。が、今はすっかり破壊されて、城壁の石もことごとく持ち去られてしまい、冬ざれの葦原に無情の風が鳴っていた。

さらに二里半、彦根の町に入るや、活気の様相がひしひしと伝わってきた。道に人が群れ、商いに賑わう店舗が並び、その活気を集めたように城が高々とした天守閣を汀に誇っていた。今や近江を領する徳川家の譜代大名、井伊家の城である。未だ普請中で、仮の櫓からは槌音が勇ましく、大工人足のうごめきが蟻塚の賑わいだ。右近は城壁の石は近隣の廃城から運んだに違いないと睨んだ。おそらく長浜城を始め、ひょっとすると安土城などの石を利用したのであろう。石工はかつて高槻城や安土城の石垣を組んだ坂本の穴太衆《あのうしゅう》であろうと見当がついた。右近は高槻城を建てたときに彼らに石垣を担当させた経験があるし、安土城のときは信長の命により、彼らの石積みを監督したこともあった。

さらに進むと湖に突き出た安土山が見えてきた。かつて天守閣の聳え立った山の形と内堀を形成した沼地に見覚えがあった。右近、如安、好次は異口同音に、あれは安土城じゃと呟いた。一行のうちこの三人は信長公最盛期の安土を知っていたのだ。出羽守は、初見のこととて興味を示し、街道より逸れて城址の丘に近付くよう将監に命じた。

城址に近づいた。平城《ひらじろ》の長浜とは相違して安土山を利用した堅固な山城であった。が、巨石を積み上げた城壁は今は無く、大きな内堀は縁取りの石垣が崩れてただの沼に戻って一面の葦原には水鳥が群れていた。

「ここらが大手口でした」と好次が出羽守に解説した。一行は山に近づいた。かつて天守閣を始め、金箔瓦の御殿で輝いた山頂のあたりは、雑木の閉ざす荒れた森となっていて、羽柴邸や徳川邸など大名屋敷の立ち並んだ斜面には逆茂木《さかもぎ》が組まれ竈の煙らしきものが昇り、野武士夜盗のたぐいが住み着いている気配である。

「見る影もありませぬ」と好次は出羽守に言った。彼は往古おのれの見聞した安土城の様子を得々と物語り始め、金沢武士たちは興深げに耳を傾けた。

右近は、安土城を、その建設の初期から知っていた。琵琶湖畔に造られた大船止には、諸国の大石が船でつぎつぎに運び込まれた。石を贈った大名の名前が読み上げられると陸揚げされる。その大石を山に上げるのがまた大事で、なかには数千人で曳いてやっと動く巨石もあった。

金箔瓦を輝かした五層七重の天守閣は各層が色変りに塗られ、最上層は朱の柱に金塗りの壁でいたるところに黄金の金具を打ち出してあった。書院、納戸、台所がそなわり、広壮な座敷は、時の最高の画家狩野永徳《かのうえいとく》描く障壁画で飾られていた。見張り櫓に美しい庭園を備えた様子は、城下町のどこからも望むことができ、これだけを見物するためにも安土に旅してくる人々が多かった。この城こそは、天下布武を標榜する信長公の威勢を示す見本であったのだ。

右近はパードレ・オルガンティーノとともに城を訪れたときに信長公じきじきの案内で城内を拝観させてもらった。彼の趣味からいうと、それは豪奢を見せびらかす俗悪であり、おのれの思想とする単純清潔の世界とは無縁の、余剰と華美の世界であったが、おそらくヨーロッパで、これよりも豪華で金のかかった建物を見ているオルガンティーノさえも、余程のものだと感心するほどの出来ばえであった。ただし、このパードレの〝余程のもの〟とは最高のものではなく、ローマのサン・ピエトロなる大伽藍に比べれば、大きさにおいても建築費においても遥かに劣るとは、あとで彼が告白したところではあったが。しかし、豪奢な人物に貧しい庶民が心引かれてなびく慣習は、日本においてはごく一般的であって、民を支配するためには必要な示威であることも、この異国のパードレは理解していた。彼は布教にもこの日本人の慣習を利用したのであって、パードレとイルマンは日本人のあいだで引き立つ南蛮仕立ての絹衣を着用するようにして、かつて聖職者は質素をむねとすべきだと主張していたイエズス会の日本布教長カブラル師と対立した。

信長公は安土城に近接した土地を家臣にあたえ、第宅を建てることを奨励した。右近も高槻とは別に屋敷を構え、今見える大名屋敷跡の端にあったのだが、目を凝らして眺めると跡形もなかった。

オルガンティーノは、信長公の許可を得て、京都の信長公定宿、本能寺の近く、姥柳町《うばやなぎちょう》に南蛮寺を建てていたが、今や日本の首都になりつつある安土にも聖堂を建立したいと思い、信長公に土地をあたえたまえと願って許可された。

大手門お膝元の一等地にセミナリヨの建設が開始された。折から京にセミナリヨを建てる計画があり、設計通りに裁断加工された材木や必要量の瓦が備蓄されてあったために、これを運び込んで組み立てればよかった。右近を中心に信徒大名や武士たちが協力して資材の運搬や大工職人の手配、建設の雑事に従った。そのとき右近は丹波の領主内藤如安と知り合い、親しくなったのだ。

信長公の特別の許可で用いられた、安土城と同じ金箔張りの瓦を葺《ふ》いた屋根、高い鐘楼と見栄えのする正面玄関をそなえた、三階建ての異国風の建造物は金の十字架を輝かせて、城の天守閣と照応していた。諸国より城見物に繰り出してきた群衆は、今度はセミナリヨを見ようと界隈に蝟集《いしゅう》してきた。

一階には応接間と茶室、二階はパードレやイルマンたちの居室、三階が神学校である。パードレの居室からは城下町が一望できて、オルガンティーノは赤ら顔をますます赤く光らせながら、得意になって右近に説明した。街道は町の中央を貫き、両側に松と柳が植えられてあり、近隣の村人たちが交代で箒を持って清掃に当たっていた。大船止の辺りには問屋が軒を連ね、市場の喧騒は野分の風音のように飛んできた。

セミナリヨの学生は二十五人で、武士の子弟から選ばれた。パードレ、イルマン、同宿を含めた職員は五十人余であった。学科は国語、ローマ字、ラテン語、キリシタンの教義、習字、唱歌、クラヴォ、ギター、モノコルディアなどの楽器演奏などで、当時の日本人の勉学が漢文と和文の習得に限られていたのと違って、ヨーロッパ風の教養を身につけるように指導されていた。学生たちの中には、長崎で殉教した三木パウロがいた。彼は同年輩の少年よりも背が低くて風采のあがらない少年であったが利発で、はきはきと物を言い、ラテン語の進歩はめざましいものがあり、オルガンティーノは、しばしば訪れてきた信長公に供覧するため、三木にラテン語の朗読をさせた。パードレ・クレメンテは、三木パウロの十字架上の説教が見事であったと何度も語ってくれた。

「ここにおられる方々よ。今言うことをよく聴かれよ。それがしは日本人であってイエズス会のイルマン、罪を犯したからではなく、わが主ゼス・キリシトの教えを伝えたかどにより殺されます。主のために死ぬことは喜びであり、これこそ主たる神がそれがしに授けてくださった大きな恵みと信じているのです。主が御自分を十字架につけた敵と人々の許しを御父に願いたまいしに倣い、それがしは太閤殿下とこの死刑にかかわった方々すべてを許します……」

安土セミナリヨを信長公は自慢に思い、また珍しがって、しばしば訪れたし、その三人の息子信忠《のぶただ》、信雄《のぶかつ》、信孝《のぶたか》もキリシタンには関心を持っていた。

しかし本能寺の変の直後、光秀軍に安土城は急襲されて攻め落とされた。セミナリヨの危機を察知したオルガンティーノは、パードレやイルマンや学生たちとともに船に乗って、あそこに見える沖島《おきのしま》に渡った。とっさのこととて若干の教会用具と書籍を運び出しただけであった。無人となったセミナリヨは群盗の略奪に遭い、外壁と屋根を残すのみとなった。そして威容を誇った安土城は、焼け落ちてしまった。

今、城は廃墟となって夜盗の巣窟となり、町は荒れ果てていた。人の住む家も古びて汚い。傾いた柱、破れた軒、無人の家と、廃材の破片の散る空き地。右近はセミナリヨの残骸を探したが見つからず、見当をつけた付近は草地となっていた。

一行は、黄昏どき、琵琶湖の南岸に達した。早暁より約二十里の道のりをひたすら歩き続けた訳である。

ここに、小さいながら城壁や櫓を備えた膳所城《ぜぜじょう》が、湖に突き出して構えていた。徳川の家臣戸田一西《とだかずあき》の居城で、琵琶湖から出た瀬田川と湖の東岸を来た北陸路との接点に建ち、交通の要所を扼している。前から示し合わせがあったと見え、出羽守は城に使いをした。すると同心に率いられた二十人ほどの雑色が城門から走り出てきて、右近たち一同を囲んだ。彼らは、京都所司代の手の者たちで、遠来の邪宗門徒の到着を待っていたのだ。右近たちは、にわかに咎人扱いとなり、前後左右を役人たちに囲まれて、城内に追い立てられた。ここで与力の人体《にんてい》改めがあったすえ、これから京都には入らず、明日、坂本の宿にて禁足の処置が取られる旨告げられた。続いて一同は牢に押し込められた。右近は予想してあった事態と受け止め、自若としていたが、幼い子たちは驚いた様子、怨兵衛は「殿ほどのお方に、失礼千万な……」と右近に憤懣を漏らした。

翌日、一同は白装束に着替えさせられ、騎馬の与力に指揮された同心雑色どもに前後左右を囲まれ、引かれ者の形で坂本の宿に追い立てられた。

8 湖畔の春

白装束の捕らわれ人、右近たちが大勢の護送兵に囲まれて坂本に入ったのは、翌日の昼近く、すでに宿場町は大勢の人出で賑わっており、「キリシタンじゃ」「邪宗の徒じゃ」とどよめく野次馬の環視のさなか、町中を引き回されることになった。この宿場に多い比叡山の僧侶には、邪教にあからさまな嘲罵を投げつける者も多く、幼い孫たちはおびえて身を縮め、それをジュスタやルチアは励まし、忽兵衛と弥次郎は憤慨して何かしきりに口走っていたが、覚悟を決めていた右近は如安と並んで歩きながら、かえって心静かになり、以前しばしば訪れたことのある町とて、むしろ懐かしく興深く、宿場町の様相に目を配っていた。

坂本の宿は比叡山の東麓が琵琶湖に接する場所にあり、延暦寺への登山口として、また日吉大社の門前町として栄えていた。まずは延暦寺の老僧が住む里坊と呼ばれる小寺が数多く、穴太衆積《あのうしゅうづみ》の石垣と白土塀で囲まれていた。かつて、ここの石工を呼んで右近は高槻城の城壁を造らせたのである。参詣人を目当てにした馬借《ばしゃく》の馬が数十頭繫がれてあったし、町駕籠や山駕籠の往来も繁かった。

　諸国の人々が絶えず出入する、囚人の警護には不向きな門前宿場町に右近たちを留め置く処置は、右近や如安のような世に聞こえたキリシタンが京に入ると、数千人におよぶ京の信者たちを鼓舞させ結束させると所司代が恐れたために取られたであろうと右近は推し量った。

　かつての坂本城主、明智光秀は、ここから京坂の物資を船で安土に送っていた。つまり坂本は、京都一帯と安土を結ぶ要所であったので、それだけ信長の光秀への信頼は深かったのだ。その信頼を裏切った光秀の城は、今は消滅してしまい、城跡に民家や蔵や寺が建てられた。右近たちが連れて行かれたのは、岸辺にある小寺で、城の船止の跡に建ち、前面は湖、背面は高塀で遮られて、囚人の幽閉には地の利を得ていた。

　割り当てられたのは、庫裏の四間であった。右近は如安と好次と三人で端の小部屋に入り、中央の広間に女たちと幼い孫たち、隣室に十太郎ら年長の孫たちと好次の子供たち、土間脇の広敷に忽兵衛と弥次郎を配した。

　荷物を整理し、一同不断着に着替えると、好次は、毎日几帳面につけている日誌を開き、本日は、慶長十九年正月二十六日、グレゴリオ暦にて一六一四年三月六日木曜日ですな、と右近に言った。そして、金沢を出立いたしてより、まる十日の日程でござった、と付け加えた。

庫裏の前は凡庸な池泉を配した小庭で、松の疎林を抜けると湖畔に出られた。この水際までが許された行動範囲であって、むろん町への外出は厳禁であった。こういう警護の手配をしたのは、京都所司代の目付役の同心で、その命令に浅野将監は唯々諾々として従ったのだ。部屋の端、小庭の木戸、厠《かわや》の近辺などに常時見張りの雑色が配された。十日の旅を通じて一種の友情が虜囚と金沢の警護士のあいだに芽生えたのであったが、所司代の管轄下に入ったとたん、一同はまったくの獄囚の処遇となり、些細な行為についても一々お伺いを立てて許しを得なければならず、警護士に心安く話しかけるのもままならなくなった。右近が茶を立てるので忽兵衛が井戸に水汲みに行ったところ、茶も水汲みも将監の許可が要ると追い返された。この一件は、出羽守の采配で許されたが、出羽守が右近たちに示す温情について将監は、忽兵衛にも聞こえるほどの大声で出羽守を諌めたという。

京都所司代板倉伊賀守勝重は、右近らの仕置きについて駿府の大御所の最終命令を待っていた。その命令は、おそらく三つで、まず坂本において斬首の刑に処すること、つぎに駿府に移送し見せしめとして磔刑《たつけい》に処すること、最後に一行を離散させて改宗を迫ることであった。右近は、金沢を出立したときから、前二つの処断については覚悟していたし、殉教の心得について機を見て身内の者には諭してきたつもりである。しかし、江戸や有馬で現に起きている残酷な処刑の事実や、長崎の集団殉教について、パードレ・クレメンテから聞いた実情、とくに十字架上で三木パウロの行った説教、その直後の槍による惨殺などの情景については、具体的にみなに告げるのが躊躇された。ジュスタ、ルチア、十太郎あたりは彼の話の真意を理解できるかも知れぬが、年歯も行かない孫たちにはどうか。ところで、現在、右近が、もっとも恐れたのは、大御所の意向が第三の処断に傾くことだった。幼い子らは、じじやばばが神様を捨てたという偽りを言われたとしたら、どのようにおのれを守れるであろうか。もし、誰かが敵の術策にはまって棄教でもしたらその者こそ不憫であり、それを阻止しえなかったおのれは主に対して申し訳ない。

ある朝、右近は、不意の敵の来襲に飛び起きたような気持ちで目覚め、一同に声を掛けた。喉から、「一同、お集まり願いたい」と、絞るような大声が飛び出したので、右近は自分で驚いた。金沢を出てからみんなに号令を掛けることなど一度もなかったので、一同、ことに内藤家の人々は怪しみながら参集した。右近は怨敵を迎え撃つ将士を叱咤激励するかのように声を張り上げた。

「これから、われらには大きな試練が待ちかまえている。御公儀をはじめ異教徒はわれらを信心の道から引き離そうと、さまざまな偽りの手だてで迫ってまいるであろう。しかし、われらはデウスとキリシトへの信心を固く守り、心を動かしてはならぬ。とくに、子たちはちちははより離され、孫たちはじじばばより離されて教えを捨てるように迫られるであろう。まず言っておくが、じじばばがデウスやキリシトを捨てたと聞いても決して信じてはならぬ。また、このなかの誰それが、主に背き、背教したと吹き込まれても、それは真っ赤な嘘だと心得よ。常に殉教の日にそなえ、天国の喜びを待つ心を忘れぬようにせよ」右近は、真剣な面持ちでいちいちうなずいている十太郎を頭にする五人の孫たちを特に意識して一語一語に力をこめて話した。

話を終えて奥の間に引き上げてくると怨兵衛が追ってきて、「折入ってお伺いしたき儀がございます」と平伏した。怨兵衛には珍しく口籠るようでここではお話し申せぬと囁くので、朝食後、二人で湖畔に出た。

「御煩いおかけして申し訳なし」と謝ったうえで怨兵衛は真剣な、一途な面持ちで言った。

「殿のお考えでは、御公儀のお仕置きはいかがなものとなりましょうか」

「それは分からぬ。ただ余は、もっとも重き御処断を覚悟して、殉教に備え、天国の喜びを待つようにと申したまでじゃ」

「どのような御処断でございましょう」

「われらは自裁を戒められておるから切腹はできぬ。斬首か、磔《はりつけ》か……」

「磔になりましょうか」怨兵衛は目をしばたたいた。

「そちは、磔が怖いか」

「さよう……殿と御一緒ならば怖くはありませぬ。高山家家臣の誉れと存じます」

「余と一緒でなく、たった一人で磔になったら、いかが致す」

「それがし一人とはあわれな様でございますな。それは存外の次第、困惑いたします」と忽兵衛は正直に困惑を面に表し、それから溜め息をつきながら言った。「一人で死ぬようなお仕置きあらば、忽兵衛は切腹したく存じます。切腹ならば、武士として形よき死で本望でございます」

「自裁は許されぬぞ。モーセ十戒の堅き掟じゃ。小西行長公も有馬晴信公も切腹を拒み斬首にて死ぬ道を選ばれた」

「そのようなお偉方とそれがしとは格が違います。それがしは下の下の信者なれば切腹を選びます。それがし、死は怖くはございませぬ。この世はゆめまぼろし、人間のはかなきことは、老少不定《ふじょう》のさかいはなしと心得ております。後生を大事として、キリシトを頼みまいらせる所存、ナムアミダーブ、アメンをとなえます。ま、今のところ、それがし、殿と御一緒に磔がようございます。どこまでも、地の果てなりと天国なりと地獄なりと御一緒に参ります」

「迷惑じゃのう」と右近は家来をからかった。「御公儀は余とそちとを離そうとするやも知れぬ、家康公は意地悪き御方なれば」

「まあ、殿と別々に磔になりましょうとも、極楽では御一緒なれば、それで本望でございます。ところが弥次郎めは磔が怖いと申しています」

「そうかな？」右近は、ついぞ他人の悪口を言ったためしのない忽兵衛がそう言ったので怪訝顔をした。

「あの若者は、存外の正直者で、こちらが何もせずにいて、殺されるのは恐ろしいと申しています。さらに、大勢の見物人の前で辱められて殺される恥辱に耐えられぬのではないかとも申しています」

「なるほど、正直な物言いじゃ。じつはのう、その点は余も恐ろしい。主は衣服を剝がれて十字架に釘づけにされたまい、肉の身の痛苦と大勢の見物人の嘲笑に耐えられた。主にどこまで倣えるか、それが余には自信がない」

「殿においてもですか」この右近の告白が忽兵衛には意外だったと見えて、複雑に目をしばたたいた。

「そうじゃ、戦場における討ち死には、殺さねば殺される修羅場において起こるゆえに、あまり恐ろしゅうはない。が、ただ死を待つのみなるは、さぞ恐かろう」

「それがしには戦場の経験はありませぬが、思い描くことはできます。」弥次郎は何かというと、御公儀と一戦を交え、討ち死にしたしと申しておりますが、それは勇ましきに見えて、その実、臆病者の道と見なします」

「さて……」右近は、日がな一日部屋の隅で書見に耽っている内藤好次を思い浮かべた。好次もそのような志を持っている。が、彼が臆病者とは言えないと思う。大坂に近いこの坂本では、大坂城に集結しているキリシタン武士どもの動静が強く意識され、右近を侍大将《さぶらいだいしょう》として迎え入れたいという豊臣側の意向も身に迫ったものとして感じられる。同心が警戒を厳重にするように警護士たちを戒めているのも、豊臣の接近を警戒しているからであったし、また京都所司代が右近たちの京入りを阻んでいる理由もそこにあるらしい。

右近がいつまでも黙しているので忽兵衛は一礼して去った。日頃心中にわだかまっていた思案を告白してしまったという軽やかな足取りであった。

虜囚の日々が流れた。右近は早朝に起きて木刀で素振りをし、一汗かいてから朝食をとる。日中はおおむね書見をする。金沢の日々には、彼は謡曲関係の書物を趣味として読んできた。とくに前田家能方の能役者の持つ伝書を選んでは筆写させてもらい、世阿弥《ぜあみ》の『花鏡《かきょう》』や金春禅竹《こんぱるぜんちく》の『六輪一露《ろくりんいちろ》』などを読み返すのを好んだ。内藤如安が蒐集《しゅうしゅう》した観阿弥《かんあみ》や世阿弥の謡本も借りては目を通し、如安とともに仕舞いの練習などもした。が、ここ半年ほどは、先の短い命を自覚して、信仰文書《ヒイデス》を心して読むようにしてきた。今読みさしているのは備前の方より手渡された『スピリツアル修行』である。この解説本を頼りにイグナチオの霊操を行うのが日課になった。ゼス・キリシトの一生の事績を心中に生き生きと思い浮かべ、ついにはありありと見えるまでに心を練成していく。もっとも右近が想像する主の姿は南蛮渡来の聖画にある南蛮人としての顔と衣服の人だ。ガリラヤ湖畔で立って説教する姿、いよいよ受難に向かう十字架をかつぐ道行の姿、十字架上で血まみれになっている姿……が、十字架上のキリシトは突然三木パウロの顔に変ることがある。三木パウロこそはキリシトの化身と思えるのだ。自分がそのようになれるかどうか。右近は、主の掌や足に打たれた釘の痛みに自分が耐えられるかどうかを必死で瞑想した。ときには小刀で掌や足の甲に傷をつけて痛みを実感した。あるときは足の甲に深く突き刺して出血がひどく、人々を騒がせた。ジュスタだけは、夫の極端な行為に慣れた様子で、黙って晒布《さらしぬの》を巻いてくれたが。『スピリツアル修行』に染みていた伽羅や真南蛮の香から備前の方が想われた。貴人の孤独が、あの雪の塊の落下音とともに、心に重く冷たく染み渡った。

おりふし、右近は孫たちと連れ立って岸辺を散歩した。十太郎を始め男の子とは石投げを競い、末の孫娘とは水際の砂を掘り、蟹や虫をのぞきこみ、貝殻を拾い集めた。このようにして孫たちと遊ぶ時間が与えられたことを神に感謝し、ひょっとすると、この子たちの余命もいくばくもないのだと思うと切なく、いとおしかった。

如安は、小西行長公の使節となって明国人と自由に意志の疎通をしてのけたほどの力量で唐物や漢籍をつぎつぎに読みこなしていた。気晴らしには趣味の謡曲関係の本に向かう。今読んでいるのは義堂《ぎどう》の『空華集《くうげしゆう》』で、この人一流の教養には右近も一目置いていた。仕舞いを得意とする彼は、夜など朗々とした声で謡いながら舞った。警護の武士たちのなかにも能楽好きがいて、日頃の厳しい態度を和らげ、居並んで見物した。あるときは出羽守が如安に舞を所望し、みずからは小鼓を打って和した。如安の豊かな学殖に瞠目した出羽守は自室に呼んで漢籍の教えを請うたりした。

好次は書物としては『史記』一組のみを持参してきて、あとは家伝の古文書類を一抱えも運んできた。今はそういう古文書を分類整理するのに余念なく、こちらの隙を突いては、右近の戦歴について確かめたり補足したりした。高山右近伝をものするのだという意気込みは相変らず強く、その執拗と熱心に右近は降参して取材には応じることにしていた。もっとも、好次は武将や築城家としての右近の力量を買いかぶっている向きもあり、いささか面映ゆい思いをさせられるのが閉口ではあったが。

半月経ったころ、金沢から都までパードレ・クレメンテとイルマン・エルナンデスに付き添った右近の家臣二人が訪ねてきた。将監は門前払いを食わせようとしたが、出羽守が同心に願い、右近との面会が許された。

「パードレ・クレメンテはつつがなきか」

「はい。思いのほかの健脚にて山路を踏破されました。お元気でほかのパードレ様がたと一緒に大坂におられます」

「大坂……京ではないのか」

「パードレ様たちは全員、京から船で大坂送りとなりました。波止場に集結のうえ、船でいずれかに送られると聞いております」このやり取りは公儀の秘事に属すると見た将監が制止しようと身を乗り出したが、右近には宣教師たちを船で長崎に送り、その後、異国に追放するという幕府の筋書きがほぼ察知できた。

二人は右近の供をしたいとこもごも願ったが、右近は、余の前途には厳しい仕置きのみあり、それよりそちたちは生き長らえて金沢に戻り、聖なる宗徒のために尽くしてほしい、ついては、横山山城守長知《ながちか》様に差し出す添書を認めるから、これを持参して、家臣にお取り立て願うのがよい、と言った。二人は、別れを惜しみつつ去った。

栃ノ木峠以来、篠原出羽守一孝は、右近との会話を求めることが増えた。彼の興味はキリシタンの教えについてよりも、自分もたしなんでいる茶の道についてであって、千利休の高弟と目されている右近の作法を熱心に学ぼうとした。たまたま寺には茶室があり、茶道具も揃っていたので、右近に茶道の指南を請うた。ひもすがら監視の目に曝されていた右近は、一孝と二人きりで密室にいられるのが有り難かった。

右近が亭主となり一孝を招客として遇したり、その逆もあって茶会が進められた。ある日、茶を喫したあと、右近は金沢出立のさいに一孝が唐丸駕籠を排して網代駕籠を用意してくれた礼をのべた。

「いや、礼などは痛みいります。当然のことをしたのみじゃ」

「いやいや、余人にはなかなかできぬこと」と右近はふたたび謝した。また、ある日の茶室で、一孝はふと右近に横山山城守長知の言伝《ことづ》てを伝えた。

「これは金沢出立のみぎり、山城守殿より、貴殿にこっそり伝えるようにと頼まれたことです。かならず京に着きしあとにお伝えあれと言い含められておったが、もうよかろう。高山殿を送ったあとおのれは祝髪して引退する所存だとのことであった」

「なに祝髪と？」右近は驚いた。一孝の冗談かと思ったのだが、生真面目な彼はそういう話をする人物ではない。

「政務を引退して寺にこもるとのことでした。これはまだ前田家家中の誰も知らぬ志で、拙者はまだ誰にも漏らしてはおりませぬ。その理由は申されなんだが、山城守は今回の高山殿の追放でいたく心を傷めている様子ではあった。そして息子の康玄《やすはる》殿も父上とともに身を引く覚悟だと聞いた」

「康玄まで！」右近は驚きを増した。「それは大事、ことに前田家にとって」

「まさしく……。なにしろ年寄衆の重鎮とその嫡男が職をなげうつというのじゃから」

「もし、山城守の決心が拙者の追放にあったとするならば、これは大殿にも殿にも申し訳のないこと。なんとかお止め申す手立てはないものか」

「言いだしたら利かぬ気の剛直者の御仁じゃによって、それは至難のことであろう。拙者の見たところでは、高山殿の追放の一件に傷心したゆえと思われます。仁義厚い行いとして感服つかまつるのみ」

右近は頷いた。長知らしい思い切った行為ではある。右近たちの追放後、加越能の信徒吟味が緒に就くのは必定で、その場合、右近と昵懇《じっこん》の間柄であったうえ、一度は受洗した康玄を息子に持つ長知が詮議の矢面に立つのは目に見えていた。とくに幕府の意に忠実な本多安房守が動く前に身を引くのが得策かも知れないのだ。が、別な心配も芽生えてきた。長知の家臣となった旧家臣たちの行く末である、諸事周到な長知のことだから、当然下の者どもにも心配りしてくれているとは思うが……。

それにしても一孝が今になって、山城守の出処進退という城内の機密事項を漏らしてくれたのは、山城守と右近の姻戚関係を知って右近に告げたというだけではなく、そもそも一孝と長知との間に深い友情があったからだとも思われる。それにつけても思い出すのは、金沢城内で起こった家老誅殺の一件であった。

それは慶長七年（一六〇二年）のことで、前田家家老の太田但馬《たじま》に罪があり、利長公の命を受けた横山長知が城中にて誅した一件であった。長知は家来の勝尾半左衛門と示し合わせて出仕し、先に着座していた但馬の面前でいきなり半左衛門を叱り飛ばした。但馬はびっくりして立ち上がり、いかが致したかと近づいてきた。長知は、この者に文書を写させしに誤字だらけ、呆れ果てたわいと、書類を手渡した。但馬が書類に目を通しているときに、長知は抜刀し、いきなりその頭に切り付けた。怒った但馬も刀を抜き、長知の胸を刺した。ところが長知は懐中に鏡を潜ませてあったので、切っ先は弾き返された。長知はなおも相手に切り付けて、ついにこれを斃《たお》した。この刃傷沙汰《にんじょうざた》で城内は大騒動になり、大聖寺城代の篠原一孝が検分することになった。閤門《こうもん》より急ぎ駆けつけた一孝がまず行ったのは、「これをあらわにするのは醜である」と言って、自分の羽織を脱いで但馬の屍体に掛けてやることであった。人々は一孝の落ちついた情けある行為に感じ入り、この話は城内で語りつがれた。なお、一孝は、長知の行為は利長公の内命によるとして、刃傷については不問に付し、その機転と忠節を称えたので、長知は大いに面目をほどこしたのである。

篠原一孝は尾張以来の譜代の臣、一方、横山長知は利長公の直臣、ともに前田家の本座者として、おたがいの間には朋輩《ほうばい》としての紐帯があり、後から来た新座者の本多政重とは、家老としての意識に較差がある。自分も新座者である右近には、彼らの意識の較差がよく分かる。それにしても、武士の仲間内とは面倒で辛気くさいもの、人と人との係り合いが複雑に絡み合い、競争、嫉妬、陰謀の網の目のなかで常に気配りして身を処さねばならぬ、そういう俗界からは身を引いて、信仰一途に生きられる今のおのれの境遇は神の恵みである。右近は、今、篠原出羽守一孝の置かれている四角四面な立場を哀れんだ。

気候の変わり目とあって、晴れかと思えば雨、霞がかかった穏やかな湖と思えば、北風が吹き荒れて湖面が波立ち騒いだ。昼間、湖水を渡ってくる暖風に春を覚えていると、夜、背後にそびえる比叡颪《ひえおろし》は底冷えのする寒さで寺を包んだ。それでも梅は咲きそろい、桜の蕾は確実にふくらんできた。春を待つ気持ちが人々に生れ、なんとなく華やいだ気分にする一方、京都所司代からは何の命令もなく、曖昧な将来をひかえて暗い心持ちではある。命令が遅れている理由を、右近は大体予想できた——各地のパードレやイルマンを大坂港に集めるのに時がかかるのであろう。が、宣教師たちの行く末は、おそらくマカオかマニラへの追放と察しられても、右近たち日本人にはいかなる処断が下るか、まったく見当もつかない。斬首か離散か追放か、ともかく曖昧のままでの憶測には気骨が折れた。

次第に春は力強さを増し、冬の反撃を押し退けてきた。寺のわきを流れる大宮川と呼ばれる小川は、雪解け水で急に水かさを増し、朗らかな音を立てて流れだした。湖面は膨れあがるような感じでじりじりと水位をあげてきた。日当たりのいい場所の桜が一輪二輪とほころび始めたある日の午後遅く、右近は好次と湖畔に出て砂地に腰を下ろして景色を眺めた。雑色や警護士たちは遠くにいて、ここは密談には恰好の場所である。

「われらがこの坂本に到着したさい、かつて拙者の家臣であった者の顔を群衆のなかに見ましたが、その者、われらがこの寺に幽閉されたのを見届けたうえで、連絡を取ってきました。この寺の庭掃除を金で籠絡し、そやつの手を通しての伝言です。幕閣の筆頭年寄、大久保相模守忠隣《さがみのかみただちか》がキリシタン総奉行として京入りし、西京の南蛮寺を焼き、四条町の南蛮寺は類焼を嫌って打ち壊したうえ、信者たちを捕縛しては俵詰めという拷問をくわえておるということです」

「パードレやイルマンだけでなく、一般の信徒にも御仕置きが開始されたということか」と右近は憂い顔になった。

心中の靄を追い払うように、折からの夕風に、春には珍しく拭われた景色を見渡す。風にそよぐ枯れ葦の合間には水鳥が揺れ、家路をたどる漁夫の小舟が近づき、対岸の近江富士は黄金色に輝き、遠く連なる鈴鹿や伊吹の山々も斜陽の赤をあざやかに点じていた。

「内藤殿」と右近は風に飛ばされぬよう、声を励ました。「ここからは英雄たちの興亡が一目瞭然じゃ。遠くの点が浅井《あざい》長政《ながまさ》の小谷《おだに》城址。長政を姉川の合戦で破った織田信長公の安土城址はあのあたり、八幡山の右手の森。そして信長公を討った明智光秀の坂本城の廃墟はわれらの足下。光秀を破った秀吉公の長浜城はもはや消滅、現今、城として生きているのは、彦根城と右手の膳所城のみじゃが、これらとて、悠久の時の流れに洗われれば砂上の楼閣じゃ」

「高山様は信長、秀吉、家康の三代を生きてこられて、三公を直接お知りになり、そのすべてを見てこられたのですな」

「すべてではない。拙者など、三公にとっては取るに足らぬ小領主、ただ多少茶の道に蘊蓄ありて、お付き合いができたのみじゃ」

「それだけではありますまい。高山様は武将、築城家、何よりもキリシタンとしての盛名を保持してこられた、類まれな方です」好次の賛辞がはじまり、右近は困惑して、にわかに黙った。沈黙している右近の胸中の片陰《かたかげ》を好次はやっと察知して、ふと黙った。

右近は暮れなずむ山水に、おのれの人生のたそがれをなぞらえた。ただ、おのれの老年はあのように美しくはないのが憾《うら》みである。好次の言で呼び覚まされた、安土桃山の時代が切り裂いてもなお分厚く残る南蛮渡来の緞帳のように過去に幕を垂れていた。なんという激しく変る時代をおのれは生きてきたのかと思う。と、山の端《は》に月がぬうっと出た。満月である。好次が言った。

「今宵は如月十五日。グレゴリオ暦で三月二十五日、火曜日で、あと五日目の日曜日が主の復活祭です」

「おお、復活祭」右近の脳裏に、高槻で祝った復活祭の盛事が懐かしく映じてきた。その光と花とに飾られた情景にうっとりとしていると、無粋な足音が迫ってき、怨兵衛が大声で告げた。

「殿、京都所司代の御名代が参り、お上のお達しを下達するので、キリシタン一同、即刻本堂に参集するようにとの出羽守様の仰せでございます」

右近は立ち上がった。夢から覚めて心が定まらぬためか足元がふらついた。が、二、三歩で腰が定まった。居室では、みながあわてて着替えをしている。右近はいつ呼び出されてもいいように装いを整えているので別にすることもない。みなの用意ができるのを待って、如安と並んで先頭に立ち全員を引き連れて本堂に行った。畳敷きの上段に、幕府の使者として所司代の与力が坐り、その前に一同は平伏した。

使者は立つと、「上意」とおごそかに切り出した。「……規矩準縄《きくじゅんじょう》を紊《みだ》し、国法を軽んじ、邪宗を改めず妄信する高山長房、内藤忠俊、内藤好次の三名を長崎に放逐致すべし。ただし婦女子は京に留まるを差し許す。また向後、従者の同行は一切まかりならぬ」

使者が帰ると出羽守は囚人たちに、明日早朝に坂本を立ち、陸路十五里を大坂まで向かうこと、途中女と子供は京にて釈放すること、なお従者は明日解き放つゆえに早々退散すべきことを告げた。

右近はジュスタとルチア、ならびに孫たちを呼び集めて、あす京において別れる、長の旅の道連れご苦労であったと言った。するとジュスタとルチアは、右近とどこまでも行をともにすると答え、十太郎も同じ意思を、はっきりと言った。右近はせめて孫たちだけでも京で解き放してもらい、京の知人にあずけようと思ったが、孫たちは一致して十太郎に同じ、末の童女などおじじ様とお別れするのはいやだと激しく泣く始末だった。右近は、やむなく、全員を同伴することに決心して、そのむねを出羽守に告げた。

ここまで従ってきた忽兵衛、弥次郎、侍女たちが、そろって右近に挨拶にきた。忽兵衛が代表で口を開いた。

「どこまでも御供つかまつりたく存じておりましたが、幕命とあればいたしかたありません。おなごり惜しゅう存じます」

「そちたちは金沢に戻り、横山山城守殿のおかかえとなるがよい。これが添書じゃ」と右近は書状を渡した。そう言ってから、山城守の隠遁が心をよぎって不安になった。が、出羽守が内々に告げてくれた事情をおのれの家来に漏らす訳にはいかない。

「殿、どうかいつまでも御壮健に」と忽兵衛は涙目で右近を見つめた。弥次郎は何か言いたげに目をしばたたいたが、黙してかしこまった。

「金沢でも吟味が厳しくなるであろう。心して暮らせよ」と右近はまた言った。すると弥次郎が一瞬目を光らせた。忠実に難路を従ってきた若者に対して右近は優しく言った。

「そちは剣が得意ゆえ、横山の家中でも、その方の指南で身を立てるがよかろう」

「はい」と弥次郎は小声で答え、涙を飲むように鼻をすすった。

「殿、いつまでも御壮健に。怒兵衛はいつまでも殿と一緒におります」と怒兵衛は、もはや手放しで泣いたが、弥次郎は相変らず無表情でかしこまっていた。

その夜、虜囚の人々も警護の武士たちも、あわただしく旅支度をした。落ちついたところで出羽守から右近に別離の茶会の招待がきた。

満月が空にかかる明るい夜であった。躙《にじ》り口《ぐち》より入ると客は右近一人であった。客畳に正座しているところに水屋から篠原一孝が現れた。

一孝は最前、幕府の使者の前で見せた威儀を正した振る舞いとは打って変わった、くつろぎと親しさを見せた。

「いろいろとお世話になり申した」と右近が礼を言うと、一孝は、「いや、礼を申すのはこちらじゃ。とくに茶の道は懇切なるお手ほどきを受け、拙者一生のよき思い出でありました。またキリシタンの心情もしかと見聞きし、感銘を受け申した」

「感銘を？」

「これはおおやけには申せぬが気品高き立派な宗門と見て、種々感服いたしました。金沢に帰りても、キリシタンには寛大なる御処置があるように陰に陽にお力ぞえしたく思います」

「それはかたじけなく存じます」右近は会釈した。

「明日、拙者は逢坂《おうさか》までは御一緒するが、そこでお別れ致す」

「殿にも大殿にもよろしくお伝えください」と右近は深々と頭をさげた。

「なお、これは幕府の秘事で内々に願いたいが、京で十五人の比丘尼が貴殿たちと一緒になる手筈です」

「十五人も？」

「内藤飛騨守殿の妹御とその一派の女性《にょしょう》たちと聞いています」

「なるほど」右近はすぐ事情を察した。如安の妹ジュリアは京において女性の修道会を作っていた。もともと仏門の人で、兄飛騨守の寄進した小寺に住み、尼僧として声名高かったが、齢《よわい》四十を過ぎてからキリシタンに改宗し、その後は京の女たちに働きかけて、豪姫を始め多くの人々に信仰を広めたため、今度の伴天連追放令によって異国のパードレたちと同じ危険な存在と見なされたのだ。

　宗門の差や警護士と囚人の差を越えて、旅と茶を通じて結ばれた暖かい昵懇の情が二人のあいだに通い、一孝と右近の話は尽きなかった。

9　花の西国路

鈴鹿の山並より日が顔を出し、湖面に赤い波頭が揺らめき広がった朝、まだ地上に残る闇を乱暴に蹴立てて、同心雑色二十余人を引き連れた所司代の与力一騎が到着した。高山一家八人、内藤一家十人を護送するにしては、ちと大げさな人数であったが、幕府の禁教政策の威力を民に示すためには存分なる人数とも思え、寺の門前には、物見高い人垣ができていた。

右近たちは、前田家の警護士から所司代役人の手に渡されることになった。丸腰で白装束の一同はものものしい具足をつけた雑色に取り囲まれた。

いよいよ出発である。忽兵衛と弥次郎、二人の侍女、それに三人の内藤家の従者は平伏した顔をあげ、涙を流す者もいて、主人たちと別れを惜しんだ。浅野将監と手勢はそこで右近たちと離れたが、篠原出羽守は家臣数名を連れて逢坂まで見送りにきた。

坂の登り口で篠原出羽守と別れた。右近をはじめ、如安も好次もジュリアも、ねんごろに礼を言った。坂を登っていく一行をいつまでも見送っている、この金沢藩きっての重臣を何度も振り返っては、頭をさげて挨拶した。篠原一孝とは、おそらく永久の別れとなるであろう。異教徒ではあるが、われら一同に情けをかけ、礼儀正しいあしらいに終始した態度は立派であった。茶会での時も一期一会を大切にして心に刻み込まれた。惜別の情がこみあげ、怨兵衛や弥次郎と別れるときも平気であった右近は目頭を熱くした。「なかなかの人物よのう」と如安は右近に言った。「あのような御人がいれば前田家は安泰でしょう」と右近は頷いた。

坂本宿では、ようやく桜がほころびそめたばかりであったのに山科《やましな》の里に入ると、すでに桜は七分咲きの華やかさを誇っていた。小栗栖《おぐるす》の近くを通るときに、好次は右近に、坂本城主明智光秀がここで百姓の竹槍に刺されて落命したのではなかったかと尋ねた。右近は、「そうであった」と、あたりを見回した。その辺り、何の取り柄もない枯木林であって往時の出来事を示す気配は何もなかった。

京である。東寺の五重の塔が澪標《みおつくし》さながらに立つ向うには華やかに春をことほぐ甍の波。さては大都会、金沢の田舎町にくらべ寺院の屋根は桁違いに大きく、街は広々として、叡山、東山の連なりは、歴史を刻印した森や花や堂塔のきめ細かな起伏を見せている。山河あり、人は去りぬ。色も香もおなじ昔に咲くらめど年ふる人ぞあらたまりける。

人々は、暖風に柳絮《りゅうじょ》のようにふわふわと浮かれ出ていた。人通りが多い。さすが東海道だけあって武士町人百姓とあらゆる階層の人々がうようよ流れていて、一行は祭りの山車《だし》のように濃密な注目を浴びた。「キリシタンじゃ。キリシタンじゃ」と見世物小屋の呼び込みのように呼ばわる男がいる。「いとけなき子もおるわ。あわれやな」ともささやく女がいる。「あの御人、大分の年寄りやな」と右近を無遠慮に指さす太鼓持ちがいる。「邪宗のやから。天罰じゃ。阿修羅道に堕ちよ」と虚無僧《こむそう》がこれ見よがしの印相《いんぞう》を結ぶ。しかし、右近たちは、そういう好奇と憐憫と嘲弄、無慈悲な悪風にいたぶられながらも、目を細めるだけで突破して行くことができた。むしろ気の毒だったのは、立ちふさがる人々に道を開けさすべく汗だくで喝道《かつどう》して進む役人たちであった。

桂川を越えて京を出る久世橋は最近改修されたらしく木の香もかぐわしい。が、通行人が多いと見えて橋板はすでに汚れて擦り切れていた。加賀や越中あたりの辺陬《へんすう》の地では、およそ見られぬ橋の繁忙と酷使である。橋向うより西国街道が始まり、やがて右側に竹林の続く急峻が迫ってきた。これぞ天王山、山崎の合戦の勝敗を決した所である。すかさず好次が「高山様の古戦場ですな」と言った。この辺りは右近の故郷で、山々を幼いときから歩いて回り、起伏の詳細、間道の曲折に土地勘があり、ふと目にした林や草むらから、合戦の物音が立ちのぼる思い、絶叫、雄叫《おたけ》び、呻き、骨を砕いていく刃の軋み、矢音が耳に迫ってくるようだ。そして、血がねばねばと指にまつわりつく感じで、両手に視線を落とした。

　信長公は、明智光秀に命じて、毛利方の高松城を攻めあぐんでいる羽柴秀吉への援軍を出発させた。明智軍の先鋒として右近は二千を引き連れて高松に向かっていた。そこに、高槻からの早馬が追いつき、本能寺の変を知ったのだ。信長公の恩顧を厚く受けて坂本城主となった光秀の謀叛には、いかなる義も見いだせぬと、ただちに右近は判断した。つぎに気づかったのは、高槻に残してきた妻子と家臣の運命である。緻密な軍略に長けた武将と聞こえた光秀のことだから、畿内の要所高槻城を占拠するは必定と予測して高槻に急行してみると、案にたがい、光秀勢は未到着であった。光秀という男、評判ほどの器ではないと、右近は軽侮の念を覚え、ますます反逆者討つべしとの決心を固めた。

　家臣たちを集め光秀への対抗措置を評定しているところに、当の光秀から合力を頼む書状が届いた。それにはパードレ・オルガンティーノの書簡も添えてあった。沖島から坂本に流れついたパードレに光秀は右近を味方にする助力を頼んだのだった。そこでパードレは書簡を認めたのだが、日本語の書簡の趣旨とは裏腹に、ポルトガル文の副書には逆臣光秀に従うのは人の道ではないと説かれてあった。光秀の家中にはポルトガル語を解する者がなく、誰もパードレの二枚舌に気づかなかったのだ。この直後、高松の秀吉より逆臣を討つべし、合力を待つ旨の書状が届いた。右近は迷わず、秀吉方に肩入れする決心をし、家臣の心を一つにし、城の防備を固くしたうえで、尼崎に陣を敷いた秀吉軍の軍議に参加した。

　右近は秀吉軍の先鋒となった。未明、手勢二千をひきいて西国街道、まさしく今歩いている道を進み、低地の淀川沿いを進む池田信輝《いけだのぶてる》や山地を進む中川清秀《なかがわきよひで》――賤ヶ岳でも戦友であったが共に戦ったのはこの時が最初であった――などよりも先んじようと兵に「われら先陣の功を奪わん」と下知し、おのれが先頭に立って闇にひしめく敵軍に、槍衾《やりぶすま》を構えて遮二無二突っ込んだ。この急襲で、一万五千の大軍で堂々の陣を張っていたつもりの明智軍は、もろくも浮足立った。彼らには明らかに戦意が欠けていた。謀叛軍だという後ろめたさに加えて、数においてまさる秀吉軍におびえており、高山軍二千を本隊の総攻撃だと思い込んだのだ。逃げようとする敵兵同士が衝突して混乱するなかに、高槻勢は槍先に肉と骨を貫く手応えを覚えながら、悲鳴と断末魔の呻きを巻き起こして進んだ。明け方の薄明かりに倒れ伏す屍体が浮かび上がった。戦果を示すために屍の首を打ち落として、兵士たちの手は血でまみれ、ぬらぬらと刀が滑った。首級は二百、こちらの討死には一名、完全勝利であった。朝焼けに顔を燃やしながら高槻勢は勝鬨《かちどき》をあげた。逃げ惑う明智勢に中川と池田の両軍が両翼から襲い掛かり、総崩れになった。その日の宵に坂本に落ちていく光秀は、小栗栖の藪で百姓の竹槍にかかって死んだ。

「その折りの高山様の武勇は、世に聞こえております」となおも好次が言った。

「武勇というほどのことはない。あのおりは先陣を池田信輝や中川清秀と競ったのだが、光秀が本陣を敷いた山崎には、拙者の高槻城が一番近いという地の利が幸いした。それに未明の暗い戦場で、わが配下のものは日頃より知り尽くした土地で存分の働きができたのじゃ」

「それにしても山崎の合戦の首功は高山様のものです。つまり秀吉公は高山様のお働きによって天下を取る切っ掛けをえられたようなもの。そのお働きに対してわずか四千石の加増のみとは恩賞が少なすぎました」

「いや、それには理由がある。あの当時、秀吉はまだ一大名に過ぎず、恩賞に当てるべき版図を持っていなかったのです。それに敵光秀の領国は西江州《ごうしゅう》と丹波に過ぎなかったのですから」

「なるほど」と好次は、一つ一つの右近の言葉に、まるで記録にでも取るように合点を繰り返した。

山崎宝寺で一行は休息を取った。明智討ちのとき、展望のよくきく高所にあるため右近が手勢の出陣の場とし、のちに秀吉公の本陣となった寺である。その時はなかった朱塗りの三重の塔があるのは、秀吉の戦勝記念かとも思われる。右近は、塔前の石に腰掛けて、さっきの好次の言葉について考えていた。恩賞が少ないなどとおのれは考えてみたこともなかった。おのれの関心は戦いによって領地を増やすよりも、教えを広めることの方に向いていた。パードレ・オルガンティーノを説いて、秀吉より大坂の南蛮寺の敷地をもらい、高槻にパードレたちを呼び領民を教えに帰依させることに心を奪われていた。大名たちをつぎつぎに信徒にすることにも努力し、すでに受洗していた小西行長と協力して、秀吉の軍師黒田官《くろだかん》兵衛《べえ》、伊勢松島《まつがしま》の蒲生《がもう》氏郷《うじさと》、播磨の中川秀政《ひでまさ》、美濃の市橋兵吉《いちはしひょうきち》、近江の瀬田左馬丞などを改宗させた。

黄昏時、高槻の宿についた。かつての右近の城は今は内藤信正《ないとうのぶまさ》の居城となっていて、広い外堀をめぐらす、右近のときとはまるで別格の豪壮な規模となっていた。それでも、かつて右近が造った二重堀や櫓の形跡は残っていて昔をしのぶよすがとなっている。好次が擦り寄ってきた。

「さすが高山さまの築城のおもむき見事なものですな。あの二重堀のあたり、城壁はなめらかで高く、これでは信長公も攻めあぐんだはずです。あれは、天正六年（一五七八年）、荒《あら》木村重《きむらしげ》の謀叛のときでしたな」

「いや、拙者の築城術など大したものではありません。信長公はむしろ城を無傷に残し、キリシタンである拙者を利用したかったのでしょう」

当時右近の主筋であった摂津守護で有岡城主の荒木村重が織田信長に謀叛したため、岐阜より出陣してきた織田軍が高槻城に攻め寄せてきた。城はたちまちおびただしい旗指物に取り囲まれてしまった。堀を渡り城壁の四周に一斉に取りつかれては、いかに応戦してもかなう相手ではなかった。が、父飛騨守は、城を枕に討ち死にしても戦う決意を固めていて家臣を督励していた。

パードレ・オルガンティーノが信長の使者として城に来て書状を渡した。降伏するならば、所領安堵のうえ報賞として多額の金子をあたえる旨の記載があった。信長の論理はこうだった——荒木村重は主君に対する叛逆者であるから、高山家は荒木家に忠義立てすることは無用である。

父飛騨守は、しかし、頑として信長公に下るのを拒んだ。ついに信長公は、京の南蛮寺のイルマンや同宿を連行してきて、もし高槻城を明け渡さないならば、全員を城の前で磔に処するという脅しをかけてきた。高槻城は結局は織田軍の敵ではなく、宣教師や信者が磔になったうえ、父や家臣が戦って死ぬのは時間の問題であった。右近は自分一人が摂津郡山の信長の陣に出頭して、城と人々を救うことを決意した。もし容れられぬ場合には、パードレたちとともに殉教の道を歩もう、磔によって主と同じ形で死なんものをと右近は奮い立った。彼は鎧と着物を脱ぎ、紙子《かみこ》だけの姿になって髻《もとどり》を切り、オルガンティーノとともに織田方の陣に行った。信長配下の武将たち、佐久間信盛や羽柴秀吉が歓迎してくれ、信長公に仕えれば出世の道は開かれようと言ってくれたが、彼のキリシタン門出家の志は変わらなかった。あのとき右近は本気で、武士であることをやめて、一信仰者として、宣教一途の道を歩もうと決心していた。城も家も領地も領民も、おのれの身にまといつく一切のしがらみより解き放たれ、自在に信仰の道を歩むことが、この上もなく明るい、さわやかな生き方だと信じていた。

陣中で信長に引見されている折りも折り、高槻城が開城したという知らせが届いた。右近が城を出てから家臣たちが、主戦派の飛騨守とその一派を押さえて、降伏と開城を諮ったのだった。飛驒守は落ち延びて有岡城の荒木村重に身を寄せたが、かしこでは飛驒守の忠節を疑う村重に幽閉されてしまった。ところで、この高槻開城の功で所領を安堵されたうえに、禄高も四万石を与えられることになった。結果としてそうなったので、これを望んだわけではなかった。息子の功に免じて、飛驒守は死一等を減じられて北庄《きたのしょう》の柴田勝家にお預けとなった。

高槻の宿は、宿場の外れの破れ寺であった。住職は以前の領主高山右近を知らず、一行は納戸に押し込められた。暗い場所で時刻が分からぬが入相の鐘だけは響いた。一つだけ許された蠟燭の明かりでグレゴリオ暦を眺めていた内藤好次が「日ならず復活祭ですぞ」と言った。その夜、闇のさなかで右近は明るい幻影を、夢に似たまざまざとした光景を見、安土セミナリヨの少年たちの演奏する音楽を聴いた。その幻影は喜びであったが、切ないような悲しみをともなって胸を締めつけてきた。そう、あれから三十数年も経っている。右近はジュスタに、「高槻の復活祭を覚えておろうのう」と言った。ジュスタは、「よう覚えております。ほんに夢のような祭りでございました」と言い、ルチアと孫たちに、この高槻こそかつて高山家の居城であった事実を、寝物語に語ってやった。十太郎はことのほか興味を持ち、一部始終を聞きたがった。

春暁の出立であった。紺青の空には紫色の華やぎが混じってきて、復活祭の朝らしい祝祭の気配を贈ってくれていた。赤みを帯びた東の空に城の甍の影が浮いていて、その上に目覚

め た鳥の群れが旋回していた。静まり返った、人気のない街道を一同は黙々として歩く。右近は復活祭の行列が高槻の天主堂を出て行く光景を、今おのれがその行列を歩いているような気持ちで回想した。

春、朝まだき、行列を組んで繰り出した人々は色とりどりの絹の旗や聖家族を描いた提灯を高くかざした。提灯は城や魚をかたどったもので、永遠の都エルサレムやキリシトを象徴させていた。十字架のそばには、紺縅《こんおどし》や赤縅の鎧をまとった十二人の武士が十二使徒に扮して従い、白い絹の合羽をまとった二十五人の少年たちが天使となって聖画を掲げた。四人の武士によって天蓋が支えられ、その下を、ヴァリニャーノ巡察師が金の十字架を持って歩いていた。安土セミナリヨの生徒たちが聖歌を唱った。舟型香壺《ふながたこうつぼ》が振り撒く香の煙は、靄となって森から里へと流れ出、遠いヨーロッパという異国の香りは、この高槻をこの世ならぬ楽土に変えた。

大群衆の行列は引きも切らず、アレルヤの声は里をどよもした。近隣の国々より雲集してきた信者の群れ、武士や農民や町人の数は、近習《きんじゅ》に数えさせたところ、二万人を越えていた。この復活祭の行進の中心はヴァリニャーノ巡察師であった。パードレたちのあいだでも抜きんでて背が高く、したがって日本人には巨人と見える碧眼白皙の異人は、豪華な白絹の祭服を着て衆目を浴びており、無数の視線に磨き洗われたように輝いて見えた。この伴天連大将を一目見たいというので、五畿内はもとより尾張、美濃からも人々は押し寄せてきたのだ。巡察師の前後には銀の燭台、振り香炉、飾り板がきらきらと光り、巡察師に従ってきたパードレたち、そのなかには右近と親しいパードレ・フロイスもいたが、の列も彼らの内側から明るみが染みだすような晴れがましさであった。

かつて父飛騨守の造営した大きな天主堂も人々の賛嘆の的であった。すべて新しい檜を用い、木の香は風に乗って神の手のように人々を抱擁した。天主堂の脇に建てられた宣教師用の宿舎も、総檜造りで、太い梁は高く見上げられ、磨き込まれた床は鏡のように人々の影を映した。庭には大小の形よい自然石が配せられ、池には三丈の余もある瀑布が飛沫を上げていた。この庭については日本人よりもパードレたちがいたく関心を示した。おそらく、ヨーロッパの庭園とは結構がまるで違ってパードレたちの好奇心を刺激したのだ。天主堂の真ん前に一本の椋《むく》の大樹がそそり立っていた。春になると青い花をつけるのだが、復活祭のころには赤い若芽がもえでて陽春を祝っていた。椋の大樹の下には三つの階《きざはし》のついた白い十字架が建てられ、これを守りたてる形の花壇には、野の花、飛騨守が好んだ雛菊、野薔薇、白百合が遠国まで人を遣わして集められてあった。十字架の背後から遣り水が池に流れ込み、さざ波に揺れる純白の十字架の影はことにも美しかった。

復活祭の行進はこの十字架で終った。池の端に群れ集った人々は巡察師の司式でミサを捧げた。遠くイスラエルの国に誕生されたまいし、ゼス・キリストの聖なる魂《アニマ》がこの高槻の里に舞い降りてきて、人々に聖霊の火を灯したのである。

復活祭のあと、ヴァリニャーノ巡察師は京の本能寺に信長公を訪ねた。このときパードレ・オルガンティーノとパードレ・フロイス、イルマン・ロレンソが同行した。公は上機嫌で宣教師の棟梁である南蛮人を歓待したという。この折り巡察師は、黒人奴隷弥助を献上し、公はその皮膚の黒いのに興味を示し、水洗いをしたが色が剝げぬので感嘆したという。その年の夏の盂蘭盆《うらぼん》の夜、信長公は安土城に巡察師を呼び、提灯に飾られた天守閣や自身が御神体となっている総見寺を見せた。湖上には、松明《たいまつ》をかかげた船が往来して城の華やぎに応えた。おそらく、このときがキリシタン布教の最盛期であったろう。

ほぼ一年後の夏に本能寺の変が起こり、事態は一変した。安土城は炎上し、セミナリヨは略奪により荒廃する。右近は高槻にセミナリヨを建て、安土セミナリヨの生徒たちを迎えた。建物は安土のに比べて貧弱であったが、小さい礼拝堂を備えたもので、パードレ・オルガンティーノの指導のもと生徒たちは勉学に励むことはできた。しかし、三年後に右近が秀吉公によって明石に移封されてから、高槻はつぎつぎと城主を替えてセミナリヨもさびれてしまった。秀吉の伴天連追放令のあと、建物は打ち壊されて生徒たちは四散した。今は見る影もない廃墟であろう。

右手に連なる山々の頂が日に照らし出された。街道に澱《おり》のように沈んでいた夜が消えていった。山々の向うにはジュスタの故郷、余野がある。右近は妻を振り返った。娘のルチアと並んで黙々と歩いている。右近の目配せに応えてジュスタは山々に眼差しを送り、微笑するとルチアに何かささやいた。娘も母と同じ方向を見やっている……。

遠縁にあたる熱心な信者一家、黒田氏の娘、ジュスタが高槻の右近のもとに嫁いで来たのは、右近が十八歳のときであった。十四歳の少女は愛くるしい顔立ちで少年武士の心をとらえた。パードレ・オルガンティーノの司式で二人は主の前で結婚の式をあげた。右近はデウスとキリシトに祈った――この人を一生のあいだ彼の忠実な伴侶として下さるように。そして祈りに応えるように一生側女《そばめ》を持たなかった。

あのころの高槻には、フロイスやオルガンティーノという宣教師や隻眼のイルマン・ロレンソが出入りし、宣教師たちと付き合うためには、ラテン語やポルトガル語の習得が不可欠であった。父飛騨守が語学が不得手であったため、オルガンティーノの手ほどきでラテン語とポルトガル語を習っていた右近が通詞《つうじ》の役目を果たさねばならず、そのためにも懸命に勉強したものだった。

数年後、イエズス会日本布教長カブラルが高槻に来たときには、飛騨守は師を自宅に泊めて、毎日のようにミサが挙げられた。右近はパードレ・カブラルの説教を聴き、その通訳をした。飛騨守が檜造りの天主堂を建てたのは、そのようなときであった。

押送の一行は昼前に大坂に近付いた。さすがは大都市で、街道には人が増えた。「キリシタンじゃ」の叫びも京よりも大きくなり、あからさまに侮蔑の言葉を投げつける者も多くなってきた。同時に、一同に向かって黙礼を送ってくる明らかに同宗と思われる人々にも出会うようになった。ふと右近は岡本忽兵衛を認めた。変装をしているが、見慣れた体型に注意を呼び覚まされたのだ。大小を帯びぬ町人姿で髪も町人風にしつらえ、恰幅のいい堺あたりの商人という風体である。右近の視線を受けると軽く会釈して人込みのなかに消えた。

安治川《あじがわ》左岸の川口波止場に着いた。波止場の入口は監視の役人雑兵によって厳重に固められていた。京都所司代によって借り切られた船宿にパードレやイルマンが詰め込まれていて、異人たちの醸し出す体臭や皮革や香の匂いが川風に乗って流れてきた。右近たちの一行は、こういう異人たちのなかでは例外らしく、彼らの好奇の目がこちらに集中してきた。右近たちが追い込まれたのは簡単な矢来《やらい》のなかで、そこに十数人の女たちがいた。その中から老女が進み出て、役人の許しを得ると内藤如安に近寄ってきた。如安の妹、内藤ジュリアであった。矢来の中とて役人たちが大目に見てくれたので、右近たちはジュリアを始め修道女たちと自由に話すことができた。内藤好次が京都のキリシタンの運命について質問すると、修道女の一人が答えた。

幕閣の筆頭年寄、大久保相模守忠隣《ただちか》がキリシタン総奉行として江戸より上京してきたのはひと月ほど前で、まず西の京の南蛮寺を焼き払い、四条町の聖堂は類焼を恐れて打ち壊した。京都所司代板倉伊賀守勝重の作った名簿によってつぎつぎに京坂の信徒を捕らえて、棄教を迫り、聞き入れぬ者は俵詰めにして松原通りに晒し者にしたり、遊廓に売り飛ばすと脅したりし、ジュリアのベアタス修道会員もこの厄にあったという。ただ、不審なことに、大久保相模守は十日ほど悪鬼のように迫害の指揮を執ったすえ、自身が何らかの咎で唐突に改易され近江に配流されてしまい、迫害も頓挫したという。幕閣の第一人者が京都まで遠隔の地に遣わされて改易となったのは、江戸に留守をする重臣、大御所の筆頭出頭人本多正信との確執があったのではないかと右近は推測した。すでに利長公から徳川家重臣たちの内輪もめを聞いていた右近にはそれがありそうな出来事に思えたのである。本多正信の台頭は、その次子本多政重を筆頭家老に据えている前田家にとっては具合のいい事態であるが、加越能のキリシタンにとっては御禁制が強められる事情となると、右近は複雑な思いで内藤ジュリアたちの話を聞いていた。

好次は大坂城内の豊臣側の動静についても問うたがジュリアはそういう向きの事柄については、とんと無関心で何も知らなかった。彼女は自分の追放を、天国への階段の一歩と思い、静かな喜びに満たされていた。

内藤ジュリアはジュスタやルチアと親しげに話した。妻も娘も内藤ジュリアとは初対面であるのに、そしてルチアは人見知りする質であるのに、はなからのこの打ち解けように右近は驚いた。それは内藤ジュリアの誰に対しても親しげに話し掛ける、柔らかな人当たりのせいだと思われた。

波止場には数隻の船、いずれも大きな廻船が横付けになっていて、水夫《かこ》たちが荷を積み込んだり帆の修理にあたっていた。まだ準備ができていないためか、予定していたパードレたちが到着しないためか、乗船は行われず、日本人キリシタンは粗末な漁師の家に泊められることになった。

ねぐらに帰る鴎が連なり飛び、川面をかすめて蝙蝠《こうもり》が入り乱れるころ、あたりの宿からパードレたちの祈りの声があがった。右近たちも、内藤ジュリアの先導で修道女たちと並んで晩禱をした。

夜になって、歯切れのいい異国の言葉が近づいてきた。逸早くルチアがパードレ・クレメンテだと聞き分けた。門口を見張る雑色の許しを得て、ぬっと入ってきたのはスペイン人の笑顔であった。

「おおパードレ、ご無事でなによりです」と右近は労りの言葉を掛けた。あのすさまじい雪の山道を越えてきた苦労を思いやってのことだった。

「なに大丈夫でしたよ。しかしジュスト右近殿、顔色が悪いね。どこか具合が悪い？」

「別に……歳ですから疲れやすいですが」と右近は答え、あの雪山でおりふし足がどうしても動かず、足腰の衰えを嘆いたことを思い出した。年齢から来る衰えだと思い、気にもしていなかったのだが、医術の心得のあるクレメンテから言われると、どこかに病が隠れているかとも思い返した。

「みな顔をそろえているね」とクレメンテは一同を見回した。視線の先の人が会釈した。

「トマス久閑殿はお元気かな」とクレメンテは問うた。

「われらとは、別に若狭に送られました。そこより津軽に流されるとか」

「ほう、みなさんとは別の御沙汰でしたか。マリア備前の方様のお力ぞえかな」

「いや、それは……」宇喜多久閑だけが離された理由を、それまで考えたこともなかった右近は、そうであったかも知れぬと思った。

「マリア様は？」

「はい。とくにお咎めはなかった模様でした。もしものことが心配でしたが」

「それはよかった。ほかのキリシタンにも詮議は行われなかったのですか」

「そのようです。これから先はわかりませんが、利長公もおられることだし、加賀のキリシタンには、さして過酷なお咎めはありますまい」

「利長公も病が重くての。長くはありますまい」

「降誕祭《ナタル》のみぎりお会いしましたが。大分にお弱りの様子……」右近は、ときおりクレメンテが利長公の診察におもむいているのを思い出した。医術には暗い彼には、公の病気がどの程度のものなのか見当もつかない。ただ年々衰弱してきている状態は見て取れた。

「あれは並の病気ではない」

「と申されると」

「死病です」とクレメンテはつぶやいた。この宣告は冷気を流し、一同は凍りついたように沈黙した。その沈黙を切り開くように好次が口を開いた。

「クレメンテ様は、パードレ・トルレスと御一緒におられるのですか」

「それは……」とクレメンテは、彼にしては珍しく口ごもった。それからポルトガル語で右近に言った。「彼は大坂のどこかに潜伏してしまった。おそらく大坂城に入ったのではないか」と言った。言葉を理解できぬ好次が怪訝な面持ちでいると、クレメンテは日本語で言った。「京坂にいたパードレたちに聞くと、大坂城にはかなりのキリシタンが召し抱えられたそうだ。たとえば、淡輪《たんのわ》重政とか明石掃部《かもん》とか……」

入口を見張っている役人を、ちらと気にしながら、好次は言った。

「淡輪殿は小西行長公の臣、明石殿は宇喜多秀家公の家老、久閑殿の傍輩《ほうばい》でしたな。かなりの大物が城中に入っていますな」

「はい。そのようです。京から送られてきた宣教師たちの情報では、今にも戦いが起こりそうな緊張が町に張り詰めているとか」

「戦いは早晩起こるでしょう」と好次は言った。「この度の伴天連追放令も、大坂方にキリシタンを加担させないための用心であるとの見方もできます。私たちはともかく、高山様の追放は、大御所が武将としての力量を恐れているためと推測されます」

「それはない。それほどの力は拙者にはない」と右近は制した。

「持論で申し訳ないが」と好次は、きっぱりと首を振った。「高山様が豊臣につけば、東西の力の均衡は随分と破れるはず、キリシタンにとっても信徒の勢力を延ばすまたとない機会」

「それは再三申し上げている通り、拙者は夢にも考えておらぬことだ」

「分っております。ただ、言ってみただけです」と好次はまた、ちらと役人を横目で見た。

役人は川の夕景色に見とれているようだった。

10　長崎の聖体行列

✝主の平安！
　わが最愛の妹よ。
一六一四年六月三日火曜日、
　長崎にて。

　昨年、主の降誕祭にお前宛の手紙を書いて旅商人に託して二月後、一六一四年二月二十日、この国の太陰暦で慶長十九年正月十二日、家康大王が三週間前に発した禁教令が金沢に到着し、私とイルマン・エルナンデスの二人は都に移動し京都所司代（都の警視総監）板倉勝重の指示に従うよう命じられ、出発までわずか二十四時間の猶予しかない、早急な旅立ちであったが、前々からの心づもりもあり、それほど周章も混乱もなしに出発することができた。というのも、ジュスト右近を始めとする信徒たちが、私たちの旅の準備や後始末に献身的に、すなわち自分たちが今後受けるであろう家康大王の迫害については思い悩まず、私たちの旅の無事と未来の幸福のみを心配して助けてくれたおかげで、私たちはまるで大勢の召使にかしずかれた大身の騎士さながら送りだされたからだ。もっとも、小心で未熟な信者は恐怖に取りつかれて教会から遠ざかったし、教会の同宿の中にさえ逃亡した者もいたが、こういう人間はどのような場合にもいるものだ。

ジュスト右近が二人の家来を私たちの荷物運搬と身辺の手助けにつけてくれ、前田王の家臣五人が護送役につき、雪の道を、わけても雪深い山道に難渋しながら歩き続けて十日目に都にたどり着いたところ、都には各地から呼び出された宣教師、イエズス会の司祭八人と修道士七人が集められていて、京都所司代の命令により天主堂とそれに付属する宣教師宿舎に寝泊まりを強制されたけれども、私たちは孤立していたわけではなく、監視の役人に信徒であることを知られる危険を冒してまで、絶えず大勢の信者たちが訪ねてきて、食糧から衣服にいたるまで面倒を見てくれたうえ、彼らは告解をし、ミサにあずかろうと私たちに願い、私たちは彼らのため天主堂で聖なる儀式を何度も行った。都には、七千人の信者がいたのに、京都所司代の板倉勝重はキリスト教の教理に通じ、千六百人の登録に止めるなど穏便な対応をしてくれていた矢先に、江戸政庁の高官大久保忠隣《ただちか》が都に教徒取締り検事総長として赴任してから、急転直下、掣肘《せいちゅう》強化の暴風となり、教会は壊されたり焼かれたりし、信者たちは一斉検挙され、女の信者は俵に詰めて寒い街頭に転がして通行人の嘲笑にまかせたり、売春宿に売り飛ばすと脅迫されたのだが、こういう脅しと辱めに対して、生命や貞操の危険にもめげず信仰を守り抜いた彼女たちを見て思うのは、もしも私が迫害に耐えられるとしたら、それはイエズス会の『基本精神綱要』にあるように教皇の命令に忠実に従うという義務の念のためのみではなく、われらが教化した信者たちに同伴された主の偉大な力のせいであり、後世に、この時代の迫害と殉教についての記録が伝えられるとしても、その主役は私たち宣教師ではなく、名もなき信徒たちであることを、お前もぜひとも感覚の真実として、すなわち信徒たちの俵詰めで寒風に晒された苦痛として、売春を強いられる恐怖として感じてほしいのだ。

私は都で布教していた旧友のバルタサール・トルレスとの再会を楽しみにしていたところ、彼は役人たちの追及を逃れて行方をくらましていて、かねがね大坂城に籠もって秀頼大王がたに加勢している教徒武士の魂の救済のために、城内に入るという志を他の二人の神父にも語らっていたというから、いよいよそれを実行したらしく、今や家康大王と秀頼王の対決は時間の問題で、しかも秀頼の敗北が予想されて籠城は危険極まりないという情勢なのに、バルタサールの命を賭けた潜伏はグラナダの熱血漢らしい決断ではある。

私たちは船に乗せられ、都を北から南に流れている鴨川を下ったが、六条河原なる罪人の処刑場のそばでは橋の上のおびただしい見物人から邪宗の坊主どもとして嘲罵を浴び、さらに南の伏見まで下ったとき、この地の伝道所のフランシスコ会の人たちも船に追い込まれてき、かくして満員の船は淀川を下り、かつて秀吉大王に謁見するために天正遣欧使節たちと遡った川を、かつての盛事を悲境のさなかで追想しつつ下り、川口の大坂港に着くと、全員が旅籠に監禁された。この旅籠というのはわれらが故国の街道宿《ベンタ》によく似ていて、雑多な人々が泊まる安宿だが、この国の人々は壁で仕切られた個室に寝る習慣はないから、大きな部屋に藁で編んだ床に固い枕と薄い布団で着の身着のままで雑魚寝させられるので役人の監視には便利だが、いつも見張られていて、主の勧める隠れた所の祈りや孤独な瞑想にはまったく不向きな環境である。

ここで私はジュスト右近と一緒になり、彼らが私とエルナンデス修道士が金沢を出発してから三日後に金沢を発って、都の東にある大きな湖のほとりに二十日間止めおかれた話を聞き、さらにベアタス修道会を結成している都の修道女たちや身分の高い教徒たちに会い、都の情勢を逐一知ることができた。長崎送りになった人々の数が多かったため船は七艘が必要となり、さらに警備隊の兵士を乗せた二艘を加えて大坂を出航したのが四月初めの日曜日の朝で、多くの島のある内海を通り、九州島の北側をめぐり、西側にある長崎についたのは、約一月の船旅の末であった。

船着場にいた大勢の人々のうち、最前列に並ぶ襷掛けの物々しい出立ちは長崎奉行所の役人たちで、その背後に宣教師たちの黒衣が目立ったのは、二十四年前マカオから初めてこの港に着いたときを連想させたが、今回は上陸すると歓迎の代わりに役人の取り調べが真先にあったのが様変わりで、まず高級役人の前に連れていかれ、一人一人名前と身分を読み上げられる、「ニンテイアラタメ（人体改め）」というのが行われた。囚人の身分を自覚させられるこういう手続きにはすでに京都所司代の吟味を受けていた私たちは慣れていたし、決まりきった儀式に参列させられる感じで格別の恐怖も覚えなかった。

出迎えの人のなかに私は一目でメスキータ神父の姿を抽出し得たが、それというのも、彼の親しい顔が目立ったせいだけでなく、彼があまりに痩せていて何かの病に冒されているという憂慮が医師としての私の視覚を鋭く刺激したからで、たしか六十歳になったかならないかの年齢の人がすっかり老け込み、長身で恰幅のよかった人が枯れ木のように皺だらけになっていたのに心を痛めたからである。握手と抱擁を交わしながら、ごつごつした骨だらけの手や体の感触に私は暗然としたが、彼は昔に変わらず、雄弁で活溌であった。彼が天草から長崎に移したコレジヨで生徒を教え、私が長崎を去ってからも長崎で伝道を続け、山のサンタ・マリア教会に付属するサン・ミゲル墓地を作り、またサンティアゴ病院を建てて癩病者の治療にあたっていて、この永年にわたる労苦に満ちた仕事が彼の健康を蝕んだのであろうか。

メスキータの背後から飛び出してきたのはペドロ・モレホン神父で、私のあとマカオから来日し、オルガンティーノ神父の後継者として都で宣教していたのが二年前に長崎に来ていたのだ。あと旧知の人として、ジョアン・ロドリゲス・ジラン神父、イエズス会の副管区長書記として日本布教年報を書いているスピノラル神父、コレジヨの副院長クリタナ神父、全日本管区の管理者《プロクラドール》ヴィエイラ神父などがいた。

イエズス会士たちと挨拶を交わしている私をじっと見守りながら遠慮深げに脇に退いていたけれども、明らかに私に話しかけたくて瞳を輝かしていた、イエズス会の司祭服を着た二人の日本人の視線を私は感じていて、どこか見覚えのある顔立ちを横目で見ているうちに、彼らが天正遣欧使節の二人、原マルチノと中浦ジュリアンであると気付くや私は駆け寄り、二人をこもごも西洋風に抱きしめたが、四十代半ばの中年男となっていた二人は、少年のように涙を流して私の抱擁に応じてくれた。原マルチノはヨーロッパで身につけた印刷の技術を役立たせ、現在、メスキータの助手としてサンティアゴ病院付属の印刷所で働いているそうだ。原マルチノが密室に籠もっている学究ないし技師らしく、青白い顔色なのに、中浦ジュリアンは、赤銅色に日焼けして漁師のような風貌になってい、島原、天草、肥後、つまりこの辺りの国々を巡って伝道司祭として活躍してきたと語ったが、相変わらず口が重くとつとつとして語る口吻に説教で鍛えられた力強さが備わっていて、彼の話の真実味を強く感じさせた。彼らと伊東マンショの三人は天草河内浦《かわちのうら》のイエズス会修練院でイエズス会に入り、その後マンショとジュリアンはマカオで三年間の修道士生活を送って帰国し、六年前、マンショ、ジュリアン、マルチノと三人揃ってセルケイラ司教によって司祭に叙階されたのだが、伊東マンショは、二年前、病に倒れ帰天したという。伊東マンショの死の報知に私は顔を曇らせ、ふと、千々石《ちぢわ》ミゲルの消息を尋ねたところ、二人は見る見る困惑と躊躇の表情を見せて顔を見合わせ、やがてジュリアンが決心して友人の運命を物語ってくれた。

河内浦の修練院までは四人は一緒に勉学し、ミゲルもイエズス会で認められ、評価された生徒だったのが、なぜか教えを捨ててしまい、俗名、千々石清左衛門となってサンチョ大村喜前《よしあき》王に仕えたところ、喜前王が信仰を捨て日蓮宗に改宗してからは、元教徒の経歴が災いして刺客に襲われ、一度は重傷を負い、ついに領内から追い立てられ、居所不明になったという。私は、千々石の面影を思い浮かべて感慨にふけったので、彼という人間は、体が弱く、船にはすぐ酔い、トレドでは疱瘡に罹ったりして、病がちであったし、学問の進みも遅く、ラテン語もさっぱりであったが、話好きで愛敬があり、またお坊ちゃん育ちで上品で無邪気な所が私の気に入って、可愛がってやったもの、その愛すべき男が、棄教したあげく行方も分からぬとは……。

宣教師たちは港のセミナリヨとコレジヨ、さらにサン・パウロ教会の宣教師宿舎などに押し込められ、ジュスト右近たちの一行は奉行所の近くの民家に監禁されたのだけれども、監視の役人は限られた数であったのに私たち宣教師はどしどし数を増やしていて、彼らの目が満遍なく届くのは不可能であったし、この長崎は三方を山に一方を海に囲まれている狭い町で山道と海さえ抑えれば逃亡を防ぐことが簡単にできた事情もあって、当初厳しく言い渡されたほどには彼らの監視は行き届かず、それをいいことに私たちは、町中を断りもなしに歩き回るようになり、この点はジュスト右近たちも同様で、彼らは私たち宣教師を訪問したり教会やコレジヨに顔を出したり、かなり自由に振る舞ってい、しばらくして、ジュスト右近の一行は、イエズス会本部のあるトドス・オス・サントス教会付属の宣教師館に移り住み、ここでおのれの信仰を深めたいという切なる望みを持つ右近はモレホン神父の指導でイグナチオの霊操に励み、また図書館の書籍に読みふけるようになった。

ところで私は、メスキータ神父が院長をしているサンティアゴ病院に住み込んで、診療に従事するようになったので、それと言うのも、当病院には今度の大追放によって閉鎖された府内（現在の大分）のアルメイダ病院で経験を積んだイルマン・カルデロンが一人、医師として働いていたが、長崎の人口急増のために患者も数が増えて、一人では到底手が回りかねたうえ、多少医術の心得のあるメスキータ神父も体を傷めて床に臥しがちであったから、私の医学知識と経験は大いに重宝がられたわけなのである。

ジュスト右近とは金沢でのよしみから、よく会っていたが、最近、病院で働きたいと申し出てき、この意外な申し出に驚いている私に彼が言うには、彼の父ダリオ飛騨守は医術の心得があり、とくに眼病の治療に手腕があったそうで、彼も父よりいろいろと薬草や傷の手当ての法を伝授されたのだそうだ。人手不足に悩んでいた私は、喜んで彼を受け入れたものの、彼ほどの高位のサムライが果して、病者の世話ができるのかどうか危惧したのに、彼は本気で、まず選んだのが、癩舎、なんと彼のような生まれつきのサムライが、手足の崩れた病人に大風子油《だいふうしゆ》を塗って包帯をしていく汚れ仕事、すなわち患部の崩れた悲惨な状況と大風子油の猛烈な刺激臭を我慢する苦役を引き受けたので、彼の言いぐさでは、自分は昔戦場で数々の血膿を見て慣れているし、老人になって嗅覚は鈍っていて、この種の労には打って付けの男だというのだ。ジュスト右近が働くようになってから妻のジュスタと娘のルチアも、病院の手伝いをしたいと言いだし、彼女たちには癩舎は無理と踏んだ私は、患者の着物の繕いを頼むことにし、するとこの仕事を、ベアタス会の修道女たちも手伝いたいと言い出し、そのうち彼女たちは、見様見真似で看護の手助けにも手を出し、すべて教養のある上流の婦人たちのこと、医学的な配慮もすぐさま呑み込んでくれ、いまでは看護婦として無くてはならぬ働き手になってくれたので、こうなったのも、すべてジュスト右近の影響によるのだが、当の彼ときたら一切に口出しせず、ただ黙々と癩者の世話をしているだけなのだ。

入院患者は、ほとんどが貧しい人々で、それだけでも悲惨なのに、病気という悲惨が加わって、院内は暗い煉獄の様相、ことに悲惨なのは癩という業病に罹った人々で、顔や手足が崩れている人、筋肉が麻痺して歩けない人、この世に入れられず忌み嫌われている人々だ。重症者のためにヨーロッパ風のベッドも用いられているが、患者の数に比して病室が不足していて、通常の患者は木の床や土間に筵《むしろ》を敷いて横たわっている始末、病室だけでなく衣料品、薬品、医療器具も不足しているが、ひとつ当病院が誇れるのは外科器具が揃っていることで、これはこの国に初めて西洋医学の病院を建てた故アルメイダ神父によってイタリアより輸入された逸品で府内の病院から運んできたものだ。その上、カルデロン修道士はパリ大学に留学して、フランス王の侍医アンブロワス・パレの開発した血管結紮《けっさつ》法を完全に習得していたから、彼の手術は出血の少ない見事なものだったにもかかわらず、難点は優れた助手がいないことで、町人や百姓の同宿たちは血を見るとへっぴり腰になってあまり役に立たず、私は内科医だし、見るに見かねたジュスト右近が助力を申し出たが、老齢のため手が震えるので二、三回試みた末諦めてしまい、すると、ベアタス会の乙女のイグナシアが、武士の娘で、戦で重傷を負った父の看護をした経験があるから血を恐れぬと申し出、彼女の気丈さと手先の器用さでカルデロン修道士を助けてくれるようになった。

病院付属の印刷所では、メスキータの指揮のもと、原マルチノが主任技師となって同宿数人とともにグーテンベルクの印刷機、ヴァリニャーノ神父が天正遣欧使節とともに運んできた文明の利器を使い、すでに十数冊に及ぶ教会関係の書物の出版を行ってき、今も行いつつある。

中浦ジュリアンは、司祭に叙階された直後博多に赴任し、去年まではそこで布教活動を行っていたところ、幕府の意向に添って信徒の弾圧に乗り出した黒田長政王が教会を打ち壊して宣教師たちを追放したので、長崎に逃れてきて、周辺の肥後、有馬、大村、薩摩などの信徒たちの司牧を始め、そのためこれら各地の情勢に詳しく、その実見話はこの地方の迫害の実態をまざまざしく知らせてくれる。

キリスト教徒への迫害をもっとも早く、また残酷に徹底的に開始したのは肥後の加藤清正王、仏教の戦闘的宗派である日蓮宗の信者で、領内の宣教師を監禁し追放し、キリスト教徒臣下の禄を没収し、そのためこの迫害を逃れてジョアン内藤如安やトマス好次は金沢に逃れて来たのであった。清正王は信仰を捨てぬ武士や家族を捕らえて入牢、十字架刑、斬首を行い、時には六歳の幼児の首まで切る残虐をあえて実行し、死を迎える信者たちは主の御名を唱え、殉教の喜びに満ちた顔付きで息絶えたので、なかには、母の首が打ち落とされて血のなかにうずくまった幼児の首を切るのに、役人たちが躊躇しているあいだ、幼児は、おとなしく首を垂れて待っていたというエピソードもあり、結局、清正王は死刑を執行すればするほど殉教者の栄光が増していく事実に気づき、教徒武士を領外に放逐する挙に出、かなりの武士がこうして有馬や大村に逃れたのだ。

長崎のすぐ近く有馬では、遣欧使節千々石ミゲルを送った教徒プロタシオ有馬晴信王の死後、その子ミゲル直純王が所領四万石を継いだが、彼は、家康大王の養女国姫を妻としてから、国姫の後見役であった長崎奉行長谷川左兵衛の圧力もあって棄教し、禁教政策を励行しだしたところ、領内の信徒の抵抗が強くて、はかばかしい成果を上げえず、そこで海辺で見せしめの火刑、柱に八人の男女、中には十一歳の少年や十八歳の少女もいたが、を縛り、薪に火をつけたので、ゼスとマリアの名を唱えながら殉教者は死んでいき、二万人の信徒が祈り、まだ燃えきらぬ殉教者に抱きつく人もい、役人たちは、信者の熱狂を抑えることができず、結局、直純は教徒撲滅に失敗し、その失態のため領地を取り上げられ、延岡に移封されてしまった。

遣欧使節を歓迎したサンチョ大村喜前王は、大村に大教会を建てるなど布教にも協力していたが、親しい加藤清正王の影響を受けて肥後から法華宗の僧を招いて仏教寺院を建て、領内の教会を破壊しイエズス会士を追放し、その嫡子バルトロメオ純頼《すみより》王も棄教して、教徒弾圧を行っており、これら背教の王たちのあさましい所業にはあきれるばかりだが、これが世の常なのであろう。

このたびの、家康大王の禁教令によって長崎には日本全国から宣教師が強制移送されてきているが、そのなかには有馬、大村、天草、肥後、府内など、九州各地からの人々が圧倒的に多かったので、この事実は、これらの地方の布教の実績がいかに輝かしいものであったかを示している。

さて長崎だが、ここは在来五万余のキリスト教徒の集まり住む町であったのに、全国から強制送還されてきた宣教師や信者、さらに近隣諸国より迫害を逃れてきた避難民の群れで人口は膨れ上がり、山と海に囲まれた狭隘な町に夥しいキリスト教徒が密に身を寄せ合い、彼らの信仰の魂は交流し熱し合い、地底の圧力が激増して地球の火が爆発するように、ついに盛んな噴出が開始されたのだ。

四月末日の水曜日、ヨシュアに率いられたイスラエルの民さながら、長崎の住民はフランシスコ会の長老、チシャン神父に従って街に躍り出、チシャンは、まず街頭で説教し、アッシジの聖フランシスコに倣い、十二人の癩者の足を洗い、これらの人々に接吻してから、袋に穴をあけただけの衣をまとい、首枷《くびかせ》をつけて頭から灰をかぶり、重い十字架をかついで幼児に縄で引かせて、よろめき歩いたが、そのうしろに宣教師たちが全員裸になって自らを鞭打ち、血を流しながら続き、さらに大勢の信者が思い思いの姿で長い長い行列を組み、そのなかには長崎代官のアントニオ村山等安《むらやまとうあん》とその妻子が加わっていて、私は、代官という権力の側の人間が、あえて幕府の禁制に反対する行列に妻子ともども加わっているのを見て、不思議な現象だと驚いた。

アントニオ等安というのは、見たところごく普通の日本人だし、行列に加わるために、わざと粗末な布を腰に巻き付けて、鎖で裸の背中を打っていて、それが代官だと教えられなければ見過ごしてしまうほど目立たなかったが、それと気づいてみると、その顔に溢れる精力と豊かな表情は、並の男ではないと見分けられ、鎖で背中を打つときの悲哀の表情は主の十字架の道行を彷彿させ、鎖の動きの素早くて正確なことは主を鞭打ったローマの兵士の練達した腕がおのれを打つかとも思われて、それは完璧な一人二役の演技ではあった。そのうえに、アントニオ等安をほかの人間から際立てたのは、後ろに従う妻や息子や孫たちの集団の力で、妻のジュスタ西は両手に十字架牌をささげ、腕と肩を荒縄で縛り、頭には茨の冠をかぶって素足で歩いていたし、その大勢の息子や娘たちも手に手に十字架や聖像を掲げて、きらきら輝きを発しつつ犇《ひし》めき、次男のフランシスコは本大工町のサン・アントニオ教会の教区司祭だからドミニコ会の司祭服で行列の指揮をとり、長男の徳安は剃髪して、ドミニコ会が作ったロザリオ会という二万人の組員を擁する組織の会頭をしており、彼の後ろに連なる二万人の列は、まさに崩れ落ちた城壁を超えてなだれ込むイスラエルの大軍の如くであった。

五月九日金曜日はドミニコ会の聖体行列、翌日にはアウグスチノ会の行列という具合に、イスラエルの九つの部族が次々に蜂起するかのように町のあちらこちらに火の手を挙げた信者たちの行動は、この町を信仰の炎で焼き尽くすような勢いで、五月末まで繰り返され、幕府の、そして長崎奉行の弾圧に対する抗議の表示として、はっきりとした目的を持っていたのだけれども、しかし、まさにこの目的を持つという点が、わがイエズス会とフランシスコ会やドミニコ会やアウグスチノ会などと意見の分かれる点でもあり、イエズス会ではこういう抗議行動が町民の反抗を組織した咎を教会がこうむり長崎奉行の取締りを強化させることを恐れて一歩身を引き、冷静に情勢を見守っていたのだけれども、しかし、わがイエズス会としても、いつまでも遅疑逡巡することはできず、信者たちの熱望に押される形でついに聖体行列を組織したのが、ようやく五月二十九日木曜日のこと、その朝、イエズス会士とその関連の施設から、続々と宣教師や信者が、町の小高い丘に建つトドス・オス・サントス教会に集合し、私も、カルデロン修道士、原マルチノ、中浦ジュリアン、同宿、信者たちと入院患者のうち歩ける者、とくに癩者をともなってサンティアゴ病院を出、坂道を登って教会に向かった。全員の集合を待つあいだ、私はジュスト右近と教会のテラスに出て長崎の町を一望したのだが、妹よ、町を眺めるのに、高所にあるこの教会のテラスが恰好の高さと位置を占めていることを注意しておきたい。

長崎は入り組んだ海岸の奥にあり、周囲に山が迫っていることから察しられるように、水深の深い良港であるが、ここが港の適地だと見抜いたのはザビエル神父の付き人、コスメ・デ・トルレス神父で、以来多くの宣教師たちはここを起点にして宣教を始めるとともに、人々が集まってきて、山の擂鉢《すりばち》の底のわずかな平地に港町を造っていき、平地が満杯になると山の斜面に街づくりをし、坂の多い独特な街となったのだ。波止場に接する平地を内町といい、このあたりの建物は立派で、諸国商人の船宿や店屋が、いかにも金をかけたらしい、がっしりとした街並みを作り、それらを取り仕切るように、城壁と高塀をめぐらせた奉行所が構え、この内町を囲んで山に迫り上がっていく斜面に外町があり、粗末で小さな民家が、苦しい労働の汗を染み込ませた板切れの囲いとして群がっている。

ところで、こういう日本風の町の情景とは際立って異質な様式の教会やそれに付属した建物や墓地が、町全体に散在し点景となってヨーロッパ風の雰囲気をかもし出しているので、内町の海際には、ひときわ目立つ時計塔（時計には日本の十二支表示とヨーロッパの十二時間表示とが同時に示され、時の区切りには機械仕掛けで鐘が鳴った）をそなえた被昇天のサンタ・マリア教会と、海の遠くからも認められる高い建物のサン・パウロ教会の二つが、海よりこの町に上陸してきた西欧キリスト教徒の歴史を示す門柱、イタリアはブリンディジのギリシャの門のようにして威容を誇り、この二つの教会のあいだには、コレジヨ（天文学、数学、地理学、ラテン語の講義が行われている）と印刷所（ここでは金属活字を用いた印刷出版が行われている）が建っている。

私がこの長崎の町作りの特徴と見るのは、教会堂が町民の家々と入り交じり、町民のための付属施設を、しばしば持っていることで、たとえば、内町と外町の境界区域に建っているサンティアゴ教会は、隣に病院や子供のための学校を備えている、というより、最初、メスキータ神父は病院を作り、病人のために教会を建てたのであり、ここ、トドス・オス・サントス教会のすぐ下の森の中にある山のサンタ・マリア教会には信者のためのサンタ・クルス墓地があり、サン・フランシスコ教会にはサン・ミゲル墓地が付属しているという具合に、教会は住民が学び、祈り、病を養い、また死んで葬られる施設を作っているので、この長崎においては、金沢や京都や大坂においてやや侮蔑的な意味を籠めてよばれる〝南蛮寺〟ではなく、町民の生活と密接に結びついている敬愛すべき教会《エケレジア》なのである。

入江には、日本のほかポルトガルや中国の大小の船、貿易船、軍船、廻船が停泊しており、今、二本のマストから細長い旗をなびかせたポルトガル船と特有の麻の帆を膨らませた中国の大型ジャンクが動いてい、沖では漁船が漁をしていた。入江の向こう側、稲佐山はすでに朝日に明るく照らされていて、やがてトドス・オス・サントスの鐘楼の十字架は金色に輝きだすであろう、さらに陽光は下りてきて街や船を照らしだすであろう、予感があった。

男女の和やかな話し声、ゆっくりと地を踏みしめる足音、教会までの坂道を大勢の人々が登ってき、日本人に混じったヨーロッパ人の司祭や修道士たちは、まさしく羊の群れの牧者のように浮きだして見え、今日はイエズス会の主導する行列の日と知って、町のあちらこちらから羊飼いが羊の群れを引き連れてきたのだ。

ミサが始まりますと同宿が呼びにきたのでジュスト右近とともに教会に入ると、すでに十数人の神父たちが純白の司祭服を着て祭壇に並んでおり、主任司祭イエズス会総代理のパシエコ、コレジヨ副院長のクリタナ、ヴィエイラ、イタリア人のゾラ神父、アルヴァレス、ジュスト右近の聴罪師モレホン、原マルチノ、中浦ジュリアンに、大急ぎで着替えた私も加わった。

ミサの最中にこの小さな教会は満席となったので、扉を開け放し、戸外の信者にも儀式にあずかれる配慮がなされた。

セミナリヨの少年たちのグレゴリオ聖歌の合唱でミサが始まったのだが、長崎に来て私が驚くのは、この地のコレジヨやセミナリヨの生徒の合唱の水準の高さであって、金沢でも日常のミサで聖歌隊の合唱があったが、こちらの、成人と少年の声を巧みに合わせた見事な歌唱とは較べものにならなかった。彼らは長崎で出版された『サカラメンタ提要』(Manvale ad Sacramenta) を開き、旗の形のネウマ譜を正確に表現していた。曲は Veni Creator Spiritus (来たれ創造主なる聖霊よ)。

Veni Creator Spiritus, mentes tuorum visita.
Imple superna gratis, quae tu creasti pectora.
Qui diceris Paraclitus. Altissimi donum Dei.
Fons vivus, ignis, caritas, et spiritalis uncuto.
Deo Patri sit gloria, et Filio, qui a mortulis
Surrexit, ac Paraclito, insaeculorum saecula. Amen.
(来たれ創造主なる聖霊よ、汝の心を訪ねよ。
至高の恩寵によって満たしたまえ、汝の創造せしものを。
救い主、デウスのいと高き賜物、
生ける泉、火、愛、魂の油と呼ばれる方よ。

（父なるデウスに、また御子に栄光あれ。
御子は死者のうちよりよみがえられ、救となられた。代々とこしえに、アメン）

教会の内外に詰めかけた人々は、聖歌に心を洗われ、魂の奥底まで浸透してきた霊の力によって固く結ばれ、一体の生き物となり、聖歌は風に乗って無数の天使のように飛び交い、まさしく麗しの極みシオンから神が顕現される思いで、かつて何度も聴いていたスペインにおけるグレゴリオ聖歌、かのサント・ドミンゴ・デ・シロス修道院の名高い合唱団の歌にも引けを取らぬ歌声に聴きほれたのである。まだ年端も行かぬ少年の神々しいまでに透明な声に魂を揺さぶられながら、これほどまでに教えの核心を彼らに沁み入らせた主の不思議な御技に感嘆し、このさい果ての島国においてこそ信仰が根付き、生き、たとえどのような迫害があろうとも生きつづけ、かつてのローマのように蘇るであろうことを私は確信したのである。

ミサが終ると神父たちを先頭に人々は教会の外に出て、大群衆と一になって聖体行列の準備を開始し、十字架や聖像のほか、角材を組み合わせた実物大の十字架を担ぐ者、裸で俵に入り胴体を縛ってもらう者、二枚の板で作った首枷に首をはさむ者、諸肌《もろはだ》脱ぎで茨を背負い葦の筵で被う者、十字架に縛られて鞭打たれる者と、主の受難を倣った、さまざまな仮装が演出され、私はサンティアゴ病院から連れてきた癩者と並んで歩き、公衆の面前で彼らに接吻してみせる役所《やくどころ》を選んだ。

しかし、ジュスト右近は、私が参加すると奉行所を過度に挑発することになりますからと言って歩み去り、ジュスタ、ルチア、内藤ジュリアら修道女も彼に倣ったが、ただ一人トマス好次だけは、町人風の髷《まげ》に変えて、顔に煤《すす》を塗り、裸になって鎖で背中を打ちながら行列に加わった。

トドス・オス・サントス教会から山のサンタ・マリア教会まで坂を下って来たときに、長崎代官アントニオ等安とその家族が行列に加わってきたが、例によって彼ら一族の演出は過激でお上を憚《はばか》るほどでありながら、奉行所の監視役人は黙過し、この光景が民衆の目を引きつけたのであって、それというのも、長崎奉行が家康大王の出先機関で取締りの全権を握っており、このたびの禁教についての実行機関であるのに、代官は地元出身の有力者で地元の取締りにも責任があるが、なによりも地元民の代表者としての役割が大きく、それはローマ総督とユダヤの王との関係に近く、ポンテオ・ピラトもヘロデを無視しては権力の行使ができず、とくに、過ぎこしの祭りのあいだは総督もユダヤ人の声を聞かねばならなかったように、長崎の町を覆う熱狂的な聖体行列のさなかにおいてはさすがの奉行所も手出しができないという事実を人々が実見し、その象徴としてアントニオ代官に注目したからである。

行列はまずは外町の諸教会を巡って行ったが、一つの教会に着くたびにそこの教徒が行列に加わったために、人々の数はふくれ上がったわけで、トドス・オス・サントス教会員だけでも七百人はいたのだから、前にも後ろにも長い雲のように人々が連なり端を見極めることはできず、総数はどのくらいになったのか見当もつかず、祈り、叫び、悲鳴、足音、沿道の人々の投げる花束の落下音、革のきしみ、鎖の轟き、どよめきは新緑の山々にこだまして主の御耳に聞こえずにはおれない、そんな迫力をもって私を包み込み、癩者と歩いていた私を勇気づけた。

外町の教会を巡り終えて内町に入ったとき行列の前のほうが騒がしくなり、一隊の人々が駆けもどってきて村山代官に報告したところでは、これまでの行列は内町に入ると奉行所に遠慮してなるべく遠くを通って港のサンタ・マリア教会に到達して解散となるのが習いであったのに、誰かが先頭を奉行所に向けて誘導したために役人に阻止されて小競り合いになってしまったという。「誰がそのようなことを?」と代官は声を荒らげ、「お上の禁令に対する抗議としての聖体行列ではあっても、奉行所を苛立たせぬように常日頃からお前たちに説いていたのに、なんとしたことか。一体誰が仕掛けたのか」と訊ね、「フランシスコ様です」という答えを聞くと、等安はさっと顔に朱をのぼせ、裸の背中を打っていた鎖を振りながら駆け出し、ふと私を振り向くと、「パードレ、一緒に来てください」と叫んだので、私は彼を追いかけて走り、行列の先頭に着いてみると、奉行所の兵士と睨み合っていたのは教区司祭村山フランシスコ、等安の次男、等安の息子たちのなかで最も熱心な信徒、しかも直情径行の性格、街頭での説教を好んで行い、行列の場合は先頭を歩くという人で、彼が一歩進み出ると人垣を作っていた役人たちは刀の柄に手をかけて応じ、極めて険悪な情勢であった。「なにごとじゃ」と、小兵な父親は偉丈夫の息子を険しい顔付きで詰問しながら押して行き、後退させた。「奉行所に教会安堵の嘆願書を出そうといたしました」「無駄なことだ。奉行様は駿府に出向いて御不在だ」「存じております。お帰りになりましたら、すぐ御披見できるように書状を提出しておきたかったのです。われらが連日のように行列を組み、教会の安堵を願った事実を奉行様に知っていただきたいと念じまして」「ならば留守居役に、順序を追って書状を提出すればすむこと、なにも行列警備の方々に強訴《ごうそ》するには及ぶまい。強訴は御法度、御成敗を受けるぞ」「もとより死は覚悟のうえ。死を賭けた直訴こそ有効と存じます」「ならぬ」と等安は役人たちに丁寧な礼をすると息子の袖をつかみ、背の高い息子は存外従順に引かれて行った。そのとき、等安を制止したのがトマス内藤好次で、「今の申し条はもっともと存ずる。フランシスコ殿とそれがしが、御奉行に出向きましょうぞ」と言った。代官は「なりませぬ」と反対し、代官と二人の男とは押し問答になったので、私は自分の出番だと悟り、教区司祭と金沢の信徒、つまり私のよく知っている二人の説得にかかった。「奉行が不在であるのに強訴をするのは得策ではないでしょう。強訴の知らせを駿府で聞いた彼は長崎で一揆が起こったと思いかえって家康大王にわれら信徒の危険を誇大に進言するでしょう。強訴、つまり暴力を用いるような印象を今奉行所の役人にあたえるのはまずいでしょう……」フランシスコが私の言に従って身を引いたので、トマスも不承不承に納得した。

ところで五月九日に始まり、連日のようにして港町を沸騰させた聖体行列も、この五月二十九日の聖体の祝日の行列をもって、ばったりと途絶えてしまい、まる二十日間にわたる聖職者や信徒の、まことに沸騰しているとしか言いようのない興奮と行動がなぜ不意に終ってしまったかは不思議なことで、べつに長崎奉行所が行列禁止令を出したわけでもないし、信徒の側で中止の意見が出たわけでもなく、たった一つ言えることは、人々が突然、行列への情熱を失ったという事実、燎原の火のように燃え広がったものが、燃え尽きて鎮火したという事実で、それかあらぬかそのあとに来たのが、焼野原の暗鬱、あらがいようもない力で迫ってくる権力者の迫害への黒々とした予感である。

妹よ。今のところこれから何が始まるのか予測はつかない。長崎奉行所は不気味な沈黙を続け、役人たちもわれわれ宣教師に対して愛想がよく、長崎の町から出ることについては厳しく禁止の措置を取っているが、町の中を歩くこと、病院で看護をすること、教会でミサにあずかることなどは、すべて自由にやらせてくれる。私はこのごろ、毎日のように病院に来ているジュスト右近と会う機会が多く、彼とのあいだに親しい関係が保たれているが、一つだけ心配なのは、彼の肉体の衰え、急に老けてきて、白髪も増えたことで、私などには言えない心労が何かあるせいか、それとも、何かの病気が巣くっているせいか、後者を疑い、私は診察を受けるように勧めてみたが、彼は「健やかなる者は医者を要せず」と笑って首を振るのみである。また、メスキータ神父の病状も悪化して、ほとんど寝たきりになり、原マルチノが懸命な看護に当たり、ジュスト右近も病院に来ると真っ先にメスキータを見舞うのを日課にしている。

妹よ。ここまで書いたところで、急いで筆を止めることになった。港にポルトガルのナウ船が着いたので、船長に頼んでお前宛の手紙を運んでもらうことにした。こういう機会はめったにないので、大急ぎで書簡を終わらせるわけだ。元気でいてほしい。いつか、機会があれば、また手紙を書く。

✝主の平安。

わが最愛の妹よ。

ファン・バウティスタ・クレメンテ

11　キリシタン墓地

　五月雨の季節となり、連日の雨に石畳は洗われて、すべすべと光る。丁寧に磨かれた平らな石を敷き継いで扇状の模様を作り、それで広場を埋めている緻密な仕事ぶりが珍しくて、右近はしげしげと吟味した。石畳の銀の鏡にサン・フランシスコ教会が逆しまに映っているのが美しい。

　今朝は珍しく雨があがり、真珠色の雲を漏れた日が海や山や街や教会をはだらに輝かし、海風もすがすがしく乾いている。

　教会の裏手に墓地が広がっていた。一直線の石の道が墓の群れを整然と左右に分けている。南蛮文字で墓碑が書かれたポルトガルやスペインの宣教師の墓が多い。漢字のもあるが少ない。

　長崎代官村山等安は、勝手知った場所と見えて、迷わず入り組んだ脇道に入っていく。右近は、狐のように素早く移動する等安を息を切らして追っていた。

「これでございますな」とある墓の前に足を止めて振り返った。

十字の形に刻んだ石の小さな墓である。ダリオ飛驒守は一五九五年に京都において帰天し、遺骨が長崎に送られてきた旨の墓誌がポルトガル語で書かれてあった。石に彫られた文字に泥が嵌入《かんにゅう》し、苔を養っている。右近は手桶で運んできた水で墓石を洗い出した。

「お手伝いをさせます」と等安が供の若者に目配せした。

「いや、これは息子たる者の勤めでございますれば」と右近は断り、指先で撫ぜながら泥を流した。石肌は、年月の風化を示す、荒い肌を光らせて、皺だらけの老人が水をかぶったように見えた。

右近は十字を切ってから合掌した。

と、背の高い父が墓から抜け出て、ぬっと立っているような気がした。右近や、お前も年を取ったな、とこちらを見ている眼差しを覚える。お久しぶりです、と右近は微笑で父に会釈した。かつて大和、沢の城主であった父は何事にも一途に徹底する武将であった。当初は熱心な仏教徒、日蓮宗か禅宗かを右近は知らないが、ともかく仏教の教義に精通していて、キリシタンを危険な異国の神と見て排斥していたが、あのパウロのように急に回心したのだった。右近はなぜ父が急激な回心を遂げたのかを聞かされていない。幼い彼は、父が仏壇を片付けてしまい、南蛮渡来の銀の十字架を飾り、数珠に替わってロザリオをまさぐり、点頭を廃して十字を切り始めたのを、めざましい変化として眺めていた。

ある日、父は、母と子どもを呼び集めて、明日よりロレンソという偉い坊さんが来て、キリシタンについて講じるゆえ拝聴すべしと言い渡した。当日、広間には両親と子どものほか、大勢の家臣が集まった。父がロレンソを連れて一同の前に立つと、家臣の間に軽い失笑が走った。ロレンソと言うからには南蛮人だと思っていたが、日本人で、よれよれの黒衣を着、枯れ木のように痩せ、しかも隻眼の風采のあがらない四十がらみの男であったのだ。しかし、ひとたび口を開くと、音吐朗々、広間の隅々まで通る美声であった。あとで聞けば元琵琶法師で鍛え抜かれた喉の持ち主ではあったのだ。ともかく、最初の一言から右近は彼の話に引き込まれた。十二歳の彼にもよく分る語り口、しかも心躍る壮大な話が告げられた。この大地や海は、実は地球という大きな丸い球の上にあるのであり、地球も夜空の星全部もデウスによって創られたのである。デウスは、日本の八百万《やおよろず》の神々も諸仏も、もちろん人をも、この地球上の生き物すべてを創った神の王である……。聞いたこともない、心躍る壮大な語り口であった。もっとも感じ入ったのは、その限りもなく巨大な神々の王が私たち人の中にも宿っているという、人の命を動かしているのもデウスだという、息をする、指を動かす、そのように小さな動作もデウスによって律せられているという話であった。

ゼス・キリシトなる人物にも興味を引かれた。貧乏人として生れ、三十のころになって病を癒し、飢えた人にパンをあたえ、悩める人を慰め、数々のよきことをした後、自分を犠牲にして人々の罪を除くために、十字架で死に、そのあと復活したという。キリシトは神の王、デウスの一人子であるという。人にして神であるキリシトに倣い、他人への慈しみのためにおのが命を投げ出すときは、天国に迎えられて永遠の命を得られる功徳《くどく》があるという……。

主君のために命を捨てるのは武士の誉れで、右近もその心得を教えられ納得していた。が主君に限らず、どんな人のためにも、たとえ下々の領民のためや、貧しき者のためにも、おのが命を投げ出すことこそ真の栄光だというのは、ぱっと光輝くような新鮮な教えであった。

数日後、母と子供たち、そして家臣たち百五十人がロレンソによって洗礼を受けた。各自霊名をもらった。父のがダリオであったと知った。母はマリア、右近はジュストであった。義人という意味で、この場合の義人とはキリシトの教えを守る人だと告げられた。晴れがましい思いで右近はロレンソの掛ける水の冷たさを額に覚え、十字の印に塗られた香の薫りを嗅いだ。

が、当時、若い右近の信仰は浅く、信仰よりも南蛮異国の珍しい風物に興味があり、とくにポルトガル国の不思議な響きの言葉に引かれていたのも事実である。ロレンソからポルトガル語の手ほどきを受けた右近は、父が都から沢に呼んでくる異国の宣教師たちに、臆せず話しかけては、実地に言葉の修練を積んだ。とくに、将軍足利義輝《あしかがよしてる》が惨殺されてからは、世情不安で排キリシタンの勢力が強くなり、多くの宣教師がダリオの庇護を求めてきたので、その機会が増えた。右近が、こよなき語学教師としてのパードレ・フロイスと知り合ったのはそのころであった。右近は、日常会話の言い回しの妙を彼から学ぶことができた。軽口をたたいて将軍を悪しざまに言い、冗談で人を笑わせるのに長けていた。

これら異国の宣教師たち、南蛮人と多少軽蔑を込めて呼ばれた人々が、実はヨーロッパという西の大陸に住む人々であり、船に乗って万里の波濤を乗り越えて日本に来たこと、その日本は世界の果てにあり、唐天竺《からてんじく》はもとよりヨーロッパなどとは比較にならぬ小国であり、この小国の主、日本一とか天下取りなどは、全世界から見れば、まことに取るのに足らぬ些事であることを、右近は学んだ。

摂津高槻の城主となったダリオ飛驒守は、家督を右近にゆずり、布教に専念するようになり、折から五畿内に来たイエズス会日本布教長カブラルを呼んで連日ミサをあげた。のち、信長公によって北庄に配流となった飛驒守は、ヴァリニャーノ師主催の高槻の復活祭の盛事を見ることができなかったので、右近はことの詳細を書いて知らせた。父は子に悦びの返書をくれ、北庄でも信者が増えて、自分は霊的指導者として重んじられていると知らせてきた。巡察師の命令でフロイスが巡察師代理として北庄を訪れ、飛驒守の書簡の記述が真であることを確かめてくれた。越前に南蛮人が入ったのは彼の地では大事件で、人々は物見高く異国の伴天連を見物し、群衆は後をつけて歩いたという。

本能寺の変のあと、右近は秀吉公に従い、山崎、賤ヶ岳、亀山、雑賀《さいか》、根来《ねごろ》、四国と転戦につぐ転戦の日々で父を思う暇もなかった。ようやく明石に封じられた翌々年には秀吉公の伴天連追放令に遭ったが、このとき父はともに流離の旅に出てくれ、右近が前田利家公に招かれて金沢に来たとき、飛驒守は六千俵を与えられ息子と一緒に暮らすことになった。その後、ふたたび来日したヴァリニャーノ巡察師が都近くに来たとの報で、右近と飛驒守は金沢より大坂に出向いた。息子が親しげに巡察師と話しているそばで、父は目を閉じて黙っていた。ポルトガル語が不如意で師の言葉を解さなかったためもあろうが、年老いて気力が弱っていたためもある。生来豪放で、極端に突き進んできた人が、老いて弱気一方になっていた。それから数年後、父は乾いた古木が折れるようにして死んだ。

いつの間にか右近は頭《こうべ》を垂れて物思いにふけっていた。ふとそういうおのれに気付くと、居住まいを正し、再び手を合わせた。「父を思い、昔のことをいろいろと思い出しましてな」と自分の放心を人待ち顔の代官に弁解して、さらに言った。「拙者がお参りしたいのは、イルマン・ロレンソとイルマン・シメオン・アルメイダ、それにパードレ・フロイス、パードレ・コエリョ、パードレ・オルガンティーノのお墓です。いずれも拙者の親しくしていた方々です」

「高山様は、錚々たる方々とお知り合いであったのですな」と等安は、さすがはキリシタンの大旦那、と右近を仰ぎ見、低く腰を引いた。

「いや、当地に参って、真先にお参りすべきでしたが、機会もなく、それに墓地は不案内でして、御案内、御造作をお掛け申す」と右近は恐縮した。

　等安は、右近の言った人々の名前を心の中で繰り返す体で暫時考え込み、しばらくすると目論見がついたという具合に決然として歩き出した。迷わずに墓石の林を分け入り、とある古い墓の前を通り過ぎると、のけ反るようにして踵《くびす》を返した。

「御指名の方ではありませぬが、御案内しておきたい。パードレ・トルレス」と等安は掌で差した。網の目のように走る亀裂に細かい苔が貫乳のような効果を出している。トルレスという名前は右近にバルタサール・トルレスを思い出させた。加賀と能登で多くの人々を教化した人で、ファン・バウティスタ・クレメンテの前任者である。

「ええ、バルタサール・トルレス？」右近は驚いた。

「いいや、コスメ・デ・トルレスです」と等安は訂正した。「パードレ・ザビエルとともに伴天連として最初に鹿児島に上陸なさった方です」

「ああ、そちらのトルレス。この国によき種を最初に蒔かれた方ですな。もちろん、お名前は伺っております」と右近は言った。「パードレ・ヴィレラとイルマン・ロレンソを京都に派遣した方でしょう。拙者はロレンソより受洗した者ですから、拙者にとって祖父筋に当たる方になります。ザビエルが冗談好きでさばけた御人柄であったのにトルレスは大の堅物で生真面目な方だと伺いました。それにしても、ザビエルとトルレスが日本に来られませんでしたら、この国に教えの伝来はなく、またヨーロッパの文物の移入もなかった」

「さよう、ヨーロッパの人々にしても日本なる東の果ての国のことを知る機会もなかった」

と等安は考え深げに言い、「それにパードレ・トルレスは、この長崎に港を造ることを最初に大村純忠公に進言した方です。パードレがいなければ、今日このような長崎港もありませんでしたな」

「ザビエルとトルレスのお二人が鹿児島に上陸されたのは……」

「天文十八年七月二十二日（一五四九年八月十五日）です。今よりざっと六十数年前のことですか。お二人は主に平戸で布教されました。そういう活動のさなか、長崎に来られたパードレ・トルレスが、ここに波止場を造れば大型船でも入港できるし、入江の中なれば嵐の折りにも安全であると見たのです。炯眼でした。もっとも、この地で最初に布教をしたのはパードレ・ガスパル・ヴィレラとイルマン・ルイス・デ・アルメイダのお二人ですが」

ヴィレラは飛騨守の授洗司祭であったから右近は個人的によく知っていたが、そう言おうとして黙った。等安が、また感心して見せると面映ゆいと思ったからである。府内に病院を建てたことで有名なルイス・デ・アルメイダには会ったことがないが、シメオン・アルメイダとは安土と高槻で親しく付き合った。その名を言うと等安は、ロレンソと並ぶアルメイダの墓に案内してくれた。

イルマン・ロレンソの墓はパードレの墓石にくらべると幾分小さく、墓誌も簡略で、ただ霊名と没年のみが記されてあった。ロレンソ、一五九二年帰天。そして、イルマン・シメオン・アルメイダの墓は高槻より送った遺骨を納めたために、ごく小型の十字架の墓標であった。一五八五年高槻において帰天、一五九二年長崎に埋葬。

パードレに較べるとイルマンの仕事は地味である。ロレンソはヴィレラ、フロイス、オルガンティーノ、コエリョなどのパードレたちの助手として働いてきたが、彼の人好きのする人柄、さわやかな弁舌、ポルトガルの通辞としての能力がなければ、パードレたちはあれほどの宣教の実をあげえたかどうか。この国の開明にとって教えの浸透にとって、彼こそは主が言われた「家作りの人が捨てた石が隅の親石となる」を実践した人である。われらにとって得難い人物であった。

アルメイダは、オルガンティーノが院長を勤めた安土セミナリヨにおいて教務監督となり、ラテン語の教師であった。本能寺の変の直後は生徒を引率して沖島に逃れ、高槻にセミナリヨが移転してからも、実直な教師として勤めてくれた。オルガンティーノ院長が陽気に派手な言動で目立つのに、アルメイダはひっそりと慎しやかで、しかも生徒の能力に応じた的確な授業をし、教師として抜群の能力を持っていたので、右近もラテン語の個人教授を彼から受けて大いに得るところがあった。が、あまりに根を詰めて働いたためか労咳に罹り、衰弱と咳に悩みながらも教え続け、ついに血を吐いて倒れた。高槻に墓を作ったのだが、ヴァリニャーノ巡察師が高槻に来たとき、ぜひとも長崎のキリシタン墓地に移すようにと命じて、墓の移転が行われたのだった。

ロレンソとアルメイダの小さな質素な墓の真向かいに、三柱のかなり大きな立派な墓があった。三人のパードレ、コエリョ、フロイス、オルガンティーノの墓である。

パードレ・ガスパル・コエリョは、秀吉公の伴天連追放令のときの日本準管区長であった。右近にとって忘れられぬ係わりのあった人物である。彼が加津佐《かづさ》で帰天したのは一五九〇年と刻されてあるから、もう二十四年前のことだ。その後、墓は加津佐から長崎に移されたと記されている。さすが準管区長、この墓地でももっとも大きな黒御影《みかげ》の墓石である。海風に腐食された石肌はごつごつと古びていたが、参詣の人は絶えぬと見えて、きのうあたり手向けられたらしい新しい花で飾られてあった。隣がルイス・フロイス、帰天年は一五九七年、さらにニェッキイ・ソルド・オルガンティーノ、一六〇九年。右近は一柱、一柱の墓に持参した花を捧げ、香を焚いてから、丁寧に合掌した。強い海風が耳介をたわませた。波止場の辺りに白い波頭が立っている。右近の追憶は風とともに飛び去った。時間の風が吹き抜けていく。つぎつぎに歴史を人を事件を繰り出してくる風雲に身を曝している心持ちである。

アルメイダ、コエリョ、フロイス、オルガンティーノ。不思議なめぐり合わせで右近は異国の宣教師たちと付き合ってきた。しかし異国の人々は、明らかに一人一人気質も境遇も違う、一言で言えば、われら日本人と同じ人間界に住む人々であった。ザビエルやトルレスに続いて来航したパードレ・ヴィレラは日本人が、長い文化の伝統を持つ民族であると知って、宣教の成果に大きな希望を持っていた。しかし、そのあとに来たカブラル布教長は、天狗のように高くしかも垂れ下がった鼻と、友禅の絵の具を注入したような青い目に日本人の用いぬ南蛮眼鏡とやらを掛けていたが、装いに構い付けず、ボロとも見える粗末な木綿の長《スー》衣《タン》を着ていて、きらきら光る派手な絹衣を常用していたオルガンティーノと衝突した。日本人は粗末ななりをした人物を軽蔑するので、宣教には立派な服装が必要だというのがオルガンティーノの意見であった。カブラルは、この意見を無視して、粗衣を通し、しかも日本人が嫌悪する肉食を平気でし、教会の一角で牛を殺して人々を驚かせ、日本人が日常起居する畳に人々には不作法としか思えぬ机と椅子を持ち込んで顰蹙《ひんしゅく》を買った。彼は日本人を信用せず、日本人修道士にラテン語やポルトガル語を学ばせず、結局のところ修道士や同宿の離反を招いた。ところが、絹の衣を着て歩き、誰へだてなく日本人と付き合い、米と魚を食べたオルガンティーノは日本人に信頼されて、多くの信者を心服させたのである。ヴァリニャーノ巡察師は、カブラルのやり方に反対して、日本人のための学校を作って日本人にパードレになる道を開き、九州の特定地域以外ではパードレの肉食を禁じた。また日本に対する武力による威嚇を考えていたコエリョ準管区長に反対して、イエズス会が長崎に蓄えていた武器弾薬を破棄し、武力を持つことを禁じた。考えてみれば布教の方針についてヴァリニャーノの炯眼がなければ、これほどまでに多くの信者や日本人パードレやイルマンの存在はなかったであろう。

京で長年のあいだ布教し、宇留岸《ウルガン》伴天連と呼ばれて人気のあったオルガンティーノと右近は親しかった。京の南蛮寺、安土のセミナリヨの建設では彼の仕事を右近は助けて働き、本能寺のあとは、高槻のセミナリヨでも密な協力をした。赤ら顔の長身の司祭は、陽気なイタリア人で、面白い冗談を飛ばす、気さくなパードレであった。右近が秀吉公の伴天連追放令で小豆島に隠れたときも彼は一緒であった。

頭抜けて背の高いヴァリニャーノ巡察師は堂々たる体軀の持ち主であった。高槻の復活祭の行列では彼が大群衆の中心にあって人気の的であった。目鼻だちの整った顔貌と、威厳を漂わせた黒い瞳と、自分の意志を他人に伝えずにはおかぬという明瞭な発音とで、日本人の尊敬をかち得た。彼は信長公と対等の会話を交わし、伴天連追放令を出した秀吉公でさえも一目置くような態度を取らせた。その体軀においても、その心においても巨人であった。

右近の知るかぎり、パードレたちは、いずれも教養ある人々であり、自分の国においても立派に指導的立場に立てる人々であった。それが各自の故国を去って、地球の裏側にある遠国まで伝道のために来た、その熱情と勇気に右近は畏敬の念を覚える。むろん、彼らの心にはローマ教皇庁が中心として存在し、自分たちの布教の働きがローマにおいて認められることを願っていて、そのために彼らはせっせと公的な年報を彼の地に送っているのであるが、それにしても、彼らがおのれの栄達や名誉を犠牲にしても、日本の民衆の信仰のために尽くす無私の心を持っていることは認めざるをえない。アルメイダ、コエリョ、フロイス、オルガンティーノは、自分たちの命を日本人のために主に捧げたのだ。金沢で付き合ったトルレス、クレメンテ、長崎で知ったメスキータ、モレホン、こういう人々の、日本人を愛し主にすべてを捧げる潔い生き方を尊敬するし、彼らに深い友情を覚え、彼らの霊のために心から祈る。右近は、頭を垂れて彼らのために祈った。

頭をあげて港に目を凝らす。沖に錨を下ろしている大船はつい最近マカオから来航したポルトガルのナウ船である。二本の太い帆柱を持ち、舷側《げんそく》には一列の大砲を備えている。筥崎で見たフスタ船よりは随分大きい。船長は書記を始め数人の使節を駿府に送り、家康公の伴天連追放令についての交渉をしたらしいが、あの大御所、かつて利長公への加賀攻めで示した、強引で権柄尽くな御仁が、すんなりと前言を撤回するとは思えない。キリシタンはこの長崎から追放されるであろう。京都や大坂で行われたように教会は打ち壊されるであろう。この墓地は掘り返されて、遺骨はいずれかに遺棄されるであろう。建物も骨も物質は滅ぶ。ソロモンの華麗な神殿は滅んだ。ヘロデの巨大な神殿も滅んだ。安土城を筆頭に多くの城が滅んだ。この長崎の教会群も、そして大坂城も……。

大坂で風雲急を告げているのは、この長崎でも感じることができた。そもそも右近や如安が長崎に移送されたのが、キリシタン武士が大坂方に同心するのを避けさせるためであったらしいが、一旦長崎に集められたキリシタンたちは、この地から出られず、海と山を厳重に固められた流刑地に虜になっている。この地を出ることができるのは奉行所の許可を得た者のみである。右近も割合自由に街を歩くことができたが、奉行所の役人の目は常に光っている。現に今も、墓地の入口まで役人二人が後をつけてきて、こちらの動静を窺っている。

「御多用中、御案内かたじけのうございました」と右近は等安に謝した。

「なんの、お安い御用です」と等安はうやうやしく頭を下げ、畏まった身ごなしで右近を先導して墓地を出ようとした。

「そうそう、あの方々を忘れておった」と右近は代官を呼び止めた。「慶長の初め、太閤により磔になりし人々の墓は、いずこにありましょうや」

「マニラにございます」と言下に等安は答えた。「それには事情があります。あの出来事は師走に起こりました。見せしめのため翌年の夏まで十字架と遺体はそのままで、鳥たちの餌食になり、白骨のまま放置されてありましたが、マニラから来たパードレの特使が奉行所の許可を得て十字架と遺体をマニラまで運びました」

「そうでしたか……」右近は、あの殉教の模様を等安が目撃したかどうかを尋ねようとしたが、すでに墓地の出入口に来て、監視の役人を見かけたので黙った。等安はいつの間にか、腰を伸ばし胸を張り、別人のような闊歩で役人に近付き、何やら声を掛けたあと引き返して来て右近に、「なに、お役目御苦労のマイナイです」と笑い、ふと真顔になった。彼の表情はくるくる変る。

「ちょっと拙宅にお寄りになり、茶など一服召されませんかな。いや、これは天下に名だたる茶人に対して、失礼なる申し出でしたかな」

「いや、寄せていただきましょう」と右近は言った。

村山等安の屋敷はサン・ミゲル墓地の隣、桜町一帯にあり、高麗門を備え、築地の上に複雑な甍の連なる、広壮なものであった。金沢の武家屋敷のように規定の広さの地所に決まりきった配置で建てられた堅苦しいものではなく、長期間に増改築を重ねた勝手気儘な建物の寄せ集めであったので、一種の気安さを備えていた。

廊下は曲がりくねって迷路さながらである。若い女たちがいる遊廓めいた所、中間や小者が詰めている薄汚れた一角、奥に行くと築山泉水を配した庭があり、広い池の船着場にはかなり大型の帆船がつながれてあった。と、石垣の上に城砦を思わせる堅固な櫓が建っていて武装した男たちに守られていた。櫓のなかの展望台のような一室に通されると、最前の船着場が真下に見え、池から海へと抜け出る水路が見て取れた。

南蛮風の部屋である。花梨《かりん》の椅子に桃花心木《マホガニー》の円卓子。飾り棚には、ギヤマンの彩色瓶の珍陀酒、有平糖《アルヘイとう》、金平糖《コンペイトー》、遠眼鏡。右近の目を引きつけたのは、精巧な南蛮船の模型で、フスタ船、ナウ船、ガレウタ船の細かい構造が見て取れるように展示してあった。

フスタ船は、小型で細身の駿足船だ。ナウ船は現在港に停泊している。ガレウタ船は、もっとも大型で、二本の帆柱に種々の帆をつけて風を呼ぶ。横帆は横風を受けて膨らみ、巧みに風上にも進める。日本の帆掛舟が一枚帆で風まかせにしか進めないのとは、まるで段違いに高性能の帆船である。それに船首が低く風の抵抗をうまく削いで進む構造である。ヨーロッパの造船技術の高さには、ほとほと感心させられる。右近は、本で得た知識を基に、帆の構造、大砲の砲口、艪《ろ》の並び具合を見て、船の構造を理解しようと努めた。

一旦は引っ込んだ等安が、不意に、露草色の唐桟《とうざん》袴に金色の天鵞絨《ビロード》法被《はっぴ》という突飛な姿で現れた。

「南蛮船に興味がおありのようですな。それは全部それがしの手作りです」

「おお手作りとな。見事なお手並みです」

「設計図がありまして、船の構造を勉強するために工作いたした。船の芯に龍の背骨の如きものを通して船体を保ちおり、本邦の船にくらべると格別に優れた耐久力があります。それがしも小型の船を何艘か作らせて実用に供しています。ところでちょいと失礼つかまつる」

と一礼して、あわただしく消えた。落ちつかない人物である。

この等安という人物、右近には得体が知れない。武士、町人、百姓、職人という区別をはみ出すところがある。元武士だが、異国との貿易で儲けて、長崎でも有数の長者となり、町の頭人として幅を利かせ、文禄の役で名護屋《なごや》に来た秀吉公にうまく取り入り、長崎の惣領に任じられた。今は長崎代官の職にあり、江戸幕府の任命した長崎奉行に対して、町民の代表として自他ともに許している。

代官である以上は、彼も大小を帯びて、足軽や中間を引き連れて歩きはするが、一度は、土と汗に汚れた臭い百姓の風体で歩いてい、向こうから声を掛けられて初めて相手が等安だと知って驚かされた。つい数日前は、右近が路上で出会った黒い司祭服のパードレ二人に挨拶したら、その一人は等安の変装姿で、もう一人は彼の息子の教区司祭フランシスコであった。

噂では大の艶福者で、この屋敷には何人もの若い女を囲っているし、町内各所にも女を置いているという。そのくせ敬虔なキリシタン、アントニオ等安であり、教会では妻ジュスタや長男徳安を始め受洗した息子や娘に取り巻かれて、祭壇近くの上席に着く。こういうときは南蛮渡来の飾り服をつけて小球帽などかぶっている。父の横にいる徳安は剃髪して坊主然として目立ったが、彼はロザリオ会の会頭として貧しい者たちへの食事や宿の世話に献身する人物として知られていた。

等安の評価はパードレの間でもいろいろである。方々の教会に気前よく財貨を寄進するのを徳として誉めそやす人、その女出入りの激しさを嫌悪してヘロデのような悪人と見なす人、派手な服装や聖体行列での極端な振る舞いを見て偽善者呼ばわりする人、とくに等安が贋のキリシタンで実は幕府側に通じている隠密だという人もいる。

四年ほど前に、マードレ・デ・デウス号というポルトガル船を日本側が襲撃沈没させたという事件があったことを、右近は二、三のイエズス会士から聞いていた。そのポルトガル船にマカオ司令官ペソアが搭乗しているという噂が流れて長崎は騒然となった。前年にマカオでポルトガル人による日本人の殺傷事件が起こり、その指揮を取ったのがペソアだという情報が日本に伝わっており、復讐すべきだといきり立ったのが、当時肥前高来《たかく》の領主だったプロタシオ改めジョアン有馬晴信と長崎奉行の長谷川左兵衛であった。日本側は小舟に千人の武士を乗せて風上から火矢を放ってマードレ・デ・デウス号を襲撃、三日に亘る海戦の末、ついにポルトガル船は、火薬庫に火を放って自爆した。この襲撃の計画は、晴信と左兵衛が等安の屋敷で密議をこらして成ったという説があり、船とともに海に沈んだアウグスチノ会のパードレやポルトガル人の間で信じられているというのがイエズス会士たちの話であった。しかし、当の等安は何も語らなかったし、右近には真相を知るすべもなかった。

　廊下に人の気配がした。襖がそっと引かれ、姿を見せたのは内藤好次であった。右近が意外な人の登場に驚いていると、さらに水夫《かこ》姿の太った男が膝行《しっこう》で入ってきた。なんと岡本怨兵衛で、右近を見るとさっと敷居際にさがって平伏した。

「お久し振りでございます。殿も御壮健のご様子、祝着至極に存じます」

「怨兵衛か、まあ立って椅子に掛けよ。いつこちらに参った」

「こちらの村山様の船に乗せていただき、密航、一昨日来着致しました」と怨兵衛は、そろりと立つと後ろを振り返った。等安がにっこりとして頷き、怨兵衛に椅子を勧めると、その横の床に坐った。

「大坂のそれがしの手の者が偶然岡本殿にお会いして、ぜひとも長崎に行きたいとの仰せでしたので、水夫に身をやつして頂き、廻船にてお連れもうした」

「まず申し上げたき儀があります」と忽兵衛《せ》が急き込んで言った。「利長様が御逝去されました」

「何と！」

「五月二十日（六月二十七日）のことだそうです。金沢よりの急使が伏見の前田屋敷に着き、知りました。御遺体は高岡の瑞龍寺で藩をあげての葬儀のあと埋葬されたそうです。利光様、備前の方様、家中一同、悲嘆の極みに暮れたとうかがいます」

「そうであろうのう」と右近は沈んだ声になった。「暮れにお会いした折りには、大分窶《やつ》れた御様子ではあったが、これほど火急の仕儀とは予想せなんだ」

「加賀のキリシタンも拠《よ》り所《どころ》を失いました。さらに申し上げたき儀がございます。横山山城守様が祝髪されて禄を辞されたうえ、京の山科に隠棲なさったと聞きます。康玄《やすはる》様も御父上に倣って祝髪されたそうです」

長知《ながちか》にそのような志があるとは、すでに篠原出羽守より知らされていたが、それが実現したとは初耳であった。

「ウーン」と右近は唸った。「康玄殿までもか。どのような理由であったかのう。利長公に殉じたのであろうか」

「いえ、殿が金沢を出立されて直後だそうです。やはり今回の伴天連追放令の折り、殿と姻戚関係におありになったことが御家中の批判の的になったかと推察いたします」

「それはあり得るのう……」と右近は腕組みして考え込んだ。「いや、キリシタンのことのみではあるまい。ルチアはすでに離縁して横山家とは無縁の身、康玄殿はおそらく棄教されたと思うし、やはり家康公をはばかっての進退であろう。加賀征伐の危機に際して、長知殿が天晴れなお働きをしたこと、大御所もお忘れではなかろう。前田家に才名ある家臣のあるのを退けたしとは、以前からの御意向であった。おそらく長知殿は、それを察知して、昨今の大坂征伐の気配のさなか、お家の安泰を願っての勇退であったろう」

「なるほど」とそれまで黙っていた好次が口を挟んだ。「そのほうが、長知殿らしい身の処し方です。藩政から身を引いて山科に隠棲し、幕府の目を逃れる。しかし、大坂討ちのときには、京より駆けつけて利光公のお力になる目算か。それにつけても、大坂の風雲は急ですな」

「それでございます」と怨兵衛は前かがみになって、右近や好次に顔を近づけた。「みなさま方が坂本を立たれてより、それがしは生駒弥次郎と二人で大坂入りいたし、城中のキリシタン武士どもと会いました」

怨兵衛は、高槻や明石の高山家旧家臣たちが多く、城内に籠もっているし、キリシタン武士が大勢召し抱えられているという。

「その者たちは高山様の合力を望んでいるであろうな」と好次が言った。

「もちろんでございます」と忽兵衛は大きく頷いた。「殿が御出馬されれば、千人力と思っております」

「城内にはどれほどの軍勢がおるのであろうか」と好次は急き込むように尋ねた。

「存じませぬ」と忽兵衛は答えた。「噂では相当数の浪人、武士が集まっているとか聞きますが」

「ほぼ十万はおりましょうな」と等安が言った。「うちキリシタンは一万ほどでしょうか。なによりも豊臣家譜代の者たち、改易された大名に家臣、諸国の浪人たちが集まっています。名立たる武将としては淡輪《たんのわ》重政や明石掃部《かもん》のほか、真田《さなだ》幸村《ゆきむら》、長宗我部《ちょうそかべ》盛親《もりちか》、木村《きむら》重成《しげなり》などの方々がおります。兵糧米《ひょうろうまい》、什器《じゅうき》、武具、種子島、弾薬なども続々運び込まれています。とくに、堺、九州から種子島が大量に買いつけられています」

「さすが詳しいですな、等安殿」と好次が感心してみせ、右近に言った。「等安殿は、大坂城内にキリシタン支援のために働いておられる。すでに、御尽力により、種子島、弾薬なども大量に調達して運び込まれた」

「いや、そのような話は、困ります」と等安がさえぎった。

「いやいや」と好次はなおも言った。「こういう現況は高山様にぜひともお伝えしたいと思います。今日は岡本殿が到着してよい機会ですからな。高山様のお心は何度もうかがってよく存じていますが、大坂方に加担して武力によるキリシタン勢力の建て直しについて御一考願えないでしょうか。このままでは、パードレ・ザビエル以後、この日の本に蒔かれた種の芽が根こそぎにされてしまいます。家康の命の通りに、死と追放とが遂行されれば、デウスの教えはこの国から消えてしまいます。一戦する、いや、天下分け目の大戦をして教えを回復していくことこそ我等の勤めではありますまいか」

「いや、何度も申すが、拙者はその道を取らぬ。剣を取る者は剣にて亡ぶるなれば」

「しかし、今剣を取らなければ、この国のキリシタンは根絶やしにされる」

「そう言い切れましょうや。ローマにおける迫害は四百年続きましたが、立派に復活しました。徳川の世も永遠ではありません」

「そうでしょうか」好次の言葉が震えたのは右近の言葉に半信半疑であることを示していた。

「拙者はそう思います。鎌倉も室町も安土も桃山も亡びました。剣を取ったからです。江戸とて同じでしょう」しばらく沈黙した末に右近は、さっきの墓場の情景を思い浮かべながら付け加えた。「多くの異国のパードレやイルマンが、この国に来て骨を埋めました。その人たちの中には武力で宣教をしようという人たちもいましたが、しかし大部分の人たちは純粋に主のために、その教えのためだけに命を献げたのです。あの方々の志は清く尊い。あの方々の清く尊い志を武力で汚してはなりません」

好次はじっと黙っていた。等安も黙っていた。雄弁な論客とお喋りな代官が黙っている姿は珍しかった。

「そうそう」と難しい議論の間、頭をつつましく下げていた忽兵衛が、急に思い出したように言った。

「大坂城内でパードレ・トルレス様にお会いしました。伴天連追放令のときに身を隠し、今は城内に詰めて、明石掃部様の御屋敷に泊まり、キリシタン武士のお世話をしておられます」

「ああ、さっきサン・ミゲル墓地にてトルレス師のことを思っていた。幕命に背いて身を隠すとは、あの客気横溢の御仁ならなさりそうなことだ。お元気にてあったか」

「はい、大変に。例によって大声で話されました。金沢を懐かしがっておられ、殿とパードレ・クレメンテ様の長崎移送を聞いて、心配しておられました」

「パードレ・クレメンテには時々お会いするが、こちらで健在だ」

「殿の先程の御意見に反しますが、トルレス様から洗礼を授かった弥次郎はパードレの身辺警護こそ主の御心にかなう道と主張し、パードレが寄っておられる明石掃部様の家臣となって大坂城内に籠もりました」

「弥次郎がのう……」

「殿はお怒りでございましょう」

「いや、怒りはせぬ。信仰を貫く生き方にもいろいろとある。あの者の心情も理解は致す。武運を祈るのみじゃ」と言いながら右近は好次を瞥見《べっけん》した。果して、いかにも羨ましげな表情であった。

「ところで忽兵衛は、これからどういたす。国へ戻るか」

「とんでもない。もちろん殿のお供を致します。その固い決心で、かくは馳せ参じました。たとえ天国なりと、地の果てなりとも」忽兵衛の顔は晴々としていた。

「さあ」と等安が言った。「主従相まみえた祝いに、それがしの南蛮料理を御馳走しましょう。内藤殿もゆるりと岡本殿から大坂の情勢などお聞きになりたいと仰せになっております」

「それはありがたいが、わが妻子が帰りが遅いと心配します。奉行所の役人もめくじら立てましょう」

「教会には使いの者を出します。役人でしたら、当方でよろしく接待いたしますれば……」

等安は大きな顔を笑みで一杯にし、こちらの返事も聞かずに、ひょいと奥へ引っ込んでしまった。

たちまち好次が忽兵衛に畳み掛けるように質問した。豊臣方の備えの特徴はいかが？　浪人武士の士気は？　明石掃部殿の手勢は何人くらいか？　真田幸村というのは名将として聞こえているが、実際の力量はどの程度と推測いたす？

12　遣欧使節

長崎における五ヵ月が過ぎ、秋となった。春の聖体行列の沸き立つ熱気から覚めると梅雨に入り、人々は連日の糠雨に家に閉じこもって軒より滴る水の音を聞きながら心を湿らせた。やがて雨があがり、焼きつく南国の夏が開け、人々は陰を求めて逼塞した。右近は季節の移ろいを肌に覚えながら、幕府や奉行所の動静を耳にし、来るべき日に備えて、祈りと読書と瞑想、とくにイグナチオの霊操によって信仰を深めようとし、さらに五月末からはサンティアゴ病院での看護の手助けによって主に倣おうと努めていた。いつしか真夏の日々が去って秋が来た。この地方に多い嵐にも何回か見舞われたが、おおむねは秋晴れの気持ちのいい日々が続いた。長崎奉行所が兵力を増強し、いよいよ宣教師と日本人の有力キリシタンの追放を実行するという情報は、諜報に熱心な好次やイエズス会のパードレたちの口から伝わってきた。街を歩くと要所要所に警護士の目が光るようになったし、港には近隣から集められたらしい、キリシタン輸送用と思われる大型の帆船が集結するようになった。行き先は、おそらくマカオかマニラであろう。マカオの町の様子についてはパードレ・メスキータや遣欧使の一人、かつて伊東マンショとともにマカオのコレジヨで勉学した中浦ジュリアンが色々と話してくれた。立派な聖堂やコレジヨや日本人町があり、キリシタンの信仰を深めるには恰好の街であるらしいが、その地に渡れば、右近の年齢の者は二度と日本の地を踏むことはかなわぬであろう。

早朝、イグナチオの霊操を行うのが右近の日課であった。備前の方から譲られた『スピリツアル修行』をテキストに、彼の聴罪師パードレ・モレホンの指導で、霊操を実践しているのだ。精進の甲斐があって秋口には心が自在に動いて、あの人の一生をまざまざと追体験できるようになってきた。ナザレトの貧しい生れの人が教えを広めて回った地方、ガリラヤ湖やエルサレムの都を、自分がそこを実見してきたように思い浮かべることも可能になった。とくに、モレホンが力を入れたのは十字架上のあの人の苦しみを、あたかもおのれが十字架に釘付けにされたときのように手や足の激痛を覚えながら瞑想する行であった。ある早暁、手や足に焼け火箸を突き刺されたような激痛を覚えて目覚め、いぶかしく思って見ると、手と足の甲に赤黒い変色があり、痛みはそこの部分から放散していた。右近は立って両腕を広げてみた。するとおのれがゴルゴタの丘の十字架につけられて、エルサレムの民衆や大祭司に罵られている情景が、まざまざと見えてきた。無力で無一物で裸の男、極悪人として処刑されている人、その人はおのれであった。夜が明けても痛みはとれず、右近はサンティアゴ病院へ行き、パードレ・クレメンテの診察を受けた。クレメンテは一目見て、「これは stigmata（聖痕）と言って、真に信仰の厚い者に顕れる希有《けう》な症状です。右の脇腹にもあるはずだ」と言った。果して腹の側面に赤黒い傷があり、こちらは血を滲み出していた。包帯を巻いてもらい、パードレ・モレホンに報告すると、「これで霊操の成果が出ましたな。これはめでたい印です」と誉めてくれた。しかし、右近は、その後も手足の痛みに苦しみ、こと十字架の霊操に関しては、やや控えめに行うことにした。

パードレ・モレホンは、篤学のイエズス会士で、かつて天球論、霊魂論、カトリック教義などを天草のコレジヨで日本語とラテン語で講じたそうだ。五畿内の布教の中心人物オルガンティーノが病気で長崎に引きこもったあと、モレホンはその後を引き継いで京を中心に活躍した。このたびの大追放令で、彼は京都から長崎に強制移動させられた。右近が『スピリツアル修行』の奥義を極めたくてクレメンテに相談したとき、旧友は迷わずモレホンこそが最上の指導者だと紹介してくれた。

今日は、グレゴリオ暦十月三日金曜日である。昼近くまで右近は司祭館の一室に籠もり、瞑想を行った。長崎に来てからの習慣で、南蛮煎餅《オスチア》と緑茶の軽い食事を取ると忽兵衛を供としてサンティアゴ病院に向った。右近は大小は差さず、侍とも町人とも取れる曖昧な服装、忽兵衛は半纏《はんてん》をまとい、脛をまる出しにしていて、すっかり水夫風の出立ちであった。最近、肉が落ちて主に近い体型となってきた右近とは逆に、忽兵衛は長崎名物の唐料理の食べすぎでますます脂づいてしまい、坂道を降りるのにも息を切らす体たらくだった。二人の後を奉行所の同心一人が監視のため付いてきた。すっかり顔なじみになったこの役人に忽兵衛は親しげに話しかけ、しきりと機嫌を取った。

病院に着くと右近は、まずクレメンテ医師に会うことにしていた。ディオゴ・デ・メスキータ院長の病状を聴くためである。院長は右近が長崎に着いたときから体の不調を、胸の痛みと足の浮腫を訴えて、歩き辛そうにしていたのが、梅雨のころから、すっかり窶れてしまい、病院付属教会の自室のベッドに衰残の身を横たえるようになった。クレメンテの診断では、心臓の病に加えて気鬱症《メランコリア》もあるとのことだった。禁教令が長崎に伝えられたとき、宣教師たちは、この二月に帰天したセルケイラ司教の代わりにメスキータを代表として駿府の家康公の元に送ったが、長崎奉行長谷川左兵衛の妨害のため大坂に止め置かれて目的を達成できず空しく帰ってき、この時の心労と無理が彼の心身の健康をすっかり蝕んでしまったのだ。梅雨が過ぎて真夏となると彼は一時元気を取り戻し、院内の回診などもするようになったのが、秋口の涼しい風のころよりまた寝込んでしまった。最近はもっぱら自室のベッドに横になったまま、蒐集した図書の整理をしていた。

「今日は大分気分がいいようで、戸外に出ています」とクレメンテは言い、右近を庭に案内した。水のように風は頬に冷たく、日を透かした五彩の葉は青空の流れを泳いでいる。林間の日溜まりに置かれた簡易ベッドにパードレ・メスキータが横たわり、枕辺に彼の忠実な弟子、パードレ・原マルチノが控えていた。なるほどメスキータは上機嫌のようで、伸び放題の髭の茂みに微笑みが見え隠れしていた。病人が差し出した手を右近は握ってみて、水袋のように頼り無い肌が掌の下でずれたので、気重になった。が、老司祭は、ほぼ同年配の右近に対して、自信ある教師の滑らかな口調で言った。

「ジュスト右近殿にはまだお見せしていなかったが、ここはわたしの草木園でしてな」

「そうもく？」

「はい、草や木の天国。この木は（と自分の上の木を指さし）イチジクと言い、ポルトガルから持ってきたものです。ちょうど実がなっている。この実は乾燥して通じの薬にします」

「先生は」と原マルチノが話を引き取った。「呂宋《ルソン》からマルメロとオリーブを取り寄せて栽培なさいました。コレジヨにはオリーブ畑があり、オリーブ油を取っています。葡萄から珍陀酒を醸造なさったのも先生です」

「おミサのときの酒ですな」と右近は頷いた。「主がわが血と言われた酒を長崎で初めて飲ませていただきました。あれも先生がお造りになったものでしたか」

「日本の野生の葡萄はヨーロッパのと違いましてな、あまり質がよくない。だから、葡萄酒も質がよくない。でも、ミサ用にはあれで十分。でも沢山できないね。将来、ヨーロッパ種の葡萄を栽培すれば、いい酒も造れるようになる」とメスキータは言った。

「大分日にお当たりになったので、お疲れでしょう」と原マルチノが老師を気遣った。が、メスキータは首を振った。

「大丈夫だ。今日は天気もいいし、外が気持ちがいい。もう少し、日に当たりたい。ところで、バウティスタ」とクレメンテに呼びかけ、不意にポルトガル語になった。「最近、左兵衛の動きはどうか」

「彼は自分の兵力を着々とたくわえている」とクレメンテもポルトガル語で答えた。「この八月に、自領の信者たちを棄教させることに失敗した背教者ミゲル直純が日向に転封になってから、左兵衛は有馬の領地をそっくり勢力圏として強圧を加えたが、この地のキリシタンは頑強に棄教せずに抵抗していて、左兵衛も手を焼き、キリシタンの頭を十二人呼び出して、信仰を捨てよ、しからずんば死を、という脅しをかけたが、効き目はなかった。遠からず、彼は有馬の全信者に対して、残酷極まる毒手を伸ばしてくるであろう」クレメンテはここで一息入れると、重病のパードレが、自分の長話に疲れたのではないかと、気づかわしげに見た。が、メスキータは、首を少し起こした姿勢を保ち、熱心に報告を聴いていた。

「きのう、ポルトガルのナウ船の船長代理人たちが駿府から戻った。家康大王との和平交渉は不首尾に終ったそうだ。ナウ船としては貿易を継続して幕府に富をもたらす見返りに禁教政策の中止を求めたのだが、すでにオランダとの貿易で富を得る算段がついた幕府にとってはポルトガルは、キリシタンという厄介者を引きずっているだけ、貿易相手としては不都合だと見なされた。とにかく船長の代理人たちは、威嚇され即刻、長崎を立ち去るように命令されて、這々《ほうほう》の体《てい》で帰ってきた。なお、彼らから聞いたのだが、家康大王は全国の諸王に密使を送り、自分の命令一下、大坂城に総攻撃を掛ける画策をしているらしい。すでに秀頼王が奉納した方広寺の梵鐘の鐘銘についてそれが自分への侮辱だという抗議をして、豊臣側をけしかけている」

「いよいよ豊臣と徳川の戦いが始まるであろうな」

「豊臣が挑発に乗って戦端を開けば、戦争は開始されるであろう。徳川は、豊臣を一気に滅ぼし、この島国を完全に支配しようとしている」

「小さな島国の支配などまことに小さな野望ではないか」

「それはそうだが、戦乱の続いてきたこの島国に平和をもたらすという彼の功績は認めざるを得ないだろう。しかし、その平和はキリスト教の禁止を前提として保たれると彼が信じていることが問題なのだ」

「そうだ」とメスキータは、がっくりと頭を枕に落とした。半ば禿げて肉の薄い頭は、まるで頭蓋骨が落ちるように固く孤独に見えた。「わたしが、この島国でしてきた、ささやかな事業も、いまや滅ぼされようとしている……」

　右近は思った。メスキータの事業は、大したものだった。長崎のコレジヨを創始し院長を十六年間勤めた。港のサンタ・マリア教会と山のサンタ・マリア教会を建てた。サン・ミゲル墓地を作り、サンティアゴ病院を開設した。左兵衛にも進言して長崎の街路の整備にも貢献した。多くの信仰文書を日本語に翻訳し出版した。コレジヨの院長をしながら、印刷術を広め、聖画の制作工房を開き、海外から植木を取り寄せて日本の土に植えた。宣教師たちのまとめ役として活躍し、争いの仲介者、幕府には使節となった。いや、彼の最大の事業は、四人の遣欧使節の後見人となって、日本からヨーロッパに、またヨーロッパから日本に旅をしてきたことだ。その間、遣欧使節の教育を一手に引き受けてきたのだ。原マルチノが今メスキータに示す、丁重な物腰と尊敬の眼差しこそ、師としての彼の薫陶を示す証しなのだ。

「先生、部屋にお入りになったほうがよろしいと思います」と原マルチノは日本語で言った。今度はクレメンテも彼に同調して、「そうだ、ディオゴ、そうすべきだ」と言った。メスキータは自嘲に近い笑みを髭の茂みに埋没させた。

原とクレメンテに右近も手伝って、簡易ベッドに寝かせたまま病人を室内に運んだ。書棚には書物がぎっしり詰まり、床や机上にも溢れ出していて、主人が大の読書家であることを示していた。背文字を見ると、ラテン語、ポルトガル語、スペイン語の本が多いが、これまでに日本で出版された三十冊ほどのキリシタン本がすべて誇らしげに並べられてあるし、帙《ちつ》に入れられた和書も数多く積み上げられてあった。

壁の中央に遣欧少年使節四人を描いた大きな油絵が飾られてある。金ボタンに魚骨型の飾りのついた真紅の上着を着た少年たちの左右にはヴァリニャーノとメスキータが立っている。背景にはローマのサン・ピエトロ大聖堂が描かれてある。メスキータの説明では、一五八五年、教皇シクトゥス五世に引見されたあと、イタリアの画家が描いたものだという。使節たちはまだ十代のあどけなさを残し、ヴァリニャーノもメスキータも若い。ここに描かれた人物のうち、右近が知らないのは、一昨年死亡した伊東マンショと行方不明になった千々《ち ぢ》石《わ》ミゲルの二人である。

右近はこの絵を見ると、遠いヨーロッパを思う、と言うより夢見る。サン・ピエトロの巨大な石造りの教会堂とはどのようなものなのか、イタリアとはスペインとはポルトガルとはどのような国なのか、それらを実見してきた四少年使節の体験の奥底を覗いてみたい気がする。むろん書物や話としては読みもし聴きもしているのだが、それはまだ会ってもいない女性を他人の伝聞から想像するようなもので、とりとめない影にすぎない。

金沢から右近はイエズス会の総長、クラウディオ・アクアヴィヴァ宛にポルトガル語の手紙を出したことがある。それはヴァリニャーノ巡察師が持参してくれたイエズス会からの贈物、『悲しみのサンタ・マリア』への礼状であった。絵画は弟の太郎右衛門に渡してきたが、今、どうなっているであろうか。ところで、総長からの返事の代わりにローマから来たのは、教皇シクトゥス五世のラテン語の書簡で、武将としての経歴を捨て信仰を守った右近に対する、いささか身に余る賛辞を書き連ねたものだった。右近は、その書簡に値しないとおのれを思いつつ、ローマにおいて、おのれが多少は名を知られた信者であるのを、肩身が広くも思った。シクトゥス五世と言えば、遣欧使節を引見した人として、メスキータや原マルチノが尊敬を込めて話す人物である。一度、ローマなる都に上って、教皇に会ってみたいという望みは、大それた夢であろうか。

右近が絵を見ながらぼんやりしていると、メスキータがクレメンテに、枕頭の分厚い書物を指さし、他人に何かを教える楽しみに満ちた口調で語りかけた。

「バウティスタ、これがヴェサリウスの図譜だ。日本に持って来たのは覚えていたが、どこかにまぎれてしまっていたのを、マルチノが書庫の隅で発見してくれた。これは稀覯本でね。価値を知らん人間に破却でもされると人類の損失だ。今度の追放令で国外退去するさいには、ぜひともマカオかマニラに運んでほしい」

「おお、この本が長崎にあったとは、すばらしい出来事だ」とクレメンテは本をうやうやしく手に取って、右近にも見せた。扉を開くと、一人の教師が横たわる死体の腹を開いて腑分《ふわ》けしていて、その周囲を大勢の人々が取り囲んでいる絵が現れた。大きな円形の建物の中にびっしり詰めた人々は熱心に教師の手つきを見つめているが、台の下には猿や犬を連れている人たちもいる。

「この猿と犬はどういう意味ですかな」と右近は独り言のように呟いた。

「解剖という行為は長い間、猿と犬を使って行われてきたのだが、ヴェサリウスが初めて人間を使った図譜を出した。そういう意味です」とメスキータが解説した。そしてなおも付け加えた。「この手前に剃刀を持った人物がいるでしょう。ヨーロッパでは、外科医は床屋がやっていたのです。新しく外科医学が起こったのはフランス人のパレという人からで、血管の結紮術、つまり血管を糸で縛って出血を止める術を考えだしたのです」

「なるほど、このように公開の席で腑分けを行うなど日本ではありえない光景ですな」右近は本のタイトルを口に出して読んだ。

ANDREAE VESALII
BRVXELLENSIS, SCHOLAE
medicorum Pataunae professoris, de
Humani coroporis fabrica
Libri septem.

「ええと、ブリュッセルの人、パタウナ医学校教授、アンドレアス・ヴェサリウス、による人体の構造についての七つの章という本でしょうか」と右近は自信なげに言った。

「正確な翻訳です」とクレメンテは誉めた。「ジュスト右近殿、これこそ、世界で最初の、そしてもっとも正確な人体の腑分け図譜ですよ。これは一五五五年にバーゼルで刊行された第二版です。現代の医学の出発点になった本当に独創的な貴重な本です。わたしも医学を学ぶときに大いに参考にしましたがね。ご覧なさい、人間の筋肉や内臓の美しさを。神が作りたもうた、もっとも繊細にして不思議な傑作です」

「なるほど……」と右近は分厚い書物のページを繰って、図版に見入った。骨や肉や五臓六腑、これまで等し並みに醜い物と見ていたのが、しっかりとした構造を持ち、美しくさえあるのに、右近は驚嘆した。ヨーロッパの学問とは醜い物を美しく見直す操作でもあると会得した。

「ヴェサリウスは、この本を実際の人体の観察と分析によって書いたのです。学問とは、まずじっくりと神の作った物を見て行くこと、そのうちに神が物に隠した美が発見されるのです」

「なるほど……」右近は納得した。「拙者の体の中もこういう具合になっておるのですかな」

「もちろんです。神は人間の体を平等にお創りになった」

「日本人も……」

「われら異人も」とクレメンテは急いで言って笑った。「人間としては同じ構造なのです」

「このように精巧で美しい神の傑作を、人が勝手に殺すなどということは許されませんな。ウーム」と右近は唸った。自分は何人を殺してきたか。それは数えきれない。初陣の山崎の合戦では二百の首級をあげたが、そのあらかたが部下の者どもの手によるにしても、右近自身も当るを幸い無慮十数人は突き殺している。槍の穂先が柔らかい肉を貫き、骨を砕いていく感覚を、今もまざまざと掌に感じる。

「ジュスト右近殿」とメスキータが言った。「興味を持たれたようですな。この本をお貸しします。存分にお読みください」

「いや、医学のラテン語にはまだ馴染めませんし、ほかに読みたい書物が沢山ありますので……」と右近は辞退した。

「ディオゴ、今は何を読んでいるのか」とクレメンテがメスキータに尋ねた。枕元の小机には書物がうずたかい。

「もちろん神学だ」とメスキータは答えた。そして一冊をクレメンテに渡した。

「何だ、これは」クレメンテが驚きの声をあげた。「『ドン・キホーテ』ではないか」

「そうだ。バウティスタ、あんたが金沢から持ってきてくれた神学の本だ。残念ながらスペイン語で、ポルトガル人のわたしには読みにくいが、斬新な神学書で、読みはじめたら止まらなくなった」

「右近殿」とクレメンテは笑いながら言った。「これは神学の書ではありません。物語ですよ。自分が一昔前の遍歴の騎士だと思い込んでいるドン・キホーテという気の狂った男の旅物語です。彼は真っ直ぐで無垢な人物で、旅先でみんなに馬鹿にされ笑われますが、本当に馬鹿にされ笑われているのは、彼を馬鹿にしている人々だという設定です」

「それは深刻な物語ですな」と右近は言った。「謡曲にも物狂いの曲があり、悲嘆のあまり狂いたる人物を、周囲の者どもが笑いますが、実は真に滑稽なるは笑いたる者どもです。今、キリシタンは、日本国中で馬鹿にされ笑われておるが、本当に笑うべきは迫害する人々です」

「その通りです」とクレメンテは笑いを収め、真顔になった。「まさしく滑稽なのは左兵衛のような人物なのです」

「真に滑稽な人物は、世間では、正義の味方を標榜する生真面目な人物と思われていますね。ピラトもカイアファもファリサイ派の人々もそうでした」

「その通りです」とクレメンテは厳粛な表情、この陽気で冗談好きの人にとっては、取って付けたように見える表情で頷いた。

「この深遠な神学の書を右近殿に読んでもらえば有益でしょう」とメスキータが言った。その顔には笑いが漂っていたが、目は鋭く、いかめしくさえあった。

「いやいや、そのように深遠な神学の書を読破すべき時が拙者にはありませぬ。読むべき本が沢山あるのに、余生は短いのです」

「ジュスト右近殿はいくつですか」

「六十二歳です」

「わたしは六十一歳、ほぼ同年配ですな。バウティスタが五十六歳、マルチノは……」

「四十六歳です」

「若いなあ」と言うように、メスキータとクレメンテと右近は顔を見合わせ、マルチノを頼もしげに見た。

「伊東マンショは惜しかった」とメスキータが言った。「こういう時代になってみると、彼のような有能な宣教師の力がますます必要に思われるのに」と、壁の油絵を見上げた彼の目には涙が光っていた。

そのあと、右近は病院におもむき、診療の手伝いをした。この五月、長崎中をひっくり返すような聖体行列の騒ぎのさなか、ふと会ったクレメンテから病院での人手不足を嘆かれ、それならお手伝いしようと申し出たのが最初で、今では日課になってしまった。その後、ジュスタとルチアが病院で繕い物、さらに内藤ジュリアの音頭取りでベアタス会の修道女たちが看護の手助けを始め、クレメンテを喜ばせた。

病棟では、古くからの同宿に混じってベアタス会の修道女たちが白衣の看護者の服装で立ち働いていた。内藤ジュリアがクレメンテに報告した。数日前、奉行所の役人に袋叩きになって運び込まれた男の容体がおかしいと言うのだ。男の繃帯で擬宝珠《ぎぼし》のようになった頭から猪の唸りに似たいびきが漏れ、脹れ上がった腹は頼り無げに波打っていた。クレメンテが呼び掛けたが応《いら》えはなく、そのうち腹の動きが止まった。クレメンテは首を振った。男は死んだのだ。

右近は、血まみれの男が戸板に乗せられて運び込まれたとき居合わせた。彼は、サン・アントニオ教会、すなわち村山等安の次男、パードレ・フランシスコの常駐する聖堂の同宿で、教会間の連絡係で、トドス・オス・サントス教会にもよく顔を見せた。男は、手紙をコレジヨに届ける途中に奉行所の手の者に呼び止められ、逃げだしたため追われて狼藉を受けたのだった。修道女が死骸の顔に晒布をかけたところに、パードレ・フランシスコがやってきた。この人、父親に似て顔が大きいが父親と違って大柄である。いや、これも父親に似て、大声で話した。

「奪われても大過ない書簡でした。しかし、奉行所は、わたしども村山一家を大坂方に内通していると見なして、監視を強めていたので、この男は、わたしへの忠義立てから逃げたのでしょう」今夕、パードレ・フランシスコがミサをあげたうえ、明朝埋葬する段取りが決められた。

そのあと、右近は癩舎に行った。この病院でもっとも悲惨な所である。体が崩れてしまうこの奇妙な病を右近はすでに友人の大名蒲生氏郷の晩年の病で知っていたが、この病院にそれが多いのには驚かされた。当初、顔や手足の変形や潰瘍や着色を気味悪く思ったことは事実である。が、病に苦しむ人であり、その苦しみを身に覚えるようになってから、憐れみが気味悪さを超えて、おのが献身への促しとなったのであった。その切っ掛けを与えてくれたのが『スピリツアル修行』におけるおのれの死骸の霊操であった。おのれの死の姿を想う――顔は変わり果て、冷え、手足は固くなり、墓場に担ぎ込まれ、やがて腐って悪臭を発し、虫が湧き出、その哀れなる様を観想するに至って、癩者の悲惨もおのれの死よりは悲惨ではないと感じ取ったのである。

右近は、ちょうどイルマン・カルデロンが同宿と協力して行っていた繃帯交換を手伝った。傷口を水で洗い、大風子油を塗ってから新しい繃帯に換えてやる。このとき手も腕も油の黄にまみれ、くらくらするほどの強い刺激臭が鼻を突く。この臭いは癩舎全体に漂っていて、当初主人に倣ってここに来た忽兵衛は、とうとう我慢できずに逃げだしてしまい、一般病舎の手伝いに甘んじることにしたのである。が、右近は臭いに耐えて癩舎での仕事を続けてきた。そのように耐えることによって主の受難に、すなわち〝御大切《ごたいせつ》〟に近付くと思ったからである。

右近は癩舎で長く時間を過ごした。というのは、一般病舎にはさまざまな病人がいて、看護の方法もいろいろで彼には仕事を見つけるのが難しかったのに、癩舎では、決まりきった仕事を繰り返せばいくらでも仕事があったからである。それに、患者たちは次第に彼に心を開いて、おのれの悩みを訴えるようになってきた。神仏の怒りにより不浄《けがれ》という罰を受けた罪人として、乞丐《かたい》や天刑として嫌われている彼らが、優しい繊細な気立てを持ち、父母や友人の身の上を心配しているのを右近はめざましく思った。ある日、手足を失い、胴体だけとなった男が右近に言った。

「あなた様はキリシタンですか」

「そうじゃ」

「いずこの国の方ですか」

「摂津じゃ」

「遠い国でございましょうな」

「遠い国じゃ」

「なぜ長崎に来られました」

「追放されて、さらに遠くの国に行くためじゃ」

「その遠い国はいずこにありますか」

「知らぬ」

「知らぬ国、それはお気の毒。わたしめはこの長崎にいて、幸いでございますのに」男は何やらぶつぶつ祈り始めた。

「お前は真実幸いなのか」

「はい、真実幸いです。あなた様よりは幸いです。自分が、今、どこにいるか知っておりますので」男の顔には笑いと目の輝きがあった。右近は、彼の膿の滲みた布を片づけてやりながら、その男が、主であるかのように頭を下げた。

二時《ふたとき》ほどして、右近の体は錆びついたように動かなくなった。あの雪の山中での疲労の極とそっくりの金縛りの状態である。ちょっとかがむと患者の上に倒れ掛かってしまい、一歩進むのがやっとの有様、それに目がかすんで手先の物がぼやけて見える。同宿や小者たちが、まだ平気で仕事を続けているのを見ると、自分が老体の衰えを来しているのを思い知らされた。近頃、肉体の衰えはひどく、坂道を登るのが難儀だし、少し遠出をすると膝が痛むし、細かい仕事をしたときに目が疲れて対象が霞んでしまう。仕方なく休憩を取ることにして癩舎を出た右近は、ジュスタとルチアがいる裁縫室の隣の小部屋に入って、板敷きの上にごろりと横になった。すぐルチアが立ってきて自分の羽織を取って掛けてくれた。

横になっていると、疲れは体中に詰まっているが、労働をしたために血のめぐりはよくて、気分は爽快である。右近は目をつぶって、心が軽やかに動いていくのにまかせた。

金沢にいたときの楽しみは、伝道に励むかたわら、趣味として書見と茶の湯を楽しみ、また武士の嗜みとして乗馬と弓で体を使っていた。が、長崎に来てからは、乗馬と弓がかなわぬ代わりに、霊操と病者の看護が加わった。看護は、最初、内藤ジュリアに誘われ、見様見真似で行っているうち、クレメンテからヨーロッパの看護学の初歩を教わった。霊操にしても看護にしても、体によって何事かを会得する所が茶の湯や武術に似ていて、右近の気質に合っていた。

「御邪魔いたしてよろしいか」と原マルチノの声がした。「しばし、待たれよ」と右近は飛び起きて身繕いを始めると、いつの間にかそばに控えていた怱兵衛が襟元の具合などを直してくれた。ふたたび原マルチノの声が、「今から印刷を始めますが、御覧になりますか」と言った。

「それはまたとなき機会、ただちに伺います」と右近は応えた。病院付属の印刷所において印刷法などの説明を受けてはいたが、手間の実際までは一見していないので、その機会があれば見学をと頼んであったのだ。

印刷所では同宿二人が機械に向かっていた。鉛活字を並べた枠組みに黒油を塗り、紙を置いて、上から締めつける仕組みである。油塗りと紙置きは同宿、程よい刷り上がりを得るために熟練の要る締めつけはマルチノの受け持ちである。刷り上がった一枚を見た右近は、その出来栄えに感嘆した。日本に古く平安時代からある木版刷りとは明らかに違った鮮明で正確な印刷である。すでにこの工房からは沢山のキリシタン本が出版されているが、それがほとんどマルチノの力によっていた事実が、改めて確認できた。

南蛮グーテンベルク印刷機をこの国に伝えたのはヴァリニャーノ巡察師で、彼に従った遣欧使節のうち、印刷の技術を会得していたのが原マルチノであった。もっとも早い印刷が、天草で刷られた『Doctrina Christan（どちりいな・きりしたん）』で、これには仮名文字のと南蛮文字のと二種類がある。南蛮文字のは、漢字を知らない人間でもアルファベットの発音さえ知っていれば読めるので、宣教師と庶民に普及し、キリシタン信仰の書だけでなく、『Feiqe no Monogatari（平家物語）』や『Esopo no Fabvlas（伊曽保《イソポ》物語）』などが出版された。右近がとくに調法したのが、『Dictionarivm Latino Lvsitanikvm ac

Japonicvm（拉《ラ》葡《ポ》日《にち》対訳辞典）』、ラテン語とポルトガル語の習得には欠くことができぬ伴侶で、このおかげで金沢にいてもラテン語とポルトガル語の勉強ができたのである。秀吉公が死んだあと、印刷所は長崎のこのサンティアゴ病院に移された。長崎版のうち右近が愛読したのが、『Gvia do Pecador（ぎやどぺかどる）』や『Manvale ad Sacramenta（サカラメンタ提要）』などの信仰解説本やミサ次第や合唱用の聖歌集などであるが、現在もっとも愛読している『スピリツアル修行』を備前の方から贈られたのは、ようやく金沢追放の直前に過ぎなかった。

　三人の印刷は息の合った、正確な作業であった。黒油の新鮮な香りとともに、印刷済みの紙の束が積み上げられていった。

「この印刷こそ、ここでの最後の仕事です」とマルチノが言った。「奉行は、教会の建物のみならず、邪教の痕跡すべてを湮滅せんと図っています。この印刷機など、悪魔の怪文書の元凶として狙われています。しかし、私たちが作った漢字仮名文字の活字は貴重です。印刷機ともどもマカオに疎開させる準備をしています。この文書《もんじょ》は奉行の迫害に対する信者の心得を説いたものですが、むろん危険書面として真先に摘発されるに違いありません」

「この文章は……」

「メスキータ様の口述をわたしが手書きして筆削を加えたものです。もちろん署名はありませぬ。役人の目に触れれば、すぐさま没収となりましょう」

「パードレは文章の力がおありになる」右近は、マルチノの秀でた額と聡明な目付きを、心からの尊敬をもって見た。おそらくマルチノは異国での著書を持つ唯一の日本人である。彼の語学の才能はイタリアでも高く評価され「希有の才能」と誉められたというし、彼がラテン語で行った演説は、ゴアで、『Oratio Habita à Fara D. Martino Iaponio（日本の原・ドン・マルチノの演説）』として出版されて、右近も読んでみたが、まことに格調高いラテン文であった。

「またイタリアやスペインの話をお聞かせください」と右近は頼んだ。ポルトガルとスペインの関係、教皇のいるローマの様子、イエズス会の組織の実態、イエズス会と他の修道会、ドミニコ会やフランシスコ会との相違など、右近はマルチノから多くの知識を得たのだった。

「わたしのほうこそ、高山様から、幕閣の要人たちの性格や実績、諸大名の来歴や動静などについて、教えを願いたいと存じながら、日用の多忙にまぎれて果たせませんで来ました。よろしゅうお願い申します」マルチノは謙虚に頭を下げた。

そのとき、病院の方角が人声で騒がしくなった。急病人でも入ったのかと思っていると、パードレ・中浦ジュリアンが足音高く現れた。最近も近隣を巡って布教に従事している人らしく、日焼けした精悍な顔付き、宣教師の黒衣は白っぽい埃にまみれている。ジュリアンは、まっすぐマルチノの前に近寄り、押し殺した、しかし鋭い声で言った。

「千々石ミゲルを連れてきた。道で物乞いをしている瀕死の病人を見つけて、手当てをしてやろうとよく見るとミゲルだった。弱り果てている。今、クレメンテ先生が診て下さっているが……」

「それは徒事《ただごと》ならぬ」とマルチノは言い、印刷を中止して、黒油を落とすため手を洗い出した。そのとき、ジュリアンは右近と忽兵衛の存在に気づいて黙礼した。

四人は病室に急いだ。知らせを聞いた修道女や同宿が途中で加わった。

屍体が腐ったような悪臭——右近には戦場でお馴染みの臭い——が部屋に満ちていた。垢でひび割れた病人の顔には卑屈な乞食《こつじき》の表情が貼りついていた。肛門のような口からは、わずかに残った歯が黒々と不潔な息にまみれていた。息はあるのだが、その目は何も見ず、その耳は何も聞いていない様子、ジュリアンが、何度も呼ぶと、やっと「お慈悲でごぜえます」というしゃがれ声が地を這った。クレメンテが眉を曇らし、南蛮人特有の仕種《しぐさ》で肩をすくめたので、病人の見立てが絶望だと人々に伝わった。マルチノは旧友に近づき肩から腕をそっと撫でた。衣の中の骸骨のような腕があらわになった。マルチノの頬に涙が光った。彼は友の額に自分の額を密着させて暫時泣いていた。そばで頭を垂れていたジュリアンも目を潤ませた。マルチノがクレメンテに尋ねた。

「メスキータ先生にお知らせしましょうか」

「そう、知らせよう」

のだ」

「しかし」とジュリアンは首を傾げた。「ミゲルは先生の教えに背いたのだ。信仰を捨てたのだ」

「捨てたかどうか、確証はないではないか」とマルチノはきっぱりと言った。「それに先生の心労の一つはミゲルの消息が不明だったことだ。今、ミゲルが発見された。放蕩息子が帰り、先生はお喜びになるはずだ」

「そうかも知れないが……」とジュリアンは普段はおとなしいマルチノの強い調子に気圧されて口ごもった。

「そうとも」とマルチノは自信をもって言った。「わたしがお知らせする」と去った。

ジュリアンは病人の顔や首を濡れ布巾で拭い出した。右近も手伝おうと手を出すと、内藤ジュリアが、半歩早く出て、黒くなった布巾を受け取り新しいのに替えた。結局、看護に慣れた修道女たちが働き、病人の全身を拭い、汚れ着を脱がせ、新しいのに替えた。

マルチノの指揮で、パードレ・メスキータが戸板に乗せられて運ばれてきた。

「おお、ミゲル、父と子と聖霊の祝福を」とメスキータは十字を切った。

彼は瀕死の病人に頰をすり合わせて、ポルトガル風の挨拶をすると、一同に終油の秘蹟をするので祈るようにと注意した。パードレは、病人の目、鼻、口、耳、足に聖別した香油を塗り、罪の許しと神の恩寵を祈った。彼の言葉を人々が繰り返した。心なしか病人の顔に安らかな微笑が漂ったようであった。

千々石ミゲルが天に召されたのは、それから半時ほどした時であった。

13 追放船

明け方、トドス・オス・サントス教会の聖体拝領が終わったところであった。司式をしていたパードレ・モレホンが控え室に消えたとき、右近はみんなを振り向いて、「一同、お聞き願いたい」と言った。ジュスタ、ルチア、十太郎と孫たち、如安、好次とその一族、内藤ジュリアとベアタス会の修道女たち、忽兵衛、みんなの顔が揃ってこちらを向いていた。

「おそらく、今日明日中に奉行所の捕手が到着するであろう。一同はすでに身辺の整えを終えられたと存ずるが、これからが正念場と観念し、一糸乱れず進むのみ。われらは遠き呂宋に配流と定まりおれば、あとは航海の無事を、デウスとキリシトにお任せあるべし。一言、老婆心からの蛇足を申しました」言い終わるとすぐ、右近はおのれの高言が恥ずかしくなったが、ルチアが輝かしい目で頷き、内藤ジュリアと修道女たちが一斉に頭をさげて去っていき、如安と好次が今のお言葉お見事と言うように会釈して教会を出ていったので、心慰められた。

右近は祭壇の前に跪《ひざまず》き、磔刑像を見上げた。十字架上のあの人は心持ち首を傾げていたが、目を細め白い歯を覗かせて、微笑んでいた。このとき、あの人は弟子どもに見捨てられ、群衆から嘲弄され、茨の冠に頭を締めつけられ、釘に貫かれた手や足の苦痛にあえいでいたはず、にもかかわらず顔に浮かびでた微笑みの不思議。この磔刑像は、パードレ・フランシスコ・ザビエルが故郷スペインで礼拝していた像をみずから素描して示し、それをもとに府内の木工が彫ったものだと伝えられる。あの人の微笑みは十字架の下にいる聖母マリアに向けられていると右近は思う。像の下に、『悲しみのサンタ・マリア』を置いてみると、あの人と母親の表情はぴったりと相響き合う。孤独と苦痛の極刑の彼方には朗らかな復活がある。まこと復活がなければ、信仰は成り立たぬと右近は思い知る。パードレ・ヴァリニャーノがすべてを取り仕切った、あの高槻の喜びの復活祭、あの春の晴朗な祭典こそ、あの人の受難に支えられていたと、今、右近は魂を震撼される思いで悟る。アニマ・クリスティ、救いたまえ。御身の傷のうちに迷える小羊をかくまいたまえ。大勢の足音が聞こえる。十二の弟子のうちジュダス・エスカリヨテ火を灯して案内者となり、長老より遣わしける数多の武士《つわもの》、矛、兵杖《ひょうじょう》を帯して来るなり。

と、忽兵衛が丸い玉のように転がり込んできた。その周章ぶりですべてを察した右近は失笑しながら言った。

「役人が来たのであろう」

「はい。火急に出立せよとのことです」

「用意はできておる」と右近は宿舎に赴いた。与力一騎に指揮された同心二人、雑色十数人がものものしく入り口を固めていた。日頃右近の監視役であった同心が与力に右近が誰かを告げた。与力は、近付いてきて丁寧に言った。

「長崎奉行所の者です。いよいよ出立、御同行を願いたい」

「かしこまりました」右近もうやうやしく頭を下げた。宿舎内では人々が荷物をまとめていた。パードレやイルマンも大童《おおわらわ》で立ち働き、それを同宿たちがまめまめしく手伝っている。怨兵衛が、日頃きちんと梱包しておいた右近の荷物を運んできた。やがて与力の下知のもと、一同は教会を後にした。

トドス・オス・サントス教会からサンティアゴ病院までの道筋は毎日歩き慣れているが、これが最後になると思うと、家々の破れた軒、不揃いな格子の具合、坂道の曲がり方、石垣にこびりついた泥の模様まで、何やら懐かしく目に貼り付いた。早朝とて人通りは多くはない。が気配を察して出てきた住民は、すぐさま事情を呑み込み、護送されていく人々に惜別の礼をし、中には十字を切る者もいた。

サンティアゴ病院も役人の一隊に囲まれていた。顔見知りの同宿が雑色に怒鳴られていた。しかし、クレメンテやマルチノやジュリアンの姿は見えなかった。ミゼリコルジヤ本部と付属教会、港近くのサン・ペドロ教会も役人の群れに襲われていた。今朝の出来事が、長崎奉行所の命令による大規模なものであることが窺われた。

　波止場の前に奉行所の建物がそそり立っていた。堅固な石垣に守られた城砦で、門前の広場には、武装した同心雑色地役人などの集団と近隣の国々より徴集されたらしい夥しい武士たちが、折からの朝日を浴びて武具をきらめかしていた。波止場に下ってくる広い石段の上に幟《のぼり》が翻り、奉行所の主立った役人たちが、邪宗門徒の放逐を統括指揮する体で床几《しょうぎ》に居並んでいた。護送役の与力が石段の上方に向かって丁寧な礼をした。

　好次が、「中央が御奉行ですな」と右近にささやいた。小肥りの男、長谷川左兵衛藤広《ふじひろ》を、右近は初めて見たのだった。家康公を若くした感じだと彼は思った。

　石段下で与力が一同を停止させると、右近の前に来て頭を下げ、「奉行が高山様の御見参を望んでいますので、御案内仕りたい」と言った。

「何の御用でしょうか」

「存じませぬ」ともう石段を登っていた与力は振り向いて言い、目でこちらを促した。

　右近が後をつけて足を踏み出すと、「御用心あれ」と好次が鋭く声を掛けてきた。長崎町内に徳川の刺客が入り込んでいて危険ゆえ御用心あれ、とは好次の持論であった。彼の意見では、奉行所の役人が刺客を誘導しているのであって、彼らは一切信用できぬやからなのであった。

右近が近付くと奉行は、前の床几に坐るように手で示した。罪人は地べたに土下座させるのが習いであったから、これは破格の厚遇である。が、右近は階段の数段下で立ったままで腰をかがめて礼をした。ピラトの前にひきだされたゼスの心である。

「お呼び立てして御足労であったが、大御所様が気にかけておられる、高名なる高山殿にお会いしたくてな」と奉行は、気のない調子で言った。右近は黙って会釈を返した。年の頃は判別つかないが、遠目に見た若々しさとは違えて、複雑な皺に埋もれた、疲れ果てたような顔であった。長崎奉行、長谷川左兵衛藤広、家康公の愛妾お夏の方の兄として幕閣で権勢を誇り、邪教取締の元締めとして辣腕を振るっている人物には見えぬ、弱々しい外見であった。

「呂宋への出立まえに何か言い残すことはないか」と棒読みの口調である。

「ありませぬ」と右近は奉行の取り巻きに聞こえるように大声で明瞭に答えた。

「呂宋に参られたら呂宋提督とやらに会うであろう。ところで、大御所様は、かつて関白様が成されたように呂宋の入貢など望んでおられぬので、そのことしかと先方に伝えていただきたい」追放しておきながら外交使節の働きを望むとは、随分虫のいい要求に思え、右近が無言でいると、奉行はさすがその点に気づいたのか、「いや、言わずもがなのことを申した」と自嘲するように苦笑し、急に親しげに抑揚をつけた声で言った。「高山殿ほどの武将を先方も粗略には扱わぬと思うが、日の本の侍大将に恥じぬ出立ちを整えるために鎧兜一具をお贈り申そう。この藤広の餞別、お受け下さるか」

右近は黙って頭を下げた。

「おお、お受け下さるか。藤広、嬉しゅう存ずる。なお、御一同のうち士分の者には、大小を餞別として贈り申す。いずれ出航のみぎりに船まで運ばせる」

奉行は言い終わると、急に硬い表情になり、与力に右近を連れ去るよう顎で合図し、もはや自分とは無関係の囚人だと示すように目を瞑った。右近はゆっくりと回りを見た。邪宗を信じる異様な男への軽蔑と嫌悪が人々の視線に見てとれた。石段を下りていくと背後より差別と嘲笑の矢衾が放たれた気がした。あの方のような微笑みが自分にできるか、右近は心持ち硬い表情をゆるめてみた。

すでに一同は小舟に収容されていた。右近が乗るとすぐに船頭が櫓を漕ぎだした。が、船は、用意された大船のそばを通り過ぎて岬を廻り、福田の浜に向かい、そこに上陸を命じられたのだ。そこで告げられたのは、追って沙汰があるまでは、漁師の家に分宿すべしということだった。

福田の浜で十数日が経っていた。右近が監禁された漁師の家は汀に近く、終日波の音が絶えなかった。港町にいながら、トドス・オス・サントス教会という山の上に住んでいたので波の音とは無縁であったのが、こうして波の単調な響きに耳を曝していると、嫌でも近付く航海を想わずにはおれなかった。それに十一月に入ってから天気が悪く、雨風の荒ぶ寒い日が続き、前途の多難が予感されたのだった。

ある朝、右近と好次は、警護士の許しをえて波打ち際に出、夜来の雨があがったあと、海上に重く垂れ込めている陰鬱な雲を眺めていた。

「左兵衛の魂胆が読めましたぞ」と好次が言った。「要するに、長崎にはもはや一人の宣教師も邪宗指導者もおらぬという実績を駿府に報告したかったのです。すでに駿府からは、山口駿河守が来て九州の諸大名に睨みを利かし、禁教迫害の御公儀になびかせる策動をしています。つい最近は使番《つかいばん》間宮権左衛門が内府の最終命令を奉行に伝え、追放令の即時実行を迫りました。左兵衛としても、ここらで何らかの実績をあげて見せなくてはならなかった、そこでわれら一党の長崎よりの排除を行ったんです」

「さもありなん」と右近は言った。「今、左兵衛は必死で、われらをマニラとマカオに直航させるべき大船を集めている。やがて近々、乗り込みの沙汰があるは必定」

「われらのみ、この浜に隔離されて、パードレ方の動静がとんと摑めませぬな」

「それも左兵衛の作戦であろうな。イエズス会を始め各修道会、教区司祭、われわれ平俗を別々に隔離し連絡を絶っておき、言い合わせの陳情や言い訳を許さず、一気に大船に乗せてしまおうというのだ」

「大坂にて何事か戦いの動きがあったのかも知れませぬ。われらが豊臣方と通じるのを恐れての処置とも考えられます」

「内府と幕府が禁教令の遂行を急いでいるは、大坂の風雲急なる証左とも考えられる。ま、先方の都合でどうなろうと、われらの国外放逐は定まっていて、かまわないがのう」と右近は足元に流れてきた波を避けて二歩後退した。

「噂をすれば影。来ましたぞ」と好次が言った。水上を覆っていた霧が黒く染まったと思うと、数艘の船の形が明らかになった。ぐいぐいと漕ぎ寄って来る。役人たちの影が段々に大きくなってきた。


波止場は大きな蔵をひっくり返したような紛乱の極にあった。パードレ、イルマンがそれぞれに南蛮櫃やさまざまな行李《こうり》を抱えて黒い塊となって揺れている。日本人の一団は、各自の荷物を脇に後を慕ってきた人々との別れの挨拶に忙殺されていた。見送り人は役人の飛ばす叱声にひるみながらも、強い綱にでも引かれたようにこちらに寄ってきて、去り行く知人友人に声を掛けていた。右近の前にも、つぎつぎに信者が近付いてきたが、顔を知らぬ者も多く、そのうちに刺客が紛れ込んでいても判別は不可能だった。忽兵衛と好次は、刺客への用心として、右近を左右より挟んで守ろうとした。

「もう、よい。もう、よい」と右近は二人にこもごも言った。「ここで倒されても、それは主の恩寵であろう。主がなさったように衆人環視の侮りを受けることこそ、わが望みなれば」

右近は、ジュスタとルチアが子供たちの世話を焼いている所に行った。十太郎を頭に末の幼い子まで重たげな梱《こり》を手にしている。子供たちは、狭い町でのこの半年の窮屈な暮らしに飽いていて、この船旅を広い未知の世界への冒険としてむしろ楽しみに思うようだった。幼い子たちが戯《ざ》れ騒ぐ様子には、追い立てられた者の悲哀はない。

役人たちが見送り人たちを矢来囲いの外に追い払ったので、あとに取り残された右近たち日本人の集団は、異人ぞろいの宣教師たちとは、異質で目立つようになった。矢来の向うは丘の上まで見物人で埋まっている。ざわめきの中には祈り《オラシヨ》の斉唱も混じっていた。彼らには多くの信者が混じっていて、敬愛するパードレやイルマンに別れを惜しみ、悲しみに浸っているのだ。それにしても夥しい群衆である。どこかに隠密が紛れ込み、丘のどこからか矢を射かけるのならば今が好機である。が、右近は一同から離れ、わざと標的になるように胸を突き出すと見物人の方向を向いた。死を望む心がおのれにはある。矢に貫かれて否応なしに死ねれば、いっそ楽なりと思う。思えばこの暗鬱な想念は、金沢を発ったときに種を蒔かれ、心の底の黒土に細かい根を張ってしまい、もはや根絶やしできなくなった。その事実に気づいたのは、思えばサン・ミゲルの墓地においてであった。キリシトに学《まね》びてなど人前で言ってはいるが、そして、そのように自分を思い込ませようと努めてはいるが、それらは偽善であって、本心にはまず死の所望があるのではないか。衰え疲れた心身を死によって休ませたいという願いがどこかにまぎれ込んでいる。人々に向かって胸を突き出しながら、右近はおのれを責め、一転して、人々に永訣の情を示すように、うやうやしく低頭した。それから忽兵衛に「さて、参ろうぞ」と言い、船に向かって颯爽と歩き出した。彼の様子を見て、家族たちも後に続き、列を作ったので、その勢いに押されてパードレたちが道を空けてくれた。

奉行所が徴発した五隻の船のうち三隻はマカオに向けて前日に出発していた。残る二隻のマニラ行きのが波止場に横付けされていた。一隻は代官村山等安の持ち船で、唐人のジャンクを改造したもの、もう一隻の大きい方がステファノ・ダコスタ船長のスペイン船、船体の傷や帆布の汚れ具合から推すと大分古ぼけた船で、こちらに右近たちは乗り組むよう命じられていた。

イエズス会のパードレたちが一緒に乗り込んできた。イエズス会士には馴染みの人々が多い。右近の聴罪師で霊操指導者のペドロ・モレホン、元日本管区代表《プロクラドール》のセバスチャン・ヴィエイラ、コレジヨ副院長のアントニオ・フランシスコ・クリタナ、浦上の司祭アントニオ・アルヴァレスがいた。このうちモレホンとアルヴァレスは遣欧使節の付添いをした人たちであった。こういったイエズス会士が二十人ほど、あとフランシスコ会士、ドミニコ会士、アウグスチノ会士。さらに村山フランシスコのような教区司祭。それに右近たちの一行とその他の日本人。さらに船員たち。総計三百五十人が廃物よろしく老朽船に詰め込まれた。

日本人には左舷後方の大部屋があてがわれた。天井の低い板敷きで中央に迫持《せりもち》型の窓がある。右近たちの一行のほかに十数人の日本人信者たち。家柄も高く、物事を捌《さば》く術に長けた好次が、一同を取り仕切る形になった。多少お節介の気味はあるが世話好きな忽兵衛は、好次の助手としてまめまめしく立ち働いた。まずは荷物の整理である。日用の品と寝具のほかは二つの柱の周囲に積み上げ、荒縄で入念に固定した。右近には窓際の明るい場所を特別に割り当てた。右近は辞退したが、読書をするには恰好の位置なので受けることにし、隣に如安を招いた。二人の近くにはおのおのの親族が集まった。入口に便器の桶を並べた。いずれ船の揺れがひどい場合には、固定するつもりである。男子はなるべく甲板に出て、海にて大小の用を足すようにと申し渡した。

「ここは船内でも酷の極まる所ですぞ」と一回り偵察してきた忽兵衛が好次と右近に言った。「やっぱりスペイン船ですな。南蛮の船員やパードレたちは、もっと上等な部屋を確保している。われわれは最下等の場所に追いやられています」

「いや、どこも人員過剰じゃ」と右近は言った。「定員の数倍の人を乗せたのだ。パードレたちも身動きもならぬ有様と見ゆる。船員たちは業務遂行のために適当な休養の場が必要じゃ。われらはここにて十分」

「ここは危険ですぞ」と忽兵衛はなおも言った。「すでに水漏れひどく、荒波を被ればたちまち溢水し修羅の巷《ちまた》となりましょう」忽兵衛は右近を片隅に引っ張って行った。古い壁板が黴びて痩せ細り、隙間からは海水が染みだして床に水たまりを作っている。雑巾を当てて床の水を拭い取ろうとしたが、拭っても拭っても水は溜まって来る。

「噂によれば」と忽兵衛はなおも言った。「こいつは疲れ果てた朽廃船だが、今回の緊急徴用で、やむをえず航海に使用する羽目になったとか。大風にでも遭遇せば……」

「黙れ」と右近は忽兵衛を叱った。「船長《カピタン》は日本に何回も来ている人で、東洋の海に詳しい人と聞く」

「潮垂れた老いぼれで、頼りにはなりそうもありません」と忽兵衛は言い、右近に睨まれて首をすくめると黙った。


船員たちの掛け声が繁くなり、帆のはためきが聞こえてきた。銅鑼《どら》が鳴った。いよいよ出航である。

船は動き始めた。少数の人々のみが甲板に登ることを許された。右近と如安と好次が出てみると三十人ほどのパードレやイルマンが立っていた。村山フランシスコの顔も見える。人々は遠ざかって行く長崎の港を眺めた。それは見慣れた長崎ではない。一昨日、長崎奉行は邪宗門の建物一切の破壊を命じた。町の特徴であった教会やコレジヨなど、異国風の建物は無残にも剝ぎ取られ、いたるところに傷口を晒す町となっていた。秋の気配を見せて色づいた木々が山々を南蛮絨毯《じゅうたん》のように覆っていて、その美しさが廃墟の醜を際立てていた。放逐行の首尾を見届けるためであろうか、奉行所の小舟が数隻追ってきた。先頭の船に等安の姿を認めて右近は軽く会釈した。等安は手を振って応えた。彼は代官の職にあったため奉行の命令に従って船を調達したり、放逐作業の監督に当たったりしたが、右近のためには便利な船簞笥を贈ったり、医薬品や干物類を集めてくれたり、何かと便宜を計ってくれた。

岬を回って外海に出ると恰好の追い風が吹いて帆が脹らんだ。曇り空が一部切れて日が射した。等安らの船は見る見る引き離され、島影に隠れてしまった。

「無事に過ぎましたな」と好次が言った。彼は遠ざかって行く陸地を目を細めて見やった。無事とはどういう意味か。おそらく出航間際の刺客の恐れを指すのであろうかと、右近は無言で軽く頷いた。それは好次の感慨に同意するようでも否定するようでもあったろう。

「右近殿」とパードレ・モレホンが言った。「メスキータが天に召されました」右近は息を呑んだ。たとえ衰弱がひどかったとは言え、そんなに早く死が訪れるとは予想していなかった。

「四日前、十善寺（現在の十人町）の浜でのことでした」

「そうでしたか……」右近はうなだれた。四日前と言えば陰雨濛々たる日であった。長崎の伝道と町の発展のために一生を捧げた人の死は、時が時だけに痛ましかった。その死の床に居合わして天に昇る魂と惜別したかったと切に思った。

「サンティアゴ病院は奉行所に不意打ちされ、彼の愛蔵していた万巻の書は焼かれ、彼が育てあげた多くの樹木はことごとく切り倒された。彼にとって唯一の慰めは、彼が造った教会やコレジヨの破壊を見る前に昇天できたことです」

「パードレ・クレメンテはどうしました。この船の乗船者名簿には載っていたが、姿を見ませんでしたが」

「彼は潜伏しました。中浦ジュリアンも同行しています」

「それは果敢なる挙に出たもの」親しいトルレスも大坂城に敢然と籠もったのを思い出し、彼らスペイン人の逞しい実行力に右近は感歎した。

「乗船間際に事実が判明し役人たちは大騒ぎになりました」とヴィエイラが言った。

「まこと、凛乎《りんこ》たる行為です」と好次が心から羨ましげに言った。「そういう手は思いつかなかった。おお、拙者もともに潜伏したかった。まだまだ日の本で成すべきことは多々あったのに」激してきた息子を、如安が渋い顔でたしなめた。

「また繰り言を申すか。長き熟慮の末にわれらは今日ここにある者。駿府の意に反して無体に止まれば、金沢を窮するは必定」

「高山様や父上はともかく、それがし如き若輩が欠けたとて駿府には何程のこともありますまい」

「バウティスタとジュリアンが乗船しなかったのは奉行所には慮外の大事で、役人総出で二人の行方を探索しているとのことです」とヴィエイラが言い、それ見たことかと如安は好次をじろりと睨《ね》め付けた。

岬をまわると秋色の濃い大小の島々が左右に現れて、何枚もの山水画をめくるように滑って行く。漁民の苫屋《とまや》がちらほらと見えるのも、全島が森林に覆われた無人島もある。

「おや、あれを御覧なさいませ」と好次が急に気色ばんだ。とある島の入江で漁をしていた小舟が三艘、いっせいにこちらに向けて進発したのだ。漕ぎ手は黒っぽい服装で武士のように見える。

「怪しげな連中ですな」と好次は手庇で呟いた。連中はぐんぐん迫ってきた。武士ではないが屈強の男たちで脇差を差している。と、こちらの船も帆を絞って速度を落とし、錨を投げ下ろして止まった。あらかじめ連中と示し合わせたものと見えた。伴走していた唐船も止まった。

「あれはジョアン長安ですな」と好次がほっと安堵の面持ちで言った。等安の三男が、こちらから投げた縄を持って合図をしている。等安に似た顔付きの青年だ。ジョアンは甲板の兄を見分けたらしく、「兄じゃあー」と叫んだ。村山フランシスコが弟に手を振った。つぎつぎに綱が投げられて彼らの舟はこちらと連結された。ジョアンと数人が身軽に攀じ登ってきた。フランシスコは船橋《せんきょう》に合図してカピタンを呼び出した。右近はカピタン・ダコスタを初めて見たのだが、中背で怒り肩の、いかにも船乗りらしく機敏に動く老人であった。「潮垂れた老いぼれ」という忽兵衛の形容は当たっていない。すべては、あらかじめ打合せをしてあったらしく、下の船室から数人の宣教師たちが登ってき、村山フランシスコと一緒になってジョアンたちの差し出した着物に着替えだした。右近は、彼らが向うの船に乗り換えて日本に潜伏するという計画だと悟った。

「なるほど」と好次が感心した。「妙案だ。一旦港を出《いで》し者は生死は分明ならざる者。その者が潜伏したとて、奉行所は関知できぬわけだ。父上、それがしもともに潜行いたしたし」と好次は一歩前に踏み出し、ジョアンに声を掛けようとした。

「この期に及んで何を言う」と如安が息子を叱責した。うんざりした表情である。「あのパードレたちは綿密に計画を練ったうえでの実行じゃが、お前のは一時の思いつきにすぎぬ。それにお前は、この地方の信者に知人もおらず、隠れ住む手立ても知らない。なお悪いことには、お前の顔は奉行所では周知、お尋ね者としてすぐさま捕らえられてしまうであろう」

ジョアン長安が右近に挨拶した。

「父からの伝言です。奉行所の手の者が高山様を追うために軍船を準備しています。また平戸に停泊中のオランダ船にも協力を依頼したそうです」

「どういう意味ですかな」と右近は怪訝に思った。

「秀頼様から高山様宛ての書状を持つ間者を奉行所が押さえたのです。そこで急遽、この船を撃沈してしまえという奉行の命令が出たのです」

「それではこの船は先を急がねばならぬな」と好次が言った。

「はい。それからパードレ・クレメンテとパードレ中浦は無事に匿《かくま》われていることもお伝えいたします」

「それはよかった」と言ったのは好次である。右近が詳細を尋ねようとしていると、ジョアンは、着物に着替えたパードレとイルマンたちを、自分たちの船に移す作業にかかった。宣教師たちは日頃の修練を示すかのように巧みに縄を滑り降りて向うの船に移った。そのあいだ、他の小舟は唐船にも接近して二人の異人、おそらくはパードレ、を乗り移させた。計七人の潜伏である。彼らは高らかな掛け声とともにぐいぐい漕ぎ去った。顔が大きく背の高い村山フランシスコ一人が目立って、こちらの船にいつまでも手を振り続けた。

船長の号令が下った。右近の船と唐船は帆を掲げた。奉行所の追手が迫っているという知らせに幾分周章の体である。が、追手の影は見えず、追い風に恵まれて広い海原のただなかに滑り出た。

右近は、パードレたちが三人、二人と船室に降りて行っても、陸地が水で薄められたように白藍《しらあい》色となって、やがて海に溶けて行くさまを眺めていた。自分の歳では、もう二度と見ることの望めぬ故国である。樹木の種子が偶然落ちて育つように、この島国に武士として生れ育ち、武士の野望である領国と富と栄達とを追い求め、途中で人生行路を逆転させ、今度は信仰の光を追い求めて、詰まりおのれは絶えず何かを追い求める人生を送って、草木が枯れていくように年老いた。いま、おのれは島国から根こそぎ引き抜かれて見知らぬ異国へと運ばれていく。おお、一点に凝縮していく小さな島国、故国は遠ざかっていく。あの島国を支配するために蝸牛角上《かぎゅうかくじょう》の争いをして信長、秀吉、家康と三代の世が入れ代わった。これからも入れ代わっていくであろう。ところで、一生かけて追い求めてきた何かは、これまでひとえにあの国のためであった。その故国の土を払われたおのれには、もはや何かを追い求める余力はなく、人知れぬ死を迎え、故国の人々から忘れ去られてしまう運命のみが待ち構えている。右近はついに消えた島影から暗くなった海に視線を移した。ふと、忽兵衛の心配そうな顔が目の前に浮かびあがった。

「どうした、忽兵衛、余が海に飛び込むとでも気遣ったか」

「はい、真実、そう思いました。殿はいつになく沈みきったお顔で、泣いておられましたから」

「泣きはせんぞ」

「いや、泣いておられました。頰をお涙が幾条にも流れておりました」

「波のしぶきであろう」

「いや、穏やかな海でございますぞ」

右近は苦笑した。或いは泣いていたかも知れぬ。暗く重い想念に心は沈み、海原に崩れて泡沫になったようであった。

「まだ、おられましたか」と艫《とも》のほうから歩いてきた好次が声を掛けてきた。右近の隣に並んで九州の方角を見詰める。「ついに見えなくなりましたな。拙者は決心いたしました。呂宋に到着せば、彼の地の日本人を糾合して軍を編成し、かならず日本に舞い戻りレコンキスタのために戦う所存。何、船さえあれば、これしきの海など、いつでも渡れましょう」

好次は拳で胸を打ち、真一文字に口を結ぶと水平線の彼方を睨みつけた。

船酔いに苦しめられた。さしたる上下動ではないのだが、ふわっと持ち上げられ、すうっと落とし込まれ、足元が頼り無い。まずルチアと幼い孫たちがへこたれて苦しみだし、続いてベアタス会の修道女たちの気色がすぐれなくなった。年の功か、ジュスタと内藤ジュリアが元気で、なにくれとなく看病に当たる。大坂から長崎までの船旅の経験で、右近は各自に小壺を用意させておいたのが役立った。末の女の子の背中をさすってやる。みんなの吐瀉《としゃ》物を集めていると、忽兵衛が「殿がそのような汚《けが》れ仕事とは恐れ多い。それがしが」と手を出した。右近はじろりと家来を見据え、「忽兵衛は病院では、癩者の看護にしり込みしておったではないか。こちらは平気なのか」とからかった。

「いやいや、それはありませんでした。ただそれがし、不慣れなだけで。万事殿には及びませぬ。お茶のお手前と同じでございます」と忽兵衛は理屈にならぬ言い抜けをして一人で頷き、みんなの小壺を集めては、中のものを海に捨てに行くのだった。

食事も難事であった。残飯のこびり付いた茶碗、砂の混じった粥、黴びだらけの南蛮煎餅、悪臭を発する干魚、塩辛い水、そういった食べ物を口に入れねばならぬ。気味悪がる者、さらに船酔いで食思のすすまぬ者は急速に弱っていくので、励まして無理にでも食べさせた。さらに用便が問題であった。男たちは桶を嫌い、命綱を付けて舷側から尻を突き出して用を足したが、そうもできぬ女たちには非常な試練であった。周囲を布で囲い、中で桶にまたがるのだが、音と臭気は防ぎようがない。当初ルチアが腹痛に苦しんだのは、羞恥のために排便を我慢しすぎたせいであった。

が、やがて人々は、こういう生活にも馴れてしまった。ジュスタとルチアはベアタス会の修道女たちとともに書物を読み、聖歌を唱い、祈禱をとなえた。主日にはパードレを呼んでミサを捧げた。子供たちは彼らなりに、船内を利用する遊びを見つけた。鬼ごっこは無理であったが、荷物の置かれた船室や入り組んだ廊下は隠れんぼにはもってこいであったし、男の子は相撲や独楽《こま》回し、女の子は手玉や双六に興じた。好次と忽兵衛は頻繁に甲板に出て、イルカの群れが泳いでいると子たちを誘いに来たり、飛び魚の大群や鯨の潮吹きを物珍しげに観察したりした。が、如安とともに、右近はほとんど室内にこもって書見に余念がなかった。もう繰り返して読んだ、『スピリツアル修行』を開きイグナチオの霊操に耽る。『サカラメンタ提要』や『ぎやどぺかどる』のように長崎出版のキリシタン本を読む。パードレ・モレホンを頻繁に訪れて、瞑想や教義について教えを請う。マニラに行ってからの用意として、スペイン語の会話の手ほどきをパードレ・クリタナから受ける。毎日は忙しく過ぎていく。

時々、好次につかまった。彼は、高山右近伝の粗稿をほとんど完成していて、細かい事実についての右近の記憶を確かめたがった。ところが、右近のほうは、武将時代の記憶が、ますますあやふやになってきて、答えられないことが、ままあった。老来追想力が衰えたせいもあったが、長崎に滞在している間に、殺伐な過去を忘れようと努めたせいでもあった。

ところで、粗末な食事や窮屈な生活にも、絶え間のない上下動にも、人々は馴れて行った。運動不足を解消するために交代で甲板を散歩することも、パードレたちと日本人たちの話合いで実現した。宣教師と信者には同じ迫害に耐えて旅をしているという連帯感があった。カピタン・ダコスタを始め高級船員たちは追放された日本人に同情していて親切であったが、水夫のなかにはあからさまに東洋人を侮蔑して、挨拶もせず、物を尋ねても返事もしない男もいて、例によって血の気の多い好次の腹を立たせていた。

気温はぐんぐん上昇し、いよいよ南蛮国に近づいたかと思われた。出発以来すでに半月は経って動揺にも馴致《じゅんち》し、女子供の船酔いも消えた。ジュスタはルチアとともに幼い孫たちの世話に明け暮れしていた。右近は大きいほうの孫、十太郎とその弟に四書五経と教会文書、とくに入門書『どちりいな・きりしたん』を教えた。十太郎は利発で、教えたことはその場で覚えてしまうという風だった。そこで彼には、クリタナからスペイン語の手ほどきも受けさせることにした。

そのうち、風呂や行水を使えぬのが大きな苦痛となってきた。とくに清潔を好み、戦陣においてさえも行水を欠かさず、金沢では朝風呂を好んだ右近にとっては体を拭えぬことがもっとも不快であった。水は貴重で、口に入れる分以外は一切の使用を禁じられていたのだ。そこで南蛮ふうと言うのか、一時にざっと注ぎかかってくる豪快な通り雨を待ち受けて、交代で体を洗うのが極上の快楽になった。雨足が密な白雨は幕となっておたがいを隠すので、女たちも遠慮なく肌脱ぎとなって体を流していた。

右近は長崎の市で手に入れたヴェネチア製の小型コンパススを取り出して方角を計っていた。船が南西に向かって順調に進んでいること、おおむね北西風が吹くが、時として南寄りの風が起こると海が荒れることなどを、理屈は不得要領ながら、わきまえた。

この二日ほど、風は東寄りで、波は滑らかにくねっていた。どうかすると、ばたりと風が無くなってしまい、帆がしぼんで船が漂い始める。揺れが少ないので夜空の星を心ゆくまで見ることができた。満天に貼り付いた諸星を銀河が横切っている。それが目にかからぬほどの星の群れであることを右近は、コレジヨの『コンペンディウム（講義要綱）』を読んで知っていた。諸星のなかに、のどかに光を発する五曜あり、今見えるのは地平近くの金星と天頂の土星なりと判じた。諸星のきらめきを右近は飽かず眺めた。ギリシャ人のように、星の群れを分割して形象化して見るという習慣は彼にはなかった。つまり分類したり命名したりするよりも、星の群れ全体を天の清らかなせせらぎとして観じ、天高く走る風がおのが魂をも吹き抜けていく法悦に浸った。

今朝から南風が出てきて帆が膨らみ船は動き出した。が、湿って重く、何かを押しつけてくるような風は、遠い海か陸地の暖気を含んでいて、人の肌をむしむしと包んだ。ますます気温が上がった。悪魔が巨大な熱塊でも押し出してきたのか、妙に病的な暑さである。部屋の中は蒸し暑さに耐えられぬようになった。太った忽兵衛がまず音をあげ、「暑いですな」を連発し、じっと耐えている女子供の気配に恥じて口を噤んだ。用便のために甲板に出た右近は、太陽が青空の中に小さい点となって光り輝いている眩しさに目がくらんだ。黒い丘となって立ちあがった大波が見る見る押し寄せてきた。太陽は激しく飛びまわり、到達した大波は舳先から崩れ落ちて、奔流となって甲板を走った。甲板に置かれてあった物が異常な速度で移動し、右近はあっという間に頭から波を被って流され、把手《とって》を鷲摑みにしてどうにか水圧に耐えた。周囲にそびえ立つ波濤の壁また壁の威勢にくらべると船はなんとも小さくか弱く見えた。すでに帆は畳まれ、船は骨ばった柱や腕木で千余の荒波に立ち向かっていた。それは老いさらばえた孤独な武者が、群がり寄せる大軍に切り込んでいく悲壮な姿であった。

もう一度用便に出た右近は、日没を見た。それが昼間見た天日と同一のものとは思えぬほど哀れな赤い点と化していた。陸地では見たことがない無力な日輪であって、黒々と泡立つ海に呑み込まれて行った。膿んだ傷口を思わせる気味の悪い雲が空を隈取り、怪物となって太陽を嚙み、おびただしい血を波間に絞り出していた。

夜になって猛烈な雨が降ってきた。雨と言うより氾濫した大河が押し寄せてきたような勢いで、船はどっと横腹を洗われ、壁板の隙間からは水が容赦なく侵入してきた。同時に猛烈な突風が襲いかかってきた。無数の刀が空気を切り裂いて行くようなものすごい太刀風である。右近はコンパスを見て風の方角を定めようと努力したが、絶えず船の向きが変るため特定できなかった。灯火《ランテルナ》の油に水が染みて、時々あたりは漆黒の闇になった。そしてそれまで経験してきた動揺が嘘のように床の傾きが酷くなった。せっかく柱に固定した荷物はとうとう束縛を脱して、崖下に落下していく勢いで落ち、危うく人々を叩きのめすところであった。籠は潰れ、箱はくだけ、中身は生き物さながら飛び出して駆け回った。簞笥は気が狂った猛獣となって、いかにしても押えることができず、人々は牙や爪を逃れようと必死になり、男は叫び女子供は悲鳴をあげた。が、人々の声よりもあたりの物音が強く、人々の怒号や絶叫を掻き消してしまった。

海水の流入を防ぐために窓を締め切った暗い室内で、人々はごろごろと転がり、固い船簞笥や箱や材木に体をぶつけ、倒れた桶の汚物や壁を漏れてきた海水の混ざった、ぬるぬるする液体の中を滑った。右近は書物が濡れるのが気掛かりで、油紙で包み壁につり上げてみたが、すぐに包みが解けて、書物は汚水の中に四散した。忽兵衛と好次が掻き集めてくれた書物を今度は布でくるんで柱の上部に括りつけた。濡れるのは仕方がないにしても、この処置で喪失はまぬがれた。その騒動が一段落したときに、女たちが着物を集めて必死で梱《こう》っているのに気づいた。ジュスタもルチアも、マニラに着いた場合の用意に絹の晴れ着を持参していた。絹には水が大敵である。が、すでにすべての着物が水を被り、しかも汚物に塗《まみ》れてしまっていた。

　こういう危急に臨んで、かえって元気一杯になったのは好次であった。とにかく壁の裂け目を修理せねばならぬと、自分で船員を呼びに行ったが、彼らとて危急の繁忙で手はまわらぬ。が、彼は船長から修繕用具を借りだすことに成功した。築城技術に詳しく、大工仕事に理解のある右近は、板切れを切断し、大槌で裂け目に打ちつける作業をした。忽兵衛は主人の思わざる手腕にすっかり感心していたが、すぐ主人を手伝い、力仕事で奮戦した。

　この応急処置で室内の水漏れは少なくなった。が、廊下を通過して、ほかの部屋から流れてくる水は止めることができない。傾き具合によっては入口から、大量の水が滝となって落ちてきて、人々はまるで滝壺に投げ込まれたようになり、幼い子などは浮かび上がって流されて行き、大人たちが救い出さねばならなかった。その大人たちも、何かに摑まろうと虚しくもがいた。人々は抱き合い、肉塊の束となって、水中で攪拌された。右近は何度も水を飲んだ。汚水であろうと海水であろうと、もう区別はつかなかった。

それでも右近は、孫たちを水中から救い出そうと躍起になって働いた。十太郎と怨兵衛に大声で下知を下し、幼い子たちが溺れぬように水流のさなかに高く掲げ、奔流に逆らって抱きしめるようにした。何かの拍子に抱き合ったのはジュスタであった。老齢となってから、そしてむろん追放の旅では妻を抱くことがなかったのに、暗黒のさなかで妻の体を抱きしめたのだ。痩せてしまい骨ばかりの小さな体を、右近はきつく抱えて漂った。

船の傾きは、ますます極端になり、ほとんど垂直の壁のように床が立った。何かの拍子で傾斜がさらにひどくなれば、船は間違いなく転覆する、人々は海に投げ出される、溺れ死ぬ、いや、転覆の前に、船はばらばらに解体するであろう、この船はもう持たない、と右近は思った。「ともに死のうぞ」と彼は妻に向かって声を振り絞った。妻は、「はい」と明瞭に答えた。右近は娘や孫たちを呼んでみた。が、彼らに声が届いたかどうか定かではなかった。

一睡もできぬ夜が明けた。補修のため打ちつけた板切れは、剝がれてしまい、今やかえって隙間が増え、そこから外光が射して室内を照らした。物も人も水も、ごった煮の鍋の中のようになって沸騰していた。右近は孫たちの数を数えた。気丈にも十太郎が上の弟たちと力を合わせて幼い子たちに構い付けていたため、全員が無事であった。ジュスタは弱り果てていて、右近が手を放すと死体のように流れて行くので、なおも抱き止めねばならなかった。ルチアは若いだけあって元気な顔を向けた。いくらか動揺は減っていてなお、傾きは異常で、転覆の危険はあったが、風音が弱まり、おたがいに会話もできるようになった。その時になって右近は、みなを励ますために自分が信仰に基づく働きをしなかったことに気づいて、おのれを悔いた。嵐を鎮めて弟子たちを救ったあの人ほどの力はないにしても、嵐のさなか天使に無事を告げられて人々を安心させた弟子パウロのようにできなかったものか。ともかく右近は一同に声を掛けた。「嵐は去った。主の御加護でわれらは無事じゃ。案ずるでない」が、大声のつもりが、しわがれた奇妙な呻きが漏れただけだった。

昼近く、雨風は収まり、動揺も少なくなり、風音も静かになった。右近は甲板に出てみて、嵐が去ったのを目で確かめた。青空に雲の影はなく、太陽は定位置に落ち着き、波はたおやかな曲線を描いて、のたりと光と戯れていた。しかし船は満身創痍で、帆柱は傾き、甲板は破損が激しく、舷側に大きな割れ目ができていた。船員たちが群がって何やら作業をしていたが、糸のからまったからくり人形のようにぎこちなく動いていた。カピタンとパードレ・モレホンが話していた。モレホンは右近に向かって「クリタナの病気が重いのです」と告げた。船員たちも船長も、そう、誰も彼もがびしょ濡れであった。モレホンは司祭服を着ておらず半裸の姿であった。右近とて惨めな様子で、腰ひもは失われ、着物の片袖はちぎれていた。

右近はパードレ・クリタナを見舞った。板作りの棚に寝ていて、蒼白の顔付きで右近を見分けず、ただ苦しげに早い息をしていた。下痢気味で弱っていたところに、この自然の拷問に遭い、すっかり病気を悪化させてしまった。船医が診ていたが、困ったことに薬箱が流失してしまい、もはや打つ手がないとのことだった。パードレたちの部屋は小さく区切られていて、水面より高い位置にあったので、被害はそう大きくはなかった。ただ、甲板の真下で、太陽に熱せられて、ひどく暑かった。焦熱地獄のただなかでクリタナの病は重かった。

さらに気掛りになったのは僚船の運命である。村山等安の唐船は船足が遅く、ダコスタ船のほうで速度をゆるめて何とか不即不離の関係を維持してきたし、嵐の直前にも遠くの波の障壁の彼方に出没する姿を見ていたのが、今や水平線まで見渡せる広々とした展望のなかに影も形もなかった。夕方になって船員が漂流物を発見した。帆柱の一部と板子の破片と思われる木材で亀裂の部分は真新しかった。

なにもかもが汚水にまみれていた。幸い南国の驟雨《しゅうう》が降りかかったので、まずは体を拭い、着物の洗濯や船簞笥や行李を洗った。難物なのは衣服と書物であった。衣服、とくに女たちの着物には、異国では到底入手できない絹の極上品があり、冠水したものを元に戻すのがむつかしかった。その上に問題なのは書物で、すべてのページに水や油や煤や糞便が無数に染みていて本好きの如安も嘆息するばかり、好次は自分の草稿や本の臭いを嗅いで顔をしかめ、忽兵衛は鼻をつまんで、「これは捨てるほかはありませんな」と言った。が、右近は決心した──教会文書は貴重である、ぜひとも読める状態にして、マニラにて活用せねばならぬ。妻や娘に衣服の処理をまかせ、右近は、忽兵衛と孫たちとともに書物に当たることにした。

まず書物を水に漬け、押さえつけて汚水を抜いて行く。この力仕事に忽兵衛と十太郎が携わり、途中から好次や男たちが加わった。つぎに甲板に出てページの一枚一枚を日に曝して乾かした。この乾燥作業には、右近と如安、それに幼い孫たちも係わった。終日、強烈な陽光のもとで座していると、頭は熱し肌は焼けた。右近は水に濡らした手拭いで鉢巻きをし布をかぶった姿で同じ姿勢を保った。如安は目眩《めまい》を起こし、好次と忽兵衛は腰を痛めて脱落したので、結局、右近と孫たちだけで坐り続けた。彼は子供たちに、あれこれの昔話を語って聞かせた。「じじが小さいときにな、高槻という所の城の主をしとった。そこには大きな白いクルスが立っておってのう、沢山の美しい花が咲いた庭があった。或る日な、南蛮はヨーロッパより、ヴァリニャーノという、尊いパードレ様が来てな、復活祭のお祭りをしたんじゃ。馬に乗った武将が先に進み、キリシト様やマリア様の御絵をかかげた、お前たちぐらいの子供がの、真っ白な天使の着物で進んでの、それは可愛かったぞや……」こういう思い出話に子供たちが目を輝かしたので、右近はつぎつぎに思い出話をした。思い出は尽きず、一日はすぐ経った。孫たちが日に日に日焼けして黒くなって行くので、右近は自分もそうなっていると知った。数日して、すべての書物の乾燥が終了した。

帆柱の一部が壊れ、船橋や甲板に穴があき、舵が曲りと、方々破損だらけで、航行はままならなかった。それに予定航路を大分それてしまい、とっくに呂宋島を見るはずなのが、まだ洋上でもたもたしていた。頻繁に進路が変るので、それまで大体把握していた現在位置を右近は失ってしまった。

航海が長引き、さらに嵐の時に米麦の多くを流してしまったので、食糧が不足してきた。食事はさらに貧しくなり、わずかな粥やスープや臭い水しか配られず、人々は飢えと渇きに苦しんだ。それに、炎天下、室内は耐えられぬ暑さとなった。人々は甲板に出たがったが、大量の積み荷を捨てたため軽くなった船は転覆する恐れありとて、人数は制限され、多くの人々は焦熱地獄に監禁された。飲み水の不足から体が干上がり汗も出ぬなかで、弱い人はつぎつぎにぐったりとなり、その看病に追われた。いつ目的地に着けるのか、まったく希望が持てず、焦慮と不安のなかで、人々は奇妙な妄想を育てた。「船員やパードレたちは、われわれに隠れて、備蓄してあった食糧を食べている」「われわれ日本人は、餓死させてしまい、彼らだけでマニラに行くつもりだ」当初こういう取沙汰を埒もないと否定していた好次は、あまり人々が騒ぎ立てるので、自分で出向いて実情を調べた。少なくとも宣教師たちは、日本人と同じく貧しい食事を取っていたと見極めたが、頑丈な扉の向うで生活している船員たちの生活は見通せなかった。そして、彼がそういう報告をすると、かえって人々の疑心暗鬼はつのった。

ある日、今度の噂を振りまいていた若侍が、肩より血を流して帰ってきたので大騒ぎになった。多少医術の心得のある右近が診た。長い刃で刺されていて出血がひどい。聞けば、船員室の様子を窺っていたところ、ポルトガル人の水夫と喧嘩になり、刺されたのだという。命に別状はないが、骨まで達する重傷であった。

若い人々、とくに侍たちは、熱《いき》り立った。相手のポルトガル人が日頃から日本人を小馬鹿にした態度を取る男であったのが憤激を倍加した。港を出立するさいに一括して返却された大小を取り出して、刃を研ぎ目釘をたしかめ、素振りをしたり木棒で剣術の稽古をしたりし、下手人を成敗する準備が始められた。当初事態を静観していた右近は、侍たちがいよいよ決行のおもむきで集結したと見るや、「みなみな自重されよ。この件、拙者におまかせあれ」と言い捨て、単身で船員溜まりに出向いた。彼らはぴたりと扉を閉じてこもっていて右近が単身であると見極めると、やっと扉を開いた。全員が剣や短銃で武装して殺気立っていた。まずカピタンに会い、「戦いとなれば双方に死傷者が出るは必定。日本人に怪我をさせた人が謝罪さえすれば、事を穏便に収めたいと思います」と切り出した。結局、当のポルトガル人水夫に謝罪の意志があると確かめて帰ってきた。若侍たちを集め、先方の軍備の状況と加害者の気持ちを伝えると、さしもの興奮もおさまった。甲板上で会見が行われた。船長と書記に付き添われた水夫、右近と好次に付き添われた若侍が対面して、水夫が謝罪し若侍は彼を許すことにした。

この場面を遠巻きにしていた船員と日本人はにこやかに、挨拶を交わした。日本人は彼ら船員が痩せ衰えて、自分たちと同じく飢餓に苦しんでいる様子を見て取ることができて納得し、困難な航海のため必死で働いている彼らの労を多としたのである。

14　迫害

✝主の平安!
わが最愛の妹よ。
一六一四年十二月二十五日、主の降誕祭、
雲仙の山中にて。

クリスマスおめでとう。
故国スペインでのクリスマス、満員の教会、喜ばしい音楽ミサ、祝祭気分の街を想像し祝福しながら、ここ日本でのクリスマス、破壊された教会の廃墟、家や洞窟での官憲をはばかる悄然とした祈り、信者が頭を垂れ黙々と歩く村を見ている私は、今やお尋ね者となって追われ追われて山奥の粗末な小屋に隠れ、まさしく一年前のこの日に金沢の教会、信者の大勢集まる〝南蛮寺〟からお前に手紙を書いたのを思い出している。

　ここは島原、長崎東方、半島の山中で、この半島の教徒を掃討していた薩摩の軍勢が引き上げたあと、海岸に到着した中国のジャンクがマカオに向かうと聞き、手紙を託そうと大急ぎでこの手紙を認めているわけだが、ジャンクは貧弱で荒海の航海はおぼつかなく、ポルトガル船に託することができた前々便と前便とは違い、この手紙がお前の手元に到達する可能性は少ないと危惧してはいるけれど、船長の中国人は経験豊かな船乗りであるうえ敬虔な信徒であり、主のお助けによって何とかマカオに届けられ、さらなる長途をたどっていく希望に励まされて、この手紙を書きおえようと決心している。

　ここら一帯に連なり聳える山脈は、海底から噴き上げてきた地球の火の溶岩が固まって造成されたことは明らかで、それが証拠に、ヴェスヴィオやストロンボリのように（いや「のように」ではない、「よりもすさまじい」と形容すべきだ）火を噴き上げている活火山が間近にそびえていて、風向きによっては細かい軽石や灰が豪雨のように降り、川底を土砂や大石が激流となって駆け降りて来、ソドムとゴモラの硫黄の火もかくやの有様、人々は太古よりこの永劫の炎を避けて逃げまわって来たので、これに比べれば暴君の一時的な迫害など、なにほどのこともないと思える逞しさを備えるに至っているほどだ。頭上に迫っている山頂には、一木一草もなく、この辺りの山腹の土地は痩せていて、わずかな農作物を育て得るのみで人々は貧しいうえ、迫害を恐れて大勢が山中に逃げ込んできたため食料は極度に逼迫していて、海岸地方から密かに食料の輸送が行われなかったら多くの餓死者を出したことだろうが、幸いこの半島一帯には、信徒への同情者が数多くいて、私のような宣教者を大事にしてくれ、さっき三日振りの食べ物、一杯の粥と一匹の小魚を恵んでくれたのも、隣村の見知らぬ貧しい老婆であった。

ここに前便のあとの状況を書き記しておきたいと思うのは、以前、長崎において編集され発信されていた公的年報が今のところ途絶えており、もしかしたら私のこの手紙が故国への唯一の報知となるかも知れぬので、記憶を探ってなるべく正確な出来事の記録をお前に伝えることが、いささか公的記録を補う意味があると考えるからだ。

六月の雨期、この風土を私は五畿内でも金沢でも経験しているが、それら北の地方にくらべると、長崎では雨期に入るのが早く、雨量もことのほか多く、ことに今年の雨は、うんざりするほどの執拗さで降ったため、すり鉢型の長崎の町では水が下に行くほど集中して、川は溢れ道はぬかり、坂を歩くのに難渋、トドス・オス・サントス教会の脇から下がって行く坂道は、山のサンタ・マリア教会まで泥水の激流となってしまい、低地にあるサンティアゴ病院は周囲を水で囲まれて陸の孤島となってしまい、膝まで漬かる泥水を渡ってやっと到達する始末であった。

六月下旬、駿府の家康大王にキリスト教徒排撃について悪魔の進言をした長崎奉行長谷川左兵衛が大慌てで長崎に戻ってきたのは、五月中に行われた全教会と町ぐるみの聖体行列を一揆が勃発したという知らせと勘違いし、憎悪に狂ってのことだったが、町は平静で人々は温和に生活し暴力的反抗の気配はまったく見いだせなかったので、ただちに自分の判断違いに気づいた。しかし、旅の間、教徒への厳罰を家臣たちに予告していたため、各修道会の長老の表敬訪問を受けると、社交に長けた彼一流のにこやかな態度で応対しながらも、言葉つきはきっぱりと、家康大王の絶対命令で、秋には全宣教者と教徒指導者は国外に退去せねばならぬと宣言したので、ここで初めてわれらに対する最終判決が国外追放だと判明したのであった。

このころ、ポルトガルのナウ船、フスタ船よりは大きく、ガレウタ船よりも小さい中ぐらいの船が入港し、この堅牢船ならば信頼できると、私は大急ぎでお前宛の前便を託したのに、この船いっかな出航しようとせず、おかしいと思って理由を探ると、船長は宣教者追放の撤廃と貿易の保証を求める直訴を家康大王に行う準備をして、左兵衛に察知されて禁止されてしまい、仕方なしに副船長と数人の部下を駿府に派遣して交渉に当たらせ、彼らの帰りを待っていたからである。

七月末、大王の上使として山口駿河守直友《やまぐちするがのかみなおとも》なる人物が、突然、長崎に来たのだが、彼こそ関ヶ原戦争のとき秀頼大王側についた薩摩の島津王、戦争後薩摩に逃げ帰った王を、その後家康大王に降伏させさらに、薩摩の属国となっていた琉球国王の大王謁見を実現した辣腕の高級官僚で、九州の諸王に睨みを利かせて彼らを長崎奉行の指揮下に置いて、九州島全体の教徒への弾圧を一斉に遂行する任務を帯びて登場したのだ。

じめじめして陰鬱な雨期のあいだに、極度に衰弱したメスキータ神父は、七月半ばになってかんかん日照りの天気が続き地熱を誘い出すように熊蟬が鳴きしきるようになると、すこし元気を取り戻したが、それは夏になって頻繁にこの地方に来襲する凶暴な嵐のせいなので、それというのも、嵐の特質を知悉していたメスキータが建物を入念に頑丈に造らせたため、病院は凶暴な嵐に立派に耐えて、窓から見える日頃とは別世界の光景、非日常的な疾風と豪雨の演出する光景が、安全な場所にいて外を眺めている病み衰えた人物の神経を刺激し高揚させ、活潑に精神を作動させるようになったためなのだ。嵐によって元気になったメスキータは、宣教師全員が国外追放になった場合に密かに日本国内に潜伏する固い決意を一同に披瀝し、そのための用意を私や中浦ジュリアンに命じ、私は彼が残るのならば自分も残ると言い、ジュリアンも同じ意志を明らかにし、これに数人の同宿が同調し、私たち同志は、いざそのときとなった場合の手筈をあれこれ相談した。今年の二月、追放令が出てすぐ、日本布教についての記録文書や書簡はマカオやマニラに移送し、その後の記録や文書、貴重な聖画や美術品を時々入港する中国人のジャンクに頼んで逐次マカオに運んでもらっていたが、難問はグーテンベルクの印刷機で、重量があるのと、分解に専門的知識が必要なので、すぐさま原マルチノが作業に取り組み、入港中のポルトガル船に運びマカオに送る準備をした。マルチノは自分も潜伏の同志に入れてくれと申し出て来たが、私は、彼の日本文の印刷技術は日本向けの文書印刷に役立つし、そのほうが日本の教徒の活動にとって有益であるからという理由で彼にマカオ行きを勧め、彼は大分渋ったすえ私の意見に従うと返答した。

しばらく残暑が続いたが九月の終りになると涼しい風が吹き、木々の葉も黄ばみ始め、過ごしやすい秋の気候になったが、こうなるとかえってメスキータの高揚していた精神は萎えて急速に衰弱がひどくなったので、これで見ると夏の間に彼の生命は蠟燭の炎が消える前にぱっと輝くような状態にあったと判定された。

十月になって、駿府に出掛けて直談判をしてきたポルトガル船の使者たちが、大王の断固とした態度によって願いをことごとく退けられて帰ってき、彼らと相前後するようにして、今度は江戸幕府から使番《つかいばん》間宮権左衛門（噂では権左衛門は先に来た山口直友の息子だそうだが確かなことは分らない）が派遣されてきて、いよいよ宣教師と教徒指導者をマカオとマニラに永久追放する最終命令を私たちに伝えた。印刷機のポルトガル船への運搬を急がねばならず、権左衛門の命令に対応すべき信者の心得を散《ちらし》に印刷してから移送にかかることにし、この最後の印刷のまっただなかに、中浦ジュリアンは、道端で物乞いしていた瀕死の男が千々石ミゲルの成れの果てだと見破り、病院に連れてきた。

私には、その男がミゲルだとはすぐには見分けられず、じっと見詰めているうち、やっと顔の輪郭や口許に昔の彼の面影を見出したので、ジュリアンが街角の物乞いを旧友だと識別しえたのは、まことに驚くべき能力、常日頃旧友の消息を気にかけ、彼を探し出そうと思っていた情熱が成し得た注意力のたまものであった。診察により、極度の脂肪の欠落により骨を皮膚が直接覆っている骸骨さながらの体、皮膚の所々が剝げ落ちて露出している赤い潰瘍などをみとめた私は、ミゲルがもう助からぬ重症だと認め、さらにこの潰瘍を一目見て癩病を疑ったのが、汚れた肌を拭ってみると、スペインで病んだ疱瘡のあばたが現れ、そのあばたとは別な銅紅色の斑点を発見し、さてはと疑い股の鼠蹊部を探ってみると固い結節に触れ得、梅毒だと診断を下した。簡易ベッドに横になったメスキータは終油の秘蹟を弟子に授け、ミゲルは棄教したと聞いていたのでこの行為は筋が通らないが、もし信者であれば彼の罪は許されて天国に昇ると神父は慈悲深く考えたのであろう。この秘蹟の直後、病人は死んだ。

死の直前にミゲルが旧友ジュリアンによって発見され、恩師メスキータによって終油の秘蹟を授けられたという、短時間に継起した出来事から、神の見えざる摂理、ミゲルという罪人を愛していた神の広い御心を、私はしみじみと感じる。

ミゲルの死の直後から、事態は急転直下となり、使番、権左衛門の伝えた大王のきびしい命令履行の督促に応じて左兵衛が十月十一日に各修道会に対して、どんなに遅くとも、十月十六日には出発せよという最後通牒を発したが、これはあまりにも性急で無理な命令であって、人々の準備はまだできていなかったし、船も不足していたのだ。

かねてからの手筈に従ってサンティアゴ病院では、印刷機のポルトガル船への搬入を実行し、夜陰にまぎれてアントニオ等安の持ち船に運び、沖で停泊中のナウ船に無事移し得、同船はただちに出航、従ってお前宛の前便も旅立ったわけ、さらに私たち、私とジュリアンと同宿は潜伏のために日本の衣装を用意して旅支度を整え、病気のメスキータを守りながら、町の外に出て信者の家に匿ってもらう段取りを整えた。

一方、イエズス会では緊急の管区会議を開き、一六一四年の年報をローマに運ぶ管区代表《プロクラドール》にガブリエル・デ・マトス神父、補欠としてモレホン神父を選び、マトスがマカオ、ゴア経由の西回りでローマを目指すのに、モレホンはマニラ、メキシコ経由の東回りで目的地に向かうことが決定された。

他方、ドミニコ会では修道院の十字架を壊し、さらに墓地から十字架を掘り出して壊し、最後のミサをしたあと、祭壇の布や儀式用器具を焼いたし、サン・ミゲル墓地では、親しい人の遺体を掘り出して安全な場所に移す人、遺骨を拾う人々が見られた。

後始末と出発の準備で各修道会は混乱して、左兵衛の命令通りには事が運ばず、これまで多少の延期を認めてきた彼も大王の命令履行の不如意に苛立ち、十月二十五日にはとうとう最後通牒を出し、二十七日には全員の国外退去を厳命し、これに対し教徒側では準備不足を理由にさらなる延期を願い出たが、左兵衛は許さず、追放者全員の長崎退去を近隣諸国の軍勢を招集して一気に強行した。

事態の切迫を察知したサンティアゴ病院では、急ぎメスキータを守って長崎を脱出し近隣の山村に潜伏を図ろうとしたが、残念ながら役人たちに先回りされ、志むなしく官憲の監視下に置かれてしまった。彼らの第一の目当ては印刷機であったと見え、それが取り外されて跡形もないのを見ると指揮官の与力は猛烈に腹を立て殺気立ってきたので、原マルチノは自若として説得にかかり、奉行は印刷機の国外持ち出しを禁じていないから、印刷機はすでに出発したポルトガル船に乗せたと報告し、与力は言葉に詰まったが、腹の虫がおさまらず、南蛮文書や教会関係図書を焼き捨てる挙に出、メスキータは、自分の集めた多くの貴重な書物、とくにヴェサリウスの『人体の構造論』の焼失を見なければならなかった。メスキータが嘆き悲しむのを見た与力は、さらに残忍な行動に出、おそらくメスキータをよく知っている左兵衛の差し金であろう、メスキータが大事にしているもの、ポルトガルから持ってきて病院の庭に植えたイチジク、マニラから輸入したマルメロやオリーブの木などこの国では貴重な木々をすべて切り倒し、葡萄酒の醸造所と聖画の制作工房を徹底的に破壊した。

メスキータ、私、原マルチノ、中浦ジュリアン、つまり宣教師は、ただちに長崎を出るべしとの与力の命令で、私たちは同宿や信者と隔離されて、慌ただしい荷造りのうえ役人の監視下に出発せねばならなかったが、乗船するのではなく、とにかく町を出て、入江の向こう岸の十善寺という漁村に追い立てられたのである。

あとで判明したところでは、この日、トドス・オス・サントスにいた宣教師とジュスト右近の一行は諸教会の宣教師とともに岬の外の福田の浜に、ほかの教区司祭たちは木鉢《きばち》の浜に移動させられたそうで、左兵衛としては、宣教師と主だった教徒を長崎から退去させた旨、大王の目付役、権左衛門に報告して実績を稼ぎたかったのである。

漁師の茅屋《ぼうおく》の藁の上に横たえられたメスキータは、すっかり打ちのめされていて、心拍は疲れ切った馬のトロットのように途切れがちで、呼吸は消え入るばかりに弱く、紫色の頬にはすでに死相が浮かび出てい、この重態の体で潜伏生活を行うことなどは、そもそも不可能事であった。

当初、左兵衛は、わがイエズス会士百人余をマカオに追放するつもりであったが、それほどの人数を受け入れる用意がマカオにはないとの情報を得たので分散させ、スペイン系の、フランシスコ会、ドミニコ会、アウグスチノ会の人々と一緒にマニラに行かせる措置を取り、こうして聴罪師のモレホン神父がマニラ行きとなったので、ジュスト右近もマニラを希望し、彼に従ってきた妻子孫たち、ジョアン内藤、トマス好次、ベアタス会の修道女たちも行をともにすることになった。

準備された五隻の船は、小さくて貧弱なものに過ぎず、そのうちスペイン人、ステファノ・ダコスタの持ち船には、イエズス会を始めとする各修道会の宣教師たちと右近の一行を乗せる予定であったが、乗船予定者はどんどん増えて宣教師と日本人を合わせて三百人以上になった、これでは乗船者が多すぎると抗議をしたところ、左兵衛は、「女などは船縁にくくり付けて行けばよろしい」と暴言を吐き、別な船を探す手立てはしてくれず、結局、乗船者で膨れあがったような五隻のうち、三隻がマカオへ、二隻がマニラに向かうことになった。

十一月になって、この南国でも風は冷え冷えとしてき、雨が降る日が続いたので、破れた屋根から冷たい水が藁に滲み込み、メスキータは虫の息となり、私が終油の秘蹟を授けた直後、十一月四日の明け方、原マルチノと中浦ジュリアンに見守られつつ天に昇り、ついで「先生、先生」と泣く二人の弟子に取りすがられて、この三十八年を主と日本人に捧げたポルトガル人の顔は雨と涙に濡れて神々しいまでに光った。

町から三箇所へと追い出した人々を、乗船のためにもう一度町に移送せねばならなかったので混乱が生じ、この混乱にまぎれて、漁師に変装した中浦ジュリアンと私はまんまと逃れることができ、信者が私たちを自宅の土蔵に匿ってくれたが、そこは長崎を見渡す山の上であった。

出港は、マカオに向けての三船が十一月六日、マニラに向けての二船が十一月七日、こちらは主の受難した金曜日、主が十字架につけられた日も急に暗くなったと福音書にあるが、その日も船が船着場を離れたころから日は陰り、大勢を乗せたため喫水線が水中に没して重たげによたよたと、ちょっとした大波で転覆しそうな危なげな進み具合の船が岬を出て、一隻一隻と視界から消えて行くのを、ジュリアンと並んで、バビロン捕囚の人々を見送ったイスラエルの民の心で見送りながら、フランシスコ・ザビエルがこの地に来てから六十五年にして、播《ま》かれた種から伸びた多くの樹木が抜根されて遠くに運び去られる様子に悄然と頭を垂れた。

メスキータ神父の断固とした決意がなかったら、私は日本に残る決心がつかず、また、中浦ジュリアンという地元で絶大な人気があり、土地勘に優れた同僚がそばにいなかったら、この異国の地で生活していく自信も生じなかったであろう。私は隣にいるジュリアンの、きっぱりとした精悍な顔に頷きつつ、迫害のなかに死ぬのが、主の思し召しだと、またメスキータ神父の私への希望なのだと、まるで心中の青空に聖霊の鳩が羽ばたいているような気持ちで、ひしと思った。

宣教師を長崎の町より駆逐したあと、左兵衛は役人と諸国から駆り集めた兵士によって、すべての教会と付属施設を占領したが、追放船が出航する直前に、船上の宣教師に見せつけるためであろう、ミゼリコルジヤを除き、教会や司祭館やコレジヨの破壊を実行させたので、その前に帰天していたメスキータにとってわずかな慰めであったのは、彼が建設した岬のサンタ・マリア教会、山のサンタ・マリア教会などが破壊されるのを目撃せずにすんだことであった。こうして、十一の教会が建ち、カトリックの栄えを象徴していた長崎の景観はなくなり、所々に廃墟の黒い穴がうがたれた、おぞましい様相の町に成り代わった。

追放令実行の総指揮は、上使山口駿河守直友と長崎奉行長谷川左兵衛藤広で、教徒の尋問は使番間宮権左衛門が管轄していた。彼らは近隣の諸王、大村純頼《すみより》、有馬直純、佐賀の鍋島《なべしま》勝茂《かつしげ》、豊前豊後の細川忠興《ほそかわただおき》（この人の女房ガラシヤは教徒で、敵に囲まれたときに自害し、また彼自身はキリスト教に理解があり、高山右近の親友でもあったのに、今やキリスト教徒弾圧に加担せざるを得なくなったのだ）、それに薩摩の島津家久《しまづいえひさ》に指令を飛ばして、総勢一万の兵士を集めたのであるが、教徒が武力で反抗しないことを知っていたのにこれだけの大軍を招集したのは、万一のための用心よりも、家康大王の威光を示して民衆を威嚇することを目的としたからだと私は思う。

早晩、これらの軍勢が教徒弾圧のために動き出すであろうことは目に見えていたので、ジュリアンの提案で、私たちはキリスト教徒に寛大だという龍造寺直孝《りゅうぞうじなおたか》王の領地、諫早《いさはや》という長崎北東の町に逃れ行ったが、なるほど教会は破壊されておらず、信者たちもミサにあずかっていた。

十一月十五日には、教会と関連施設の破壊を完了した駿河守と左兵衛は、十一月十八日、つまり船の出港後十日目に、ついに軍勢に動員をかけて長崎周辺の教徒攻略を始め、みずからは肥前鍋島王の軍勢を率いて島原半島の南端、有馬を襲った。有馬で教徒弾圧が行われている間に、私たちは半島の中央部の山岳地帯に逃れたが、これは正しい判断で、というのは、半島の東側に侵攻してきた薩摩の島津軍は、あまり熱心に左兵衛の命令を実行しようとはせず、攻撃の前に教徒に立ち退くようにと触れを出して、人々には山中に逃れる余裕が与えられたからで、無人の村々に進軍してきた薩摩勢は、この地方にはもはや一人の邪宗門徒も存在せずと駿河守と左兵衛に報告したのだった。

しかし、半島の南端、有馬に陣屋を構えて総指揮を執っていた駿河守と左兵衛は、権左衛門に残酷な拷問による威嚇を行わせ、乙名《おとな》と呼ばれる村の長老たちを集め、棄教を命令し、従わなかった者の足の骨を砕き、指を切り落とし、鼻を削ぎという拷問を加え、それでも棄教しない者、三十人余を斬首の刑に処した。

教徒追放について長崎代官アントニオ等安は表向き協力していたが、追放船が沖に出て役人の視界から外れると小舟三隻を繰り出して、数人の宣教師を連れもどし、潜伏の手助けをしたという話が信者の連絡網を使って私たちの元にも伝わってき、ジュリアンと私とは孤立しているわけでもなさそうだ、いずれお互いの連絡を取って、布教活動の組織を作ろうと、二人はすこぶる勇気づけられたのである。

隠れ小屋の私を訪れてくるのは、信仰の喜びを維持するために、説教や告解を求める信者のほか、私が医師だというので病気を診てもらいにくる人たちで、山中にも奉行所に内通している者もいる可能性があり、人々は夜こっそりと訪ねてくる。

つい、きのうのことだが、大坂で戦争が始まった、家康大王が大軍をもって秀頼王の大坂城を囲んで攻撃を開始したという第一報が飛び込んでき、弾圧に加わっていた九州諸国の王たちが最近にわかに軍を引き上げ、左兵衛も急ぎ上方に発った理由が理解できたと同時に、戦乱のちまたに挺身したわが友、バルタサール・トルレスの安否が気づかわれた。おかげで長崎周辺は拍子抜けしたほど静かになり、ジュリアンと私は山を降りて村々で宣教に従事し、様子をうかがって長崎に戻る決心をしたけれども、いずれ戦争は終結するであろうから、ふたたび迫害の火が燃え立つことは必定だし、奉行所の監視は依然きびしく継続されているので、すべてに用心深くあらねばならないが……。

わが最愛の妹よ。村に下りたらこの手紙をジャンクに預けるつもりだ。いつまでも息災でいるように、お前の幸福を祈っている。

✝主の平安。

わが最愛の妹よ。

ファン・バウティスタ・クレメンテ

15　城壁都市

豊饒な森が滑って行く。日本の軽やかな雑木林とは違って、厚ぼったい葉と、濃緑《こみどり》から萌《もえ》葱《ぎ》までの色彩と、複雑怪奇に絡み合った枝や幹との、南国の密林だ。それが瑠璃《るり》色の海の上に浮いている。あるとき、灰色の果物が鈴なりと見たら、おびただしい猿が樹木を覆っていた。日本の猿とは違って尾の長い、不思議な猿であった。

密林を切り開いて集落ができている。椰子の葉を屋根代わりに載せただけの粗末な小屋と栗色の肌の原住民。男たちは帽子をかぶって半ズボンをはき、槍や盾を持ち腰に短刀をさしている。ときには金の耳飾りをつけ、宝石の腕輪をした男を見るが、大勢を従えているから土地の有力者なのであろう。女たちは青や緑の鉢巻や首輪や腕輪で飾り、極彩色の腰布をつけて、なかなかお洒落、しかも壺を運び洗濯をし、大の働きもの、時としてはっとするほどの美人がいる。

彼らは水浴びが好きで、よく全身を水に浸けている。赤ん坊を水中で洗っている女、集団で水しぶきをあげている子供たち。湿潤な土地らしく大小の河川が多い。この川に鰐がうようよいて、水浴する場所を柵で囲って防備している。この鰐は血に飢えて獰猛で、水辺に来た人間も動物も餌食として狙っているのだ。一度、鰐が原住民の丸木舟を襲ってひっくり返したのを見た。

日本では見られぬ、めずらかな動物に目が向かう。水に浸っている角の長い水牛の群れ、角がねじれて背中に瘤のある小さな牛、集落で飼われている極彩色の鶏、さまざまな羽音を響かせて飛び交う夥しい虫、固い柱のように濃密な蚊柱、子猫ほどもある巨大な蠍、派手な色彩の山鳥、胸に赤い斑点のある鳩。澄んだ夜空に鈴なりの果実とみまごうばかりの諸星。十二月の終りに近いのに灼熱の太陽と真夏を越えるこの暑さ、常夏の国。

日本と変わらぬのは月である。月を見ると、遥かな遠くに去った故国でも同じ月を見ているだろうと懐かしく思った。長崎を出たころは上弦であった。続いて満月となり、規則正しく闕《か》けて満ち、二度目の満月がきた。これで三十数日の航海であったと判明する。この日々、天気のよい夜はかならず月を見た。しかし、月を愛でる風流の心にはならない。蒸し暑い風は汗を噴き出させ、名前の知らぬ虫たちがうるさく付きまとい、追っても追ってもまつわりついて来る。とくに蚊が執拗に刺す。

呂宋の陸地を見、マニラは近いと告げられてから、かれこれもう五日、船はのろのろと岸に沿って進んでいる。いや、時として無風や逆風にいたぶられ、停船を余儀なくされる。この有様では目的の町に、いつ着けるのか、おぼつかない。

とある港にて補給してから食糧は急に豊富になった。焼き立ての南蛮煎餅、それに新鮮な野菜、隠元豆、芋、バナナ。度肝を抜かれたのは焼き肉が出たことだ。豚か鹿か牛か、猛烈な獣の臭いに辟易して誰も食べられなかった。パードレたち、船員たちは平気で獣肉を食している。右近は日本人は肉を好まず、魚を好むのだと料理人に説いたところ、今度は先方が驚いた。彼は日本人に対する好意として肉料理を奮発したつもりであったのだ。献立は油炒めの魚や海老や蟹に変わった。淡泊な焼き料理を好む日本人にとってはオリーブ油をたっぷりしみこませた料理は脂っこくて口に合わなかったものの、まあこれは日本人に食せる代物ではあった。

飢えと渇きが癒され、一同、元気をとりもどした。肌を拭い、干した着物を着、女は化粧した。子供は活潑に遊んで歓声をあげた。修道女は清潔な黒衣に身を固めて祈り、右近と如安は読書にふけり、好次は書き物に精だし、パードレは交替で日本人のために懺悔と聖体拝領のミサを立てた。長い苦しい航海の末に、人々はようやく平安な日常に立ち返った。

ところが一人パードレ・クリタナは重体で、ある夜、危篤に陥った。右近と如安と好次が病床に駆けつけたとき、すでにモレホンによって終油の秘蹟が授けられた後だった。瀕死の人は、削がれたように尖った鼻を震わせて、かすかに息をしていた。パードレやイルマンが犇めく中に、香の匂いが蒸れていた。連禱をしているうちに、右近は急に冷や汗が噴き出てよろめき、好次に支えられた。廊下に連れだされた右近は、崩れるように膝をついてしまった。「いかがなされました」と好次と如安がこもごも気づかった。甲板に出て夜風に当たると汗が乾いていき、足腰もしっかりしてきた。「老いじゃ」と右近は明るい夜空を仰ぎながら嘆息した。二、三日前の満月は闕け始めて、そのぼやけた縁を雲に溶かしていた。「長旅のお疲れが出ましたな」と好次が言った。そのとき、モレホンが足早に上がってきて、「彼は天に昇った」と告げた。と、自分でも思いがけなく、右近の目から涙が流れ出し、やがてとめどもなく咳き上げた。ついには涙が止まらず、むせび泣きになった。その激しさに、如安と好次がびっくりして左右から身を寄せてきた。「これも老いじゃ。とめどもなく悲しゅうござる」と、右近は自制して泣きやんだ。クリタナの遺骸の前ではヴィエイラを中心に宣教師たちが祈りを捧げていて、船長や主立った船員たちも加わっていた。右近たちも後列で祈りを唱和した。

深夜眠れず、右近は闇のさなかで考えた。この悲しみはどこから来るか。天に召されしクリタナは、スペイン、トレドの人でクレメンテの旧友だそうだ。このコレジヨの副院長には、図書館の蔵書を借りたり、若き日のクレメンテについての思い出話を聞いたりしたが、とくに親しい仲ではなかった。悲しみは、クリタナ個人を悼むというより、日本に来た宣教師たちの死を悼む気持ちなのだ。彼らは、遠いヨーロッパより来日して、右近に信仰の尊さと喜びを教えてくれた。主の福音を、よき訪れを身をもって示してくれた。しかも、メスキータもクリタナも、アルメイダもオルガンティーノもフロイスも、彼らすべては近親には看取られず、絶海の島国で死んだ。その死の孤独をなぐさめるのは、キリシトの教えに従った栄光のみである。天より主がよみしたまうのみ、それのみにて充足するためには、深い透徹した信仰がなければならぬ。彼らにはそれがあった。右近は、改めてクリタナの死を悼み、こみあげてくる涙を拭った。

翌朝、右近がパードレ室に行ってみると、夜のうちに船大工によって作られた粗末な木棺の中にクリタナの遺体は収められ、蠟燭が灯り、岸辺から運んだのであろう野の花が供えられてあった。

船は岸辺の淀みを漂っていた。モレホンが困惑しきった顔で右近に言った。

「弱ったことに逆風なのです。マニラに近づきつつあったのに残念です。アントニオの遺体をここで水葬するに忍びず、何とかマニラに埋葬したいのですが」

「小舟に乗せて、漕いでマニラまで運ぶより仕方がない」とヴィエイラが言った。

「二十レグア（約百十キロ）も離れているのだよ。漕いで行けるか」とモレホンが気弱に言った。

「行けるとも、交代で漕ぎ続ければ明日中までにはマニラに着ける。それに、われわれの船がここまで辿り着いたことを総督に告げることもできる」ヴィエイラは確信を持っている人の力強さで言った。彼は、いつも断定的に物を言い、何かにつけて遅疑逡巡するモレホンを励ます役にまわるのだった。

モレホンはとくに右近と如安を呼んで言った。

「わたしたちはマニラに行ってフィリピン諸島総督ファン・デ・シルバに会います。彼は昔サンティアゴ修道会に属していた騎士でわたしとは旧知の仲ですし、最近も文通していましたので、親しい間柄です。彼は数年前にマニラ総督に赴任した軍人で読書好きで、グスマンの著書、『東インド、中国、日本伝道史』を読んでいて、右近殿や如安殿のことをよく知っています。お二人が来たと知ったら喜ぶでしょう」

「われら日本人を受け入れてくれるように、執り成しをよろしく」と右近と如安は頭を下げた。

ヴィエイラの指示で岸辺の村から小舟と原住民六人の漕ぎ手を雇い、こちらの船の船員も二人乗り込んだ。クリタナの棺を運び込み、それを護る様に、左右にモレホンとヴィエイラが立った。小舟は風に逆らって進み、やがて岬の向うに消えた。

翌々日の朝のこと、甲板が騒がしいので右近が出てみると、まぶしい朝日を一杯に浴び、輝かしい白い帆を膨らませ波を蹴立てて晴れ晴れしく、大型船が近づきつつあった。ガレウタ船である。村山等安の所で模型を見たことがあるが、実物は初めてであった。大きいだけでなく、丸みを帯びた船体を持ち、縦帆と横帆を操り進む精密な構造で、全体が入念に美しく造られてある。上下二列の砲列を見れば、戦闘用の軍船であると知れる。甲板には正装した大勢の人々が並んでいた。服装から推して、ドミニコ会士とイエズス会士と思われるパードレたち、それに黒光りする南蛮服の紳士たち、いずれも異人、おそらくはスペイン人である。

　ガレウタ船から小舟が下ろされた。数人が乗り込む。やがてこちらに向かって漕ぎ出した。モレホンとヴィエイラが立っている。二人はこちらの船に登り、すぐ右近と如安に近寄ってきた。

「フィリピン諸島総督が右近殿と如安殿がわれわれの一行にいると知り、大層喜び、大歓迎したいと張り切って、ガレウタ船を迎えに寄越したのです」とモレホンが報告した。

「いやもう、総督は熱狂しているのです」とヴィエイラが興奮気味で言った。「右近殿の名前は、マニラでは有名です。日本のキリシタン大名の代表であり、秀吉大王と現在の家康大王の伴天連追放と迫害の時代に信仰を守って生き抜いてきたことに敬意を覚え、ぜひともマニラ全市をあげて歓迎したいと言っているのです」

「それはかたじけないし、名誉なことですが、拙者はそのような歓迎に値しない」と右近は言った。「それに、旅の疲れもあって、いささか休養を欲しているのです。ひっそりと上陸して、どこぞの片隅に隠れ住まわせていただければ十分満足です。総督には丁重にお断りしていただけないだろうか」

「いや、それでは総督に対して失礼でしょう。彼は日本の情勢についてある程度の知識を持っていて、このたび、暴君によって追放された著名なキリシタン武将を歓迎できることを名誉ある行為として遂行したがっているのです」

「右近殿」とモレホンも口を出した。「日本のキリシタンとはいかなるものかを総督始め、マニラの人々に知らしめる、よい機会が来たのです。マニラには日本人が大勢いますが、金儲けしか関心がない無知な商人や倭寇《わこう》を働いてきた無頼の連中ばかりで、人々は日本人に対して偏見を抱いています。日本人の名誉のためにも、キリシタンのためにも、総督の歓迎をお受けください」

「かたじけないが……」右近は考えた。異国に来て、異国の習慣に慣れぬうちは異国人の要請に従うのが道であろう。「分りました。総督の仰せ通りにいたしましょう」右近はようやく合点を返した。

嵐で冠水した着物は、その後、女たちの念入りな洗濯と手入れで、何とか見端よく着られるように整えられていた。とくに右近と如安の晴れ着は、妻たちが油紙に包んでおいたので被害が少なく、袴を穿き日本刀を腰に差すと見栄えのある武士の正装を整えることができた。

モレホンとヴィエイラに伴われ、右近は忽兵衛を、如安は好次を供としてガレウタ船に乗り移った。長身の軍人が王に対するかのように、うやうやしく握手を求めてきた。ドン・ファン・ロンキリヨと言う副総督で、フィリピン諸島総督の忠実な部下だと自己紹介し、総督が心より、勇敢な武将でありキリシタンの友である右近殿、如安殿を歓迎する旨を述べた。その茶色の長い揉み上げ、てきぱきとした身ごなし、Rの快く響くスペイン語で、右近は相手の気持ちも言葉もよく理解でき、こちらも武士の作法で応じ、ゆっくりとしたスペイン語で謝辞を述べた。この言葉が通じたことが副総督を喜ばせ、顔一杯に笑みが広がった。副総督に続いて十数人の紳士たちが握手のため列を作った。副総督が一人一人を紹介したが、右近には一々覚えられなかった。ただ、マニラの貴顕が集まっていることは理解できた。

続いてイエズス会とドミニコ会のパードレたちが右近と如安に挨拶し、マニラ大司教メルカド猊下《げいか》がキリシトの信仰を守った勇者たちに尊敬の念を抱いていて、教会諸派も最大限の歓迎をすると伝えた。副総督の合図で白い服を着た色黒のフィリピン人の少年が飲み物を運んできた。勧められて口にすると香り高い甘い汁であった。副総督が微笑して、この国で特産の果物の搾り汁だと説明した。

副総督は、真新しい衣服や菓子や果物など、盛り沢山な贈り物の包みを示し、ただちにあなた方の船に運ばせると言った。

ガレウタ船がこちらの船を曳航してマニラに向かった。上陸が近いというので、日本人たちは体を拭い、衣服を着替え、髪を結いなおした。総督の贈り物のなかには、真新しい着物や美しい拵《こしら》えの日本刀があり、右近の孫や好次の息子まで武士の身形《みなり》を整えることができた。

マニラの町が近づき、絵画や書物の挿絵で見た異国風の城がそそり立っていた。大きさを揃えた切石を積み上げた城壁、要所に丸い砦、大砲や投石の配備。右近は城の精密で堅牢な設計を見て取り、この巨大な城を攻略するのは容易ではないと認めた。

ヴィエイラが、「Intramurosすなわち城壁都市と言い、マニラの中心部で、スペイン人の居住区です」と説明した。

都市の細部が見分けられてきた。城壁に囲まれた中に、教会や宮殿や病院や多くの家々が並んでいる。つまり城壁の中に町ができているのだった。

突如、ガレウタ船が大砲を撃った。轟音と白煙に驚いて日本人たちがどよめいた。すると城壁都市も一発を撃った。右手の要塞からも一発。これが貴賓を迎える礼砲だと右近は察した。城壁前の砂浜や宮殿のバルコニーは人々で一杯であった。

右近たちは小舟に乗って砂浜に着いた。海岸には槍を立てた儀仗兵が並び、フィリピン人の召使を従えた貴族たちが待っていた。Puerta del Palacio del Gobernadorすなわち総督門という正門だとヴィエイラが教えてくれた。道の両側には歩兵隊が並び、一行が貴族たちの先導で進むにつれて歩兵が一人一人、歓迎と敬意をこめて火縄銃を撃った。右近は、銃の扱い方の素早さと正確さについて、先導役の副総督に「うまいものです」と称賛の言葉を述べた。副総督はいかにも誇らしげに、「彼らは総督の精鋭なる親衛隊です」と説明した。鉄扉の開いた門をくぐり、石畳の道を行くと左側に総督邸があった。総石造り、二階建ての壮麗な宮殿である。このような宮殿は日本では見たこともない。石をすべらかに削って、透き間なく積み上げる技術に右近は感心した。

階段を登り詰め、宮殿の大広間、天井が高く、無数のギヤマンがきらめく、明るい空間に踏み入ったところに総督、全植民会議員、マニラの有力者が待っていた。肉付きのよい偉丈夫の総督は一同より数歩前に進み出、いきなり右近を抱き締めた。こういう挨拶を交わしたことのない右近は面食らったが、慎み深く、抱かれたままじっとしていた。強い香料の香りがした。戦陣におもむく武将が兜に香を焚き染める習慣を右近は思っていた。そして総督が武人として最大の敬意を右近に表している事実は理解できた。総督の歓迎の辞に対して右近はスペイン語で謝辞を述べた。総督は親しみを込めた微笑みで応じた。

ロンキリヨ副総督が、これから昼食の場所に案内しますと告げた。階段下には馬車が数台用意されてあった。ここでちょっとした行き違いが起こった。最も豪華な総督用の馬車に右近と如安が導かれたあと、ジュスタと如安夫人も乗るようにと言われたのだ。ところが、彼女たちはすでに別な馬車に乗っていて、こちらに招いてもその馬車を降りようとはしなかった。夫婦が一緒の馬車に乗り込むなど日本人の習慣として恥ずかしくてできなかったのだ。出発が遅れてしまうので、右近は馬車を降りて、二人の夫人を迎えに行った。彼女たちは羞恥で赤くなって夫の隣に腰掛けた。すると、沿道を埋めている群衆が期せずして拍手を送って歓迎の意を示してくれた。右近は二人ににっこりと挨拶するようにと注意した。二人の女性は緊張した面持ちを無理に笑顔に変えた。すると群衆は笑顔で応えてくれた。

馬車が動き出した。総督の親衛隊が先導し、大勢の軍人と貴族が馬で従った。道の両側は、信仰のために日本から追放された英雄を見ようとする群衆でごったがえしていた。スペイン人と思われる異人たちが大部分だったが後ろの方にはフィリピン人や日本人や中国人も群がっていた。

総督邸のすぐそばに、大きな教会があった。右近はロンキリヨに、教会の名前を尋ねた。Iglesia Metropolitana つまりメトロポリターナ大聖堂という、マニラでもっとも大きな教会だという答えだった。

馬車が大聖堂の前に来ると鐘楼の鐘が打ち鳴らされた。教会前には司祭たちや信者たちが大勢集まっていて、右近たちにうやうやしく挨拶した。右近は、ぜひとも教会内に入ってみたいと言った。この国の教会の雰囲気を知りたかったし、そこで祈りを捧げてみたかったのだ。オルガンの演奏が響き渡った。右近は、遣欧使節たちが口を極めて褒めていたオルガンの音色とはこれだと思い当たった。石できっかり区切られた空間に反響する楽の音は、魂の底まで震撼させる力強さを備えていた。曲の名前を司祭の一人に尋ねると、紙に Te Deum Laudamus in gratiarumactionem と書いてくれた。恩寵の働きによってわれ神を愛す、であった。右近は祭壇の前に跪き、祈った。故国を遠く離れ来て無事にこの国に到着できたことを感謝し、故国に残してきた信仰者たち、能登の弟や金沢の信者たち、クレメンテ、中浦ジュリアン、その他、現在日本に潜入している宣教師たちの無事を祈った。

ふたたび馬車は進んだ。大聖堂と同じことがサン・アウグスチノ寺院でも繰り返された。ついに馬車はイエズス会のコレジヨに着いた。オルガンの演奏はまたしても Te Deum Laudamus であった。食堂には、大勢の人々が待っていた。黒衣のパードレたち、黄褐色衣の学生たち、コレジヨ挙げての歓迎の宴であった。モレホンとヴィエイラが、院長、副院長、主立ったパードレたちの紹介の任に当たり、右近は微笑を向けて握手して回った。院長の食前の祈りで宴が開かれた。日本人の習慣を考えて、肉を除き、主に魚と野菜を使った料理であった。あまりに緊張していたためか、疲労のせいか右近は、さっぱり食欲を覚えず、ジュスタを心配させた。無理して南蛮煎餅のかけらを押し込み、少量の葡萄酒を飲んだ。が、それ以上食べようとすると吐き気がきた。右近は、左右から話しかけられて、にこやかに応対しながら、早く宴が果て、横になって休みたいと願っていた。

右近たちが案内されたのはコレジヨと通りを隔てた真向かいにある客人用の宿泊施設だった。大きな建物で、日本人たち全員が泊まっても、なお多くの部屋が空いていた。窓からは芝生を敷きつめ木立に隈取られた四角い庭園が見えた。城壁まで行ってみると、城壁外に広がる原住民の町や青絵の具を溶かしたような海が見渡された。

好次は入手した地図を手に右近に城壁都市の構図を説明した。

それは西がパシッグ川、南がマニラ湾に面している三角州に建つ要塞で北と東は堀で囲まれている。われわれが到着した総督門と総督邸は南の中央にあり、現在滞在しているコレジヨは東南のはずれにある。この城壁都市に住めるのはスペイン人とその召使のみで、フィリピン土民、中国人、日本人、安南人はすべて城壁の外に住まねばならない。二人は外の町を見渡した。城壁都市が石造りの堅牢な建物に満ちた整然とした豪華さを誇っているのに、外の町は小さな木造の家々の並ぶ雑然とした貧相なものであった。いかにも炎暑の地方らしい簡便な家、なかには航海中にも見た椰子の葉を屋根代わりにした小屋もある。それでも、道は縦横に通じ、花壇や噴水のある公園、森の中には僧院や教会らしい建物も点在し、大きな都市にはなっていた。

「ロンキリヨから聞いたのですが」と好次が言った。「東北の方角の、ディラオと呼ばれるあの辺りに日本人町があって、倭寇を働く乱暴者が大勢いるそうです。日本人は、何かというとスペイン人に反抗し、しかも武力を持っているので、その統治には総督も手を焼いている。今度、高山様という偉い武将が来たので、日本人もおとなしくなるのではないかと、総督は期待しているようです。われわれへの歓待も、単にわれわれが追放された信者であるから、名誉ある殉教者であるからという理由だけではなさそうです」

「相変らず内藤殿は人間の裏を読もうとなさる」と右近は冷やかし気味に言った。「しかし、総督が軍人らしい一本気の善意の人で、熱心な信仰の人であることは疑いないでしょう。われわれの歓迎の念も彼の本心であると私は信じます。第一、乱暴者の日本人を統率する能力など、この老骨にある訳がない。彼がいくら私を利用しようとしても、利用しようがないのですから」

「今日は大分お疲れでしたでしょう」と好次は急に右近を気遣った。

「疲れました」と右近は正直に答えた。「この老体には、この国の暑さは応えます。食べ物にもなかなか馴れそうにもありません。そして、この石の中に閉じ込められた感じにも……」と、右近は異様な痒《かゆ》みを項《うなじ》に覚えて手で払った。掌が真っ赤になるほど血を吸った大きな蚊が死んでいた。蚊は後から後から襲ってくる。右近は家の中に退散することにした。

翌朝、総督の使者が贈物の山を運んできた。その嵩張った包みにびっくりした右近は、忽兵衛や十太郎に手伝わせてほどかせた。見たことのない果物、変わったギヤマンの瓶に入った南蛮酒、金銀造りで凝った飾りのついた食器などのほか、色とりどりの南蛮服があった。男女のものがある。大人たちは敬遠したが、十太郎や孫たちは大喜びで身に着けてみた。子供たちの歓声に動かされて、日頃控えめなルチアまで服を着て鏡に向かって見ている。総督が、右近たちの体付きや身長などを細かく観察して服を選んでくれたことが分って、右近は深く感じ入った。

続いて、マニラの大司教ディエゴ・バスケス・デ・メルカドが数人のパードレを供にして訪れてきた。供のなかには、モレホンとヴィエイラも混じっていた。大司教は、日本のキリシタンの代表である右近が、この地で不自由な生活を送らないように最大限の努力を払うと約束した。モレホンは、内藤ジュリアを始めベアタス会の修道女たちがマニラに修道院を創る許可を得たいと大司教に願い出たと告げた。彼の予測では大司教はこの申し出に満足し、日本人町の近くに建設用の土地を無償で与えたいと語ったという。

大司教の一行が退出するとすぐ全植民会議員の一行が来た。マニラの裕福な有力者たちで、外国の貴賓に贈るというマニラ市の紋章を刻した金杯を差し出した。彼らはいずれ自分たちの邸宅に右近や如安を招待したいと言って去った。つぎつぎの来訪者のため、絶えず緊張と外交的な微笑を強いられた。昼ごろには右近はへこたれて寝椅子にぐったり横たわってしまった。相変らず食欲がない。ジュスタは心配して、米で粥を作ったが、この土地の米には粘りがないうえ妙な臭いが鼻につき、喉を通らなかった。しばらく来訪者を断わろうと決心したところに総督がじきじきに訪ねてきた。

前日に会ったときと違い、総督は軍服を脱いで薄い布の軽やかな服を着て、部下も伴わず一人で現れた。こういう衣服を着ると彼が、絶えず体を鍛えて、筋骨隆々とした体格を保った武人であることがよく分った。日焼けした肌は、室内で執務するよりも外に出掛けることの多い日常を推測させた。年齢も総督邸で見たときよりもずっと若く、まだ四十になったかならないかである。右近に聞き取りやすいように、一語一語を区切り、ゆっくりと話してくれるスペイン語は、大体右近に理解できた。通じないところはポルトガル語やラテン語になったが、こうなると右近の方が流暢で、総督はたじたじとなった。総督の望みで、二人は客間で一対一で話すことになった。

総督は、両手をパチンと打ち合せ、両の人差指の先で高い鼻を押し上げると、うきうきした素振りで話し出した。

「日本の著名な武将と、こうして親しく対話を交わすのは私にとって初めての経験です。さらにかくも語学に堪能な日本人に会うのも初めての経験で、いろいろと伺いたいことがあるのです。きのうは公式の会見で、フィリピン諸島総督としてあなたに会いました。今は一人の騎士としてサムライであるあなたを訪ねているのです。まず改めて自己紹介しましょう。私の名前はファン・デ・シルバ。スペインのトゥルヒーリョの生れです」

「トゥルヒーリョ？　どこですか」と右近は率直にその土地を知らないと告げた。

「スペインのエストレマドゥーラ地方、つまり西南部の町です。この町には有名な軍人が輩出しました。ヌエボ・ムンド（新大陸）のペルーを征服したピサロ、同大陸のアマゾンという大河を発見したフランシスコ・デ・オレリャーナ」

「はあ？」ピサロもオレリャーナも初耳の人物であった。エストレマドゥーラ、ペルー、アマゾンという地名など、もちろん初めて聞いた。

「私は若いころ、サンティアゴ修道会の騎士の称号を受けました。フランドル歩兵連隊の将校をしました。つまり根っからの軍人です」

根っからの武士である自分と共通した経歴を右近はやっとつかんで、「なるほど」と頰笑んだ。「でこのフィリピン諸島にも軍人として来られたのですか」

右近がやっと発した質問をシルバはいたく喜んで、前にも増して快活に、しかも熱心に話した。

「フィリピン諸島の軍事力増強のために五つの歩兵中隊を寄贈し、その見返りにフィリピン諸島総督の終身職を得たのです」

「はあ?」また理解できない。歩兵中隊を寄贈するという習慣が日本にはない。それによってどこかの領主になる制度もない。で、「それはいつごろの事ですか」とお義理で尋ねてみた。

「一六〇九年四月二十一日です」と、右近の質問を関心の深さと取ったらしくシルバは、正確を期するように、目を細めて記憶を探り、年号を引き出した。「その日、マニラに到着したのです。私が総督として最初にやった仕事は、この諸島の軍事拠点の城壁や要塞の修復でした。また海軍力の増強にも努めました」

「敵はどこの国ですか」

「オランダです」とシルバは憎々しげに唇をゆがめた。「プロテスタントという異端者の国で、わが祖国スペインのようなキリスト教の正統派の国、カトリック教国の宿敵です」と話しているうちに温厚な軍人だった人が急に野性味を帯びてきた。「このフィリピン諸島とモルッカ諸島で、彼らはわがスペインに敵対行動を繰り返しています。私の三代前の総督、ドン・ペデロ・デ・アクーニャが行ったモルッカ諸島遠征に対する復讐のため、オランダ艦隊は、まずイロイロ島に来襲し、わが守備軍に撃退されると、今度はマニラに来襲したのです。一六〇九年十月、すなわち私が赴任して六ヵ月後のことでした。マニラは五ヵ月に亘って包囲されました。私はオランダ艦隊がわが植民地首都を完全包囲したと、おのれの優位に慢心している間に、マニラを脱出しカビテ、これはマニラの対岸の町ですが、そこの兵器工場で五隻の軍艦を建造して、オランダ艦隊を背後から不意打ちしたのです。激戦でした。敵の提督は戦死、オランダ艦隊は大損害を受けて敗退しました。大砲五十基と五十万ペソを戦利品として押収しました」

「大勝利ですね」

「ええ、そうでした」とシルバは照れもせずに言った。「当分、オランダはこのフィリピン諸島に攻めてはこれないでしょう。私は逆に、将来、オランダ人の根拠地、ジャワを攻めてやろうと計画しているのです」

「はあ……」どうも話題が武張ってしまい、提督に抱擁されたときの香料の匂いから連想した、教会の保護者で平和を愛する温和な提督とは違うようだ。ちょっと気まずい沈黙が続いた末、右近は今度は自分の経歴を語ろうと思い立った。

「私は日本の摂津高山、中心部の小さな町に生れました……」と語り出すと、シルバは手を大きく振って遮った。「右近殿のような有名な方の出生の事情や度重なる武勲やキリシタンとしての業績はよく知っています。これが種本です」とシルバは分厚い書物を鞄の中から取り出した。本を開き、扉の表題を指で示した。

Historia de las missiones qve han hecho los rerigiosos de la Compania de Iesvs, para predicar el sancto evangelio en la India Oriental, y en los reynos de la China y Iapon, Lvis de Guzman

書名を訳せば、東インド、中国、日本におけるイエズス会の伝道史、モレホンが語っていたルイス・デ・グスマンの本である。

「私のことが書いてあるのですか」

「詳しく沢山書いてあります」とシルバは、自分が大の読書家であることを誇るのが嬉しくてならぬというように、笑いながらまた拍手した。パチンとさっきよりもさらに鋭い音がした。「ドン・フスト右近殿とドン・ファン内藤殿のことは、この本で知ったので、今度、お二人に会えるのが嬉しいのです。また日本の政治情勢についても私は大体心得ています。ただし、私の知っているのは、飽くまで宣教師たちの目を通してですし、グスマンの本にはタイコウデンカの死までしか書かれていませんから、その後の日本の情勢については、モレホンなど日本にいた宣教師からの手紙で断片的にしか知りません。その点については、日本の中枢にいて政治情勢に詳しい右近殿から直接にいろいろと伺いたいのです。今度の追放令はオオゴショサマの命令だそうですが、そうなった事情など教えてほしいのです」

シルバは言いたいことを言ってしまったらしく、ふと口を噤むと、額の汗を拭った。彼は彼なりに右近の前で緊張し、精一杯に注意を集中して話していたらしい。右近が目を落とすと、シルバのズボンの股の内側に革が張ってあるのに気づき、自分より年下の武人を労るような気持ちになって言った。

「馬にお乗りになるのですか」

「はい」右近が提供してくれた話題にシルバは飛びついた。「乗馬は大好きです。ここに来るのも馬に乗ってきました。右近殿も馬に乗りますか」

「乗ります、日本の武士の嗜みとして」

「馬上の戦闘の経験がありますか」

「あります、何度も」右近は目を閉じた。賤ヶ岳の激戦の模様がふと浮かび上がった。

「それは素晴らしい。私は歩兵出身ですが、実戦は海戦ばかり経験していて、まだ馬に乗って戦ったことはありません。日本の武士の嗜みは、あとどのような武術ですか」

「剣術と槍術と弓術です。が、私は槍術はやりません」

「剣と弓はおやりになるわけですね。それは素晴らしい。私は剣と短銃をやります」

「短銃ですか。それは日本の武士はやりません」

「今度、馬で遠乗りに出掛けませんか。馬は用意します。城壁都市の外には美しい森や川原や野原が沢山あり、馬で楽しめます」

そのあと話が弾んだ。シルバは日本のサムライの主従の関係や戦場での習慣に強い興味を示した。とくに領主の棟梁が支配する〝与力〟と平領主の子飼いの〝家来〟との差、武将の一騎討ちの作法、ハラキリという断罪の条件とその実行方法などについて、立ち入った質問を連発し、その一つ一つに右近は懇切に答え、総督は大満足で帰っていった。彼との会話で、右近は自分がそれほど疲れはしなかったと思った。少なくとも好次が心配したように、相手が日本の武将としての自分を利用しようとして親愛の情を示したのではないことは了解できた。スペイン人として、フィリピン諸島を征服して植民地とし、さらにオランダの植民地であるジャワまで攻略しようと目論んでいる考え方に、これまで付き合ってきた伝道一義の宣教師とは肌合いの違う武断派の愛国者を見出し、違和感は覚えたものの、それによって彼を軽蔑しようとは思わなかった。

その日には、フランシスコ会やドミニコ会の招待、貴族や議員の来訪や招待と立て続けにあり、全部を受けている時間がないので、思い切ってつぎつぎに断ることにした。こうして、午後と夜を休息することができて、右近は少し元気を取り戻し、食欲も出てきた。ルチアは、フィリピン米で上手に飯を炊く方法を工夫し、怨兵衛に命じて市場で魚を買わせ、日本風の食事を用意して父親に食べさせてくれた。

マニラに着いて三日目はキリシト降誕祭の前夜であった。総督から使者が来て、深夜に大聖堂でクリスマス・ミサがあるので、みなさんで出席し、そのあと総督邸でお祝いの宴をしたいという旨が告げられた。

総督差し回しの馬車で右近たちはメトロポリターナ大聖堂に行った。人々が広い堂内に溢れんばかりに詰めていた。右近たちは、人込みを掻き分けて前の方に案内された。すでに自席に着いていた総督は副総督、貴族、議員たちとともに総立ちになって、うやうやしく右近たちを迎えた。

右近は赤い毛氈《もうせん》で覆われた祭壇の上の金の巨大な十字架に目を奪われた。このように豪奢な十字架は日本には伝来していなかった。オルガンの演奏とともに艶やかな白衣《アルバ》のパードレたちが入堂してきた。いつのまにか火が灯された夥しい蠟燭のため燃えるような明るさになった。司式はメルカド大司教で、その帽子と衣装はことにも華々しかった。パイプオルガンの体の芯から魂を震撼させてくる響き、マニラ到着の日はあまりの目まぐるしさに紛れて音曲に聞き入る余裕がなかったのが、その絶妙な作用で右近を陶然とさせた。と、透明な合唱がオルガンの音色に、清流に降り注ぐ日光のように聞こえてきた。振り向くと合唱《コロ》席の少年聖歌隊である。揃いの白衣で雛壇に並ぶ少年たちは、いかにも喜びに満ちた顔付きで可愛らしい口を開いていた。これまで、さまざまな降誕祭のミサに出席して、高槻、明石、金沢、そのいずれにもほのぼのとした良さがあったが、このマニラのは特別であった。右近は、ヨーロッパを強く覚えた。遣欧使節たちが、目を輝かして語った遠い異国の栄えを、今、思い知らされた思いであった。

が、大聖堂を出たときに、右近ははっと胸を突く光景を見た。聖堂に入れない、いや入れてもらえなかったフィリピン人たちが闇の中に犇めいていたのである。彼らはスペイン人の召使か女中であろうか、割合にさっぱりとした服装をしていた。もっともスペイン人がすべて絹で着飾り盛装していたのに、彼らは木綿の質素な服装であった。大聖堂の降誕祭ミサが征服者スペイン人のためであり、右近たちは客人として特別に招じ入れてもらえただけであると彼は気づいた。そういえば、この城壁都市の中にはスペイン人と今はスペイン領となったポルトガル人、そして彼らの召使女中と客人のみが住めるので、その他の国々の人々、フィリピン人、中国人、日本人、安南人などはすべて城壁の外に追いやられていた。

総督邸での大宴会には、マニラ中の身分ある貴顕紳士が細君や家族同伴で集まっていた。すでに総督夫妻のそばに、第一の賓客として、右近とジュスタ、如安と夫人も並ばせられた。すでにこの三日間で右近たちの到着と総督の歓迎ぶりは町の耳目を集めていたらしく、人々は、愛想のいい笑顔に好奇の眼を光らせながら競って近づいてきた。こういう場合、言葉が自由になるのは右近だけだったから、彼は絶えず通訳の役目も果たさねばならなかった。総督夫人を筆頭に多くの婦人たちがジュスタや如安夫人に話しかけてくるのだが、彼女たちは恥ずかしがって、ほとんど満足に応答できず、右近は彼女たちの言葉を勝手に創作して相手に伝えたところ、彼女たちは日本の武将夫人たちの気の利いた応答に、すこぶる感心の体であった。困ったのは、香辛料の臭いの立ちのぼる、盛り沢山な肉料理が出たことで、日本人たちは、その臭いだけで気分が悪くなる始末、ルチアは真実吐き気をもよおして、右近をあわてさせた。

ここでも、右近は給仕と召使が全員フィリピン人であるのに気づいた。フィリピン諸島はもともと彼らの国であった。そこにスペイン人が征服者として乗り込み、国を奪い彼らを召使にしたのだ。右近は日本に来た宣教師のなかで日本人をまるで被征服者と見なしていた人がいたのを思い出した。

宴が果てると、一同は総督門から海岸へと散策に出た。日本では真夏の気温としか思えぬ、生温かな潮風にくるまれながら、天球を飾る無数の宝石と朝日の予感の明るみに浮かぶ後の三日月とを眺めた。ロンキリヨ副総督が、〝南十字星〟という星座を教えてくれた。それは天の川の中に川底から輝き出たような四つの星で、そう言われてみれば、船の上からも何度も気づいていた星であった。「あの十字を見ると、われわれはキリシトの教えを南の国の人々に伝える聖なる使命を自覚し、勇気づけられるのです」と、ロンキリヨはつつましく言った。

好次が右近を城壁の切れた場所まで引っ張って行った。そこからは城外の広大な海岸が見渡せた。星明りに砂浜に蝟集するフィリピン人たちが見えた。町中の人が駆り出されたかのような異様な群衆であった。

「モレホンが教えてくれたのですが、マニラの降誕祭はすでに十二月十五日、つまり十日前から始まっていて、来年一月六日まで毎日続くんだそうです。と言うのも、この時期は土民の伝統的な収穫祭が行われていたので、教会の行事と収穫祭を一緒にするよう宣教師が計らったのです。ああして、マニラ中の土民が夜になると浜辺に出てきて、明け方まで食べたり眠ったりして、キリシトの降誕を讃えるのだそうです」

その夜、宿舎に帰った右近は、夜通し浜から聞こえてくる人々のざわめきを聞いた。そして去年の降誕祭を、近付く禁教令の緊張のさなかに、ノアの方舟の劇をしたことを、何年も前の別世界の出来事のように思い出していた。

シルバ総督は、右近の所に通ってきて質問しては回答を聞くのを、楽しみにするようになった。読書や文通によって大雑把に摑んでいた日本の国情が、歴史の当事者による細部描写によって埋められ補強されるのが、面白くてならなかったらしい。右近は、信長、秀吉、家康などの最高権力者のほか、多くの大名を個人的に知っており、山崎の合戦から小田原攻めまでの幾多の合戦で実際に戦っていたし、合戦後の大名たちの勢力の変化についても知識を持っていた。さらに古顔の武将として、キリシタン大名はもとよりスペインやポルトガルの宣教師たちの多くと交友関係にあり、日本の歴史的変動の目撃者として、総督にとっては貴重な人物に思えたらしい。総督は、まずは自分の知識を広めるまたとない機会が訪れたと右近に接近してきたのだが、そういう態度に右近は若さを見た。そして若いだけに精力的に訪ねてきて、友人として気安さも示すようになってきた。

ある日、総督は急に生真面目な顔付きで言った。

「右近殿ほどの武将は、将来、日本に帰り、オオゴショサマなる異教徒の暴君を倒し、キリシタン王国の王となれるでしょう」

「いや、私にはもう時間がない。また武力で戦う気もありません」

「それは残念なことです」シルバは心底残念がった。右近は内心でびっくりしていた。秀吉に追放されたときに、大名として身を立てる野心をさっぱり捨てたと、詳しく物語ったあとに、シルバがいきなり、右のようなことを言いだしたからだ。シルバが帰ってから、右近はふと長谷川左兵衛が贈ってくれた鎧兜を思い出した。奉行所の手の者によって船底倉庫に積まれてあったのが、マニラ到着後宿舎に運び込まれ、まだ荷も解いてなかったのだ。忽兵衛を呼び、十太郎や孫たちにも手伝わせて、厳重な梱包を開けてみると、何重もの油脂綿布にくるまれていたため浸水はまぬがれた鎧櫃が出てきた。黒漆に金銀の象嵌《ぞうがん》で花鳥をあしらった豪華なものだ。櫃の中身も、七曜星、すなわち高山家の紋を脇立《わきだて》とした兜と、金模様の鉄胴丸で、これまた豪華なものであった。

「御家の御紋が入っているのは、わざわざ殿の御ために作らせたものですな」と忽兵衛はすっかり見惚れてしまった。「このまま、御着用あれば戦陣にて天晴れ武将の出立ちとなられます。当地の倭寇どもも従うでございましょう」

「これは総督に贈るのじゃ。ただちにその手配をせよ」

「しかし殿」と忽兵衛は不満げだ。「これは当世具足で実用の品、いざというときに役立ちましょうものを」

「役立たせる気は、さらさら無い」右近は重ねて、贈与の手配を命じた。

数日後、総督から返礼の品として、スペインの具足一領が贈られてきた。ヨーロッパの紋章や武具をかたどった浮彫りのある優美な鉄製の甲冑である。忽兵衛は、「なるほど海老で鯛を釣りましたな」と大喜びであったが、右近は自分の真意を総督が理解しなかったのに失望した。

ある日、総督は「茶の湯の儀式とはいかなるものでしょうか」と尋ねた。「日本の文献には頻繁にこの儀式の記述があるが、いまひとつ理解できないのです」

「それでは一度実際やってお見せしよう」と右近は約束した。金沢を出立するとき越前屋片岡休嘉より贈られた茶箱を出してみると、茶碗水指、棗《なつめ》、茶入、利休居士の茶筅は無事であったが、茶はすっかり黴びてしまっていた。如安に相談したところ、このごろ盛んに城外の探索に出掛けている好次が、ディラオの日本人町で緑茶を入手してくれた。

　宿舎の客間で、総督を主客、如安と好次を相客として茶の湯を開いた。釜の代りに薬罐を、茶碗が足りないのでこちらの人が用いている湯飲みを用いることにした。前もって、茶の精神と作法を詳しく説明し練習をさせておいたのに、いざ茶を喫する段になると総督は、水でも飲むように茶碗を片手で持ち、こいつは苦いと言って、召使に砂糖を持ってこさせ、砂糖でどろっとした茶を「ほう、これなら飲める。うまい、うまい」と大声で褒めながら一気に飲んだ。それから如安と好次が、作法通りにゆっくりと茶を飲む有り様をじれったそうに眺めながら、溜息をついて尋ねた。

「いったい、日本の武将はこの茶を飲むことによって、味について議論するのか、それとも健康によいから飲むことにしているのか」が、彼が最後に発した疑問であった。

「味を賞味することはもちろんです」と右近は生真面目に答えた。「健康によいことも確かでしょう。しかし、なによりも、主人と客人と、客人相互の間の親睦の情を茶を通じて深めるのです。一回こっきりの人と人との出会いを大事にし、それに相応しい茶室の雰囲気でもてなすのです」

「おお、それでは、あなたと私との親睦を深める意味で、この客間で何度でも茶を点《た》ててくださいい。次回にはこの部屋の雰囲気をよくするために金の燭台や美人画で豪華に飾り立てるように命令しておきましょう。また私は、フィリピン特産の極上の砂糖を持参しますから、みなさんどっさりと茶に入れたらいいでしょう」

総督は日本という国の権力闘争や制度や武力や布教の現況については非常な興味を示したが、茶の湯や能や詩歌物語などには全く無関心であった。それは自国についてもそうで、スペインの歴代王史には詳しく、イスラム教徒との間の永年にわたる合戦など、年号を諳《そら》んじていて地図を描いて説明できたが、右近が試しにクレメンテから聞いた『ドン・キホーテ』なる物語について尋ねてみると、「私は絵空事は嫌いでね」と手を振るのみであった。

またまたある日、総督はモレホンを使者として右近に提案してきた。

「右近殿は、全財産を失い、今は全くの無収入です。そこで宮廷基金から一定の援助をするようにしたい」

「その御好意はありがたく思うが、辞退させていただく。総督より給料をいただけば、当然の義務として、それ相応の奉仕をしなくてはならぬが、それには年を取り過ぎているし、健康もすぐれません。私の本意は残された余命すべてを神に捧げていきたいということです」

総督は今度はじきじきに乗り出してきて説得を続けた。

「この援助は御布施として差し上げるもので、むろん見返りの奉仕を期待などはしていないのです。神に捧げるにしても、お金は必要でしょう」

「日本から若干の金子は持ってきましたから、質素に暮らすには心配はありません」

総督は結局説得をあきらめた。右近はそのときに思っていた。総督の好意に甘えて、いつまでもこうして特権的な客人として城壁都市内で過ごすのは主の御心に添う道ではない。フィリピン人や一般の日本人や中国人のように城壁外に土地と家を探さねばならぬ。すでにベアタス会の修道女たちは総督の許可を得て、どこかに修道院を建てる計画をしていると聞く。自分たちも、壁の外へ出て、人々への布教にたずさわらねばならない。

16 南海の落日

ふと目覚めた。窓外は幾分白んで黎明の気配があるが室内にはまだ夜が色濃く漂っている。老来、早起きとなっていたのが、マニラに来てからはなおさら眠りが短くなって、暗黒のさなかに宙づりになった具合で目がひらいてしまう。まだ寝足りぬ気もあって、じっと眠りの再来を待ってみるのだが、風音と潮騒が漏刻となって時の流れを示し、やがて小鳥の囀《さえず》りやらコレジヨの厨房の物音やら警邏の兵隊の話声でますます目が冴えた。もっとも、こういう早朝の物音を右近は好んでもいる。こういう日の明け方の、生命の始動する音を、わが人生であと何度聴けることかと、惜しんで耳を澄ましてもいる。おのれの死が迫っていると、衰えてきた体が教える。この死の予感が強いために、先の目論見を立てられぬ。城外に住む件については、総督の許可を得て、好次と忽兵衛に土地探しをさせており、二人は連日外に出て、さまざまな情報をもたらしてくれるが、それを聴きつつ、右近は自分が本気ではないと気付くのがしばしばだ。どうせ自分はその家で生活することもあるまいという気がして、身を入れる気がしないのだ。

もう睡眠は訪れてこぬと見極めて、右近は起きた。着替えと洗面を済ませ、白みそめた町に散歩に出た。物音を聞きつけ、忠義者の忽兵衛がひょこひょこ出てくる。マニラに来てから右近の足の具合は悪く、膝が痛み、どうかすると跛行《はこう》になる。時にはよろめく。そうすると忽兵衛が素早く支えてくれる。他人に支えられるのが右近は嫌である。で、「節介な奴じゃ」と怒る。が、忽兵衛はけろりとしていて、こちらがちょっとよろめくや、飛んできて支えてしまう。

海を見るためには城壁の上に登らねばならぬ。二人はゆっくりと階段を登った。コレジヨ付属の宿舎の近くにはヌエストラ・セニョーラ・デ・ギアと名付けられた要塞があって、哨兵が寝ずの番で詰めている。が、彼らも右近を知っていて別に誰何《すいか》もしてこない。

二人は海風に吹かれながら城壁の上を西に向かった。左が海、右が町だ。海には大小の船が水上の城砦という厳めしい様相で浮かんでいる。長崎に比べると、ここには軍船が多く、防備の志向と緊張感が湾内に張りつめている。町はまだ縹色《はなだいろ》の空のもとに黒々と眠っている。が、総督邸の窓の一部に蠟燭が光り、召使たちが動く気配がある。

忽兵衛は主人の物思いを乱さぬように黙りこくっている。が、話好きの彼が口を開きたくてうずうずしているのを右近は心得ていて、適当に焦《じ》らせてから話しかけてやることにしている。

「この石ずくめの町にいると、何か頭まで石になった気がするな。余も城壁より外出《そとで》してみたい」

「殿のおみ足では無理ですな。外の町は道が悪いです。馬車も通れぬ凸凹道でして、山野を踏破するごとく無理やりに進まねばなりませぬ」

「それは不都合じゃな」と右近は眉をひそめた。「ところで、昨日の探索はいかがであった」

「好次様が御報告になる前に、それがし如きが手柄顔にお話しては、はばかりがございます」

「よい。早く話したくて、口をもぐもぐさせているではないか」

「恐れ入ります」忽兵衛は真面目くさった顔付きで頭を下げ、堰を切ったように喋り出した。「よい土地がございました。ディラオの日本人町の北側で、パシッグ川の川岸にある、サン・ミゲルという森ですが、それは美しい場所です。すでに内藤ジュリア様方は岸辺の森に修道院を建てたいと計画されていますので、好次様と土地をあれこれ物色していると、向うから内藤ジュリア様が数人の日本人に案内されて参られたのです。修道院の建設予定地を下検分に来られたと言うわけでして、土地勘のあるディラオの日本人たちに教えられて、それは具合のいい土地探しとなりました」

「ディラオの町とはどんな所か」

「日本人の居住区です。何代か前のダスマリニャスとかいう総督の命令で、日本人はこの地区に強制移住させられたそうです。今では二千人近い住民がいて、フランシスコ会の小さな教会がありますが、信者の数は少なく、無学な商人と、倭寇くずれの無頼の徒が多いようです。今の総督は、殿が来られたのを期に、サン・ミゲルに日本人の新しいキリシタン町を造りたい意向だそうで、手始めに、ジュリア様の修道院の建設をお許しになったとか。殿の御住宅もサン・ミゲルがよろしいですよ。一つ、川のほとりの眺望のいい場所を確保しておきましたから、御覧になりませぬか。好次様が馬に乗って御案内したいと仰せでした。これはうっかり、好次様のなさるお話を全部漏らしてしまいました。お叱りを受けます」

城壁の西の端近くに来たとき、すっかり夜は明けて要塞の望楼が朝日に赤く染まった。この先はパシッグ川が海に流れ込む要所を警備するサンティアゴ要塞となっていて、多数の兵隊が厳重に守っている。ここでも右近の顔は知られていて、兵隊たちは会釈で応じた。しかし、要塞の門に近づくと衛兵に阻止された。槍をこちらに突き出して顎で向こうへ行けと示している。いつもの散歩では経験しなかった警戒ぶりをいぶかっていると、門の奥から布を引き裂くような叫び声が聞こえてきた。殺されゆく動物の悲鳴、あるいは断末魔の人の喚きか。衛兵たちはあわてた様子で、横一列になると右近たちをずんずん押して後退させた。

「あれは獄舎からですな」と怨兵衛が言った。「昨日、城外に出ました折り、騎兵隊が多数のフィリピン人叛乱者に、鎖の首輪をつけて曳いてくるのに出会いました。鞭で打たれ、槍で突かれて血まみれで、それは悲惨な有り様。好次様と見届けたは、連中はあの要塞の中に連れ込まれたことです。要塞には石造りの監獄があり、そいつは水牢で、海と通じていて潮の干満によって海水が出入りし、満潮のときは頭の上のほうまで水位が昇り、息ができるかできないかの状態となり、泳げぬもの体力のない者は溺死してしまうそうです」

「ウム、今は満潮であるな」と右近は沈鬱に言った。頭上に薄れた下弦の月があり、満潮だと分かったのだ。

「殿、この城壁都市のなかは別天地ですぞ。外にいる土民どもはそれは惨めな起き伏し、スペイン人は連中を人間とは思っていませぬ」

「さもあろう」と右近は、沈鬱の度を深めて俯き、独り祈るときのように呟いた。「われらも城外に出るべきじゃな。ここでの厚遇に甘えてはならぬ」

「殿」と忽兵衛は主人を励ます明朗な声音で言った。「鰐がうようよいます。珍しいですから、御覧なさいませ」

右近は城壁から首をのべて水を覗いた。なるほど、川が海に注ぐ辺りに、茶褐色の背を光らせて鰐の大群が泳いでいた。城壁の下の砂浜にも多数が寝そべり、太陽の光に向かって一斉に口を開いて赤い喉と白々とした牙を曝していた。まるで朝の光をごくごく飲み込むような姿勢である。

「こいつらなぜ同じ具合に口を開くんでしょうか」と忽兵衛が不思議がった。

「朝食替わりに日光でも食べておるのかのう」と右近も首を傾げた。

右近は書物より目をあげて窓の外を見た。日差しが、たたなわる家々を陰影濃く照らしている。午後遅くに起こる陽光の絶妙な美化作用に気づいたのはマニラに来てからである。日本の木造の建物でも起きていた光景だと思うが、ここ城壁都市では白壁の家々が一般で、それが黄ばんだ斜陽の照明で輝きわたる。そして影の部分は極端に暗い。この対照の妙が、神と人との協調による美を現出するのだった。

階下に誰かが訪ねてきた気配だ。階段の足音では好次である。

ノックがあって扉が開いた。大小を差し、颯爽とした武者振りの好次が入ってきた。大きな風呂敷包みを抱えている。

「お邪魔でしょうか」

「いいや、どうぞ」

「お見せしたい物があります」と好次は声を弾ませ、膝の上で平包みを開き、紺の帙を取り出した。帙を開くと四つ目袋綴じの和書数冊が出てきた。新本らしく柳葉色の表紙が美しい。怪訝顔の右近に、笑顔で言った。「高山右近伝です。ついに完成したのです。全七巻の大部なものになりました。船上でもずっと執筆を続けたのですが、例の嵐ですっかり汚れたうえ一部散逸してしまい、マニラに着いてから清書しながら記憶を辿《たど》って補筆し、さらに当地での歓迎ぶりを書き足し、全部を推敲した物です。神のお恵みです。もっとも高山様がお読みになれば、まだまだ誤謬《ごびゅう》や齟齬《そご》があろうかと思います。お目通しを願い、朱を入れていただければ幸甚です」と好次は帙を捧げ持って、うやうやしく右近の前に置いた。

「喜んで拝読はしますが、貴殿の文章に入朱など、そのような能力は拙者にはありません」

「年月日、人物名、事件の記述についての誤りを御指摘下さるだけでいいのです」

「それだけの力も拙者にはもはやないと思います。お迎えが近いのです。なぜかはっきりとそれが感じられます」

「お心弱いことを……そうそう拙稿をパードレ・モレホンにちょっとお見せしたところ、ぜひスペイン語に翻訳してメキシコあたりで出版したいとおっしゃっています」

「それは光栄なことじゃ。ともかく気づいた所は指摘させていただくことにします」右近は折れた。

「そうお願いいたします」と好次は深々と頭を下げ、それから快活に右近に言った。「そうそう、皆様の新居のことですが、サン・ミゲルで発見した敷地は、なかなかによい所です。前には大川が、敷地内には小川が流れています。小川の水は清く茶の用にもってこいですから、そのほとりに茶室をお造りになれば至便でしょう。近くにイエズス会のレジデンシヤがあり、そこの聖堂に容易にお通いになれます。大川ではお孫様たちの舟遊びもできましょう。われら内藤一族も近くに土地を見つけました。ぜひ一度、御自身で御検分の上、お決め下さいませ」

「まことに、御気遣いかたじけない。しかし、ちかごろ足腰おぼつかなく、徒も馬も不調法ゆえ、一切の選定はおまかせします。ただ贅沢は困りますが」

「それはありませぬ。敷地もあまり広からず、家屋も簡素を旨とします。南国ですので、入念な造作は要りませぬ。それを心得た大工も探し当てました」

右近は頷いたが、おのれはそこに住むこともあるまいと心中思っていた。これから先の生活への好次の心遣いを謝しながら、自分が望むのは、もはや通常の生活ではなく、クレメンテが故郷ウベダの聖者として敬愛し語っていた十字架のヨハネのように隠遁して沈潜した信仰生活を送ることである。それは日本では許されなかった。この国では、神よ、それは許されるだろうか……。

日が陰ってきた。日没が近い。マニラ湾に沈んでいく夕日の素晴らしい景観を右近は何度も見た。今日のように晴れた日はさぞかしであろう。

「日の入りを見ませんか」と右近は好次を誘ってコレジヨの庭に出た。すぐさま忽兵衛が走ってきて二人に従った。庭は城壁の外にあったが石塀に囲まれていて、やはり城外の町とは隔離されてあった。石塀に沿って椰子の木が植えられ、その木陰に長椅子が配されて、教授や学生の瞑想や憩いの場となっている。が、夕禱の時刻らしく人影はなく、草地に右近の孫たちが長い影を交錯させて遊んでいた。子供たちは総督より送られた南蛮服を着ていてスペイン人の子供のようだ。十太郎が走ってきた。大人びてきたと思っても血色のよい頰は子供の滑らかさだ。ほかの孫たちも集まってきた。

「じじさま、どこへ行かれる」と一番幼い女の子が言った。

「お日様の沈むのを見るのじゃ」

「それなら、わし、よい場所を知っている」と十太郎が先に立った。子供たち全員がついて来た。庭の端に来ると高塀が崩れた穴があり、その向うは砂浜である。右近と好次は難なくくぐり抜けたが、忽兵衛は腹がつかえ、十太郎に後押しされてやっと抜けた。

砂浜はかなり海に突き出ていて、突端に来ると、海が幅広く見渡された。城壁都市も全景が見え、総督邸や大聖堂など背の高い建造物が夕日に染まっていた。海は血潮を波立たせて、その合間にいくつかの黒い船を浮かべている。一隻の大型船、多分、ガレウタ船が波を蹴立てて遠ざかっていく。じわじわと日は落ちてきた。子供たちは待つのに飽きて、渚で貝を拾い出した。

右近は、少し上下にひしゃげた赤い太陽を見詰めた。南国の一日、灼熱を放散してきた成れの果てである。激戦のさなか、襲い来る敵を切り倒し突き倒し、血まみれになって力尽きた老将だ。右近は終生戦ってきた。敵は無数だった。切っても倒しても、つぎつぎに襲いかかってきた。日本という国では、おそらく世界のどこの国でもそうであろうが、おのれの信念に従って生きようとすると敵が現れた。武士としての敵、茶人としての敵、政治家としての敵、何よりも信仰の敵、今異国に来てみれば日本人としての敵。限りもない敵、敵、敵……主よ、それがしに安息をお与えください。敵のいない国、天国にお迎えください。もう疲れました。あの太陽のように静かな終焉を遂げさせてください……右近は、太陽が死の寸前のダリオ飛驒守の顔となって語りかけてきたように思えた。わが子よ、お前はもう十分に戦った。休むがよい。天国に来るがよい。

「あの船はどこへ行くのですかな」と好次が手の甲で陽光をさえぎりながら目を細めた。大船は水平線に隠れようとしていた。「それがしも、いずれは船に乗って日本に帰る決心をしました。パードレ・ヴィエイラにも同じ志があって、意気投合したのです。パードレは潜伏した村山フランシスコやパードレ・クレメンテと連絡を取って、天草を根拠地に伝道したいと考えています。無数の小島のある天草は幕府の追及を逃れるのに便利でしょう。総督も、この計画には賛成で、日本への船を都合してくれるそうです」

好次は拳で天を突くと、「断固、日本に帰りますぞ」と語気鋭く言った。右近は、まだ戦う気力も若さも持ち合わせている彼がうらやましく、急に自分が置き去りにされる侘しさを覚えた。それは自分の中に残っている僅かな武将の心がふと動いたためらしかった。

夕方から変に体がだるく、頭の芯に炭でも熾《お》こしたような熱と痛みがあった右近は、食卓についたとき、少しも食指が動かぬのに気づいた。彼の好物を知っている忽兵衛が市場で探し当て手柄顔に見せて、ルチアが塩焼きにしてくれた鯛も、ディラオの日本人町での土産として好次が贈ってくれた豆腐と味噌を使った味噌汁も、ちょっと口に入れると砂のように味気無かった。

「すまぬ。口腹の欲がなくてのう」と立とうとした右近はよろけた。足にまるで力が入らず、体を支えられない。十太郎と忽兵衛に抱えられて、寝台に横になったとき、異常な寒さを覚えた。ルチアが父親の手に触ってみて、驚愕の悲鳴をあげた。「熱がおありになるわ」ジュスタが右近の額に手を置いて、「ひどい、お熱」と叫んだ。

風邪で寝込んだ経験がある。が、それとはまるで異質の高熱であり激しい頭痛であった。右近は思った。心の動いているうちに成すべきことを成さねばならぬ。ジュスタにパードレ・モレホンを呼ぶように命じた。

「まず、薬師《くすし》を呼びましょう」とジュスタは言った。

「いや、パードレが先じゃ」と右近は頑固に言った。急を聞いて飛んできた好次は右近を諌めた。

「薬師が先です。御病気はこの地方に流行る熱病かも知れません。総督に言って最高の医者を呼んでもらいましょう」

「事をおおごとにしたくない。心に懸かる一事があって、今すぐパードレに会いたいのです」と右近は懇願した。好次は頷き、コレジヨ側でつけてくれたフィリピン人の神学生にパードレを呼びに行かせた。幸いコレジヨにいたパードレは、すぐに飛んできた。

　人払いをして右近はモレホンに言った。

「パードレ、家族を悲しませぬために黙ってはいますが、拙者は死ぬと感じています。しかし、それが主の御旨なので慰められます。故国を追われてキリシタンの国に来て、拙者を献身と祈りで助けてくれる、これほど大勢のパードレ方や信者の方々のなかで生命を全うすることになったのを主に感謝いたします。総督、大司教、各修道会士、議員諸氏に彼らが私に示された歓迎の意と与えた名誉に対してお礼を伝えてほしい。私は妻、娘、孫たちに対しては少しも心配していません。あの者たちが拙者を慕ってここまで付いてきたことを、いとおしく思います。けれども、あの者たちも主のために追われてこの国に来たのですから、主があの者たち皆の本当の御父となりたもうことを拙者は疑いません」

　聴きながらモレホンは涙ぐんでいた。長い付き合いのなかで、右近はモレホンが自分のために泣いたのを初めて見た。彼は、主の栄光と平安があなたの上にと言い、しばらく祈ると、終油の秘蹟を授けるために、フィリピン人の神学生を呼んで準備をさせた。急を聞いて駆けつけてくれたパードレ・ヴィエイラも準備を手伝った。この儀式に右近は今までに何度も立ち合っていたのでその意義も知っていた。彼は、香油を塗られながら、祈っていた。死後に来る明るい世界を生き生きと感じていた。

　好次が連絡したのであろう、医者が来た。果して総督の命令で来た王立病院の内科医であった。診察の結果を言う段になって、彼は困惑した表情になった。右近は大体を察し、助からないのならば、一刻も早く遺言をせねばならぬと思った。ジュスタとルチアと孫たちが枕元に集まった。妻と娘は気丈な態度をしていたが、孫たちは正直にすすり泣いていた。右近は熱でふわふわと漂い出そうとする意識を掻き集めて、それらを抑えつけるように一語一語に力を込めて語った。

「泣くのをやめよ。幸多き後日《ごじつ》を思い描きなさい。御慈愛に満ちた主がお前たちを見守ってくださっているのに、ほかに何を求めようか。ここに来た当初は辛い異国の日々が待ちかまえるかと不安であったろう。だが、今は、故国にいるよりも情け深き人々のあいだに起き伏しできるではないか。これは主がわれわれをお恵みくださっている証しであり、私の死後もそれは変わらないだろう」これだけ言い終るのに右近は、心力すべてを流失したように疲れ果てた。しばらく彼は何も考えられず、希薄になった意識が風のように吹き抜けて行くのを感じていた。ふと彼は孫たちが泣きやめて自分の方を見つめている、小さな瞳を懸命に寄せ合って透明な視線の束を自分に注いでいるのに気づいた。彼は孫たちに頬笑んだ。まず十太郎の輝くような瞳に、それから彼らしく几帳面に歳の幼い者へと頬笑みを移した。それからジュスタとルチアを見た。彼女たちが彼の言葉を待っている表情を彼は読み取った。が、何かを話そうとしても口が動かなかった。

「お疲れなのです。お休みなさいませ」とジュスタが言った。その穏やかな顔付きで彼は慰められた。目を瞑ると快い眠りが覆い被さってきた。

どのくらい眠ったろうか。目覚めると辺りは暗い。長い夢を見ていた。それは明るく香り高い過去の情景で晴々とした長い行列が進み、その中に彼も参加しているのだ。おそらく高槻の復活祭の行列のようでも、長崎の春の聖体行列のようでも、マニラの降誕祭の模様のようでもある。いや、それは大勢の殉教者たちの、過去から未来に連なる行列かも知れない。前にも後ろにも、おびただしい十字の印がきらめき、なかでも目ざましいのは大鎧を着た十二人の武将たちが巨人に従っている光景である。彼らは主に従った十二人の使徒とも思われ、巨人はヴァリニャーノかオルガンティーノか、ともかく異国の人である。聖歌が響き振り香炉の気が馥郁《ふくいく》と満ちている。音と香りと光……それは明るい情景である。周囲が漆黒の闇に閉ざされた中に明るい。そして、目覚めた今、辺りは暗かった。あまりにも暗い。

「暗いのう」と彼はつぶやいた。

「お目覚めですか」とくぐもった声があった。しばらく考えてそれがルチアの声だと認め、娘の姿を探して視線が彷徨《さまよ》う。しかし何も見えない。「右近殿」とモレホンの声だ。地の底から染み出したような不思議に重い声だ。「シルバ提督が、右近殿の御家族に対して生活に困らないための年金を支給することをスペイン国王の名において決定しましたよ」「それは有り難いことです」と彼は言ってみた。自分が話せるということに自信がなかったのである。が、声が出た！　彼は勇気付けられて、「十太郎」と呼んでみた。「はい」と返事があった。

「よきキリシタンになること。聖なる教会のパードレ方の教えを忠実に守ること。この遺言を実行しない者は自分の子供、孫、子孫とみなさないこと」

「はい」

「モレホン様」と彼は呼んだ。

「おりますよ。ここに」

「私の霊魂のために尽くして下さった司祭がたに感謝します。神が私を呼んでおられることを感じます。天国から私は祈りましょう。日本に残った司祭たちのために、また迫害に耐えている兄弟たちのために祈ります。わが主ゼス・キリシトの御名において、御子の御母サンタ・マリアの御名において、みなさんに平安がありますように。アメン」

「アメン」と大勢が応じた。意外に大勢の人々がいるらしい。闇は濃く、続いて訪れた静寂は深かった。右近は、眠ろうと思った。何か大きな手の平の上に載せられている、安定した心持ちで、かれは眠りに落ちた。

17　遺書

✝主の平安
わが最愛の妹よ。
一六二六年、
山中の洞窟にて。

愛する妹よ、お前が息災に過ごしているであろうかどうかを知らずにこの手紙を書こうと思い立って改めて数えてみると、一六一四年のクリスマスに出した前便（もっとも、私の手紙がお前に届いているかどうかは心もとないのだが）からざっと十一年半ほどの歳月が経っており、そうなったのは、キリスト教禁令以後、秘密組織を用いてひそかに用心深く発送する年報用の公的文書以外の私的通信は非常に困難になっていたのと、私自身が潜伏生活の常で絶えず居場所を変え、しかも長崎地区の駐在所長をして猛烈に多忙（これ以上の表現がないのを残念に思うほどの忙しさ）であったからである。この手紙は、最近来航したポルトガルの商人に託するつもり、彼はゴアに直行すると言っているから、この前、迫害の嵐のさなかに中国人に託した手紙よりも確実にお前のもとに届くであろうと願っている。

今隠れているのは、とある山中の洞窟で、これで六箇月のあいだ、真っ暗闇の生活、近隣の村には役人が巡回しているし、私ののっぽで高鼻の風貌は隠れのない異人だとして目立つから一歩も洞窟の外に出られず、湿気がひどくて、関節という関節に激痛を覚え、一歩も歩けない体たらく、やっと動く右手を使って乏しい蠟燭の光で、この手紙を書いている。私の世話をしてくれるキリスト教徒の一家は親切で、飲食や用便や体の清掃には支障はないが、ともかく、この湿気はものすごく、あらゆる物が、壁も書物も衣服も髪の毛も黴びて、木の椅子には茸が生えている始末、髪の毛は腐ってぬるぬる、皮膚はふやけてしわしわ、湿気は内臓の奥や骨まで水浸しにして、関節という関節はゆるゆるで歩くことはできず、わずかに動く指を用いてこの手紙を書いているが、湿った紙に文字は滲み、私の生来の悪筆を倍加しているので、これを読むお前の苦労に、あらかじめ感謝の念を表明しておく。

この十年、家康大王が死に、その子秀忠が第二代の大王となり、彼が譲位したので今は第三代の家光大王の時代で、三世代にまたがる酷薄なそして執拗な迫害の嵐のなかで何とか持ち堪えてきたのは私の生来の健康のせいだが、さすがの私も年を取り、体力の限界を覚えたところに、この湿気地獄で衰弱してきて、私の医学的知識では、自分に確実な死が迫っていると診断できるし、それに私の魂を主が呼んでいられる、その呼び声に私は喜んで応じ、天国、つまり、お前の真上に存在しようと魂の底から沸き上がる喜びでもって祈っている。もっとも私はお前の消息をまったく知らずにこの手紙を書いているのだが、お前が死んでいれば、直接天国で会えるのでこの手紙も無駄になるけれど、それも主の大いなるお恵みであろう。

こんな体になり神経が弱っていても、中途半端を嫌う几帳面な私の性格は変わらないらしくて、死ぬ前に前の手紙の続きをお前に書きたくて仕方がなくなった。

あれから、ずっと私は非合法司祭として働き、いつ逮捕されるか分からぬ、常に危険と背中合わせの毎日だったが、地下活動をしている宣教師と信者のあいだで、ようやくに安定した状態、つまり奉行所の裏をかいて連絡を取り合う態勢、すべての教会は打ち壊されてしまい、もちろん集会をおおっぴらに開くことなどはできなかったにしても、密やかに説教し聖体拝領や告解の儀式を行う態勢はできたので、お上の密偵や密告者の存在について、最大限の注意を払い、慎重に行動することが常に必要であっても、この前、雲仙の山中でお前に手紙を書いたときよりは、今の私の生活は司祭として安定した形になっていることは断言できる。

こういう私たちの明け暮れだからこそ、原始キリスト教会における生活を、あのローマ帝国の迫害に耐えて洞窟や地下や廃墟や森の奥で会合した人々の心を、生き生きと追体験することができるので、自分たちに敵対する国家組織の圧力が強大であればあるほど抑圧された民衆は同志愛によって固く連帯し、信仰は鍛えられて強靭になること、闇に落ちた人々ほど切実に明かりを求めること、主の教えにあるように心の貧しき者ほど神をあこがれ求めて幸いであることを、私は絶大なる真理だと悟ったのだ。そして、本当の信者が、つまり迫害にもめげずに神の国を求めてやまぬ人々が増えており、徳川大王庁の思惑とは反対に私たちの伝道は打ち固められた土壌にしっかりと根を張り、害虫を寄せつけぬ花を咲かせ、見事な実を結びつつある。

この前の手紙では、一六一四年の大追放後、私が中浦ジュリアンと島原半島の山中に潜み、大坂で東の徳川家康大王と西の豊臣秀頼王との間で戦争が始まってから山を下りて村々で伝道に従事したことを書いたと記憶している。大坂戦争の詳細は今では明らかに知られていて、一六一四年十二月半ばに始まり一度は和議にて終結したかに見えた戦いは、一六一五年五月末に徳川側の挑発に乗った豊臣側の挙兵によって再開され、ついに六月上旬秀頼王の自殺により豊臣氏は滅亡し徳川氏の大勝利に終わり、大坂城に籠城していたキリシタン武士たちも壊滅状態になり、武力によるキリスト教の擁護というわずかに残された希望もはかなく潰えたのだ。

さて、この戦争後数年経ったときのこと、私が長崎の町をオランダ商人に変装して歩いていると、旅姿の男が近寄ってきてヴェネチア・ガラスの杯や壺を売ってくれないかと持ちかけてきたが、その男はすぐに私がパードレ・クレメンテだと見破り、自分は越前屋の番頭のパウロだと言ったのだ。驚いた私が相手をよく見ると、金沢のキリスト教徒で前田家出入り商人、越前屋ディエゴ片岡休嘉の番頭で、彼自身もパウロなる霊名を持ち私の教会の常連だった人だった。越前屋ディエゴは、今も金沢きっての豪商で、日本全国はもとより、明国やオランダとの交易を手広くしていて、このたびも、ディエゴの命令で番頭パウロは長崎に異国製品の買いつけに来たのだそうだ。もっとも、金沢では武士だけでなく百姓町人も棄教を迫られ、ディエゴ休嘉もパウロも教を棄てた誓約書を提出して生き延びたといい、ただしパウロ自身は今でもキリスト教の信仰は抱いていると誓った。彼は、私が金沢を去ってからの人々の消息を伝えてくれたが、なかでも私にとって興味深かったのは、ジュスト右近と親交のあった家老横山長知《ながちか》と彼の嫡男でジュスト右近の娘ルチアの夫であった康玄《やすはる》のその後の運命である。

大坂戦争の徳川方に金沢の前田利光王の軍隊一万五千も加担したのだが、一六一四年冬、金沢を進発した前田軍が越前今庄（ここから山越えすれば近江の国に行ける里）に来かかったとき、道端に平伏する二人の男あり、王が見ればかつての家老横山長知と康玄の父子であった。その年の二月の大追放のときに、横山長知は、縁戚にキリスト教徒を持つ身が家老職にいては前田王に迷惑がかかるという理由で禄を棄てて都近くの山科という田舎に隠棲、康玄も父に従っていたのだが、主君の大坂出陣を知り急ぎ駆けつけ一兵卒として働きたいと言上したので、王は父子の忠節に感じ入り旧禄を与えて家臣として復帰させ、長知には金沢城の留守居役を、康玄には王師の侍大将として大坂進攻を命じた。康玄は勇敢な侍で豊臣方の武将に馬上の戦いをいどみ、格闘のすえ刺殺し、さらに奮戦して首級十余を獲得して、この功により四千石を食むことになった。こうして、横山父子は立派に前田家家老として帰り咲き、とくに横山長知は重臣筆頭の本多政重とともに前田家の家老の双璧となってその後も前田利光王の治世をささえる要の人物となっている。

金沢で特筆すべきことは、九州一円で起こったような残酷な迫害、磔、焚刑、斬首、拷問などが執行されなかったことで、キリスト教徒を擁護した第二代利長王は、一六一四年に死んだが、あとを継いだ第三代利光王も、幕府の御目付役の重臣本多政重の暗々裏の圧力や王妃に迎えた秀忠大王の娘への配慮から江戸の徳川政庁の意志に従わざるをえず、キリスト教徒に棄教を迫りはしたが、従わぬ者は〝押し込め寺〟とでも言うべき仏教寺院に隔離幽閉し、表向きは仏教者だが内実はキリスト者であることを許したので、こういう温和な対策は横山長知の尽力によってなされたともっぱらの噂だそうだ。

大坂戦争における奇妙な出来事は、ジュスト右近と親しい茶人であった古田織部という家康大王の子秀忠大王の茶の先生、大王の茶の先生と言えば日本では大変に有名で大きな権勢ある人物が、豊臣方に内通したかど、すなわち反逆の罪で、戦争後、一六一五年に死刑に処せられたことだ。茶人として優れた人物でも経綸に深く係わって命を落とした例は、ジュスト右近の師で大茶人と言われる千利休が秀吉大王の怒りを買って切腹を命じられた先例があるが、この国の茶道というのは単なる消閑の余技ではなく、しばしば命がけの生業《なりわい》であり、してみるとジュスト右近の茶道も、キリスト教信仰と密接不可分な真剣な営みであったと思い当たる。

大坂戦争のとき、大坂城内には、私の盟友バルタサール・トルレスがいて、キリスト教徒武将、ジョアン明石掃部《かもん》邸に身を寄せていたのだが、邸宅は火に包まれ、数々の残忍な仕打ちをすることで聞こえている敵兵が迫ったとの急報により邸内の貴婦人たちは輿に乗って城の奥に逃れたので、ミカエルという若侍（生駒弥次郎と言って、バルタサールが金沢で洗礼を授けた侍で、大坂城内では授洗神父の護衛係を買って出ていた）とホアンという同宿に付き添われて裏口から脱出したところ、すぐさま抜身や血槍をかざした敵兵に遭遇し、ミカエルは刀を抜いて応戦したが多勢に無勢、槍で貫かれ後ろから刀で首をはねられ、われらのバルタサールは身ぐるみ剝がれて丸裸になってうろついていると、その哀れな様が敵兵の同情を買い、年老いた異人と見て命は助けてくれたので、隠れて生き残っていたホアンの拾ってくれた襤褸《ぼろ》を体にまとい、負傷者が呻き屍体が転がっているなかを、何回も首に刀を擬せられ、槍を胸元に突きつけられながら、主のお加護で無事に過ぎ、血まみれの足をひきずりひきずり、大坂から九レグア離れた和泉という所まで逃げ延び、土地のキリスト教徒の看護を受けることができたのだ。さすが豪気で熱血漢の彼も、生き地獄の戦場には打ちのめされて、まる二週間は譫言《うわごと》をいうほどの重態におちいり、その後、病気がちの体となったが、彼は病身に鞭打って、家康大王の厳命で監視と迫害のひどい五畿内で潜伏司祭としての活動を続け、そのあげく疲れ果ててしまい、長崎に病み衰えた姿を現したのは一六一九年のことだ。彼を長崎に呼んだのは、年報に記す資料を集めていたためトルレスの状態を気づかったイエズス会の総代理人フランシスコ・パシェコ神父の計らいで、そのおかげで私は旧友に再会できたわけだが、このパシェコ神父とは、私と深い関係にあった故メスキータの従弟にあたるポルトガル人で、一六一四年の大追放のとき一旦はマカオに移ったのだが翌年日本に潜入してきた人物であり、神のあやつる運命の糸は幾重にも不思議な絡み方をするものだ。

バルタサールが語るには、大坂城内には自分以外に大勢の司祭や修道士や同宿がキリスト教徒武士の救霊に献身していたが、なかでも村山フランシスコの働きと死は鮮烈な印象を残したという。この若い教区司祭は、長崎代官アントニオ等安の次男で聖体行列のときに奉行所の役人と衝突した血の気の多い男であり、大追放のときは一旦は追放船に乗ったものの沖合で小舟に乗り換えて長崎に舞い戻り、さらに大坂城に四百人の武士、小銃、弾薬とともに乗り込んできたものだから、さすがの熱血漢バルタサールも宣教師の武闘には賛成できずに顰蹙していたが、キリスト教徒武士たちは村山フランシスコの出現を歓呼して迎えて士気大いに上がったし、いよいよ落城の際には教区司祭が全身全霊で表出する殉教の喜びを見ると、われらのイグナチオの騎士時代の武功もかくやと思われ、ついに武闘派神父が炎上する城のなかで主を賛美しつつ帰天していく姿を遠望して、彼こそレコンキスタ時代のキリストの戦士にも負けぬ勇士と感嘆したそうだ。

私はと言えば、大坂での戦争が勃発すると、島原からより安全な長崎に、ポルトガル商人のほか、新参のオランダ商人も大勢入り込んで、異人面の私も目立たずにすむ町に移り、増大した信者（戦争にかまけて役人の監視が手薄になったため、諸国から逃げ込んでくる教徒が多かった）と元からの数万人の信者との司牧にジュリアンと二人でたずさわるようになった。私たちは、追々に同志を得て心強く活動することができたので、海外に追放されたイエズス会士のうち七人が、マカオからは前記パシェコ神父や、その後私の盟友として長崎の布教に尽くすことになるジョヴァンニ・バティスタ・ゾラ神父が、そしてマニラからは、セバスチャン・ヴィエイラ神父が日本に潜入してきたのだ。これらの人々にしかるべき隠れ家を世話し、宣教活動の指示と連絡をとるのは私たちの神経をすり減らす危険な仕事であったが、こういう場合にジュリアンの精密な計画と幅広い人脈が大いに役立った。

追放船でジュスト右近たちと一緒にマニラに渡ったのだが、中国人のジャンクに乗って日本に密航してきたポルトガル人のヴィエイラは、私と親しいペドロ・モレホンの親友だから、私ともいささかの付き合いはあったものの、激しい性格ですぐむかっ腹を立てるので敬遠していた人物であるが、過酷な状況においては、共通の敵に向かって結束せざるをえず、徐々に、そしてついには親しい友人になった。

ヴィエイラがもたらした報知で、もっとも私を悲しませ、また深甚な感銘を受けたのは、日本における代表的なキリスト者であり、私が敬愛する知友であるジュスト右近の死とその死を悼む人々の心からなる葬送のいとなみであった。彼はマニラにおいて、フィリピン諸島総督ファン・デ・シルバやマニラ大司教ディエゴ・バスケス・デ・メルカド猊下の大歓迎を受けたのだが、翌年一月末に熱病に倒れ、五日後に昇天してしまったのだ。モレホンは聴罪師として終始彼のそばに付添い、彼が死に到るまでの一部始終を目撃したし、その後総督の命令で葬儀一切を裏方として取り仕切ったうえ、この出来事を補欠管区代表《プロクラドール》としてローマに報告する任務を帯びていたために詳細なメモを取っていて、ヴィエイラは、モレホンが清書したあと不要になったメモを携えてきて、私に手渡してくれたので、以下、今も手元にあるメモを見ながら、要点をお前にも伝えておく。

ジュスト右近の死をもっとも悲しんだのはシルバ総督で、ジュスト右近を頻繁に訪問して談話を交わしているうち、友愛の情を結ぶようになり、その死を嘆き悼み、その悲しみを示しまたおのれを慰めるためには、考えられる限りの盛大な葬儀を行うのが唯一の方途だと考えたようだ。

サンタ・アナ教会での葬儀ミサには総督と大司教が弔辞を読んだが、とくに総督は、短期間の知り合いであったにもかかわらず、右近が自分の心をとらえてしまい、長い付き合いをした親友を失ったような悲しみに暮れていると述べて、多くの人々の涙を誘った。シルバ総督は、サンティアゴ騎士修道会の騎士、フェリペ三世陛下の寵臣、オランダ艦隊のマニラ包囲を撃退した赫々《かっかく》たる軍功の軍人であったから、ジュスト右近が、日本の生粋のサムライ、歴代大王の知己、幾多の合戦に参加した勇敢な王であったことに敬意を覚えていたし、自分も熱烈なカトリック教徒であるから、右近がカトリックの信者として迫害に耐えてきた姿勢に深く感服し、マニラの統治者として日頃、フィリピン人、中国人、日本人、安南人などの東洋人に対して優越感を持っているヨーロッパ人でありながら、ジュスト右近に対しては、人種や国籍を超越した、対等の人間に対する深い友情を抱いたのである。

棺室の装飾は日本風に屛風や三宝で飾られ、棺の中にはジュスト右近が、日本の晴れ着を着て横たわり、顔には覆いがなく頭には角頭巾《すみずきん》（日本の習慣に従って髪の毛を剃って僧形としたために用いられた僧侶用の頭巾）が載せられてあった。大人数が棺の前に進み、右近の足元に接吻して別れを惜しんだが、この情景を目撃した日本人たちは、平素気位が高く、日本人を見下げていたスペイン人たちが自国の死者の足に接吻する様を見て驚き入り、かつはジュスト右近の偉大さに改めて感服した様子であった。

棺を埋葬の場所まで運ぶ段になって、誰もがそういう名誉ある役を果したかったから、ちょっとした争いになり、総督が役割分担を裁量し、総督自身と聴訴官らがドアの外まで棺を担ぎ、そこからは片側は市会議員たち、もう一方をCongrigacion de la Misericordia

（ミゼリコルジヤ会）とマニラの信者代表が担いでゆっくりと教会に向かい、教会の入口からは修道会の長や大司教区役員らが担いで、祭壇下の墓まで進むことに決めた。モレホンが記録した、こういう葬儀の細部を、私は省略したくないので、一人の異国人の死に総督を始め、マニラの宗教界や政界の人々が、これほどまでに熱心に真剣になったという空前絶後の出来事をお前にも伝え、そしてジュスト右近こそ、金沢でも長崎でも私の身近にいた、もっとも親しく尊敬する人物であったことを私が誇りに思っている心情をお前にも感得してほしいのだ。

埋葬の儀式は、主祭壇で、マニラ地方の司祭たちによって荘厳に執り行われ、パイプオルガンの伴奏で聖歌隊がIn die depositionis（魂が離れたその日）を唱った。翌日も追悼ミサが行われ、前日と同じ歌が唱われ、こうしたミサは九日間も繰り返されたが、最後のミサはもっとも盛大で、コレジヨ院長は一時間もの追悼の辞を述べ、この翌日、教会の前に黒絹の垂れ幕、そこにジュスト右近讃の詩や寸言がスペイン語、ラテン語、日本語、中国語で書き込まれ、モレホンが1615の年号を付け加えた垂れ幕が掲げられた。

さて、最後の盛大なミサの直後に一つの事件が起きたのだけれども、モレホンはそれを殉教の記録としてローマに報告する必要はないと見なして線で抹消しており、私も見過ごしていたのが、お前にこの手紙を書くとき、気になって抹消部分を判読してみると、私には極めて興味深い人物の記事だと分かった。その人物はサンチョ岡本忽兵衛といい、マニラまで従って行ったジュスト右近の家来で、私も金沢時代から知っている男だが、すべての葬儀ミサが終了した夜、城壁都市の外側の浜辺で殉死したのだ。日本人の腹切りの習慣についてはマニラでも知られていたが、その実行は稀であったし、ジュスト右近という有名人の家来の自殺であったから大騒ぎとなったが、自殺はキリスト教徒として恥ずべき蛮行とモレホンは判断したのであろう。

ジュスト右近の妻ジュスタと娘ルチアと孫たちは、総督の推薦によりフェリペ三世陛下の年俸を受けることになり、ジョアン内藤の一族とともに、マニラのサン・ミゲルに住むようになったが、それまでの日本人町ディラオではなく、その隣地サン・ミゲルにキリスト教徒を中心にした新しい日本人町を作る計画を実行し、避難民を保護したのは総督であった。内藤ジュリアを頭とするベアタス会の修道女たちは、当初修道院を新築する予定だったのが、マニラ大司教の好意で同じ町内にあったイエズス会のレジデンシヤを提供されて、そこを修道院にしたのだった。

マニラの状況は、その後も、彼の地から密航してくる日本人や宣教者によって私たちに知らされ、そういう報知のなかで、私を驚かせたのは、ファン・デ・シルバ総督の死である。総督は、それまでもオランダの艦隊や海賊による襲撃と戦ってきた歴戦の武人であったが、彼らの脅威の根源を断とうと志し、大艦隊を編成してジャワを攻撃することにし、ゴアのポルトガル副王と共同作戦でジャワ攻撃に出向いたのが一六一六年の三月のこと、スペイン艦隊は、十隻の大型船、四隻のガレウタ船、その他多くの小型船に五千人の兵士を乗せてモルッカ諸島に向けて出発したが、ポルトガル人が作戦協定を無視したために遠征は完全な失敗に終ったうえ、シルバ総督は、この作戦中、四月十九日、マラッカで熱病にかかり急死したという。総督の最期の模様はマニラから来た信頼に値するスペイン人の貿易商から聞いたので、確実な出来事だと思われる。

さて、ヴィエイラが日本に密入国した当時、すでに潜伏していた宣教師がどのくらいいたかは極秘事項でここに書くことはできないが、私が想像していたよりははるかに大勢の神父、修道士、同宿がいたとだけは言える。長崎奉行長谷川左兵衛は、大追放のとき、宣教師をかくまう者は死罪たるべしとのお触れを出し、翌々年、宣教師を家に泊めることも厳禁とし、五人組が連帯責任をとるべしと高札に掲げたが、こういう奉行所の厳命にもかかわらず、そして命令に違反すれば死罪となると知りながら、多くの信徒たちがわれわれに宿を提供してくれ、われわれをかくまう名誉を得ようとたがいに競い合った。

ジュスト右近がマニラで客死した報知は、またたく間に長崎の町に広まったので、追放船に乗せられた人々のうち特別に彼の運命をみんなが気に掛けていた証拠である。右近の消息を私がヴィエイラから聞いた数日後に、偶然出会った信者から聞いたところでは、右近は異教徒の毒矢に当たって殉教し、五色の不思議な光のなかを天女のように泳ぎながら天に昇っていくのをマニラ中の人々が目撃したという話になっていた。

大村や有馬の殉教の風聞もよく流れてきた。デウスとキリスト、サンタ・マリアと教会、教皇、神父たち、兄弟たちへの愛（これをゴタイセツと彼らは言っている。それは大事にすべき最高の行為という意味で、パウロの言う愛を彼らは正確に知っている）の最高の行為がマルチリヨ（殉教）だという信念が、人々にはあり、とくに主のゴパション（受難）にならい、クルスをもって示された、友のために命をささげることが最大のゴタイセツ（愛）だと信じており、こういう信者の真摯な信仰を見ると、司祭であり医師である私は自分を省みて恥じるのであって、医師の診断を信じ、医師の治療方針に忠実に従っている患者を前にして、診断を決定するまでの心の迷いや治療方針についての自信のなさを示すことのできない医師の気持ちに司祭である自分の気持ちを重ね合わせるのだ。人の常として、なかには心弱い人々、拷問や火刑への恐怖から密告する転び者もいて、異教徒の密告がお上への忠義立てという正義感に基づく以上あらかじめこちらも用心できるのに対して、転び者のユダ的密告は、その人が後ろめたさを隠したユダの微笑で近寄ってくるだけに不意打ちで、危険だった。役人が迫ってきて裏口から脱出したり、秘密の穴蔵に潜んだりしたことが何度もあったが、こういう危機は、主と聖霊が私の信仰をお試しになっている気がして、べつに慌てふためくこともなく、祈りながら落ちついて逃れ、主のお守りで無事であった。

奉行所の取締りは段々にきびしくなり、大追放の立役者であった長崎奉行長谷川左兵衛は、大村の鈴田という海辺の丘に牢を作って捕らえたキリスト教徒を閉じ込めたが、一六一七年、病で急逝、その跡を継いで長崎奉行になった長谷川権六《はせがわごんろく》は、密告者に銀三十枚の褒美をあたえる制度を発案、一六一八年には、それまで自身もキリスト教徒であり、陰に陽にキリスト教徒を援助していた長崎代官アントニオ村山等安が失脚、後任の末次平蔵《すえつぐへいぞう》は、キリスト教徒の父コスメ末次孝善の息子で自身もキリスト教徒であったにもかかわらず棄教し、新奉行権六と結託して残忍で徹底した迫害を始め、まずは血祭りに前任者、アントニオ等安を告発、罪状は、大追放のときに一度追放された宣教師を長崎港外で降ろして潜伏させたこと、秀頼王側に加担して兵士や武器や宣教師を大坂城内に送りこんだことで、有罪と判定されたアントニオは翌年江戸で首を刎《は》ねられた。同一六一九年十一月、アントニオの長男徳安が長崎の西坂の丘で火刑に処せられたのを、私は変装してつぶさに実見したが、白衣に黒い上着をつけた徳安は、薪の火によって焼かれ、大勢のキリスト教徒が嘆きをあげ、その声はいつしかオラシヨ（祈禱）になり、「テデウム　ラウダムス（われ神を賛美す）」になった。徳安が殉教したころ、ヴィエイラは日本の状況を、とくに殉教者についてローマに報告するため日本を離れ、マカオ経由でローマを目指し、日本において繰り返される残忍な迫害は全世界に知られることになった。

大村領では、つぎつぎにキリスト教徒の血が流されていったが、とくに放虎原《ほうこばる》では、フランシスコ会の多くの神父や修道士や信者が焼き殺されたり首を切られ、長崎の西坂も刑場として活用され、イエズス会、フランシスコ会、ドミニコ会の宣教師や信徒数十人が火刑や斬首によって殺され、大村や有馬では、宣教師や信者と分かれば、ただちに逮捕され、拷問による吟味を受け、やがては命を奪われるのが普通のことになってきたが、長崎の町中においては、さほど厳密な追及は行われなかった、と言うより、住民の多くがキリスト教徒であったので、全員を捕らえて処刑することが不可能であったからであるし、また、ポルトガルやオランダの商人も多く、異人であるから宣教師であるとは、役人も即断できない事情もあって、ゾラやトルレスやジュリアンや私は、信徒たちの慎重で熱心な庇護を受けて無事でいられたのである。

一六二五年の暮れのこと、イエズス会日本管区長となったパシェコが口之津《くちのつ》（島原半島の南端にある港ですぐ東の有馬とともに、キリスト教徒の多い町）で逮捕され、島原の牢に他の宣教師とともに監禁されたという知らせが、ゾラ神父の使いの者から私にもたらされた直後、今度はゾラ自身が召し捕られたという急報がゾラの同宿から伝えられ、管区長と有力な司祭が捕まった今、駐在所長の私が、信徒たちの霊的指導の責任者であり、蛇のように聡く身を隠して長く信徒の面倒を見るべきであるというトルレスの忠告に従って私は洞窟に潜り込み、以来、六箇月、この暗黒と湿気の中の生活を続けることになったのだ。

この洞窟に外界の情報をもたらしてくれるジュリアンは、血なまぐさい迫害が長崎にも及んだ、ついにわれらのバルタサール・トルレスが逮捕され、長崎代官末次平蔵の過酷な尋問を受けているという悲しむべき報知を伝達してくれ、私は孤立無援の寂寥を覚えている。この迫害の嵐はいつまで続くのか予想もつかぬが、エゼキエルの預言にあるティルスの王のように、この国の大王が我は神なりと言わんばかりの僭越でもって万物の創造主であるデウスを否定し、その証拠に家康大王は日光という山中に東照大権現とやら称する神になって祀られているが、やがては、そう二百年か三百年か知らぬけれども、繁栄を誇った海の大国ティルスのように大王の治世にも終わりがきて、またキリスト教が、この国で復活するであろうことを、私は信じている。

わが最愛の妹よ、ここまで書いて私の全身から急に力が抜けてしまい、魂が肉体を離れて上昇したがって、ふわふわと漂い出した。ともかくも、過去から現在までの出来事を拾ってお前に伝えようと、それだけを生きがいにして書いてきたが、もう主が呼んでおられ、私の魂が喜んでその呼び声に答えようとしているのを知った。その喜びのなかに慚愧の念が忍び込むのは、どうせ行く先短い身の私こそ、パシェコの代わりに、ゾラの代わりに、なによりもトルレスの代わりに、逮捕され、この洞窟の中で病死するのではなく、火刑だろうと斬首だろうと、栄光ある殉教をこそしたかった。が、もう逮捕されるだけの力も時間も私には残されておらず、聖アウグスチヌスの言葉、Auge doloremet da patientiam!(苦しみを増したまえ、忍耐を与えたまえ)が私の最後の言葉だ。

ああわが最愛の……

付記

右の書簡をクレメンテ神父の遺品の中から見つけました。一読して妹様への遺書であると思い、宛て名の方にお送りすることにしました。マカオ経由でローマを目指す年報用の報告書と一緒にいたします。

クレメンテ神父が昇天されたのは、一六二六年五月七日、長崎においてでした。命日を家族の方にお知らせするのは残された者の義務とも心得ました。

なおクレメンテ神父と親しく、この年月苦難をともにしてきたパシェコ管区長、ゾラ神父、トルレス神父の三人は、ほかの宣教師とともに、長崎の西坂刑場で火刑によって昇天されました。十三本の柱が立てられたのですが、四人が棄教したため、殉教者は九人でした。煙の渦があがり、続いて大きな炎があがりました。殉教者たちは、冷静にゼス・キリシトと聖母マリアの名前を唱えていました。この情景を自分の手柄と思って晴れ着を着て見物したのは、長谷川権六の跡を継いで新しく長崎奉行になった水野河内守守信でした。この奉行に今後私たちはなお苦しめられることになるのでしょう。この殉教は一六二六年六月二十日の出来事です。

この事件の直後、トマス内藤好次がひょっこり長崎に姿を見せました。今から十二年前、父ジョアン内藤如安やジュスト右近ら一行とともにマニラに追放された侍ですが、ジョアンが彼の地で昇天したあと、キリスト教徒を結集して家康大王の治世に武力蜂起を起こす意図で密航してきたのです。しかし、長崎において諸般の情勢を調べた結果、自分の意図の実現はもはや不可能だと見極めたようです。彼によれば、同じくマニラに追放された、ジョアン内藤とジュスト右近の一族は健在、とくに叔母の内藤ジュリアは、ベアタス会を改組し聖ミカエル会という修道会を結成して聖業に励んでいるとのこと、キリスト教徒の惨殺が行われている日本では想像もできぬ、主の恩寵のもとの暮らしをしているそうです。トマスは私たちとともに、長崎に留まることも考えたようですが、自分は地道な宣教には向かぬと悟り、能登に残っているジュスト右近の弟をひそかに頼って身の振り方を決めることにしました。出発前、彼は私の案内でクレメンテ神父の秘密の墓に詣で、天国においてジュスト右近と談笑しているクレメンテ神父の顔が目に見えるようだと言い、長い祈りを捧げました。

一六二六年六月末

イエズス会司祭　　中浦ジュリアン

著者付記

中浦ジュリアンは、一六三三年十月二十一日、すなわち寛永十年九月十九日、長崎西坂の刑場で逆さ吊りの刑で殉教した。

解説

高橋睦郎

日本人は性格的に宗教的でないといわれる。ほんとうにそうだろうか。すくなくとも歴史的に見れば、宗教的側面を見せたことが何度かあった。その第一回は仏教移入による大乱である。この時の朝廷の二大勢力である蘇我《そが》氏と物部《もののべ》氏とが受容と排斥とで相争い、一方の物部氏が滅亡したのだから、大乱に違いない。のち神祇の家中臣《なかとみ》氏が蘇我氏を滅したのは、その揺り戻しともいえる。しかし、勝者である中臣氏が神祇の家業を大中臣という別家のかたちで残しつつ、本体は藤原氏となって積極的に仏教を受け入れたことによって、大乱の本質は見えなくなった。

見えなくなった大乱の本質は仏教が定着して来たところに移入して来た新仏教によって顕《けん》在化《ざいか》する。平安初期の新仏教、天台《てんだい》や真言《しんごん》と南都旧仏教の対立にもそれがいえるが、新仏教移入の当事者、最澄、とくに空海が朝廷に食い込んだことによって、目立った乱なく勝利した。むしろ本当の乱は平安末期・鎌倉初期に興《おこ》った新仏教によって大きく露《あら》わになる。とくに浄土系の浄土宗および浄土真宗、法華系の日蓮宗である。この時はかつての新仏教・天台や真言が旧仏教として排斥の中心となった。

平安末・鎌倉新仏教の教祖、法然・親鸞《しんらん》・日蓮たちの活動と法難はよく知られている。しかし、それらは顕《あら》われた表層に過ぎない。実際の乱は下層に及び、一向一揆と対する弾圧というかたちで安土桃山時代までつづいた。それがどんなに激越なものだったかは、一揆の波が通過する道に当たった家に旧仏教の仏壇があれば皆殺しにされたという事実、またこれに対するたとえば織田信長の殲滅《せんめつ》政策にもよく現われていよう。日蓮宗不受不施《ふじゅふせ》派《は》の潜行とこれへの弾圧は江戸時代後期までつづく。

そこに第二回の大乱が起こる。室町末期におけるキリスト教伝来による大乱である。この場合は、非仏教ということで仏教のすべてが排斥に回るが、旧仏教と新仏教という構図を旧宗教と新宗教という構図に広げれば、旧の新への排斥となるわけで、本質は何も変わっていない。変わっているといえば、新宗教に対する最終的対立者として為政者の登場があるが、これもそれまでは旧宗教の背後に隠れていたものが顕在化したにすぎない。そして、この対立はじつは新旧の対立である以前に宗教と政治の対立なのだ。

政治は自らの役に立つ限りは宗教を利用する。しかし役に立たないならまだしも、害になると判断すれば徹底的に弾圧する。織田信長は自分の政治的目的のため、害になると判断したから仏教を弾圧し、対抗上役に立つと考えたからキリスト教に寛大だった。けれどもそれは当座のことで、途中挫折することなく全国を制覇したら、キリスト教を弾圧しなかったとは限らない。

豊臣秀吉・徳川家康は全国を制覇した織田信長ともいえる。彼らも自らの政策に役に立つ範囲においてはキリスト教に寛大、とはいわないまでも弾圧はしなかったが、害になる徴候が見えはじめると、とたんに弾圧に転向した。ここにキリスト教布教史上、帝政ローマに匹敵するとされる殉教が発生する。ここで殉教とは文字どおり教えに殉《したが》うことであって、殉死に限らない。江戸時代を通じてのかくれ切支丹も、明治維新のもどりののちの浦上崩れや旅も、殉教に含まれなければなるまい。

いや、ひょっとしたら現在わが国でキリスト者であることの困難さも、殉教の一部、というより尖鋭なる後遺症というべきかもしれない。思うに、キリスト教表現者としての加賀さんは、このことの究明・克服の第一歩として、殉教の大先輩である高山右近の生涯を自ら生きてみようと決断したのではないか。高山右近の生涯を生きることは、小説家加賀乙彦にとって高山右近の生涯を書くことにほかならない。

歴史上の人物としての高山右近について知られていることは、その高名のわりには多いとはいえない。戦国時代も末期の天文二十一年（一五五二）飛騨守の長男として摂津高山に生まれ、幼名彦五郎、のち友祥、長房、一般的な通り名右近は朝廷から下されたかたちの有名無実の官名、右近大夫の略である。永禄七年（一五六四）受洗し、ジュストを名乗った。利休に就いて茶道にも深入、利休七哲の一人として南坊等伯の名を許された。

天正元年（一五七三）摂津高槻城主となり、荒木村重に属したが、村重が織田信長に反旗を翻したのちは信長に仕え、信長変死後の山崎合戦では豊臣秀吉に属し、紀州根来《ねごろ》征伐、四国征伐に功あり、明石六万石を得た。一方、キリスト者としては高槻・京都・安土などの教会堂の建設、領民の改宗に務めた。小西行長・黒田孝高・蒲《が》生氏郷《もうじさと》など、秀吉配下の諸将をキリスト教に導いたことでも知られる。

天正十五年（一五八七）、秀吉の伴天連《バテレン》追放令に際して、忠勤か信仰かの選択を迫られ、断固として信仰を選んで除封された。除封後は加賀の前田利家に庇護され、一万五千石を与えられた。しかし、慶長十九年（一六一四）、徳川家康の禁教令によってマニラに追放、到着後四十日で六十四歳の生涯を閉じた。以上が高山右近について知られる事実のあらましである。

しかし、知られている事実が尠《すくな》いことは、伝記記者にはマイナスかもしれないが、小説家にとってはむしろプラスだろう。まして加賀さんのように、日本のキリスト者の祖型としての高山右近像を描き出すことで、彼の生涯を生きようと決心したキリスト教小説者にとっては、なおさらだ。事実の空白部分を想像力によって生きることができるからだ。ただし、その想像力は筆者自身の実感に裏打ちされていなければなるまい。

この実感を確かなものにするために、加賀さんは高山右近の加賀寄留後、それも最終段階の追放・客死に至る期間を選んだ。それは執筆者としての加賀さん自身の年齢に最も近いこと、そこにキリスト者としての右近の生涯が集約されていて、加賀さんの実感を最もいきいきと注入しやすいからだろう。右近の生涯の最終期間に焦点を定めて、さてどこから始めるか。読者の意表を衝《つ》いて、加賀さんは加賀金沢滞在のイエズス会スペイン人宣教師の一六一三年十二月二十日金曜日付の、南スペイン・アンダルシア在住の妹への書簡から始める。

読者の意表を衝いてと私は言ったが、日本在住の宣教師が日本の事情を知らない故郷の妹に宛てたというかたちで、当時の日本のキリスト教情勢、その中の高山右近のありようを記述することはまことに自然で、かならずしもその辺の歴史に詳しくない読者のためのオリエンテーションとして、周到な用意といえる。

さらにもう一つ、外国人宣教師に語らせることによって、ジュストの洗礼名を持つ高山右近が、キリスト者として日本史にとどまらず、世界史大の人物であることを提示するのに役立っている。それにしてもこの書簡の格調の高さはどうだろう。第一章と第二章と、五日を隔てただけの同じ発信者から同じ受信予定者（というのは、発信者が書簡の中で言うように、当時の諸事情を考慮すれば、手紙が宛先に届かない怖れはじゅうぶんにあるからだ）に宛てた書簡がつづけば、読者はこの小説を書簡体から成る小説かと思い込んでしまう。

ところが、第三章はまたまた意表を衝いて、いきなり小説の叙述に入る。それまで書簡体の天国で語られていた高山右近が、いきなり叙述体の地上に抛《ほう》り出されたごとくである。聖なる信仰を持つ者が俗なる地上に生きなければならないことを考えれば、これまた周到というべきで、右近の受難の地上性を、ましてまた受難の果ての死の天上性を提示するのに役立っている。むろんこの死の天上性はふたたび同宣教師の書簡をもって語られる。この点では読者の予想は裏切られない。

右近の生涯の終わりに向けて、その周辺にさまざまなドラマが展開する。右近の庇護者だった前領主前田利長公の病状の悪化、公の妹で夫宇喜多秀家の流罪後、金沢に帰されたマリア備前殿豪姫の不安、重臣横山長知《ながちか》子息康玄《やすはる》に嫁いだルチアの自発的離別、そしてついに右近一家を含む加賀藩寄食のキリスト者武士たちの追放決定と雪中の道行、京都を目前にしての主従の別れ、長崎行と長崎逗留、そして追放船への苦難の旅、あいだに雲仙の山中に潜行した宣教師の妹への手紙を挟んで、マニラでの追放者歓迎と数十日後の安らかな死。

最終章に当たる宣教師の最後の手紙は、右近の死を前章の叙述体とは異なる位相で語る。そこには死の後日譚として、右近の葬儀ミサ終了後のマニラ城外での殉死事件を伝える。殉死の当事者はサンチョ岡本惣兵衛、京都を前に右近と別れたにもかかわらず、長崎に立ち現われてマニラまで同行した従者である。主君に従って受洗はしたもののキリスト教と仏教の区別もつかない男だが、主人に対しては忠実無比。追放の旅の護送責任者として表向き厳しいが、同じ武士として右近に深い同情を持つ篠原出羽守一孝とともに、小説中最も魅力的な人物だが、加賀さん創作の人物らしい。

加賀さんはその種明かしをそれとなくしてみせている。長崎滞在中に宣教師メスキータの病床で右近が見た一冊の本で、その名は『ドン・キホーテ』。その場に同行した宣教師クレメンテ（じつは妹に宛てた書簡の筆者である）によれば、「これは神学の書ではありません。物語ですよ。自分が一昔前の遍歴の騎士だと思い込んでいるドン・キホーテという気の狂った男の旅物語です。彼は真っ直ぐで無垢な人物で、旅先でみんなに馬鹿にされ笑われますが、本当に馬鹿にされ笑われているのは、彼を馬鹿にしている人々だという設定です」。

つまり、加賀さんはこの架空の場で高山右近に、同時代スペインの小説『ドン・キホーテ』を出会わせることで、信仰のため栄達の可能性をすべて捨てた右近をドン・キホーテに擬し、俗っぽく滑稽で、しかし忠実無比なその従者、岡本惣兵衛をサンチョ・パンサに当てたのだ。創作といえば、小説中重要な位置を占める四つの書簡の筆者、ファン・バウティスタ・クレメンテも加賀さんの創作という。いわば物語の狂言回しの役だが、その役柄を超えて、主人公高山右近と並ぶ精神的な人物となりえている。思うに右近像は加賀さんが主体的に生きたがゆえの魅力を持ち、クレメンテ像は客体的に作りあげたがゆえの魅力を持っているのかもしれない。

なお、クレメンテの最後の書簡は妹宛ての遺書のかたちを取っていて、それには一六二六年六月末付の付記がある。付記の記者は「イエズス会司祭　中浦ジュリアン」、もちろんこれは実在の人物だ。実在の人物の架空の付記には、さらに「著者付記」が付き、「中浦ジュリアンは、一六三三年十月二十一日、すなわち寛永十年九月十九日、長崎西坂の刑場で逆さ吊りの刑で殉教した」とあり、これは歴史的事実である。

さて、小文冒頭に戻って、日本人は性格的に宗教的でないというのは、ほんとうか。それはたとえばこの小説の読まれかたにも関わるだろう。かつて三島由紀夫は芸術家小説について、ひとりの人間の芸術家としての自己と市民としての自己の対立として捉えるべきだと語ったが、そのひそみに倣《なら》って宗教（者）小説としてのこの小説についていえば、宗教者としての自己とかつての為政者としての自己の対立として捉えるべきかもしれない。

この小説における高山右近は宗教者であることを選んだ。信長・秀吉・家康らは為政者であることを取ったわけだが、だからといって彼らが宗教的でないことにはなるまい。反宗教的という宗教者の立場もある。反宗教者としての彼らを主人公にした加賀さんの小説もぜひ読んでみたい。

初出　「群像」一九九九年九月号
単行本　一九九九年九月二〇日刊

|編者|加賀乙彦　1929年東京都生まれ。東京大学医学部卒業後、病院、刑務所勤務ののちフランスへ留学。1967年『フランドルの冬』で芸術選奨新人賞を受賞。以降、『帰らざる夏』で谷崎潤一郎賞、『宣告』で日本文学大賞、『永遠の都』で芸術選奨文部大臣賞するなど、活躍を続けている。著作は他に『錨のない船』『雲の都』など多数。

高山右近《たかやまうこん》

加賀乙彦《かがおとひこ》

2003年1月15日第1刷発行

発行者——野間佐和子
発行所——株式会社 講談社
東京都文京区音羽2-12-21　〒112-8001
電話 出版部 (03) 5395-3510
販売部 (03) 5395-5817
業務部 (03) 5395-3615

Printed in Japan

講談社文庫

定価はカバーに
表示してあります

デザイン—菊地信義
製版——凸版印刷株式会社
印刷——凸版印刷株式会社
製本——株式会社大進堂

落丁本・乱丁本は購入書店名を明記のうえ、小社書籍業務部あてにお送りください。送料は小社負担にてお取替えします。なお、この本の内容についてのお問い合わせは文庫出版部あてにお願いいたします。

ISBN4-06-273638-1

講談社文庫刊行の辞

二十一世紀の到来を目睫に望みながら、われわれはいま、人類史上かつて例を見ない巨大な転換期をむかえようとしている。

世界も、日本も、激動の予兆に対する期待とおののきを内に蔵して、未知の時代に歩み入ろうとしている。このときにあたり、創業の人野間清治の「ナショナル・エデュケイター」への志を現代に甦らせようと意図して、われわれはここに古今の文芸作品はいうまでもなく、ひろく人文・社会・自然の諸科学から東西の名著を網羅する、新しい綜合文庫の発刊を決意した。

激動の転換期はまた断絶の時代である。われわれは戦後二十五年間の出版文化のありかたへの深い反省をこめて、この断絶の時代にあえて人間的な持続を求めようとする。いたずらに浮薄な商業主義のあだ花を追い求めることなく、長期にわたって良書に生命をあたえようとつとめるところにしか、今後の出版文化の真の繁栄はあり得ないと信じるからである。

同時にわれわれはこの綜合文庫の刊行を通じて、人文・社会・自然の諸科学が、結局人間の学にほかならないことを立証しようと願っている。かつて知識とは、「汝自身を知る」ことにつきていた。現代社会の瑣末な情報の氾濫のなかから、力強い知識の源泉を掘り起し、技術文明のただなかに、生きた人間の姿を復活させること。それこそわれわれの切なる希求である。

われわれは権威に盲従せず、俗流に媚びることなく、渾然一体となって日本の「草の根」をかたちづくる若く新しい世代の人々に、心をこめてこの新しい綜合文庫をおくり届けたい。それは知識の泉であるとともに感受性のふるさとであり、もっとも有機的に組織され、社会に開かれた万人のための大学をめざしている。大方の支援と協力を衷心より切望してやまない。

一九七一年七月

野間省一